Narratori

Della stessa autrice

L'ombra di Caterina
Io sono la strega
Miserere (seguito di *Il segreto della monaca di Monza*)
La moglie di Dante
L'uomo del sogno
Le due mogli di Manzoni
Il bambino di carta
Il segreto della monaca di Monza

MARINA MARAZZA

Sangue delle Langhe

La saga dei Barolo

SOLFERINO

Questa è un'opera di finzione in parte ispirata a fatti realmente accaduti. Personaggi, luoghi e avvenimenti, se reali, sono rielaborati ai fini della narrazione.

SOLFERINO

www.solferinolibri.it

ISBN 978-88-282-1671-1
Prima edizione: maggio 2025

Sangue delle Langhe

«Il mio giorno di vita non lo passerò oziosa: andrò, cercherò dappertutto, fin tra le rose, l'oro e gli incensi. Ho conosciuto tutte le specie di dolori: quelli dell'innocenza, della colpa, del pentimento... così sono le storie degli uomini, dei poveri e dei re...»

Giulia di Barolo

A mo' di prologo
Le prigioniere

«Luigi deve morire perché la patria viva.»
MAXIMILIEN DE ROBESPIERRE

Luglio 1794,
Prison des Carmes, Parigi

Joséphine li aveva sentiti gridare tutta la notte, gli spettri del chiostro.

Da quando l'avevano arrestata e rinchiusa nel vecchio convento dei carmelitani scalzi che era diventato l'anticamera della morte per chi Robespierre considerava un nemico della Rivoluzione, il pensiero che nel cortile sul quale affacciavano le celle fossero stati massacrati tutti quei preti non l'aveva mai abbandonata. Erano passati quasi due anni da quelle giornate di sangue: le stragi di settembre, le avevano chiamate. E nelle tenebre, dentro il cubicolo che divideva con la vecchia marchesa di Colbert, le sembrava di udirli urlare e pregare, quegli uomini, mentre cadevano nel loro sangue, trafitti dalle picche e dalle baionette dei sanculotti furibondi per il loro rifiuto di giurare sulla costituzione.

Dicevano che se li sentivi morire, se vedevi i loro fantasmi, voleva dire che la tua ora era arrivata. E a Joséphine si era quasi fermato il cuore quando la mattina il sovrintendente Planchard era entrato nella sua cella. Ma lui si era limitato a metterle in mano il giornale ripiegato alla pagina giusta, con un'espressione compunta sulla faccia. Lei aveva abbassato lo sguardo e ora i piccoli caratteri a stampa delle righe ordinate dell'articolo danzavano davanti ai suoi occhi lucidi. Era un ballo frenetico, come quello degli schiavi in rivolta nelle piantagioni di famiglia alla Martinica, dove lei era nata.

«*Il cittadino generale Alexandre de Beauharnais, nemico del popolo, è stato ghigliottinato stamattina in place de la Révolution*» c'era scritto nella colonnina, dove Planchard puntava l'unghia orlata di sporco del dito indice.

Lei batté le palpebre, lasciando scorrere le lacrime. Le tremavano le mani. E così suo marito Alexandre era morto. Oh, sapeva bene che sarebbe potuto accadere. Ma non avrebbe immaginato di venirlo a saper in quel modo, da un trafiletto del «Journal de Paris» messole in mano dal capo carceriere. Guardò la data: era vedova già da qualche giorno, avevano tagliato la testa ad Alexandre il 23 di luglio, che non si poteva più chiamare luglio, perché la rivoluzione aveva cambiato anche il nome dei mesi. Era vedova dal 5 Termidoro dell'anno II del Terrore.

Le lacrime adesso le ruscellavano sulla faccia, le sentiva in bocca, salate e calde. Era sempre stata facile preda delle emozioni, lei. Troppo sensibile, troppo facile al riso e al pianto. Lo sguardo del sovrintendente Planchard le pesava addosso, ma non riusciva egualmente a contenersi. Piangeva, e non soltanto per suo marito, finito sotto la mannaia a trentaquattro anni. Se lo immaginava, con quel suo sorrisetto sprezzante anche davanti alla morte, il *ci-devant* Beauharnais. Così i rivoluzionari chiamavano gli aristocratici, anche quelli che avevano aderito, come Alexandre, alla loro causa: *ci-devant*, cioè ex, quelli che *prima*, che *una volta*, erano stati qualcosa che adesso non potevano più essere, perché non esistevano più conti e duchi e marchesi, solo cittadini, tutti uguali. Sulla carta, almeno. E suo marito, nato visconte, ci aveva creduto davvero, nella rivoluzione. Cambieremo il mondo, diceva, ispirato. Ma non gli era servito granché, nel caos di sospetti, di invidie personali e di sopraffazione nel quale la Francia era precipitata: lo avevano accusato di alto tradimento e rinchiuso lì, dentro l'ex convento dei carmelitani di Parigi diventato carcere, dove era finita anche lei per l'unica colpa di essere sua moglie. E poi Alexandre era stato trasferito alla Conciergerie, dove era stata imprigionata anche la regina prima che le tagliassero la testa. E lì era stato processato e giustiziato. Riposa in pace, Alexandre. Amen.

Persa nei suoi pensieri, Joséphine stava stropicciando il giornale tra le mani contratte.

Sentì la destra del sovrintendente posarsi sulla sua spalla e trasalì appena. Abbassò lo sguardo: le dita dell'uomo erano lunghe, con qualche pelo scuro sulle falangi. Aveva sempre avuto un occhio di riguardo per lei, il buon Planchard. Era uno di quelli che grazie al Terrore stava facendo fortuna: prima del 1789 lavorava alle manifatture Réveillon, quelle specializzate in carta da parati di lusso, che avevano fornito anche la materia prima per il famoso pallone aerostatico dei Montgolfier. Planchard era stato uno dei capi della gloriosa rivolta per i salari degli operai, tre mesi prima della presa della Bastiglia. I suoi meriti di insorto della prima ora lo avevano fatto galleggiare come un sughero sull'onda del vincitore del momento. Adesso lì in prigione comandava lui e averlo alleato poteva fare la differenza tra vivere e morire.

«Mi spiace per vostro marito, Madame...» le sussurrò all'orecchio. Avrebbe dovuto chiamarla «cittadina», ma nessuno ci faceva gran caso, lì dentro. Planchard prendeva denaro da tutte le Madame e i Monsieur rinchiusi tra quelle mura, per concedere loro qualcosa: incontrare un altro prigioniero, ricevere visite dall'esterno, far entrare e uscire messaggi, farsi portare da mangiare o da bere, o libri, o giornali. Tutto aveva un prezzo, tranne la libertà: quella era una posta troppo alta anche per uno come Planchard, troppo pericolosa.

«Dicono che vostro marito abbia dimostrato grande coraggio» aggiunse sottovoce. Puzzava terribilmente di quel tabacco che masticava e sputava di continuo. Lo si sentiva arrivare da lontano, con quell'odore addosso.

Lei annuì, confusa, tirando su col naso e aspirando insieme alle lacrime il lezzo di lui. Era stordita dalla paura. Sapeva benissimo che dopo Alexandre sarebbe toccato a lei. Sarebbero entrati nella cella e avrebbero chiamato il suo nome: Marie-Josèphe-Rose Tascher de La Pagerie, viscontessa di Beauharnais. Ora semplicemente «cittadina vedova Beauharnais». L'avrebbero tosata come un agnello sacrificale, caricata su una carretta e portata in piazza, dove l'aspettava l'invenzione tanto caldeggiata dal dottor Guillotin, quella bella macchina che tagliava le teste in serie. Altrimenti ce ne sarebbero voluti troppi, di boia, in quei giorni. Le avrebbero legato le mani dietro la schiena, l'avrebbero sdraiata a forza sulla basculante e le avrebbero chiuso il collare di legno sul collo. Poi la lama sarebbe scesa, *zac*, in un lampo, e la sua testa sarebbe finita nella cesta, nel delirio della folla plaudente che nemmeno sapeva chi lei fosse, che cosa avesse fatto di male, perché in quella pazzia niente aveva più importanza, men che meno la vita di una donna come lei, una qualunque *ci-devant*, appunto.

Il sovrintendente sospirò e le sfiorò con la punta dell'indice la nuca lasciata scoperta dalla crocchia di capelli scuri, gonfia e un po' sfatta. «Sarebbe un tale peccato se anche questo vostro bel collo...» Non completò la frase. Non ce n'era bisogno.

Joséphine inghiottì a vuoto. Il suo ultimo compleanno, il trentunesimo, il 23 di giugno, lo aveva passato in prigione: se non si calmava, non riprendeva il controllo e non giocava bene le sue carte, non ce ne sarebbero stati altri. «Sono sicura di avere in voi un amico» sussurrò all'uomo, appoggiando la guancia umida sulla grande mano di lui che restava salda sulla sua spalla, e sgranandogli in volto gli occhioni scuri. «Avreste tutta la mia gratitudine se mi aiutaste in questo frangente così delicato... gratitudine presente e futura.»

Lo vide sorridere appena. Lo sapevano tutti che quella follia sanguinaria non sarebbe durata per sempre. Il Terrore stava divorando se stesso. L'importante era riuscire a sopravvivere fino alla fine, cosa non facile. E al prossimo cambio di regime, avere già acquisito con discrezione qualche merito nei confronti di quelli che sarebbero stati i nuovi padroni.

La destra calda di Planchard le copriva la nuca come un *fichu*, uno scialletto di lana fina, carezzandola piano. La faceva sentire protetta, in un certo qual modo. Lei chinò la testa e chiuse gli occhi. Erano soli nella cella che aveva accolto un tempo devoti monaci oranti. Lì dentro non si sentiva il caldo afoso di fine luglio.

La pazzia regnava anche nel carcere. I prigionieri sapevano che non ne sarebbero usciti vivi e si scatenavano in un *carpe diem* indiavolato: in prigione lei aveva ritrovato una vecchia conoscenza, il generale Lazare Hoche, così giovane e così bello. Si erano sfiorati, in passato, in qualche occasione mondana, si erano piaciuti, a chi non piaceva il bel Lazare? Ma senza mai venire al dunque. Adesso lui aveva saputo dirle le parole giuste, in un momento rubato durante l'ora d'aria, quando i prigionieri e le prigioniere si potevano incontrare.

«Forse domani sarà il nostro turno, cara Joséphine...» le aveva sussurrato, sfiorandole la mano con un bacio. E lei gli aveva sorriso, un sorriso tremulo di accondiscendenza. Il buon Planchard era stato comprensivo, favorendo i loro incontri e chiudendo un occhio in cambio di una buona mancia.

Sì, fra le braccia di un uomo tornava a sentirsi viva, in fondo. E non poteva fingersi una santerellina con il capo carceriere: mentre processavano suo marito, lei si dava coraggio con un altro. Davvero la paura di morire può indurti a fare tante cose, per lo più non confessabili.

Nel frattempo Planchard le aveva sollevato le gonne e la stava già possedendo, con affondi rudi e ripetuti che la facevano sobbalzare più di dolore che di piacere, e di certo non era un compagno gradevole come il raffinato Lazare, ma valeva la pena di non lasciare nulla di intentato per uscirne viva. Mentre lui concludeva con un ruggito liberatorio, a lei cadde lo sguardo sul giornale caduto sul pavimento e rimasto aperto alla pagina che riportava la notizia della morte di Alexandre. Addio, marito mio.

«Quando domani chiamerò il vostro nome» le disse il sovrintendente alla fine, ancora un po' ansimante, risistemandosi la camicia dentro i pantaloni, «voi fingerete di avere un mancamento.» Si chinò a recuperare il giornale e se lo mise nella tasca della giubba.

Joséphine beveva le sue parole, gli occhi spalancati. Forse non avrebbe nemmeno dovuto fingere: l'avevano vista tutti, dentro la prigione, disperarsi e confessare la sua grande angoscia. Non se ne vergognava affatto. Lei voleva vivere. Voleva uscire da lì e ritrovare i suoi figli, Hortense e Eugène, che aveva lasciato alle cure della sua schiava mulatta Mimi. Voleva vederli crescere. Voleva tornare a ballare, ad amare, a cercare di essere felice. Non era la sua ora, non era pronta per morire. Dicevano che anche Madame du Barry, la vecchia favorita del re Luigi XV, quando a dicembre l'avevano trascinata di peso sul palco in place de la Révolution, si fosse dibattuta come un'ossessa, povera donna, supplicando il carnefice Sanson fino all'ultimo: «Un momento ancora, signor boia!». Oh, la capiva benissimo.

Lì nel convento, quando i carcerieri facevano l'appello dei condannati della giornata, ciascuno reagiva a modo suo: piangendo, cantando, pregando, insultando, perdendo i sensi. Di certo nessuno faceva gran caso agli altri, erano tutti troppo concentrati a sperare che il proprio nome non figurasse nella lista o a disperarsi se era già stato pronunciato.

«Resterete così, svenuta, lunga e distesa, fino a che verrà chiamato l'ultimo nome» proseguì il sovrintendente.

Lei annuì frenetica. «E poi?»

«E poi niente. Verrete... dimenticata.» Planchard le strizzò l'occhio e le carezzò il mento. «Ma voi invece, mi auguro, non dimenticherete il vostro devoto Planchard...»

Oh, no, non l'avrebbe dimenticato.

Lui girò la maniglia di ferro e aprì la porta per uscire.

C'era qualcuno, fuori, e Joséphine vide il sovrintendente fare un rispettoso passo indietro. «Cittadina Colbert...»

La donna anziana magra ed elegante vestita di grigio lo guardò dritto in faccia con i suoi occhi penetranti, come si guarda un domestico poco rispettoso, senza rispondere a quel saluto che la privava del suo status aristocratico. Planchard sgusciò via borbottando un congedo e lei si girò verso Joséphine, che arrossì. «Marchesa...» balbettò, sollevando istintivamente le due mani a sistemarsi i capelli in disordine.

«Ho appena saputo di vostro marito» le disse l'altra con desolata semplicità, sedendo accanto a lei sul piccolo letto sfatto e ancora caldo. C'era odore di tabacco stantio.

Joséphine si rifugiò tra le sue braccia. Non osava guardarla in viso. Charlotte de Manneville, dama di Beuzeville la Guérard, marchesa di Colbert-Maulévrier, nelle settimane precedenti l'aveva consolata come una madre. Era una gran donna, Charlotte: una vandeana intrepida, originaria di quella regione della Francia che aveva rifiutato la rivoluzione, devota al suo re e al suo Dio, senza mai un tentennamento, un dubbio, una debolezza. Ma ora la vecchia avrebbe capito quel che era appena successo tra lei e Planchard. Che vergogna.

«Madame, io...»

«Shhh» rispose Charlotte, continuando a cullarla. «Non c'è bisogno di dire niente.»

«Sì, invece.» Joséphine voleva parlare. Giustificarsi. «Non era uno stinco di santo, mio marito il visconte di Beauharnais, sapete, Madame? Ci siamo sposati giovani e io ho creduto di toccare il cielo con un dito... mi ha portato qua a Parigi, via dalla mia Martinica. Ero felice, ero tanto innamorata di lui e gli ho dato un figlio e una figlia, due bei ragazzi... Ma questo non è bastato per farmi perdonare.»

«Perdonare che cosa, cara?»

«Sono una creola, Madame. La mia colpa è grave: sono nata nell'eterna estate delle Antille e non ho mai frequentato i collegi per signorine perbene di Parigi. Per Alexandre non ero abbastanza bella, abbastanza colta, abbastanza elegante... Si è sempre vergognato di me, una mogliettina goffa e rozza, con i denti rovinati dal troppo zucchero, vedete?» Sollevò il labbro superiore per mostrarle gli incisivi ingialliti. «Ho imparato a sorridere atteggiando la bocca a cuore, in modo da nascondere il danno.»

Charlotte l'ascoltava attenta, le sopracciglia corrugate.

«Ma non bastava, naturalmente» proseguì lei. «Alexandre me lo ha fatto capire standomi lontano il più possibile e collezionando un'amante dietro l'altra. L'ultima, la marchesa Delphine de Custine, è anche lei reclusa qui, nel convento dei carmelitani. L'avete vista, che splendore? Diafana, bionda, con gli occhi di smeraldo, i capelli di lino e la pelle di porcellana, in meraviglioso contrasto con i vestiti a lutto, dal momento che anche suo marito è stato ghigliottinato da poco...» Joséphine emise un suono che poteva sembrare una risata. «E volete sapere una cosa? Mi sento quasi solidale con lei... chissà se ha già saputo che la testa del nostro Alexandre è finita nel cesto... potremmo condolercene insieme, della dipartita dei nostri mariti... e certo il suo modo di esprimere il dolore sarà più dignitoso del mio.»

Charlotte scosse la testa. «Oh, mia piccola Joséphine...»

Lei le prese le mani. «E non crediate, Madame, che io sia tanto migliore di lui... da anni eravamo solo amici, con mio marito, e stavamo ufficialmente insieme solo per amore dei nostri figli. E, qui dentro, io... col generale Hoche...»

Charlotte le mise un dito sulle labbra, delicatamente. «Tacete, ora. Ve lo chiedo per amor mio. Lasciate parlare me.»

Joséphine osò finalmente guardarla in viso e la vide sorridere appena. «Non mi resta molto tempo, se non mi chiameranno domani sarà il giorno dopo, non fa differenza. Sono stata quarant'anni al fianco del mio René, secondo marchese di Colbert, finché non sono rimasta vedova: René aveva venticinque anni più di me e l'ho conosciuto il giorno delle nozze, è stato tutto deciso dalle nostre famiglie. Sono stata felice con lui. Gli ho dato due figli, Édouard e Charles. Il mio primogenito mi ha resa nonna di quattro nipotini, due femmine e due maschi...»

Joséphine annuì. C'era una consolante aria di normalità in quel conversare di figli e nipoti. Charlotte ripercorreva la sua esistenza con un certo orgoglio e senza rimpianto, come chi ha la buona coscienza di aver bene e lungamente vissuto.

«E come si chiamano i vostri nipoti?» le domandò. Era bello fingere di essere sedute in un salottino il giorno di visita a sorseggiare una cioccolata calda.

La vecchia signora si illuminò, contando sulle dita di una mano. «La maggiore è Elizabeth, poi c'è Juliette, e poi ancora i due maschi, Edo che si chiama come suo padre e infine Charles Antoine... ma è Joujou, Juliette, la mia preferita, anche se non dovrei dirlo...» proseguì la marchesa. «L'ultimo, il piccolo Toin, è venuto al mondo da poco. La mia povera nuora è morta nel darlo alla luce.»

Era questo il destino delle donne, anche quelle di rango: sposare un uomo che per età potrebbe magari esserti padre, spesso sopportarne i tradimenti, morire a volte nell'assicurargli una discendenza. Orgogliosamente certe di aver fatto il proprio dovere. Joséphine sospirò.

Gli occhi di Madame Charlotte brillavano. «Noi siamo vandeani, sapete, e là infuria la guerra civile: il nostro castello di Maulévrier è stato messo a ferro e fuoco, mio figlio è dovuto espatriare con tutta la famiglia.»

«E voi?»

Lei scosse la testa. «Sono troppo vecchia per queste cose. Non ho fatto niente di male in vita mia. Non sarei mai fuggita, mi sono ritirata nel maniero della mia famiglia di origine, a Beuzeville. Ma mio figlio Édouard doveva mettere in salvo i bambini. Mia nuora era incinta, quando sono scappati, e non è sopravvissuta al parto. Ora sono tutti e quattro senza la mamma, i miei poveri nipoti.»

«Come mai Juliette è la vostra preferita, Madame?» domandò Joséphine.

Charlotte strinse le labbra. «Forse perché mi somiglia... nelle fattezze, ma soprattutto nel carattere. È un piccolo portento, sapete? Ha una testolina che le permetterà di fare grandi cose, se Dio vorrà. Ora dovete farmi una promessa.» Charlotte prese qualcosa dalla piccola borsetta di stoffa che portava appesa al fianco. «Vedete? È un ricamo che ho appena finito.»

Lei lo studiò incuriosita. «Due cuori intrecciati e una corona?»

«Il simbolo della regione della Vandea. Ma può significare così tante cose, non è vero? I nostri combattenti che si battono contro la rivoluzione se lo cuciono su una striscia di stoffa che portano sul petto, sotto la camicia, segno del coraggio di ribellarsi, di restare fedele ai propri principi, quando qualcosa va contro la tua coscienza.» Indicò col dito sottile il profilo del ricamo. «Per qualcuno questi sono il cuore di Gesù e quello di Maria intrecciati.»

«Due cuori possono anche essere un simbolo d'amore» esclamò di rimando Joséphine. «Di una madre per un figlio, di una nonna per una nipote... di un marito per una moglie, di due amanti...» Si morse le labbra, forse le sue parole sarebbero suonate blasfeme all'orecchio della devota nobildonna.

Ma Charlotte annuì. «I due cuori sono quello che la tua anima vuole che siano» confermò, allargando le mani. «E io vi prego di prendere questo ricamo, con discrezione, perché è un simbolo proibito dalla rivoluzione...»

Joséphine lo guardava. Era un piccolo lavoro perfetto, realizzato con sottilissimi fili di seta bianchi e argento, e stava su una mano, facile da celare.

«Dovrete darlo a Juliette, un giorno. Me lo volete promettere?» chiese la marchesa. «A Juliette Colbert di Maulévrier, la mia nipotina. Da parte di nonna Charlotte. Che lo ha ricamato nella prigione del Carmine, pensando a lei.»

Commossa, Joséphine annuì e lo ripiegò devotamente in quattro con le dita che le tremavano. Le sembrava che quel pegno fosse in qualche modo un portafortuna anche per lei. Madame Charlotte sembrava certa che lei se la sarebbe cavata e *in articulo mortis* la incaricava di una ambasciata importante.

«Io uscirò di qui solo per salire sul patibolo» proseguì infatti Charlotte, serena. «Voi avete tutta la vita davanti.»

Lei abbassò lo sguardo. «Una volta una vecchia schiava cieca della Martinica che tutti consideravano una veggente mi ha detto...»

«Che cosa?»

Joséphine sentì le gote calde. Suonava così assurdo, chissà per quale motivo le era venuto in mente di raccontarlo: forse per illudersi di avere un futuro. «Mi ha detto che... sarei stata più che una regina, un giorno.»

Charlotte rimase un momento in silenzio. «Più che una regina? Oh, che il cielo ci assista. Il nostro sovrano re Luigi XVI e sua moglie Maria Antonietta sono stati assassinati sulla pubblica piazza, il loro primogenito, il piccolo delfino, è morto poco prima che scoppiasse la rivoluzione senza che nessuno versasse una lacrima per lui e il nuovo erede al trono, il duca di Normandia, suo fratello minore, che ha otto anni appena, è prigioniero al Tempio con sua sorella la principessina Maria Teresa... Prego per loro ogni giorno, per i nostri cari martiri reali. Non so come potrete diventare più che una regina, cara, qualunque cosa questo significhi, ma ve lo auguro...» C'era garbata incredulità nelle parole di Madame Charlotte.

Joséphine se lo aspettava: abbassò lo sguardo e si strinse appena nelle spalle. Alexandre, buonanima, criticando il suo modo di comportarsi da provinciale, le aveva ripetuto più di una volta che una vera signora non fa spallucce come una sguattera. Ma in quel momento non le interessava affatto una corona. Incredibile come la vita ti cambi le prospettive, ridimensioni le tue aspettative: le sarebbe bastato uscire dal portone di quel maledetto convento con la testa attaccata al collo.

Parte prima
Juliette de Colbert
1804-1809

1
L'incoronazione

Parigi, 2 dicembre 1804

«Riuscite a vederla, l'imperatrice Joséphine?» Nella navata gremita di Notre-Dame, Elisabeth Colbert allungava il collo, tirandosi in punta di piedi sulle scarpette basse di raso e appoggiandosi di peso con la mano sinistra alla spalla del marito, il barone Louis. La destra la teneva sulla pancia tonda in un gesto di protezione. «Spostati, Juliette, sei troppo alta, mi impedisci la visuale!» Sbuffò impaziente. «Louis, diglielo anche tu, a mia sorella, che abbia un po' di riguardo se non altro *per il mio stato*! Non ho colpa se non sono una spilungona come lei.»

Louis si limitò ad accennare un sorriso di circostanza che gli sollevò appena le lunghe basette rossicce e a lasciare che fosse la giovane cognata a rispondere. A lui le donne piacevano come Dio comanda, possibilmente bionde, piccole di statura e con i piedini in proporzione, e infatti aveva sposato la maggiore delle sorelle Colbert che corrispondeva perfettamente al profilo. Se solo lei avesse smesso di agitarsi in quel modo poco conveniente per la circostanza, si sarebbe sentito più a suo agio.

«Stai tranquilla, Babé, da brava. Quel che non riusciamo a vedere ce lo racconterà il nostro signor padre che è avanti, nelle prime file» ribatté Juliette, senza distogliere lo sguardo da quel che stava accadendo sull'altare.

Il cerimoniale per l'incoronazione dell'imperatore era rigorosissimo e ciascuno doveva stare al posto assegnatogli dentro l'enorme cattedrale.

Nessuno degli invitati avrebbe rinunciato per nulla al mondo a essere presente a quell'evento magistralmente organizzato da Napoleone per sancire la sua presa di potere davanti al mondo intero e davanti a Dio. Per creare la sua corte, aveva riunito intorno a sé i nobili che la rivoluzione aveva disperso: gli espatriati, i sopravvissuti, i più bei nomi dell'aristocrazia. E i Colbert erano stati richiamati dal loro lungo esilio che li aveva portati in Belgio, in Olanda, in Germania, mentre il loro castello veniva messo a ferro e fuoco durante la Guerra di Vandea che aveva visto contrapporsi i rivoluzionari repubblicani alla resistenza monarchica.

Adesso che la guerra era finita, il marchese Édouard Victurnien Charles René di Colbert, terzo marchese di Maulévrier, conte di Cholet e barone de la Frogerie, era il benvenuto alla corte di Napoleone, con tutta la famiglia. Sua madre era stata ghigliottinata durante il Terrore, sua moglie era morta di parto in esilio. Ora quell'incoronazione solenne sembrava un promettente inizio non solo per il novello imperatore e per la Francia, ma per i tanti che, come lui, avevano vissuto anni drammatici.

«Non vedo niente!» protestò ancora Elizabeth. Erano in piedi oramai da ore, insieme a centinaia di invitati, e la fastosissima cerimonia stava per giungere alla fine. Le dame rabbrividivano nei loro bellissimi vestiti trapuntati di pietre preziose: la moda dell'Impero prevedeva scollature profonde e braccia scoperte e avvolgersi in uno scialle non era concesso dal cerimoniale. Fu allora che nella fila dietro di loro ci fu trambusto.

«*Maman!* Oh, buon Dio!» esclamò una voce d'uomo.

Juliette si voltò in tempo per vedere a un metro da lei una donna anziana vestita di verde accasciarsi tra le braccia del giovane gentiluomo in uniforme che le stava al fianco.

Allungò d'istinto le braccia per aiutare l'ufficiale che stava sollevando come una piuma la dama priva di sensi. I loro occhi si incrociarono, colore dell'ambra quelli di lui, azzurri fiordaliso quelli di lei. Insieme uscirono in fretta dalla fila, facendo scansare gli altri invitati, più infastiditi dall'incidente che distoglieva l'attenzione da quanto stava accadendo sull'altare che preoccupati per le sorti della donna in verde.

«Dev'essere per il freddo» sussurrò Juliette, sorreggendo la testa all'anziana, mentre lui l'adagiava delicatamente sul banco di legno lucido dentro una nicchia riparata.

L'ufficiale si stava già sfilando la giacca pesante per coprire la signora. «Ha le mani di ghiaccio» confermò, scuotendo la testa. «Le avevo pur detto che sarebbe stata una cosa troppo faticosa, mia madre non è stata bene recentemente, ma non c'è stato verso...»

«Lo stesso per mia sorella, che è incinta e avrebbe fatto meglio a starsene riguardata...» rispose lei. «Ora la vostra signora madre si riprende, guardate, le sue gote non sono più così pallide...» gli sussurrò, incoraggiante.

Le palpebre della signora vibrarono e si spalancarono su un paio d'occhi identici a quelli del figlio, grandi e colore dell'ambra.

«Tancredi...» sussurrò. «Oh, povera me, sono così dispiaciuta...» Si tirò lentamente a sedere e vide Juliette, che in ginocchio le strofinava le mani. «Così, Mademoiselle, vi sciuperete il vestito...»

Lei sorrise. Un ricciolo scuro le scivolò sulla guancia, sfuggendo a una forcina dell'acconciatura alla greca. «L'importante è che vi sentiate meglio, Madame...»

«Maria Paulina d'Oncieu di Chaffardon. Lui è mio figlio Tancredi Falletti di Barolo.» Anche se la voce suonava ancora stenta, quella dama non era donna da dimenticare le buone maniere.

Tancredi accennò un inchino e Juliette si tirò in piedi, guardandolo incuriosita. «Non ho mai conosciuto nessuno con un nome così evocativo, da poema cavalleresco» gli disse, sincera. «Sono Juliette Colbert di Maulévrier.» Sorrise di nuovo e lui batté le palpebre, come se un raggio di sole lo avesse abbagliato.

«Ma certo, i Colbert! Un nome illustre, il vostro» commentò prontamente Maria Paulina. Lo conoscevano tutti il suo antenato Jean-Baptiste Colbert, che era stato il genio delle finanze di Re Sole.

Prima che Juliette potesse trovare una risposta adatta, Tancredi le prese la destra tra le sue. Un gesto ardito, date le circostanze. Ma il calore della sua voce rese tutto gradevole e naturale. «Mademoiselle de Colbert, grazie mille per l'aiuto. Ora *maman* si è ripresa. La porto via con me. Ma voi non perdetevi il momento più importante di questa cerimonia. Ve ne prego, mi sentirei troppo in colpa.»

Lei dovette alzare un po' la testa per guardarlo dritto in viso, come le piaceva fare. Era alto, con le spalle larghe che la camicia bianca non nascondeva, un viso serio e gentile con i lineamenti marcati, un bel naso dritto e la mascella forte.

Madame Maria Paulina si stringeva nella giacca del figlio. «Siete stata davvero squisita, Mademoiselle de Colbert, ma Tancredi ha ragione, ora dovete andare... e grazie, grazie ancora.»

Juliette annuì, raccogliendo l'ampiezza della gonna con la mano per scivolare di nuovo al suo posto, dentro la fila. «Sono sicura che ci rivedremo» sussurrò con garbo. E non era soltanto bon ton. Lo sperava davvero.

Tornando accanto a Elizabeth si costrinse a non girarsi mentre sua sorella le sibilava domande a raffica.

«Ma chi era quella signora in verde? E quel bell'ufficiale? Si sa che non puoi fare a meno di vestire i panni della buona samaritana, qualunque cosa accada, non è vero? Ma lo sai o no che ti sei stazzonata la gonna?»

Lei le fece segno ruotando il dito che le avrebbe spiegato tutto più tardi e tornò a concentrarsi sull'altare.

«Formidabile» stava sussurrando suo cognato Louis, rapito dallo spettacolo. Era un fervente ammiratore dell'antichità greco-romana. «Con quel semplice serto d'alloro in capo, Napoleone sembra una medaglia antica. Un imperatore romano.»

Bonaparte si era appena messo da solo un diadema di foglie di quercia e alloro in oro; un capolavoro di oreficeria in cui i diamanti formavano le ghiande e i frutti, creato dall'argentiere Biennais che otto anni prima aveva accettato di cedergli a credito il completo da toilette da viaggio placcato in argento che l'allora squattrinato generale si era portato nella campagna d'Egitto. Napoleone non dimenticava chi era stato capace di credere in lui quando la sorte non gli aveva ancora sorriso.

Ora Bonaparte teneva tra le mani la corona destinata a sua moglie, inginocchiata davanti a lui. Lei, Joséphine, si era avvicinata con semplice grazia ai gradini del piccolo palco, come se gli abiti da cerimonia e lo strascico di velluto rosso ricamato ad api dorate non le pesassero minimamente addosso, e se ne stava a capo chino, immobile, in attesa che il marito la proclamasse imperatrice.

«Che cosa non darei per avere un manto come il suo sulle spalle, velluto foderato di ermellino, sto morendo assiderata! Un gran giorno per la Beauharnais» sussurrò Elizabeth. «Un bel salto, da vedova di un generale ghigliottinato durante il Terrore a imperatrice di Francia! Senza contare che è più vecchia di lui...»

Suo marito la zittì. «Per favore, Elizabeth» la pregò, portandosi un dito alle labbra e guardandosi intorno. Erano troppo accalcati per potersi permettere pettegolezzi di quel genere. E comunque senza Joséphine con ogni probabilità quell'ufficiale còrso non avrebbe bruciato le tappe con tanta velocità. Lui, Louis, barone le Peletier d'Aunay, sapeva bene come tutti quelli del suo censo quanto contino le buone relazioni, soprattutto quando i regimi cambiano, e senz'altro quella vivace creola che era appena diventata la donna più importante della Francia intera era una maestra in questo campo, il che le faceva perdonare molte cose.

«Comunque il vestito che oggi lei indossa, sorellina, detterà la moda da seguire a corte. Gliel'ha disegnato il pittore Isabey...» sussurrò Juliette.

«Hanno voluto dar risalto alle manifatture francesi» puntualizzò Louis. «Tutto pizzo di Alençon e sete di Lione.»

Elizabeth spalancò gli occhi. «Non vi sapevo così versato in materia di sartoria, marito mio» rispose, divertita.

«Economia, cara, non sartoria, e-co-no-mi-a» ribatté subito lui, piccato.

Adesso l'imperatore stava giurando sui vangeli.

«Giuro di mantenere l'integrità del territorio della Repubblica, di rispettare le leggi del Concordato e la libertà di religione; di rispettare e far rispettare l'uguaglianza dei diritti, delle libertà politiche e civili; di governare avendo come unico obiettivo l'interesse, la felicità e la gloria del popolo francese...»

Non lo si poteva definire un bell'uomo, Bonaparte, ma aveva presenza scenica e il bel tono caldo e vibrato di chi è abituato a parlare alle folle, tanto da far dimenticare quel suo accento còrso: così aveva convinto alla vigilia di ogni battaglia i soldati ad andare a morire per lui, prima che per la Francia.

La voce di papa Pio VII invece suonava acuta e un poco affaticata, ma udibilissima. Non erano state le sue mani consacrate a incoronare il nuovo sovrano, ma bisognava farsene una ragione. Quel giorno la posta in gioco era alta: un concordato che avrebbe riportato la religione in Francia, dopo la scristianizzazione rivoluzionaria.

«*Vivat Imperator in aeternum!*» esclamò Pio VII.

E subito tutta Notre-Dame risuonò in un boato dell'acclamazione dei presenti: «Viva l'Imperatore!» e «Viva l'Imperatrice!».

«*Vivat!*» ripeté Louis, che adorava il latino.

Juliette sentì un brivido d'emozione correrle giù per la spina dorsale mentre l'araldo Duverdier, col suo bastone cerimoniale appoggiato al fianco destro, proclamava tenorile, ai piedi della scalinata: «Il gloriosissimo e augustissimo Napoleone, imperatore dei francesi, è incoronato e posto sul trono! Lunga vita all'imperatore!».

Era stata una giornata importante, non solo per l'incoronazione di Napoleone e di Joséphine, ma anche per l'incontro con quel giovanotto dalle iridi d'ambra e la voce di velluto. Intanto che applaudiva i novelli sovrani, Juliette sorrideva e gli occhi le brillavano come due acquemarine.

Molto più in là, vicino a Napoleone trionfante, in mezzo alla navata, sotto lo sguardo di tutta quella gente, Joséphine doveva farsi forza per non lasciarsi sopraffare dai battiti accelerati del cuore. Era davvero capitato quel che le aveva predetto la veggente cieca di Sainte-Marie. Lei, la creola, la vedova di Beauharnais, era diventata l'imperatrice di Francia. Pazienza se sua suocera Letizia Ramolino, la dura còrsa madre di Napoleone, la detestava al punto di rinunciare a essere presente nella cattedrale quel giorno per dimostrare tutta la sua opposizione tanto al loro matrimonio, avvenuto otto anni prima, quanto a quella scenografica incoronazione.

Il pittore di corte David, che era lì nel coro, sopra l'altare, ad assistere alla cerimonia disegnando frenetico schizzi su schizzi, avrebbe aggiunto Letizia col suo pennello, nel suo gigantesco quadro, come se lei ci fosse stata. A volte non conta come si svolgono davvero i fatti, ma come poi la storia scritta da chi vince li racconta.

2
In famiglia

Il marchese Édouard era stupito quanto la figlia, ma insisteva. «Vi dico, Juliette, che l'imperatrice vi ha convocata per domattina alle undici nei suoi appartamenti.»

«Me? Ha chiesto di me? Ma ne siete sicuro, signor padre?» domandò lei, incredula. Doveva essere un errore, uno scambio di persona.

Dopo la cerimonia erano rincasati tutti esausti. Elizabeth, con le caviglie gonfie, si era chiusa in camera sua, dichiarando che non aveva fame, voleva solo farsi un bagno caldo, chiudere gli occhi e riaprirli la mattina dopo. Il marchese Édouard, dopo ore passate in piedi al freddo a rispettare le fasi del cerimoniale nelle prime file, con centinaia di paia d'occhi addosso, si era tolto l'alta uniforme con le spalline dorate e con indosso una comoda giacca da camera di velluto damascato aveva raggiunto Juliette, suo genero Louis e il figlio Edo in salotto, davanti al camino scoppiettante. Edo non solo si chiamava come lui, Édouard, ma gli somigliava molto, una versione del padre giovane, dinoccolata e con un grande ciuffo sulla fronte.

«Se Dio vuole, un po' di fuoco!» esclamò, il marchese, tendendo i palmi verso le fiamme. «Si moriva di freddo a Notre-Dame e da quel che ho capito è stato proprio questo a farvi notare, Juliette...»

Lei scosse la testa. «Non ho fatto niente, padre mio. Semplicemente, una dama dietro di me si è sentita male e ho aiutato suo figlio a farla riavere... Questo gentiluomo è Tancredi dei Falletti di Barolo, mi è parso di capire.»

Il marchese annuì. «Ecco. Appunto. Accanto al giovane marchese di Barolo e a sua madre c'era la zia della contessa di Remusat, grande amica dell'imperatrice, che ha visto tutto e ha raccontato l'episodio alla nipote che deve averlo a sua volta narrato all'imperatrice e sta di fatto che, non appena Joséphine ha sentito il vostro nome, mi ha fatto avvicinare da una sua dama di compagnia con questo preciso messaggio: vuole incontrarvi.»

Juliette balzò dalla poltroncina e prese a camminare su e giù sul tappeto persiano spesso. «Santo cielo, spero di non aver fatto niente di male.»

Il giovane Edo posò una gamba sul bracciolo della poltrona. Era lungo, magro e sgraziato come spesso sono i quattordicenni in crescita, ma aveva un sorriso irresistibile e uno spirito simile a quello della sorella. «Se avete aiutato una persona, sorellina, credo che non ci sia niente di censurabile: non credete, signor padre?»

Suo cognato Louis sollevò le sopracciglia, fissando disapprovante la sua postura scomposta. «Forse anche se la cosa è stata fatta in perfetta buona fede le regole del cerimoniale non prevedevano di abbandonare la propria posizione. La forma, ragazzo mio, ha una sua importanza, *sempre*.» Si girò verso Juliette. «*Absit iniuria verbis*, sia detto senza offesa, cara.»

Edo abbassò la gamba, stringendosi nelle spalle. A volte suo cognato pareva un vecchio precettore, con le sue citazioni latine e le sue idee codine. Guardò suo padre che sorrise e scosse la testa.

«Non credo che si tratti di questo, Louis. Del resto, si sa, la nostra Juliette non si tira mai indietro quando c'è da aiutare qualcuno.» C'era una nota di orgoglio nelle parole del marchese. Era rimasto vedovo presto e si era ritrovato solo con quattro figli, due bambine di sette e di dieci anni e due bambini piccoli. Aveva dovuto occuparsi della loro educazione. Con Juliette nessun problema: assorbiva tutto come una spugna. Aveva imparato le lingue dei Paesi dove si erano rifugiati, masticava perfino un po' di olandese, oltre al tedesco, all'italiano, al latino. Bisognava toglierle i libri di mano. E si comportava con grazia naturale in ogni occasione, che parlasse con una sguattera o con un duca. Certo non era docile di carattere e faceva molte domande scomode, ma pazienza. Con Elizabeth non era stata la stessa cosa per quanto riguardava gli studi, forse la primogenita non aveva la stessa passione per il sapere, ma era comunque una brava figlia e si era sposata col barone le Peletier d'Aunay che ne aveva apprezzato il carattere dolce e le abilità nelle arti più femminili, come il canto, il ricamo, le faccende domestiche. Il barone Louis dal canto suo era un po' pedante, forse, con le sue pose da latinista, ma buono. I due figli maschi erano ancora giovani: Edo adorava Juliette, studiava volentieri e aveva una gran passione per i viaggi e le terre d'oltremare; il minore, Charles Antoine, stravedeva per i cavalli e forse sarebbe diventato un bravo soldato.

Appoggiato alla mensola del camino, il marchese guardava Juliette, che si tormentava un ricciolo col dito, inquieta.

«Ti accompagnerò io alle Tuileries domani» le disse in tono rassicurante.

Juliette si accigliò. Quando lo faceva, la somiglianza tra padre e figlia si accentuava: anche a lui, quando qualche pensiero lo turbava, si formava quella V sulla fronte. Le andò vicino e col polpastrello dell'indice cancellò la ruga d'espressione sopra la sua pelle liscia e giovane. «Andrà tutto bene, Joujou» le sussurrò, usando il suo nomignolo di quand'era piccola.

«Ora che la tempesta è passata, ora che la rivoluzione è finita e il nuovo imperatore vi dimostra tanta stima, signor padre, non vorrei proprio essere la causa di qualche nuova disgrazia.»

«Voi sarete sempre e solo causa di soddisfazioni, cara» rispose lui.

Lei gli buttò le braccia al collo e Louis, seduto composto sulla poltroncina, strinse appena le labbra: le manifestazioni d'affetto così plateali non erano contemplate dalle buone maniere.

Il marchese era soddisfatto. Ma sì, aveva fatto un buon lavoro con i suoi ragazzi. Certo, grazie anche all'aiuto di Sophie de Crénolle, cugina di primo grado della sua defunta moglie, che era stata più che una governante in quegli anni, quasi una seconda madre per loro.

Come se il suo pensiero grato l'avesse evocata, proprio allora Sophie si palesò insieme all'ultimogenito dei Colbert sulla porta del salotto, con la sua cuffietta di pizzo in capo, vestita di scuro come al solito. Non aveva ancora quarant'anni, ma il suo fare dimesso da pia zitella, la faccetta pallida e un po' gonfia, le labbra sottili e gli occhi dal taglio triste, con l'angolo esterno all'ingiù, gliene regalavano un'altra decina. «Charles Antoine vorrebbe salutare prima di ritirarsi» esordì nel suo tono mite. Parlava sempre piano, sottovoce, costringendo a volte i membri della famiglia a uno sforzo d'attenzione. «La cuoca ha preparato dolce e salato così potete mangiare qualcosina prima di coricarvi, sarete stanchissimi dopo questa giornata, ma non vi lascerò andare a letto a stomaco vuoto.»

«Venite, Sophie, venite, Toin, sedetevi un momento con noi» li invitò il marchese.

«Toin deve andare a dormire, domani comincia alle sette col precettore» fece notare Sophie. Il ragazzino magro con i riccioli chiari sgranò sul marchese due occhi supplichevoli. A lui parve di vedere la sua povera moglie Anne-Marie in quella espressione.

«Via, Toin, non guardatemi come un cucciolo abbandonato. Faremo un'eccezione, mezz'ora non cambierà poi molto» tagliò corto, conciliante. «Siate clemente, Sophie.»

Le cameriere stavano portando vassoi d'argento di squisitezze. Altro che qualcosina. La cugina aveva fatto allestire un buffet simile a quello delle feste da ballo, pietanze fredde e delicate per non appesantire, e stuzzichini, gelatine, tartine, mousse e frutta, rosso di Borgogna e moscato del Rossiglione. Un ben di Dio per un mezzo reggimento.

Il marchese sospirò, allungando il bicchiere per farselo riempire. «No, solo un po' di Borgogna per me. Ecco, così, basta, ce lo siamo meritato... servitevi, Sophie.»

Lei scosse subito la testa. «Oh, no, Édouard, sapete che non bevo vino... non sta bene, sulle labbra di una donna.»

Il marchese sollevò le sopracciglia. «Allora fate onore a questo buffet.»

Sophie fece di nuovo no con la testa. «Ho già desinato in cucina» confidò a occhi bassi. C'era un che di carnale nel cibarsi in pubblico, aprendo la bocca e masticando, senza contare che la gola era un fior di peccato. «Il mio padre spirituale ha disposto dei digiuni per l'avvento.»

Lui sorrise divertito. Era parecchio noiosa, Sophie, ma tanto cara. Alzò il calice verso di lei. «Come volete, allora.» Prese della carne fredda, ci versò un po' di salsa e la guardò. «Che bella idea questo rinfresco. Grazie, cugina, non so come faremmo senza le vostre cure.»

Lei avvampò di piacere, come se si fosse spalmata sulle guance pallide la crema di vermiglio che Elizabeth si era appena fatta portare dal suo profumiere di fiducia, e accarezzò il marchese con lo sguardo. A volte non capiva se le frasi sempre gentili che lui le rivolgeva fossero davvero degli elogi oppure nascondessero una vena di sarcasmo. Ma in questo caso sembrava davvero un sincero apprezzamento.

Juliette li osservava, spilluzzicando una tartina. Suo padre non sembrava accorgersi di tanta devozione da parte della cugina e la trattava col sereno distacco che si usa per le persone di servizio. «Dovrete ricredervi, cugina Sophie, ora che Joséphine è imperatrice. La nostra sovrana non disdegna non solo lo champagne, a quanto pare, ma molti vini stranieri e soprattutto il rum...» le disse, confidando in una reazione delle sue. Sophie aveva delle opinioni molto chiare su che cosa fosse e non fosse concesso a una donna perbene. In realtà aveva delle opinioni molto chiare su tutto e aveva fatto del suo meglio per inculcarle a lei e a Elizabeth, con alterni risultati.

La cugina spalancò gli occhi tristi. «Il *rum*?» ripeté, come se fosse la prima volta che lo sentiva nominare.

«Un liquore, cugina. Una eccentricità creola che viene servita sotto forma di punch» spiegò Louis, forbendosi le labbra col tovagliolo dopo aver fatto garbato onore alle cibarie.

«Bisognerà che aggiungiate una bella ciotola per il punch ai nostri servizi da tè» esclamò Juliette, maliziosa. «Oramai nessuna dama che si rispetti potrà farne a meno. Le migliori ceramiche di Francia ne produrranno in quantità.» Sapeva che la cugina aveva una vera e propria mania per le stoviglie e le suppellettili da tavola, piatti, bicchieri, posate, tazze, ciotoline e tutto quanto. Ogni trasloco dei Colbert comportava l'imballo e lo spostamento di casse e casse di fragili porcellane, e ogni volta c'era una lunga lista di vittime per mano di facchini un po' troppo brutali. E non solo stoviglie. Più di una cameriera era stata licenziata con l'accusa di non aver avvolto adeguatamente una zuppiera di Sèvres, proteggendola dagli urti.

Per tutta risposta, Sophie si segnò. «Che il cielo mi guardi, punch al rum! Non sarò io a dir nulla contro la nostra imperatrice, ma quella donna...»

Il marchese alzò un dito. «Siamo tutti al servizio dell'imperatore e dell'imperatrice, cugina. Sono sicuro che non vorrete parlarne se non con rispetto.»

Sophie tacque, ma la sua espressione era così eloquente che Juliette faticò a non scoppiare a ridere. Joséphine Bonaparte rappresentava un tipo di donna che di certo la cugina non poteva apprezzare. Ma il fatto che la dama che aveva appena visto incoronare a Notre-Dame fosse, nonostante il suo status riconosciuto, oggetto di critiche così insistenti per il suo passato e per il suo presente, le faceva venire una gran voglia di prenderne in qualche modo le difese.

«E comunque domani la nostra Juliette la incontrerà in un colloquio privato, la nostra sovrana» concluse Edo.

Sophie si portò una mano alla gola. «Oh, santi del paradiso! Non è uno scherzo? Che cosa aspettavate a dirmelo? Dobbiamo preparare il vestito più adatto...»

«Andrà benissimo quello che indossavo oggi all'incoronazione, credo» ragionò tranquilla Juliette, cercando lo sguardo del padre.

«Ma a maggior ragione! Lo avrete sciupato senz'altro, non

avete mai gran riguardo, voi... non vorrete presentarvi a corte come una stracciona, bisogna subito che avvisi la guardarobiera... Oh, mio buon Signore...» E corse fuori dalla stanza come se la stessero inseguendo, trascinandosi dietro Toin.

Il marchese sospirò. «Edo, ragazzaccio, hai sconvolto la povera cugina Sophie. C'è modo e modo di dire le cose.»

Juliette e il fratello ridacchiarono.

Louis finì di bere il suo moscato e accavallò le gambe inguainate negli stivali alti di bel cuoio. «La prendete in giro, povera donna, ma Sophie non ha tutti i torti, sapete. La forma...»

«... ha una sua importanza, cognato, lo avete ben spiegato prima, certo» concluse Juliette interrompendo quello che prometteva di essere un piccolo sermone. A lei importava poco se la gonna del suo bell'abito beige rosé avrebbe avuto qualche piega di troppo nel posto sbagliato. Quello che la preoccupava davvero era il tema della conversazione con l'imperatrice Joséphine. D'accordo la forma, ma in questo caso era la sostanza a darle da pensare.

3
Juliette e Joséphine

Juliette teneva lo sguardo basso, piegata nel più perfetto degli inchini. La cugina Sophie avrà avuto cento difetti, ma aveva insegnato loro alcune cose fondamentali, tra cui una riverenza di geometrica perfezione. Il collo lungo della giovane donna aggiungeva grazia alla postura mentre lei si sentiva addosso il peso dello sguardo dell'imperatrice. Era certa che le guance le si fossero colorite un poco per l'emozione di quel momento. Solamente lei era stata ammessa in presenza di Joséphine nei suoi appartamenti privati al piano terra delle Tuileries. Suo padre che, mantenendo la sua promessa, l'aveva scortata fin lì, aveva dovuto fermarsi in anticamera.

«Tiratevi su, mia cara.»

Le mani guantate e calde della sovrana le presero i gomiti per aiutarla a risollevarsi. Lei alzò la testa e se la vide così vicina da poter sentire l'aroma di violetta del suo alito. Non era bellissima, Joséphine, e la pelle lievemente segnata dal vaiolo non sembrava perfetta nemmeno sotto il trucco che cercava di schiarirla e uniformarla, ma i lineamenti erano regolari, gli occhi nocciola profondi, il naso piccolo e dritto e i capelli folti e lucidi, trattenuti e raccolti dai pettinini e dai fermagli preziosi.

«Grazie, maestà imperiale» sussurrò Juliette.

Rimasero un momento in piedi l'una davanti all'altra. Joséphine le sorrise nel suo modo tipico, senza schiudere le labbra, sporgendole un pochino in avanti, e sempre tenendola confidenzialmente per un gomito la condusse ai due bassi sofà in stile orientale davanti alla grande finestra che dava nella direzione degli Champs-Élysées. Si trovavano negli appartamenti che erano stati della regina Maria Antonietta, ma quando ci si era trasferita l'imperatrice ci aveva messo il suo tocco, tappezzando tutto di taffetà color pervinca trapunto di piccoli caprifogli bronzei. In un pregevole dipinto secentesco appeso alla parete una bionda e ispirata santa Cecilia suonava una viola aiutata da un angioletto che le reggeva lo spartito, forse per rendere omaggio al talento musicale di Joséphine, che dicevano fosse molto versata negli strumenti a corda, soprattutto la chitarra, e anche nel canto.

L'unica altra persona presente nella stanza era una giovane e robusta donna di colore, con indosso un vestito coloratissimo sui toni del giallo e del rosso e i capelli avvolti in una striscia di tessuto in tinta. A Juliette parve magnifica, con quella nuvola di capelli scuri e folti trattenuti dalla seta sgargiante. Non aveva visto molti neri nella sua vita, e mai così da vicino. Le sorrise timidamente, ma l'altra rimase seria, scrutandola sospettosa con i suoi occhi liquidi sotto le palpebre pesanti.

Intanto Joséphine si era accomodata un po' di sbieco sul sofà, incrociando le caviglie e allungando la mano per accarezzare il piccolo cane grigio che se ne stava lì sdraiato e che subito leccò affettuosamente i guantini di pizzo della padrona.

Il tipo di abbigliamento che l'imperatrice aveva imposto alle dame non donava a tutte. La vita alta dell'abito neoclassico metteva in evidenza il seno e il tessuto leggero e sottile aderiva al corpo, svelando tutte le imperfezioni. Ma a lei lo stile neogreco stava bene. Le braccia erano ancora sode, il décolleté uniforme, la pancia piatta. Joséphine sospirò soddisfatta e fece cenno a Juliette di prender posto su quello proprio davanti a lei.

«Eccoci qua, Fox, cagnolino mio» esclamò solleticando il carlino sotto la gola a piegoline. «Hai visto? Finalmente abbiamo trovato Mademoiselle de Colbert.» La voce di Joséphine era una musica. Juliette cominciava a capire il segreto del suo successo. Ti faceva sentire a tuo agio, come se la conoscessi da sempre. Trasmetteva calore umano, vero e vivo. Osava una vicinanza fisica che il galateo dell'aristocrazia francese avrebbe ritenuto eccessivo: dovette tirarsi con discrezione un po' di lato per evitare che le loro ginocchia si sfiorassero.

«Dunque voi mi... mi cercavate, maestà imperiale?» domandò, stupita.

Il protocollo imponeva che non si potesse rivolgere la parola per primi a sua maestà imperiale e tanto meno far domande, ma le era parso che quell'osservazione, se pur rivolta al suo cagnolino, volesse aprire una conversazione. E del resto se l'aveva convocata era poco probabile che desiderasse una scena muta.

Lei infatti fece un gesto con la mano. «Madame, basta che mi chiamiate Madame in questo contesto non ufficiale. E sì, mia cara, proprio: vi cercavo.» Si chinò in avanti. «In effetti le somigliate. Quegli occhi che sembrano due pezzi di cielo... il vostro cielo della Vandea, direbbe vostra nonna.»

Juliette era sbalordita. «Vostra maestà l'ha conosciuta?»

«In circostanze... estreme.»

Lei giunse le mani. «Oh, mio Dio!»

Le parve di tornare indietro di dieci anni almeno, quando lei e la nonna si erano dette addio a Maulévrier. Tutta la famiglia aveva cercato invano di convincere la vecchia dama a seguirli al porto di Nantes. Ricordava le sue parole orgogliose. «Questa è la mia terra e io non ho fatto niente di male. Andrò a Beuzeville, torno nel maniero di mio padre. Nemmeno i blu più facinorosi se la prenderebbero con una signora anziana come me.»

Ma non era andata così, per lei e per altri parenti meno prossimi rimasti in Vandea. Non si erano più riviste ed era giunta loro la notizia terribile della sua fine sul patibolo. Juliette ne era stata straziata, dopo aver perduto la mamma. E adesso l'imperatrice le stava parlando proprio della sua amata nonna.

«Ditemi, ve ne prego, Madame... raccontatemi di lei!» la supplicò. «Quando l'avete incontrata?»

Joséphine fece segno alla donna vestita di giallo. «Mimi, che ne dici di farci portare un infuso caldo d'arancia e cannella?»

La donna aggrottò le sopracciglia, esitante. Juliette capì che non voleva lasciar sola la padrona con una sconosciuta.

L'imperatrice sorrise. «Va', per favore, Mademoiselle de Colbert è un'amica.»

Senza perdere il suo cipiglio, Mimi annuì e uscì senza troppo affrettarsi, con una camminata morbida e quasi indolente.

Joséphine la indicò con la mano mentre la porta si chiudeva alle sue spalle. «Lei è Euphémie, anzi, Mimi, la mia sorella di latte, sapete. Sua madre è stata la mia balia, nelle Antille. Ah, un altro mondo... abbiamo ancora almeno duecento schiavi, laggiù.»

«Schiavi, Madame? Ma la schiavitù non era stata abolita dalla rivoluzione?» domandò candidamente Juliette. Ne aveva sentito parlare dallo zio Charles, il fratello di suo padre, marinaio e grande viaggiatore, come una delle poche cose buone fatte dai blu. Era sicura che il povero marchese di Condorcet, il famoso filosofo enciclopedista, amico di Voltaire e Diderot, fosse riuscito a far votare dalla Convenzione nazionale la fine di quella pratica orribile, prima di morire in prigione, accusato da quella stessa rivoluzione alla quale le sue avanzate idee avevano dato linfa, divorato dai suoi figli di pensiero.

L'imperatrice s'irrigidì e scosse la testa. «Non nelle Antille, cara. Bonaparte l'ha ristabilita già da un po'. Che sciocchezza sarebbe stata, comunque, abolire la schiavitù oltremare? Le piantagioni di zucchero, di caffè, di tabacco, non esisterebbero, senza gli schiavi.» Joséphine mosse una mano come a voler allontanare quel tema fastidioso. I suoi famigliari erano stati tra i primi coloni bianchi della Martinica e sarebbero falliti senza manodopera servile, per cui aveva fatto pressione su Napoleone per fargli adottare quel provvedimento appena preso il potere. Questo aveva suscitato l'immediata reazione degli ex schiavi di Santo Domingo, i quali avevano scatenato una vera e propria guerra d'indipendenza che stava costando cara alla Francia. «Ma voi vorrete sapere di vostra nonna, non del mio passato, di quando vivevo tra i tamarindi... Bene, vostra nonna l'ho conosciuta all'inferno, cara. Dentro la prigione del Carmine...»

Juliette la ascoltava con gli occhi spalancati. Joséphine le raccontò di come Madame Charlotte le avesse fatto coraggio il giorno in cui aveva saputo dell'esecuzione di suo marito il visconte di Beauharnais e di come fosse stata un esempio di fermezza per tutti.

«Ero terrorizzata. Da un momento all'altro il sovrintendente delle carceri Planchard sarebbe entrato dentro la mia cella e avrebbero chiamato il mio nome...»

Juliette scosse la testa. «Credo che io sarei impazzita...»

Joséphine fece segno alla camerierina che era arrivata portando gli infusi di lasciare tutto sul tavolino. «Ci serviamo da sole.» Aspettò che fosse uscita e che ci fosse di nuovo solo Mimi con loro prima di proseguire.

L'imperatrice raccontava bene, con passione, e a Juliette sembrava di riuscire a vedersi davanti persone e circostanze, come a teatro.

«A volte penso che un poco siamo tutti impazziti davvero, dopo quelle esperienze. Siamo dei sopravvissuti.» Mimi stava versando l'infuso profumatissimo nelle tazze dorate e lei la ringraziò con un cenno. «Sono cose che rimangono, come graffi su uno specchio. Faccio ancora dei sogni...» Chiuse gli occhi. Si rivedeva in prigione, e poi tra le braccia di Planchard, e tra quelle di Hoche, il suo amante. Naturalmente tutto questo non lo poteva confessare alla piccola Colbert. Anche se aveva la netta sensazione che di lei si sarebbe potuta fidare.

«Oh, Madame, sono desolata che dobbiate ricordare per colpa mia questi tremendi momenti...» esclamò Juliette. Si era accorta che la tazza tremava un poco nelle mani dell'imperatrice.

Joséphine aveva tutto bene in mente. Come Madame Charlotte aveva previsto, erano venuti a chiamarle il giorno dopo. Quando i carcerieri avevano pronunciato il nome dei Colbert, la bella vecchia si era alzata e si era avviata al suo destino a testa alta, guardando con disprezzo i suoi carnefici. Si era girata solo un momento a sorriderle, prima di sparire per sempre. Quando avevano chiamato Joséphine, invece, lei aveva seguito alla lettera le istruzioni di Planchard e si era lasciata cadere come svenuta, il respiro mozzo, gli occhi chiusi. Nessuno l'aveva soccorsa. Era andato tutto come lui aveva previsto: la stanza si era svuotata e lei era rimasta lì sul pavimento, dimenticata. Quando era stata certa che non sarebbero tornati, si era tirata su in ginocchio e aveva dato di stomaco, bile acida, a conati violenti. Il disgusto l'aveva sopraffatta: per quel posto lercio, per quella gente, per se stessa.

Il giorno dopo Robespierre era caduto. A trentasei anni, aveva fatto la stessa fine dei tanti che aveva mandato al patibolo. E per uno scherzo beffardo del destino, la camera da letto nella quale ora l'imperatrice dormiva lì alle Tuileries era stata proprio il quartier generale del Comitato di Salute Pubblica, quel consesso di dodici implacabili capitanati da Robespierre che aveva trascinato la Francia nel Terrore. Nell'atrio che conduceva adesso agli appartamenti di Joséphine e dove il marchese Édouard stava aspettando sua figlia Juliette, c'era ancora il grande tavolo di legno sul quale quella notte di luglio avevano disteso Robespierre agonizzante. Rendendosi conto di essere perduto, lui aveva cercato di spararsi in testa per non consegnarsi ai suoi nemici, ma la mano non era stata abbastanza ferma e il colpo gli aveva attraversato la guancia. Lo avevano lasciato lì nell'attesa di trascinarlo sulla ghigliottina con la mascella mezza spappolata. Dicevano che il boia gli avesse strappato dal volto la fascia che gliela tratteneva e che lui avesse urlato per il dolore come un animale macellato, mentre gli imprigionavano il collo sulla basculante. Per quel che riguardava Joséphine, poteva bruciare all'inferno, il maledetto.

L'imperatrice sorrise a Juliette. «Ma no. Sono io che ho voluto vedervi, cara, e per un motivo ben preciso. Non solo ho un debito di riconoscenza nei confronti di vostra nonna, che era una donna magnifica. Ma ho una missione da compiere.» Guardò il cagnolino vicino a lei sul divano. «Non è vero, Fox, piccolo mio? Spostati, tesoro, devo prendere una cosa.»

4
Il cuore della Vandea

L'imperatrice frugò sotto il bracciolo del divano per estrarne una busta di tessuto rosso. Fox seguiva incuriosito le sue mosse, umettandosi le labbra con la linguetta rosea. Juliette era affascinata. Guardò le sue dita bianche e ben curate aprirla ed estrarne un piccolo ricamo. Lo vide, lo riconobbe e lanciò un'esclamazione.

Il giorno dell'addio, quando erano fuggiti da Maulévrier, la nonna l'aveva portata di buon mattino dentro la cappella del castello e le aveva mostrato la porticina argentea del tabernacolo dove era ben visibile l'immagine sbalzata del sacro cuore sormontato da qualcosa di simile a una fiamma, che colpiva sempre la sua fantasia di bambina.

«Lo vedi quel cuore, Joujou?» le aveva domandato.

«Lo vedo bene, nonna. Però è strano, un cuore non è fatto in questo modo. Non ha sopra quella fiamma, se mai dei tubicini...» aveva risposto lei, abituata a sfogliare i manuali di anatomia nella biblioteca del marchese.

«Questo non è un cuore qualsiasi, è il cuore di Gesù» le aveva spiegato la nonna.

«Ma Gesù si è fatto uomo, quindi il suo cuore dovrebbe essere come quello degli altri esseri umani, no?» aveva insistito lei.

Charlotte aveva sospirato. Una nipote di grande intelligenza ha i suoi pro e i suoi contro. «Solo all'apparenza, Joujou. Il suo è un cuore speciale, pieno di amore, di luce, di calore. Dovrai ricordartelo bene questo simbolo, quando sarai lontana dalla tua terra. Chi nasce vandeana, vandeana muore. Il cuore di Cristo è il cuore della Vandea che gli è devota» aveva risposto.

E ora il cuore della Vandea era lì, tra le mani dell'imperatrice!

«Questo l'ha ricamato vostra nonna in prigione, cara Juliette. Pensando a voi. Mi ha incaricata espressamente di darvelo. Me l'ha fatto promettere» le stava dicendo Joséphine.

Juliette sentiva il suo, di cuore, gonfio da scoppiare. Era stata negli ultimi pensieri della nonna.

«A me, Madame?»

«A voi. Mi ha detto che eravate la sua nipote preferita.»

La giovane donna ansimò. Sapeva di dover mantenere un contegno e annaspò per ritrovare il controllo. Era pallida come una morta. Quel pezzo di stoffa ricamata era una reliquia laica. Era il cuore della nonna, prima che il simbolo della Vandea. Era un legato spirituale di valore incommensurabile.

Lo prese con le due mani aperte da quelle dell'imperatrice, mentre dei sordi singhiozzi le esplodevano in gola.

«Grazie, maestà imperiale...» cercò di articolare, accecata dalle lacrime.

Come se percepisse l'intensità di quel momento, Fox abbaiò una volta sola, poi rimase seduto dritto sul sofà, in vigile attesa.

Una goccia tiepida cadde sulle mani di Joséphine, che senza dir niente si alzò e andò a mettersi accanto a Juliette, abbracciandola. Lei rimase lì incredula, sconvolta, stringendosi al petto il piccolo ricamo, tra le braccia dell'imperatrice dei francesi che la cullava piano, in silenzio, come fa chi ha molto sofferto e capisce il dolore degli altri.

L'imperatrice aspettava da anni di tener fede alla parola data a Madame Charlotte. La sua natura superstiziosa di bambina cresciuta tra le leggende, i balli, i culti magici degli schiavi neri che erano più numerosi dei proprietari terrieri bianchi in quel paradiso caldo e tropicale che l'aveva vista nascere, la costringeva a rispettare i giuramenti, sotto la pena di oscure vendette del destino. E anche nei lussuosi appartamenti delle Tuileries a volte le pareva, come le era capitato nelle prigioni del Carmine, di sentire l'alito freddo di qualche fantasma, della regina, di Robespierre, di chi aveva abitato quelle mura prima di lei ed era poi morto senza pace.

Ora finalmente era tutto compiuto. La piccola Colbert le piaceva molto. Mancava solo una cosa, una piccola cosa, per chiudere definitivamente i conti con quella parentesi della sua vita passata tra le mura della prigione del Carmine, e poi avrebbe girato pagina per sempre. Ma di quello doveva occuparsi personalmente e in gran segreto.

Fox abbaiò di nuovo e Joséphine lo zittì.

«Shhh, stai buono, adesso.» Accarezzò la testa di Juliette. «Non avete paura dei cani, vero?»

Lei scosse la testa, tirando su col naso. «No, Madame, avevo un grosso cane grifone, da piccola, e c'erano cani da caccia a Maulévrier.» Si sforzò di sorridere. «Sono una campagnola.»

Anche Joséphine sorrise. «Allora andremo d'accordo, due provinciali a Parigi.» Guardò il carlino che era sceso dal sofà e le si voleva arrampicare in grembo. «Sono molto affezionata al mio Fox. Prima ne avevo un altro, si chiamava Fortuné e me l'aveva regalato Madame de Tallien, quand'eravamo amiche.»

«Fortuné?»

«Di nome, ma non di fatto... È stato ucciso da un orribile ed enorme dogue di proprietà del cuoco del reggimento durante la campagna d'Italia, quando ho raggiunto Bonaparte.» Sospirò. «D'accordo, devo ammettere che Fortuné era un attaccabrighe, piccolo ma coraggioso... non temeva di affrontare cani grandi il triplo di lui.»

«Ne sono desolata, Madame...»

«La cosa più tremenda è che ho avuto la netta sensazione che Bonaparte fosse contento della sua morte. Lo detestava, sapete.» Ci pensò un po' su, poi aggiunse: «Va bene, era reciproco». Abbassò la voce. «Sul polpaccio dell'imperatore si vedono ancora i segni dei suoi denti, a distanza di tanti anni... I carlini sono deliziosi, ma gelosi della loro padrona.» Rise piano. «Sto cercando di farvi sorridere» aggiunse, «chiacchierando di futilità.»

«Ve ne sono grata, Madame.» L'intermezzo su Fortuné le aveva permesso di ricomporsi del tutto, anche se il cuore le doleva ancora. Sapeva che le avrebbe fatto male per sempre: come aveva detto Joséphine, certe cose restano come graffi sullo specchio dell'anima. Allungò la mano verso il muso schiacciato di Fox e lasciò che lui l'annusasse per bene prima di azzardare una carezza.

Joséphine annuì. «Ci sapete fare anche con le bestie» constatò, mentre il carlino si lasciava coccolare. «Fox non è di carattere fin troppo vivace come Fortuné, ma ha le sue simpatie, e senz'altro lo avete conquistato.»

«Va d'accordo con sua maestà l'imperatore?» domandò Juliette, grattandogli piano la nuca morbida.

L'imperatrice sollevò le sopracciglia. «Senz'altro più di Fortuné. Ma a Bonaparte non piacciono i cagnolini da grembo, il loro abbaiare acuto. E poi, vedete, Fox è un carlino di razza inglese... e l'imperatore degli inglesi non si fida.»

Finirono per ridere di nuovo, poi l'imperatrice si alzò. Era il segnale del congedo e Juliette si affrettò a imitarla.

«Passate nel secondo salotto dove vi aspetta Madame de Remusat che è la responsabile del mio entourage. Sì, Clari vi spiegherà tutto» disse Joséphine. «Vedrete, lei è *molto* incinta, e abbiamo bisogno di qualcuno che la sostituisca tra poco.»

Juliette la guardò senza capire e lei allargò le braccia. «Non volete, mia cara, diventare dama d'onore dell'imperatrice? Ho un gran bisogno di vedermi in giro bei faccini onesti come il vostro.»

Lei restò a bocca aperta. «Oh, maestà imperiale, io...»

Joséphine parve divertita. «D'accordo, allora. Un'ultima cosa: siete fidanzata?»

«No, Madame...»

«Meglio così» fu la risposta. «Adoro mettere le mani nella faretra di Cupido.»

Qualcuno bussò alla porta e Mimi andò ad affacciarsi. Richiuse e tornò con la sua flemma delle Antille accanto a Joséphine per sussurrarle qualcosa all'orecchio. Lei annuì. «Che vi dicevo, ora devo parlare con mio cognato il principe Borghese... a proposito di frecce del dio dell'amore.» Le indirizzò una strizzatina d'occhio, facendole segno con la mano di andare.

Mentre Juliette si avvicinava all'uscio che portava al secondo salotto, dall'altra porta faceva il suo ingresso un bell'uomo giovane, alto ed elegante, con una gran testa di capelli ricci e un sorriso da conquistatore.

«Principe» lo salutò Joséphine, mentre lui si inchinava. «Vi presento Mademoiselle Juliette de Colbert, che ci sta lasciando.»

Lui la salutò affabilmente. «Credo proprio di aver conosciuto vostro zio Charles a Roma, Mademoiselle, in visita alla nostra collezione d'arte, prima che partisse per le Americhe... Un grande viaggiatore, un buon marinaio.»

«È probabile, signore. Il fratello di mio padre è un cittadino del mondo e un estimatore della bellezza» rispose lei, con un lieve inchino.

Camillo parve deliziato dalla risposta. «Mi pregio di essere anch'io un estimatore della bellezza» disse subito «e in quanto tale mi ritengo fortunato di aver fatto la vostra conoscenza.»

Joséphine si mise tra il principe e Juliette, che era arrossita un pochino, agitando un dito, scherzosa. «Sarà meglio che andiate, Juliette, prima che mio cognato esageri... Conservate la vostra galanteria per vostra moglie Paolina, signore, anche se adesso non è qui.»

Borghese sollevò le sopracciglia. «Arrivederci, Mademoiselle.»

Lei sgusciò fuori nel corridoio che portava al secondo salotto, un po' stordita, scortata da uno dei valletti che aspettavano fuori dalle doppie porte. Strinse la busta che conteneva il cuore ricamato della nonna per farsi coraggio.

Il secondo salone, più grande, era tutto tappezzato di raso giallo pallido e bruno. Le pareti erano abbellite da consolle di granito rosa con sopra grandi vasi di porcellana di Sèvres. Una dama stava seduta in un angolo su una poltroncina imbottita in compagnia di due cameriere in piedi alle sue spalle mentre un uomo vestito di nero le sciorinava davanti delle pezze di tessuti aiutato da un ragazzo che stava srotolando un meraviglioso broccato color dell'oro.

La vide e le sorrise, facendole cenno di venire avanti, senza alzarsi. Juliette si accorse subito che la bella donna bruna era in avanzato stato di gravidanza. «Venite, Mademoiselle de Colbert! Juliette, non è vero? Sua maestà imperiale mi ha detto di voi. Sedete vicino a me, intanto che il buon mastro Tonnard ci mostra qualche stoffa da arredo. Vedete, sono incaricata di una sorta di preselezione, per presentare all'imperatrice le scelte migliori.»

Juliette la raggiunse e prese posto sulla poltroncina accanto. «Come state, Madame de Remusat?»

«Come sta una donna che se Dio vuole tra un paio di settimane metterà al mondo il suo secondo figlio...» sospirò Clari, accarezzandosi il ventre tondo. «Questa gravidanza è stata un disastro, al confronto della prima, sto male un giorno sì e uno no.» Scosse la testa. «Ma non voglio tediarvi con le mie miserie! Sapete che mi avete fatto fare bella figura con sua maestà? Quando le ho raccontato quel che era successo in Notre-Dame, perché mia zia Félicie era nella stessa fila dei Barolo, lei ha esclamato che era un segno del destino. Detto tra noi, la nostra sovrana è molto, come dire, attenta ai presagi... E ha voluto subito incontrarvi.»

«Vi sono grata, Madame» rispose subito Juliette.

«Clari, mi chiamano Clari. Ma, ditemi, quella piccola belva viziata di Fox vi ha abbaiato contro?»

«Oh, no, Mada... Clari. Anzi. Siamo andati molto d'accordo.»

«Anche con Mimi?»

«L'ho veduta molto protettiva nei confronti di sua maestà l'imperatrice.»

Clari annuì. «Certo, non è solo la sua sorella di latte, è nata dal suo stesso padre, il cavaliere de La Pagerie...»

Juliette non riuscì a nascondere il suo stupore e l'altra rise. «Cara, è normale, è figlia di una schiava nera che lavorava nella loro casa. Le schiave domestiche servono anche a questo, nel paradiso delle Antille.» Poi batté le mani. «Ma è fantastico, Juliette! Siete piaciuta al cane e a Mimi. Esame superato, allora. Vi racconterò tutto, ma prima dobbiamo finire con queste stoffe.»

Lei alzò gli occhi e notò il quadro appeso alla parete di fronte. «Che meraviglia, è un Raffaello!» esclamò, riconoscendo la *Madonna della Seggiola*.

Clari spalancò gli occhi, favorevolmente colpita. «Vedo che ve ne intendete.» Abbassò la voce. «Il soggetto è quello, ma si tratta di una copia. Ben fatta, ma è un falso.» Le prese la mano e gliela strinse in un gesto amichevole. «Questa è una delle prime cose che bisogna imparare per sopravvivere qua dentro: non è tutto oro quello che luccica.»

5
Occhi di vetro

«Avrete sentito parlare del nostro ministro di polizia, cara» le disse Joséphine con un mezzo sorriso.

Su richiesta dell'imperatrice, Juliette era andata a rovistare tra gli scaffali della piccola biblioteca annessa agli appartamenti alla ricerca di qualcosa di adatto da leggerle. Oramai viveva praticamente alle Tuileries, in uno degli appartamentini riservati alle dame, e nei mesi trascorsi la sua intimità con Joséphine era cresciuta. L'imperatrice reclamava la sua costante presenza. Le rare occasioni in cui tornava a casa giusto il tempo di fare un cambio d'abiti e tirare il fiato, sua sorella la tempestava di domande e la guardava con occhi sognanti. «Ah, la vita di corte... E io qui con le caviglie gonfie e la nausea...»

L'ultima volta lei aveva scosso la testa. «Tu stai per mettere al mondo il tuo bambino, Babé, ti pare poco?» Così era riuscita a farla inorgoglire e a rasserenarla.

Lì a palazzo Juliette aveva preso molto sul serio il suo ruolo di lettrice. Le piaceva cercare il libro giusto per Joséphine, che la faceva leggere fino a che la voce le reggeva, ascoltandola ad occhi chiusi con un mezzo sorriso sulle labbra. «Potreste ambire al palcoscenico» le aveva detto una sera divertita, all'ultima battuta della fiaba "La cicala e la formica" di Lafontaine, dopo che lei si era impegnata a dare alle due protagoniste voci diverse. «E comunque la cicala è molto più simpatica della formica, non vi pare?» Avevano riso insieme, cosa che capitava oramai molte volte.

Quel pomeriggio, quando era tornata nel salottino privato con un paio di volumi in mano, Juliette aveva visto, seduto sul divanetto accanto alla finestra, quel gentiluomo magro dallo sguardo inquietante.

«Ho il piacere di presentarvi il nostro Monsieur Fouché.»

«Lo conosco di fama, Madame» rispose subito lei. Non stava mentendo: suo padre le aveva parlato più volte del capo della polizia di Napoleone. Lo aveva definito l'esempio vivente del fatto che solo gli sciocchi non cambiano mai idea. Joseph Fouché era stato, nei suoi quarantatré anni di vita, tutto e il contrario di tutto. Quasi prete e poi ateo convinto, rivoluzionario e sostenitore di Robespierre e del Terrore, termidorista contro Robespierre e infine sostenitore di Napoleone. La sua polizia segreta era riuscita a salvare l'imperatore da un paio di attentati e adesso si stava prodigando per far rientrare dall'esilio i nobili espatriati e riunirli intorno a Bonaparte. Era stato lui a contattare i Colbert inviando al marchese Édouard un suo emissario a Coblenza. In fondo dovevano essergli riconoscenti, pensò Juliette. «Buon pomeriggio, Monsieur Fouché. Come state?»

Lui la fissò con i suoi occhi chiari, così privi di espressione da parere di vetro. «Mademoiselle de Colbert» disse sottovoce. «Sono contento di vedervi qui. Il vostro signor padre sarà orgoglioso di voi.» I favoriti rossicci che gli scendevano sulle mascelle facevano sembrare il suo viso ancora più scarno e pallido. Napoleone lo aveva soprannominato col suo umorismo còrso «il beccamorto».

«Tutto merito della benevolenza di sua maestà imperiale» rispose Juliette.

«Vi siete trovata al posto giusto nel momento giusto e spesso è questo che conta nella vita» rise Joséphine. «La nostra Clari è agli sgoccioli, aspettiamo notizie del lieto evento da un momento all'altro.»

Proprio allora Mimi fece il suo discreto ingresso dalla portafinestra che dava sul giardino con Fox, che era stato a fare la sua passeggiata. Non appena il cane vide Fouché, si immobilizzò sulle zampe corte e prese a ringhiare basso. Il capo della polizia posò sul carlino il suo distaccato sguardo di vetro, impassibile.

«Non vi può proprio soffrire, caro Fouché» constatò Joséphine, divertita.

Lui strinse le labbra già sottili fino a trasformarle in una linea pallida. «Probabilmente sentirà l'odore del mio mastino.»

«Probabilmente» convenne l'imperatrice, con l'aria di non crederci minimamente. A Fox non tutti piacevano, manifestava le sue preferenze e di solito ci azzeccava. Fece segno a Juliette di mostrarle i libri che aveva in mano. «Che cosa avete trovato di bello?»

«Un romanzo di Monsieur Saint-Pierre di cui mi avevano parlato, Madame. Si intitola *Paul e Virginie*.»

«Non lo conosco, ma è un bel titolo» disse Joséphine. «Sembra una storia d'amore.»

«Da quel che ho capito lo è, ambientata sullo sfondo esotico delle isole Mascarene...»

«Esotico! Mi piace. Anch'io sono esotica, no? Lo dobbiamo leggere per forza. Brava, buona scelta.» L'imperatrice si rivolse a Fouché. «Allora arrivederci.»

Lui si alzò. «Vostra maestà imperiale sarà soddisfatta in tutto» disse, sibillino. In piedi sembrava ancora più magro e più alto. Poi si rivolse a Juliette. «Portate i miei saluti a vostro padre e a vostro zio Charles, Mademoiselle de Colbert. Mi consta che stia per tornare in Francia, dopo i suoi lunghi viaggi nel Nuovo Mondo, e che abbia una nuova moglie. Recategli le mie più vive congratulazioni.»

Il capo della polizia s'inchinò rigido all'imperatrice e uscì dopo un ultimo cenno rispettoso a Juliette che era rimasta a bocca aperta. Fox continuò a ringhiargli contro finché l'uscio non si richiuse alle sue spalle. Joséphine lo prese in braccio. «Mi sa proprio che hai ragione, piccolo mio» gli mormorò, accarezzandolo affettuosa. «Ma il signor Fouché è un alleato prezioso. Ha spie ovunque. Che succede, Juliette? Sembrate sconvolta.»

«Giusto cielo, Madame, non sapevo che mio zio stesse per sposarsi. Ha scritto a mio padre che aveva delle novità da comunicare alla famiglia e che ci saremmo presto rivisti. Monsieur Fouché è meglio informato di noi.»

L'imperatrice annuì con un piccolo sorriso vago. Né lei né Napoleone si fidavano davvero di quell'uomo, ma in quel momento di massimo splendore di Bonaparte tutti i voltagabbana erano ansiosi di salire sul carro del vincitore, e tanto valeva usarli. Un bravo spietato poliziotto come Fouché era indispensabile in un regime come quello che il primo console, ora imperatore, aveva in animo di instaurare. Le spie sempre spie sono, sotto qualunque governo. E lei aveva bene in mente che cosa domandargli. Fouché non aveva battuto ciglio alla sua richiesta, i suoi occhi erano rimasti come quelli senz'anima del pupazzo di un ventriloquo. Non c'era stato bisogno di spiegare molto, lui sapeva sempre ogni cosa, era bastato un nome: Planchard. Lui aveva annuito senza fare domande. Presto anche questa faccenda sospesa sarebbe stata chiusa per sempre. Joséphine sorrise. C'era chi diceva che la vendetta apparteneva al Signore; lei non era dello stesso avviso, se appena se ne presentava l'opportunità.

«Fatemi sapere chi è la fortunata che entrerà nella famiglia Colbert» si raccomandò con Juliette. «Da quel poco che ho sentito anche dal principe Borghese, vostro zio dev'essere un uomo davvero interessante.»

Lei annuì. «Un soldato, un marinaio... Ha combattuto per l'indipendenza americana con Lafayette e...» Si morse le labbra. Lo zio aveva combattuto anche in Vandea, dalla parte dei realisti, ma non era il caso di ricordare troppi dettagli: Napoleone aveva militato dalla parte opposta e correva voce che parecchi degli attentati alla sua vita, dai quali era scampato, fossero stati organizzati proprio da ex vandeani. Quando la guerra era finita con la sconfitta degli aristocratici, lo zio Charles era ripartito per le Americhe e aveva girato in lungo e in largo il Nuovo Mondo. Ogni tanto il marchese Édouard sospirava, negli anni addietro, parlando di lui quasi con una punta di invidia. «Mio fratello gira il mondo...»

E adesso, dentro il salottino privato dell'imperatrice, Juliette sospirò. «Anch'io, Madame, non vedo l'ora di riabbracciare lo zio Charles.»

Sarebbe stato bello ritrovarsi con lui, sentire i suoi racconti, conoscere la donna che aveva sposato. Anche se nessuno di loro, di quanti erano rimasti, era più lo stesso di quelle giornate spensierate a Maulévrier, prima di perdere l'innocenza di chi non ha ancora vissuto un fratricidio. Napoleone aveva disposto degli indennizzi piuttosto generosi per le proprietà vandeane messe a ferro e fuoco, e il loro castello era tra quelli che avevano subìto più danni. Sarebbero riusciti a ricostruirne i muri, a risistemare i giardini. Ma l'anima di quel posto era stata violata, perduta per sempre, strappata via, come le rose della mamma, come le vite di tutti quelli che non c'erano più. Indietro non si torna.

6
Bòbò

La porta si aprì come per una folata di vento.

Joséphine, che era ancora *en déshabillé* data l'ora mattutina, alzò la testa dallo specchio mentre Juliette, che era appena arrivata da lei, si girava verso il nuovo arrivato, che era entrato negli appartamenti privati dell'imperatrice senza bussare. Fu così che se lo trovò davanti, a non più di tre metri, con indosso una giacca verde scura che aveva visto giorni migliori e un'espressione tra il corrucciato e l'incuriosito. Profumava di una colonia che sapeva di rosmarino, così forte da sembrare un medicinale. Il suo profumiere di fiducia, Gervais Chardin, la preparava apposta per lui, che ne consumava due bottiglie al giorno e si era fatto fare una confezione quadrata piatta, facile da trasportare fin sui campi di battaglia.

Perché era lui, Napoleone. Juliette incontrò subito i suoi occhi grigi intensi nel volto pallido. Le sembrava molto diverso dalla figura ieratica che aveva veduto da lontano in Notre-Dame. Aveva le spalle larghe, il collo corto e i capelli lisci e scuri che si stavano già diradando sulla fronte e sulle tempie. Le gambe piuttosto magre, inguainate nelle brache bianche, erano ficcate dentro stivali da cavallo larghi e alti fino alle ginocchia, anche quelli un po' usurati, come la giacca. Le balenò alla mente un'incisione che aveva veduto da bambina e che raffigurava il gatto con gli stivali della celebre fiaba di Perrault. Inghiottì a vuoto, poi si piegò in una delle sue migliori riverenze.

«Una faccia nuova» disse subito l'imperatore. «E voi chi sareste?»

Non era un approccio particolarmente garbato, ma il tono non suonava ostile. La osservava, le mani dietro la schiena, impaziente.

«Juliette de Colbert, altezza imperiale.»

Lui sembrò ricordare. «Ah, certo, la vandeana.» Guardò Joséphine. «L'avete presa? Un'altra dama ancora?»

«Al posto di Madame de Remusat, che sta per partorire» rispose pronta l'imperatrice.

Napoleone sollevò le sopracciglia. «Buon per lei» ribatté con intenzione.

Ci furono pochi secondi di silenzio che parvero lunghissimi e Juliette si rese conto chiaramente che le gote di Joséphine si erano macchiate di rosa. Mimi, che reggeva lo specchio all'imperatrice, sembrava una decorazione colorata, immobile e silenziosa.

Juliette arretrò discreta verso la porta, pronta ad andarsene, ma doveva essere Joséphine a congedarla, e non lo fece.

L'imperatore si avvicinò al caminetto e si appoggiò con le due mani alla mensola di marmo, girando loro le spalle e parlando da quella posizione.

«Che mi dite di Borghese? È venuto anche da voi a lamentarsi di mia sorella Paolina?» domandò, fissando la fiamma.

Joséphine era seduta sul suo sofà preferito. «Sì. Ve lo avevo detto che farla sposare di nuovo non sarebbe bastato.»

Lui batté con la mano aperta sul marmo. «Diavolo! Cos'altro avrei potuto fare? Era sistemata con quel povero Leclerc, il quale oltre che un bravo generale era anche un bravo marito. Ma lei si è invaghita di quell'attore da strapazzo, quel Lafon, così ho dovuto spedirla via col suo legittimo consorte, a sedare la rivolta degli schiavi ribelli a Santo Domingo... e Leclerc cosa mi combina? Non mi va a morire di febbre gialla alla Tortuga?»

Imitando Mimi, Juliette era rimasta immobile contro la parete come una delle statue mitologiche nel corridoio. Si comportavano come se lei non ci fosse. Non era certa se sentirsi lusingata per la fiducia o umiliata per venir considerata alla stregua di un complemento di arredo. Nel frattempo, non poteva fare a meno di ascoltare tutto quanto.

«Non credo lo abbia fatto apposta, pover'uomo, ad andarsene a trent'anni. La febbre gialla ha decimato tutto il vostro esercito, non ha ammazzato solo il maresciallo Leclerc» rispose l'imperatrice. «E poi Paolina sembrava così addolorata... ho pensato che avesse messo la testa a posto.»

Joséphine aveva ricevuto descrizioni dettagliate della disperazione della cognata, rimasta vedova a ventidue anni e con un figlio piccolo. Aveva fatto costruire una bara per il marito, si era tagliata platealmente lunghe ciocche dei bei capelli dei quali andava tanto fiera e li aveva lasciati cadere dentro il feretro. Aveva anche fatto mettere il cuore di lui dentro un'urna, un bel gesto molto di moda. Ma poi, a bordo della nave che li riportava a casa tutti e tre, col cadavere di Leclerc ancora caldo, le malelingue dicevano che si era lasciata consolare da uno dei generali al servizio del suo defunto marito, il bell'Humbert, che aveva già avuto una relazione con lei durante il suo soggiorno a Santo Domingo, prima che rimanesse vedova. Quando lo aveva saputo, Napoleone era andato su tutte le furie e aveva allontanato Humbert. Vista la mala parata, il generale, uomo dalle mille risorse venuto dal nulla e abituato ai rovesci della sorte, era diventato pirata ai Caraibi alleandosi col bucaniere Lafitte per trafficare schiavi.

Napoleone sbuffò. «Ah! Sappiamo entrambi che Paolina non è rinsavita. Per questo quando il principe Borghese l'ha chiesta in moglie gli ho concesso la sua mano. Un buon partito. E quei due, Dio li fa e poi li accompagna, non hanno nemmeno voluto aspettare che passasse un anno, come la decenza comanda! Sposarsi di nascosto, perdio...» Tirò un'altra manata sulla mensola. «"Voglio andare a Roma" diceva mia sorella. "Voglio andare a Roma con Camillo!" E adesso tutta questa gran passione sia per lui sia per la capitale è già spenta, dopo nemmeno un paio d'anni, e Borghese viene a lamentarsi di lei...» Si girò finalmente verso la moglie. «Che cosa gli avete detto voi?»

Joséphine era l'immagine stessa della comprensione e del buonsenso. «Di portare pazienza. Deve tener conto che lei ha appena perduto anche il suo bambino, il figlio che aveva avuto da Leclerc, il nostro povero Dermide... Le persone reagiscono in modo strano al dolore. Credo di averlo convinto.»

Juliette aveva saputo del nuovo lutto della sorella dell'imperatore. Dermide Leclerc era sempre stato cagionevole di salute e se n'era andato a sei anni appena a Frascati, vicino alle terme dove lo avevano in cura. Era morto da solo perché Paolina era tornata a Parigi, a Frascati si annoiava troppo.

«Lo avete rabbonito, insomma?» domandò Napoleone.

«Al punto che il nostro Camillo per dimostrare la sua buona volontà ad appianare ogni divergenza commissionerà a Canova una statua che raffiguri la sua sposa in tutta la sua bellezza, nei panni di una Venere.»

«Addirittura!» L'imperatore sembrava compiaciuto. «Speriamo che questo, che senz'altro le piacerà e solleticherà la vanità naturale di tutte le belle donne, la consoli un poco per la perdita del povero bambino... e che non ne incolpi Camillo.»

«Quello era l'intento.» Joséphine fece una pausa a effetto prima di proseguire d'un fiato: «E comunque è voi che Paolina incolpa per la morte di Dermide».

Bonaparte spalancò gli occhi. «Me? Ma se adoravo quel bambino!»

«Certo, ma avete costretto lei e Leclerc a partire per Santo Domingo con Dermide, che è stato esposto al contagio della febbre gialla che ha ucciso suo padre... dicono i dottori che forse le febbri di cui è poi morto a Frascati avevano a che vedere...»

«Merda!»

Juliette batté le palpebre. Non era abituata a quel linguaggio da caserma.

«Merda!» ripeté Napoleone. «Ho dovuto mandarli via, lei e Leclerc, perché tutta Parigi sapeva di lei e dell'attore! Ma che cos'ha mia sorella dentro la testa, vento?»

Joséphine allargò le braccia. «Ci vuole pazienza, lo dite sempre anche voi che le persone di temperamento non sono facili...» Gli andò vicino e gli appoggiò una mano sulla spalla. «In fondo, tra i vostri fratelli e sorelle, Paolina è quella che più vi somiglia...»

Tutta la tensione che irrigidiva il corpo dell'imperatore sembrò sciogliersi al tocco della mano di lei. Juliette lo avvertì chiaramente, era come se quel contatto fisico esercitasse su Napoleone una sorta di magia. Staccò la destra dal camino e si voltò del tutto. Anche la voce era diversa, adesso.

«Ah, no! Sapete che cos'è Paolina? Lo sapete?» Sembrava che una sorta di lucida e rassegnata consapevolezza fosse subentrata alla rabbia. «Lei è soltanto una...»

Juliette si morse il labbro inferiore, in attesa di qualche nuova volgarità.

«Una gran sventata, ecco!» concluse l'imperatore. Strinse la mano che Joséphine gli aveva posato sulla spalla, se la portò alle labbra e la baciò. Poi marciò verso la porta. «Comunque siete stata brava con Camillo.»

Joséphine si limitò a un sorrisetto compiaciuto mentre lui usciva e richiudeva con malagrazia la porta alle sue spalle senza aspettare che ci pensassero i valletti.

Guardò Juliette, sempre pietrificata. «Cosa pensavate che dicesse, eh? Una gran sventata, ecco cos'è la sua cara sorellina. Una monella, al massimo, ma certo. Il povero Borghese non passa da sotto le porte per le corna che ha in testa. Non che lui sia un campione di virtù... solo che dalla sorella dell'imperatore ci si aspetterebbe un po' più di discrezione. Ma Napoleone non lo ammetterà mai, è la sua preferita, c'è un rapporto speciale fra loro che alimenta le malelingue. Lui fa di queste scene, si lamenta, ma badate bene, guardatevi dal parlar male di lei. Solo lui può criticarla. Non è vero, Mimi?»

La donna annuì con fare saputo mentre Joséphine proseguiva: «Anzi, bisogna difenderla, giustificarla, o dare l'impressione di farlo. E poi portarlo piano piano alla verità. Avete visto come se l'è presa quando gli ho detto che lei lo ritiene responsabile della morte del bambino?». Rise piano. «Le farà una sfuriata delle sue quando tornerà da Roma.»

Juliette era senza parole. «Mi... mi dispiace tanto» disse.

Forse stava parlando a sproposito. Ma si sentiva davvero in pena.

Joséphine si strinse nelle spalle. «Per chi vi dispiacete? Per il bambino, poveretto? Per Leclerc? Aveva solo trent'anni, il buon Leclerc. O per Paolina, magari?»

Juliette allargò le braccia. Forse per tutti. Compresi gli schiavi di Santo Domingo che avevano creduto che la rivoluzione fosse stata fatta anche per loro.

L'imperatrice le si fece accanto e le parlò quasi all'orecchio. «Lo sapete come mi ha soprannominata, la mia cara cognatina?»

Lei scosse la testa. Aveva paura di quello che avrebbe sentito.

Joséphine respirò profondamente. «"La vecchia." Così mi chiama. E così oramai mi chiamano tutti. La vecchia!» La voce le tremava. «"Non sarò io a reggere lo strascico della vecchia" ha detto. L'ha sentita anche Mimi.»

Juliette posò la sua mano su quella dell'imperatrice. «Madame, voi non siete vecchia. Basta che vi guardiate allo specchio. Ve ne prego.»

«Sapete che cosa racconta in giro Paolina? Che mia figlia di primo letto Hortense, che è sposata col fratello dell'imperatore, non ha avuto il suo bambino dal suo legittimo marito, ma da Napoleone in persona. Cioè, dice in giro che mio marito sarebbe andato a letto con mia figlia... E per questo il piccolo si chiama Napoleone. Per adesso è lui l'erede al trono, dal momento che io non...» Prese a tormentare il fazzoletto di pizzo che Mimi le aveva prontamente portato. «Napoleone! Bonaparte ha la mania dei nomi. È stato mio marito a battezzare Dermide il figlio di Paolina, era il padrino. Che razza di nome è Dermide? Di certo non avrà un santo...»

Dopo il concordato, il papa aveva aggiunto un san Napoleone al calendario. Il 15 agosto, il giorno del compleanno di Bonaparte. Un santo mai esistito, naturalmente. Ma così Napoleone non era più un nome adespota. E l'imperatore avrebbe potuto festeggiare lo stesso giorno genetliaco e onomastico. Per Dermide nessun santo in vista.

«Dermide, un eroe dei canti di Ossian...» rispose Juliette. Strano che Napoleone apprezzasse quelle storie di amori appassionati ma fatalmente infelici sullo sfondo di paesaggi cupi e desolati. Però i versi di quel Macpherson, il poeta scozzese che lei aveva letto nella traduzione di Letourneur, lo stesso che aveva tradotto anche Shakespeare in francese, contenevano una esaltazione della virtù guerriera e cavalleresca e forse era questo che Bonaparte, da buon soldato, poteva più apprezzare.

L'imperatrice agitò il fazzoletto. «Glielo darò io un nome, a quella. Lo sapete come si chiamano in creolo quelle come Paolina? *Bòbò*. E sapete che cosa vuol dire? Diglielo, Mimi.»

«Lo immagino benissimo, Madame» rispose Juliette sottovoce.

«Prostituta! Vuol dire prostituta!» Un lembo del pizzo del fazzoletto si strappò con *crac* udibilissimo tra le dita nervose dell'imperatrice.

Juliette le strinse le due mani. «Ve ne prego, Madame, non lasciate che questi pettegolezzi vi turbino in questo modo.» Mosse la testa verso la nera, come a chiedere il suo aiuto. Nel tempo si era creata una specie di silenziosa alleanza tra Juliette e Mimi che, come Fox, aveva un gran fiuto per distinguere le persone di cui ci si poteva fidare.

L'imperatrice alzò lo sguardo per incontrare il suo. Due singole lacrime le scendevano scintillanti sulle guance. «Che occhi avete, Juliette, così innocenti, sembrano fiordalisi» mormorò.

Così non se la sentì di dire alla giovane donna che le mostrava tanta devozione quello che le urgeva sulle labbra. E cioè che quella *bòbò* di Paolina forse diceva solo la cruda verità. E quindi era per lei, per la povera Joséphine, che il cuore buono di Juliette avrebbe dovuto dispiacersi.

«Usciamo» tagliò corto, passandosi il dorso della mano sulla guancia. «È una bella giornata, facciamo una passeggiata nel giardino d'inverno, a vedere come stanno le mie piante. Lo conoscete il mio giardiniere tedesco? Oh, dovete assolutamente incontrarlo. Vado a cambiarmi, vieni, Mimi, aiutami.»

7
Cavoli viola

«Sono proprio come queste piante» disse Joséphine, avvolgendosi nell'ampio scialle di cachemire a motivi paisley che portava sulle spalle. «Il freddo mi uccide. Non vedo l'ora che torni la bella stagione...»

Juliette le sorrise. Il paragone con gli agrumi e le piante esotiche che crescevano lungo la passeggiata coperta della limonaia le sembrava perfetto. Anche l'imperatrice era in qualche modo un fiore abituato al caldo e trapiantato tra quelle mura. «Vi avevo pur pregata, maestà, di infilarvi almeno uno spencer» rispose, scuotendo la testa.

Mimi le seguiva, portando sul braccio una giacchetta corta, e la giovane si girò verso di lei, come a invitarla a darle manforte per convincere Joséphine a infilarsi qualcos'altro sopra il vestito di mussolina di lana. La mulatta annuì e tese la giacca aperta, reggendola per i risvolti.

«Su, Yéyette» disse, con la sua voce scura come la sua pelle perfetta, chiamando l'imperatrice col suo vezzeggiativo antillano.

L'imperatrice scosse la testa. «Ma no, ma no, siamo al coperto, qua.»

«*Souf*» sbuffò lei, rimettendosi la giacca sul braccio con discreta malagrazia, sollevando un sopracciglio arcuato.

Juliette dissimulò un sorriso e seguì l'imperatrice lungo le file di aranci e di limoni che il giardiniere di fiducia dell'imperatrice riusciva con misteriose miscele di nutrienti a tenere in buone condizioni tutto l'anno, con le foglie verdi e lucide. La limonaia era ancora chiusa a quell'ora, ma Mimi l'aveva fatta aprire al volo col suo solito motto: «Così vuole Ma'me». Pochi non si lasciavano intimidire da quel donnone serio e autorevole che era l'ombra vivente della sovrana.

«Che buone le arance» stava dicendo Joséphine. «In realtà credo di apprezzare più che altro quel profumo inconfondibile...»

Juliette era d'accordo. «Gli agrumi hanno un odore delizioso. Pensate al bergamotto che profuma così piacevolmente l'acqua di colonia...» Aveva in mente Tancredi.

Come a dar corpo al suo pensiero segreto, una voce maschile alle loro spalle le colse di sorpresa. «Personalmente trovo più gradevole la Mirabilis, melissa, cedro, neroli e limone...»

Era il principe Borghese, in compagnia di un ufficiale che Juliette riconobbe subito.

«Camillo, che ci fate qua?» gli chiese Joséphine, sorpresa. «Mi seguite, per caso?»

Lui rise. «No, Madame, ma il giovane marchese Falletti della guardia dell'imperatore, mio buon amico, ha notato che la limonaia era già aperta, si è incuriosito e ha preferito controllare che fosse tutto a posto...»

Tancredi dei Falletti di Barolo, poiché di lui si trattava, s'inchinò davanti alle due signore. «Desolato di avervi importunato, altezza imperiale.»

Juliette lo guardava in silenzio, le mani strette l'una all'altra. Lui ricambiava lo sguardo, con un sorriso stupito e felice che gli illuminava il viso.

«Non ci avete affatto importunate» rispose subito Joséphine. «Conoscete già Juliette de Colbert, barone?»

«Per la verità sì, altezza imperiale. Mademoiselle de Colbert ha avuto la bontà di aiutarmi quando mia madre ha avuto un malore in Notre-Dame il giorno dell'incoronazione delle vostre maestà.»

Stavolta fu Joséphine a sorridere così d'istinto da dimenticare di nascondere i denti rovinati. «Ma certo!» esclamò. «Come sta ora la marchesa?»

«Si è ripresa del tutto, grazie, altezza imperiale.»

«Molto bene, allora voi due gentiluomini accompagnateci nella nostra passeggiata, voglio andare a controllare come stanno i miei rosolini cinesi, il mio gran camedrio e i miei kapustas viola.» Affrettò il passo, inoltrandosi nel giardino d'inverno. «Lo sapete che cosa sono i kapustas, Juliette?»

«No, Madame.»

«Ora vedrete... dobbiamo trovare il primo fattore, Herr Spire, il mio giardiniere tedesco che si occupa delle colture. Un bel tipo, vedrete... Parla male il francese, ma come lui non ce n'è: la sua famiglia sono le sue piante. Le tratta come fossero i suoi figli e riesce a far fiorire anche quelle più delicate.»

Il giardinaggio e i fiori erano un'altra passione dell'imperatrice, che si affrettava tra vasi e aiuole, facendo strada agli altri.

Poco più avanti videro un uomo chino su un gran vaso di arbusti fioriti.

«Herr Spire!» lo chiamò Joséphine.

Lui si sollevò sorpreso, stringendo in mano la zappetta, e si tolse il berretto inchinandosi. «Oh, *fotre Machesté*!»

«State comodo. Volevo mostrare ai miei amici i kapustas viola, dove sono? L'ultima volta erano un po' radi, ma confidavate di aver trovato il modo di renderli rigogliosi...»

Alzò lo sguardo. Due aiuole più avanti una ragazzina stava armeggiando in ginocchio alle prese con delle bellissime infiorescenze giganti che sembravano enormi rose, ma viste più da vicino erano cavoli ornamentali, di un elegantissimo colore violaceo.

Spire la indicò, molto a disagio. Il berretto gli tremava tra le mani. «Oggi... oggi mi aiuta la mia figliola, la più piccola.» Si portò un dito alla tempia. «Non è tanto sveglia, poverina, la mia Lise, che *fotre Machesté* perdoni se...»

Joséphine non lo lasciò finire, avvicinandosi alla ragazzina inginocchiata. «Ma che splendore i miei kapustas!»

Lei si girò, mostrando il volto tondo, la bocca larga sorridente e gli occhi un po' vacui. Aveva i capelli così biondi da sembrare canapa, seminascosti sotto una cuffia di lino grezzo. «Ho tagliato tutti i figliolini per fare la zuppa» disse, in un francese stento ma comprensibile, facendo vedere orgogliosa il grembiule pieno di infiorescenze. «A papà piace tanto.»

Joséphine fece un passo indietro, perplessa, e ci fu un momento di silenzio. «La figlia del mio giardiniere raccoglie i miei adorati kapustas per metterli in pentola?» domandò. «So che la vostra cucina tedesca gradisce i cavoli, ma...» Un aneddoto divertente da raccontare. Sorrise, divertita, ma prima che potesse proseguire Spire, che non aveva capito se l'imperatrice l'avesse presa sul ridere o no, si avvicinò svelto a Lise tirandole un calcio violento che la mandò lunga e distesa di fianco all'aiuola.

«Come ti sei permessa, brutta idiota? Sono i fiori di sua *Machesté*!»

La ragazzina scoppiò a piangere, alzando le braccia a ripararsi da quella furia e mostrando in quel modo altri lividi recenti. Nel terrore del momento dimenticò il francese. «*Du hast mir gesagt...*» gemeva, con un filo di voce.

«*Halt den Mund!*» Spire la trascinò per un braccio davanti a Joséphine. «Sua *Machesté* dovrebbe tagliarti la testa come tu hai tagliato i suoi kapustas...»

Juliette gli si parò davanti, rossa in viso. «Lasciatela subito!» Cercò di strappargli la ragazzina, lui oppose resistenza e fu Tancredi a completare l'opera.

«Avete sentito?» domandò, respingendo indietro il giardiniere e mettendosi in mezzo.

Juliette prese tra le braccia la ragazzina e si girò verso l'imperatrice. «Madame, quest'uomo è un bugiardo!» Si rivolse a Lise, che le si era abbarbicata come un'edera. «È stato tuo padre a dirti di tagliare i germogli di kapustas per fare la zuppa?»

Lei annuì, soffocata dalle lacrime.

Spire era pallido. «Non crederete a una...»

«Ma come parlate di vostra figlia?» esclamò Tancredi, indignato.

Il giardiniere fece una smorfia. «Mia moglie è morta per farla venire al mondo, questa...»

Joséphine non era più divertita. «Ora basta! Vi giuro che avrei riso di quest'incidente, ma avete passato il segno. Dare la colpa a questa innocente e accanirvi su di lei è più di quanto io possa tollerare. Prendete le vostre cose e andatevene. Subito, prima che ci ripensi e vi faccia inseguire dai cani. Via!»

Lui esitò, indicando Lise. «Mia figlia...»

Juliette guardò Joséphine. «Col permesso di vostra maestà...» disse, continuando a stringere la ragazza in lacrime.

L'imperatrice annuì. «Vostra figlia rimane con noi.»

«*Hier raus*» sibilò Juliette a Spire. «Andatevene subito.»

Lui strinse i denti. «*Gut so*» tagliò corto, arretrando col berretto in mano. A metà della seconda aiuola girò su se stesso e prese a correre verso l'uscita.

«E brava Juliette» commentò Borghese, che aveva assistito all'incidente con lo spirito di chi si trova nelle prime file a teatro. «Oh, che storia da raccontare! Come Mademoiselle de Colbert e il marchese Falletti di Barolo salvano una giovane popolana da un padre violento e bugiardo! Che bella coppia.»

Joséphine li guardava con aria approvante. In effetti stavano bene, una vicina all'altro. Avrebbe potuto dar loro una piccola spinta, dal momento che erano tutti e due così seri e riservati, così diversi dai cortigiani fatui che bazzicavano le Tuileries.

Ignara, Juliette accarezzava i capelli di Lise, che si stava calmando. Mimi si fece avanti e le mise una manona sulla schiena. Lise alzò la testa, vide la mulatta e spalancò gli occhi. Non doveva aver mai incontrato prima persone di colore. Mimi si chinò su di lei e batté due volte sulla spalla esile, delicatamente, *pat pat*. «Vieni con me» disse, rassicurante.

«Sì» rispose Lise, convinta. E si allontanò con Mimi, girandosi un paio di volte a guardare Juliette e gli altri, mentre le lacrime le si asciugavano sulla faccia. «Ma la signora con gli occhi azzurri?»

«Prima di tutto un bel bagno, *machè*, che ne hai bisogno» tagliò corto la mulatta.

«Mimi le troverà qualche cosa da fare.» Joséphine si chinò a raccogliere i germogli recisi. «Ah, il mio povero kapustas!

Forse, visto che oramai questi germogli son tagliati, varrebbe davvero la pena di farli finire in pentola.» Alzò le spalle.

«Grazie, signore» sussurrò Juliette a Tancredi.

Lui si schermì subito. «Avete fatto tutto voi, Mademoiselle.»

Prima che lei potesse rispondere, l'imperatrice mise in mano un kapustas viola a lei e un altro a Tancredi. «Bene, ora smettetela, voi due. Tancredi, Camillo, vi aspetto stasera per giocare a whist da me.» Guardò Juliette. «Naturalmente voi sapete giocare a whist?»

Lei sorrise. «Naturalmente, maestà.»

Joséphine annuì soddisfatta.

Tancredi aspettò che tutti si fossero avviati all'uscita e nessuno guardasse, tranne Juliette, poi prese il kapuskas, se lo avvicinò alle labbra e lo baciò, cercando gli occhi di lei.

Alla giovane parve un gesto ardito, inaspettato, anche buffo. E sorrise divertita.

Camillo si girò proprio allora. «Dove siete, Mademoiselle? Prego» disse, cedendole il passo.

Juliette lo superò con garbo, raggiungendo l'imperatrice e cercando di non continuare a sorridere come una stupida. Camillo guardò Tancredi che fissava il germoglio viola con aria sognante.

«Non sapevo che vi interessaste alle specie vegetali, amico mio» chiosò, leggero.

Tancredi alzò le sopracciglia e non rispose. Non avrebbe mai pensato di poter provare riconoscenza nei confronti di un'infiorescenza di cavolo esotico.

8
Atout

Juliette non era mai stata tanto tempo davanti allo specchio come prima di quell'appuntamento serale per il whist negli appartamenti dell'imperatrice. Nella camera che occupava, nella zona destinata alle dame e ai paggi, c'era un inusuale disordine: abiti appoggiati sul letto, scarpe e scialli sparsi dappertutto e la vecchia cameriera che le era stata assegnata a palazzo aspettava paziente le sue disposizioni col ferro da stiro già in caldo nello stanzino guardaroba lì accanto. Di solito Mademoiselle de Colbert non era particolarmente esigente, le era parsa una delle meno vanitose fra le donne che bazzicavano la nuova corte. Ne aveva viste tante, di padrone alle prese con la scelta della toilette da indossare per apparire al meglio. In quel frangente rivelavano tutta la loro fragilità femminile, anche le più determinate.

«Vi domando un consiglio» disse Juliette, rimettendo sul letto un abito di mussola carnicina e prendendone un altro di un pallido color salvia argentato. Avrebbe tanto voluto chiedere a sua sorella, che su questi temi era una vera autorità, anche se a volte il suo gusto era un po' bamboleggiante, ma non ce n'era il tempo.

La cameriera le sorrise con qualche dente in meno. Era un tipo cordiale e diretto.

«Mademoiselle, fresca come una rosa come siete, qualunque cosa vi mettiate vi starà d'incanto, e questi vestiti sono uno più bello dell'altro. E un paio d'occhi come i vostri illuminerebbero una tela di sacco.»

Stava dicendo la verità. In quel momento di eccitazione Juliette era più bella che mai, le gote appena rosate, le iridi azzurrissime scintillanti nella cornice delle ciglia folte e scure.

«Se posso permettermi, vi pettinerei *à la vierge*, con la riga in mezzo e dei riccioli lunghi alle tempie. Molto semplice, ma d'effetto su un visino come il vostro. E aggiungerei solo un fiore nei capelli.»

Juliette annuì, rinfrancata. «Allora indosserò questo» decise, tendendole l'abito verde salvia da rinfrescare e indicando le scarpette di seta argentate come i lunghissimi guanti senza dita che avrebbe usato per coprirsi le braccia nude. Pochissimi gioielli, dei piccolissimi orecchini di avventurina e un girocollo con un pendente a goccia uguale. Sapeva di non dover esagerare. Voleva apparire al meglio per Tancredi, ma era troppo saggia per non comprendere che Joséphine, anche se le mostrava predilezione, non avrebbe gradito al suo tavolo del whist qualcuna che potesse percepire come una rivale in bellezza ed eleganza. Bisognava sempre stare un passo indietro.

La cameriera le pettinò con mani abili le lunghissime chiome scure e folte, fermando la crocchia pesante sulla nuca con forcine d'argento e lavorando le due ciocche sui lati. Poi le portò il vestito stirato e glielo fece indossare. Juliette calzò le scarpette sulle calze bianche di seta e si guardò allo specchio.

«Mademoiselle» disse la cameriera, soddisfatta, «sembrate davvero un angelo.»

Fu più o meno la stessa cosa che le disse Borghese poco più tardi, non appena fece il suo ingresso negli appartamenti di Joséphine.

«Perbacco, mia cara, stasera siete una visione.»

Joséphine sorrise. «Perdonatelo, Juliette, gli uomini non sanno quel che dicono. Come a suggerire che le altre volte invece...? Mademoiselle de Colbert è sempre una visione. Che ne dite, Tancredi?»

Fox abbaiò una volta. Poco prima si era avvicinato ad annusare solo il nuovo arrivato, Camillo era una vecchia conoscenza. Tancredi lo aveva lasciato fare e il carlino, terminato l'esame, aveva scodinzolato in segno di approvazione. Anche il marchese Falletti di Barolo aveva superato l'esame.

Ora contemplava Juliette in silenzio. La domanda dell'imperatrice lo riscosse. «Oh, certo, maestà.»

«Allora sediamoci al tavolo e formiamo le coppie» li sollecitò l'imperatrice. «Ovviamente Tancredi e Juliette giocheranno insieme.» Sapevano tutti perfettamente che il whist era solo una scusa. L'unico a mettere impegno nel distribuire le tredici carte fu Camillo, mentre l'imperatrice chiacchierava.

«Ho delle brutte notizie da Madame de Remusat» esordì, prendendo le sue con la mano guantata e sistemandole in un ventaglio perfetto.

Juliette la guardò. «Brutte, Madame?»

«Me le ha portate personalmente suo marito Auguste.» Abbassò la voce, come faceva sempre quanto doveva dire qualche cosa di riservato, anche se nella stanza c'erano solo loro quattro e l'onnipresente Mimi. «Il bambino, Albert, è venuto al mondo dopo un parto molto difficile.»

«Ma Clari sta bene?»

«Si sta riprendendo da un travaglio durato un giorno. Ma Albert ha qualcosa che non va. Non ha respirato come doveva, gli è mancata l'aria, ha rischiato di morire soffocato e insomma non sarà mai...» Non completò la frase e allargò le braccia. «Che destino, il primogenito Charles che adesso ha cinque anni è praticamente un *enfant prodige* che già legge e scrive come un ometto. Il secondo, invece...» sospirò.

«Immagino che Madame de Remusat starà lontana da corte per un pezzo, allora» commentò Camillo, prendendo dal tavolo un quattro e un tre di cuori con sette di quadri. «Per inciso, la mano è mia» fece notare con un sorriso di trionfo.

«Pensate che potrei farle visita?» chiese Juliette. La notizia l'aveva intristita.

«Ci andremo insieme, se volete.» Joséphine osservò la giocata di Tancredi, che aveva preso tutte le carte sul tavolo e segnato il punto. «Ah, così si fa! Poche chiacchiere e andare al sodo.»

«Solo fortuna» protestò Camillo. «E poi un po' di galanteria per le signore...» aggiunse, come se non fosse stato lui a vantarsi un attimo prima della sua presa.

«Pensate davvero che mi piacerebbe vincere perché gli altri me lo lasciano fare?» chiese l'imperatrice. «Ah, non mi conoscete proprio.» Poi tornò a rivolgersi a Juliette. «Sì, andremo a vedere insieme come sta. E a proposito, Tancredi, vostra madre? E vostro padre, il bravo marchese Ottavio?»

«Mia madre sta bene, grazie. È tornata a Torino e ha ripreso subito a darsi da fare.»

«Per che cosa?» domandò Juliette, curiosa.

Tancredi si appoggiò all'indietro sulla poltroncina imbottita. «Dovete sapere che *maman* è da sempre molto attiva tra le dame della compagnia dell'Umiltà, che si occupano di fanciulle bisognose. Le aiutano quando si ammalano, o finiscono per la strada, o in prigione, o forniscono una piccola dote alle ragazze che si sposano, cose del genere.» Abbassò gli occhi. «Non ci si immagina quanta miseria ci sia in giro.»

«Eh, no, così ci intristite, Tancredi» esclamò Camillo, scuotendo la testa. «Bene, vostra madre è una santa donna che si dedica alla beneficenza... e vostro padre, quel liberale impenitente?» Sorrise a Juliette. «Dovete sapere che il marchese Ottavio è un grande ammiratore di Voltaire e di Rousseau... e a neanche trent'anni ha abbandonato la carriera militare per seguire i suoi interessi. Ha viaggiato mezza Europa, portandosi dietro il giovane Tancredi, non è vero? Vi ha fatto fare un Gran Tour con i fiocchi, il marchese Ottavio. Che è un uomo di scienza e di lettere, no?»

«Non ha offerto a Bonaparte la presidenza onoraria dell'Accademia nazionale di Torino? È così che ci siamo conosciuti...» intervenne Joséphine.

Tancredi sorrideva. «Viaggiare apre la mente. Mi risulta che anche voi, Mademoiselle, abbiate imparato molto all'estero. Anche l'episodio di stamane dimostra la vostra padronanza del tedesco...»

«Mio malgrado sì, la mia famiglia ha dovuto lasciare la Vandea e trovare rifugio altrove.» Juliette esitò prima di proseguire. Sul tavolo del segretariato generale di Napoleone, nei tre mesi che avevano preceduto l'incoronazione, si erano accumulate più di cinquemila tra richieste, memorie e suppliche del fior fiore della nobiltà che domandava di poter rientrare, dopo il lungo esilio della rivoluzione. Non era di buon gusto insistere sulla passata condizione di espatriati, bollati da Robespierre come traditori e complici delle potenze straniere in guerra con la Francia.

Joséphine comprese il suo riguardo.

«Ci siamo passati tutti» la rassicurò, agitando la mano. «Io per prima, lo sapete bene. Parlate liberamente, cara.»

«La memoria dei luoghi che ci hanno dato asilo e dove pure ho molto imparato è resa meno grata dal ricordo della perdita della mia cara mamma» disse, con un sorriso triste. «Tuttavia è indubbio che viaggiare apra la mente, per quel che mi riguarda penso che sarei una persona diversa e forse non migliore se fossi rimasta chiusa nel nostro castello di Maulévrier, ignara del mondo.»

Forse erano quegli occhi di cielo, o quell'espressione innocente, o quel corpo snello con la vita stretta e il collo lungo che le permetteva di muoversi leggiadra, o quella voce femminile piena e calda, ma Tancredi la trovava deliziosa.

«Ma bene» disse subito l'imperatrice. «Avete molte cose in comune, a quanto pare. A parte l'aver girato l'Europa entrambi, anche il padre di Mademoiselle de Colbert è uomo di studi: sono convita che il marchese Ottavio e il marchese Édouard si piacerebbero molto.»

Borghese, che si stava accanendo a calcolare i punteggi del mazzo a fine partita, alzò la testa. «Allora dobbiamo organizzare al più presto un incontro in una sede opportuna. A Torino, a Roma, a Parigi... scegliete voi.»

«A Parigi» esclamò subito Joséphine. «Fouché è ossessionato dal rischio di attentati, sembra convinto che siano in molti a voler morto Bonaparte e di conseguenza anche me... e mi rende difficile ogni spostamento. Io voglio essere presente, naturalmente. Ma non stiamo facendo i conti senza l'oste, Camillo?» Batté sul braccio di Tancredi. «Prima di ogni altra cosa vorrei capire se, come mi è parso di intuire, può piacervi l'idea di frequentarvi...»

Il principe Borghese non gli lasciò il tempo di rispondere. Alzò la mano destra, disegnando nel vuoto la sua interpretazione araldica di quella unione. «Me lo vedo. La biscia saggia dello stemma dei Maulévrier e gli scacchi del blasone dei Falletti di Barolo... in campo azzurro, come gli occhi di Juliette.»

Tancredi era serio. «Lascio che per prima sia Mademoiselle a rispondere. Se sarà un no, ne avrò il cuore spezzato, ma mi ritirerò in buon ordine.»

Juliette giunse le mani per darsi coraggio. Le cose stavano procedendo troppo in fretta. Doveva scegliere con cura le parole. «Da quando ci siamo incontrati sono passate poche settimane e non abbiamo mai avuto modo di parlarci da soli. Io non vi conosco, signore, e voi non conoscete me.» Respirò a fondo. «Vi sono gratissima, maestà, per l'opportunità che avete voluto darci. Se come penso ci troveremo a nostro agio, vi ringrazieremo per sempre.»

Joséphine avrebbe potuto risentirsi per quella frenata che trasformava il galoppo in trotto. Juliette lo sapeva, e portò le mani al petto per contenere i battiti del cuore. Temeva di disgustare Tancredi prima ancora che l'imperatrice, di allontanarlo con quella sua misurata riluttanza. Ma di certo non sarebbe uscita da quella stanza come fidanzata. Una cosa era iniziare una frequentazione, un'altra farsi strappare una promessa.

Vide Tancredi sorridere, ammirato. «Mai udite parole più sagge. Juliette, sono d'accordo dalla prima all'ultima sillaba.» Poi si rese conto della situazione e aggiunse, girandosi verso l'imperatrice: «Col permesso di sua maestà».

Joséphine esitò prima di rispondere. Non sapeva bene se essere irritata dalla resistenza che la Colbert opponeva, sia pur con molto garbo, al suo progetto già strutturato, o se darle ragione. Juliette la guardava con i suoi occhioni azzurri angelici, fiduciosa, le guance colorate appena di rosa, e le parve di avere davanti sua figlia Hortense. Quando l'avevano fatta sposare a Luigi, il fratello di Napoleone, aveva pianto tanto. Era innamorata di un altro, ma a Joséphine quell'unione era servita a superare l'avversione dei Bonaparte, o così aveva sperato. Avrebbe avuto per sempre nel cuore la spina del senso di colpa.

«Certo» disse alla fine. «Sono d'accordo anch'io col ragionamento della nostra Juliette. Se son rose fioriranno. Ma a giudicare da come vi guardate, mi pare che le premesse siano buone e che ragione e sentimento possano andare a braccetto. Non è detto che un matrimonio combinato non possa anche essere un matrimonio d'amore. Vostra nonna Charlotte, cara, mi ha raccontato che non aveva mai incontrato prima il suo René, che l'aveva sposata dopo essere rimasto vedovo della sua prima moglie. C'erano venticinque anni di differenza tra loro, eppure si sono voluti bene...» In realtà sapeva benissimo che non sempre era così, anzi, quasi mai. Anche il suo con il generale Beauharnais era stato un matrimonio combinato e di certo non felice. Quel ricordo le fece perdere tutto il buonumore. Sentiva caldo. Forse stava maturando un'influenza, passava dal riso al pianto con troppa facilità in quei giorni ed era in ritardo col suo ciclo mensile. Magari era la volta buona, magari era finalmente rimasta incinta e questo avrebbe sistemato molti problemi.

Si alzò e gli altri tre fecero immediatamente altrettanto. «Sono un po' stanca, penso che andrò a dormire. Dopo un ultimo sorso di champagne.» Alzò il calice. «Come vino spumante Bonaparte compra praticamente solo questo, fabbricato nella tenuta di Epernay del suo amico Moët. Si conoscono dai tempi della scuola militare di Brienne, lui e questo vinaio.»

Borghese brindò con garbo. «Con tutto il rispetto, sua maestà imperiale non è un grande intenditore di vini. A tavola, solo Chambertin della Borgogna. Gli è così affezionato che ne ha portato casse anche in Egitto.»

«È perché il suo dottore, Corvisart, gli garantisce che fa bene al suo stomaco dolorante» spiegò Joséphine, divertita. «Ma tanto lui il vino lo annacqua sempre.»

Camillo guardò Tancredi. «E voi Barolo di vino non ne producete, nelle vostre tenute piemontesi? Ho sentito di un interesse degli inglesi per un buon rosso che invecchi bene e resista ai lunghi viaggi, adesso che le importazioni dal Portogallo sono diventate problematiche.»

Il marchese annuì. «Sì, ma le strade non sono agevoli, quella che permette di arrivare al mare a Nizza partendo da Torino e passando per Cuneo è poco più che una mulattiera, e comunque per quel che ci riguarda produciamo qualcosa, come tutti, da quelle parti: un frizzantino abboccato, gradevole, ma niente che regga il confronto con i vini francesi.»

«Camillo, state incoraggiando Tancredi a fare affari con gli inglesi?» lo sgridò Joséphine, minacciandolo col dito.

«Ma certo che no, maestà, solo sarebbe bello che anche i vini italiani venissero apprezzati all'estero.»

«Una nobile gara.» Juliette alzò il suo calice. «Chissà, magari, un giorno...»

L'imperatrice sorrise. «Al futuro del vino dei Barolo, allora!» Poi fece segno a Juliette. «Fermatevi a leggermi qualche pagina, cara, se vi va: mi concilierete il sonno.»

Tancredi e Camillo erano a capo chino nella riverenza di congedo mentre le due donne lasciavano la stanza. Juliette si girò a guardare il marchese Falletti di Barolo. Anche in quella posa deferente, i suoi occhi d'ambra la seguivano attenti.

9
L'età critica delle dame

Juliette non avrebbe dormito comunque, ne era certa, con tutto quel tumulto nel cuore. Ma non poteva immaginare quel che l'aspettava, prendendo posto accanto al letto dell'imperatrice.

Era sollevata dal fatto che Joséphine avesse compreso le sue cautele. C'era una sorta di patto non scritto, tra lei e suo padre: nessuno l'avrebbe mai costretta a prendere marito per forza. Del resto Édouard non era quel tipo di genitore. La sua mente si era nutrita dei principi dell'illuminismo, aveva girato il mondo, le donne per lui non erano solo fattrici e merce di scambio per alleanze famigliari. Non aveva mai pensato, nemmeno per un momento, che l'intelligenza di Juliette potesse essere meno pronta di quella dei suoi fratelli maschi.

Di certo il destino sembrava aver segnato un percorso per lei e Tancredi: il loro incontro fortuito a Notre-Dame, l'interesse dell'imperatrice, la gradevolezza di Tancredi, che aveva un modo di fare che le piaceva molto. Davvero, come aveva detto Joséphine, erano figli di una stessa nuova generazione con molto in comune. Ma aveva bisogno di lasciar maturare le cose con più naturalezza, per non sentirsi presa in una trappola di velluto.

Mentre lei apriva il libro che raccontava la storia d'amore

di Paul e Virginie nel punto al quale erano arrivate durante la sessione di lettura precedente, Lise entrò con la tisana della sera. Mimi aveva trovato delle piccole incombenze di servizio per la figlia del giardiniere tedesco.

«Tonta è tonta» aveva decretato, in uno dei suoi più lunghi discorsi che Juliette avesse mai sentito. «Ma buona come il pane e volenterosa.» Tutta vestita come una camerierina delle Tuileries, odorosa di lavanda e ben pettinata, la ragazzina faceva bella figura, sempre sorridente e ben disposta.

Joséphine era semiseduta, appoggiata a tre cuscini nel suo letto *à la polonaise*, sormontato da un piccolo baldacchino a forma di corona dal quale scendevano i tendaggi dorati, collegati ai quattro pali angolari, e si faceva aria con un ventaglio.

«Non così bollente» protestò subito lei, rifiutando l'infuso. «Mi sento già le guance in fiamme. Juliette, mi vedete rossa in viso?»

«Per la verità no, Madame. Permettete che vi tocchi la fronte? Non sembra che abbiate febbre. Altri sintomi?»

«Ho i nervi a fior di pelle, mi stanco per un nonnulla... faccio fatica a dormire, io che sono sempre stata una che si addormenta non appena posa la testa sul guanciale... e capite che questo non giova al mio incarnato. Per non parlare delle occhiaie...» Sbuffò. «E poi, bene, non vedo il mio sangue del mese...»

Juliette sorrise. «Potrebbe essere una buona notizia...» azzardò.

«Vero? Se non fosse che anche il mese scorso ci avevo sperato, ma poi c'è stato, anche se in ritardo e scarso.»

Mimi aggrottò le sopracciglia. «Lo sai cos'è. Anche a padrona Rose, tua madre, è capitato. Non ha visto più il suo sangue a quarant'anni.»

L'imperatrice arrossì. «Ma cosa stai dicendo? *Pé la!* Chiudi quella bocca! E poi io non ho certo quarant'anni...»

«*Souf*, Yéyette» sbuffò la mulatta. Ma non aggiunse altro.

Juliette sapeva, come tutti a corte, che Joséphine barava sull'età e che aveva compiuto i quaranta festeggiando i trentacinque. Ma la consapevolezza di quella menopausa precoce era un macigno.

«Non è possibile» si ostinò l'imperatrice, con gli occhi gonfi di lacrime. «Se davvero mi sta succedendo questo, allora è stato per colpa di quello che ho dovuto soffrire in prigione... gli spaventi, senz'altro. Quando il sovrintendente Planchard mi ha portato la notizia della morte di mio marito e ho creduto di finire sulla ghigliottina...» Adesso stava proprio piangendo.

Lise, che aveva posato il vassoio con le tisane sul tavolino intarsiato, cominciò a piangere anche lei. Era come una spugna, assorbiva gli stati d'animo di chi le stava intorno.

«Là, là, *machè*, smettila, ora...» la consolò Mimi. «Non preoccuparti, la padrona sta bene... è solo un po' triste.»

Joséphine scuoteva la testa. «Bene un accidente! Sto malissimo, invece.» Sollevò lo sguardo lacrimoso su Lise. «Vedi? Lei mi capisce.»

«Madame, forse la cosa migliore è sentire un medico...» azzardò Juliette.

«Eh, un medico! Il dottor Corvisart mi segue da tempo, oramai» sospirò lei. L'aveva presentato lei una decina d'anni prima a Napoleone, che all'epoca aveva contratto una forma molto grave di scabbia; nonostante la sua diffidenza nei confronti dei medici, all'imperatore erano piaciuti i suoi metodi moderni e la sua abitudine di spiegare sempre bene tutto quanto prima di proporre un rimedio e lo aveva nominato medico di corte. «Ho fatto qualunque cosa. Mi ha spedita alle terme, a Forges...»

Juliette annuì. Forges-les-Eaux era famoso perché dopo un soggiorno da quelle parti la regina Anna d'Austria, che non riusciva a rimanere incinta, diede a Luigi XIII quel rampollo che sarebbe diventato Re Sole. Ovviamente alle terme se ne facevano gran vanto.

«Ho bevuto migliaia di bicchieroni di quell'acqua schifosa, ve lo giuro. Corvisart mi ripeteva che la regina Anna aveva trentasette anni quando ha messo al mondo il suo primogenito... Ora mi sta proponendo Plombières, e poi Luxeuil, dove dovrei curarmi con altre acque miracolose. Mi riempie di pillole. Mi consiglia strane posizioni da assumere dopo che noi abbiamo...» Diede un'occhiata a Lise, che aveva smesso di piangere, tirava su col naso e non sembrava capire granché di quel discorso. «Insomma, quel che gli ho detto alla fine è che forse non sono io il problema. Ditemi, per qual motivo se una coppia non ha discendenza la colpa deve essere della moglie? Io ho avuto due figli belli e sani, quindi non sono sterile. Non l'ho dimostrato? Magari è Bonaparte che non può.»

Juliette sollevò le sopracciglia. Poteva anche essere vero, ma di certo non avrebbe giovato alla reputazione di Napoleone presso le altre corti europee. Chissà quanto ne avrebbero riso i suoi nemici.

Joséphine abbassò la voce. «O almeno, è questo che lui deve credere... Solo in questo modo si accontenterebbe di nominare un erede che non sia figlio suo.»

«Ma siete entrambi così giovani, maestà! Avete davanti decenni di regno, prima che si ponga il problema della successione...»

«Non è così semplice. Fouché continua a parlargli del rischio degli attentati alla sua persona, potrebbe capitargli qualcosa anche domani. Sono argomenti delicati...»

«Davvero» convenne Juliette. Il fatto che Joséphine si aprisse con lei su questi temi intimi la commuoveva. «Ma se anche non doveste riuscire ad avere un bambino, Madame, c'è già vostro nipote, il figlio di vostra figlia Hortense e del fratello dell'imperatore...»

Joséphine distolse lo sguardo. «Se non riuscirò, quelle vipere delle sue sorelle lo convinceranno a lasciarmi. Ne sono sicura, Juliette. Nessun uomo può accontentarsi di una compagna che non è in grado di dargli un erede. Figurarsi un imperatore che ha gli occhi del mondo addosso...» Si coprì il viso con le mani. «Se Napoleone dovesse giungere alla conclusione che sono io a non poter avere figli, sarà la fine per me.»

Juliette si piegò in avanti sulla poltroncina per farle sentire la sua presenza. «Non capiterà, Madame.»

L'imperatrice sospirò. «Sarete stanca, cara. Si è fatto tardi. Vi lascio libera.»

Lei esitò. «Se può esservi di conforto, Madame, resterò qui vicino a voi, almeno fino a che non avrete preso sonno. Davvero non volete sentire qualche pagina del libro?»

Joséphine finalmente sorrise. «Siete un tesoro, Juliette. Ma sì, cullatemi con la vostra voce gentile.»

Mimi le fece segno con la testa e si congedò in silenzio insieme a Lise. La voce gradevole di Juliette che giungeva attutita attraverso la porta raccontava di luoghi esotici che le ricordavano la sua isola. Più tardi, nel silenzio della notte, la mulatta avrebbe provato a chiedere agli spiriti della sua terra quale sarebbe stato il destino della sua padrona nonché sorellastra. Quello che sapeva per certo era che, ovunque la sorte l'avesse condotta, lei le sarebbe rimasta accanto. Per sempre.

10
Mia è la vendetta

«È stato terribile, povera donna» disse Joséphine, provandosi davanti allo specchio l'ennesimo cappellino a capote, con la falda rigida che le incorniciava il viso.

La sua modista, Madame Herbault, era già pronta col modello seguente, un turbante di velluto verdeazzurro adornato da lunghe piume di pavone.

«Davvero, altezza imperiale. Povera Madame Blanchard, che fine tragica» rispose, scuotendo la testa.

«E anche romantica.» L'imperatrice guardò nello specchio Juliette che stava dietro di lei. «Questo come mi sta?»

«Sono uno più bello dell'altro, maestà.» Il cappello era un accessorio indispensabile per una dama di rango e lei li portava con grande disinvoltura.

«Sì, ma mi sembra un po' troppo sbarazzino... più da fanciulla. Provatelo voi.» Sciolse i nastri sotto il mento e glielo tese.

Juliette lo prese e se lo mise in testa.

«Incantevole» commentò la Herbault.

«Giusto» convenne l'imperatrice. «È vostro, mia cara.»

«Ma, Madame...» tentò di protestare lei.

Joséphine sbuffò. «Potrò bene ogni tanto fare un regalo alle mie dame?»

La modista sorrideva. «Per voi, maestà, questo turbante che starà d'incanto con i vostri scialli di cachemire. E poi ho da mostrarvi delle altre *capotes* con la visiera allungata, una novità.»

Joséphine si stava studiando di profilo con il turbante piumato in capo. «C'eravate anche voi ieri sera ad assistere all'ascensione dell'amazzone del cielo?» domandò.

«Insieme con mezza Parigi» confermò la couturière. Se ne stavano tutti col naso all'aria, a seguire l'annunciatissima esibizione della famosa aeronauta che dopo la morte del marito ascendeva da sola sul precario cestino ballonzolante sotto quella mongolfiera che si levava alta in cielo, a dimostrare quanto l'uomo potesse osare. Monsieur Blanchard era recentemente venuto a mancare durante un'ascensione, non per un incidente ma per un colpo al cuore; sua moglie, una donnina minuta con un profilo da uccello, non si era scoraggiata e aveva continuato a volare. Il suo successo era internazionale, oramai. Fino al giorno prima Madame Herbault si sarebbe vantata del fatto che anche Sophie Blanchard era una sua cliente, ma ora che era morta con in testa una sua creazione le sembrava di pessimo gusto ricordarlo.

«E pensare che era il suo momento, povera donna» disse l'imperatrice. «A Bonaparte gli aerostati interessano molto, non a caso alla fine della cerimonia di incoronazione a dicembre a Notre-Dame, i parigini hanno potuto ammirare il Ballon du Sacre, la mongolfiera della consacrazione, costruita dal colonnello Garnerin.»

«Una meraviglia» disse subito Juliette.

Il gigantesco ballon giallo, oro e verde, tutto adornato da drappi e da una magnifica aquila imperiale dorata sospesa sopra un cesto fabbricato con 8000 pezzi di vetro di colori contrastanti e illuminato da migliaia di fiammelle, costato la fortuna di 25mila franchi, era destinato a fluttuare sopra Parigi per tutta la durata dei festeggiamenti. Purtroppo Garnerin non aveva previsto il levarsi di un vento eccezionale che aveva strappato l'aerostato dagli ancoraggi, facendolo viaggiare fuori controllo per oltre un migliaio di chilometri, fino ad afflosciarsi definitivamente sul lago di Bracciano, vicino a Roma, dove aveva suscitato un grande scalpore. Le vignette satiriche straniere mostravano l'aquila imperiale che affogava nel lago, o una mongolfiera con le fattezze sferiche di Napoleone che si sgonfiava ingloriosamente, e in effetti l'imperatrice, superstiziosa com'era, aveva visto in quell'incidente un pessimo presagio. Il povero colonnello Garnerin era stato bandito dalle Tuileries e la Blanchard era entrata nelle grazie dell'imperatore. Joséphine era stata una sua grande sostenitrice.

Ma purtroppo durante la sua ultima esibizione era capitato qualche cosa di terribile. Nel buio l'aeronauta si era innalzata tutta biancovestita, compreso il cappello ornato di piume di struzzo creato da Madame Herbault, nel cesto della sua mongolfiera carica di fuochi d'artificio.

E poi qualcosa era andato storto.

«Vi dirò, maestà, che sulle prime, quando la Blanchard ha agitato la bandiera che teneva in mano e sono partiti i fuochi del bengala, ho pensato che la fiammata facesse parte dell'esibizione» disse la modista.

Juliette trattenne il fiato. «Dev'essere stato terribile...» Aveva sempre pensato che fosse una sensazione magnifica quella di librarsi nell'aria, vedere il mondo dall'alto, e che ci volesse gran coraggio per farlo.

Il pallone sgonfio e in fiamme era presto finito sul tetto di una casa in rue de Provence e l'ardita pioniera del volo era precipitata nel vuoto.

«Se il signore Iddio avesse voluto farci salire lassù nel cielo, ci avrebbe dato le ali. Meglio stare con i piedi per terra» borbottò Mimi.

Fu allora che si sentirono voci concitate provenire dal giardino, dal lato che dava sul fiume. Incuriosita, l'imperatrice le fece cenno. «Che succede? Manda qualcuno a vedere!»

La camerierina incaricata tornò di corsa, rossa in faccia. «Oh, maestà! Un uomo morto galleggia nella Senna proprio davanti ai vostri appartamenti!» Si segnò tremante mentre Joséphine, tutt'altro che turbata, si toglieva in fretta di testa il turbante con le piume di pavone e correva all'esterno.

«Che qualcuno lo tiri a riva!» ordinò, con gli occhi che le brillavano.

Juliette la raggiunse. «Madame, non sarà un bello spettacolo!»

«Credi davvero che sia il primo cadavere che vedo?»

«No, ma...» Juliette diede un'occhiata a Mimi, come a domandarne il sostegno, ma la mulatta scosse la testa: quando Joséphine aveva quell'espressione sul volto era perfettamente inutile cercare di fermarla. Due manovali addetti al giardino e una guardia avevano già arpionato il corpo che galleggiava nell'acqua bassa sotto le finestre dell'imperatrice e lo avevano portato in secca. Una piccola folla di curiosi si era radunata sulla riva e commentava l'accaduto, girando loro le spalle.

«Non è a mollo da molto, deve essere capitato stanotte...»

«Sarà uno di quegli ubriachi che ingollano così tanto vino cattivo da non distinguere più gli argini.»

«Ah, no, questo non ci è caduto da solo nella Senna: vedi che bel servizio gli hanno fatto.»

«Qualche marito geloso?»

«Può darsi, di certo lo hanno castrato come un vitello, guarda che roba...»

Il cadavere giaceva a braccia e gambe aperte, a formare una X sull'erba rada. Era un uomo sulla cinquantina, vestito in modo dignitoso.

«E poi si vede subito che questo qui non era un poveraccio.»

La guardia, un uomo anziano con i capelli grigi e la faccia seria, si chinò a studiarlo più da vicino. «Ma io lo conosco, dopo la rivoluzione non lo si è più visto in giro, si chiamava Planchard...»

«Il sovrintendente delle carceri dei carmelitani? *Quel* Planchard?»

La guardia si strinse nelle spalle. Chi non aveva un passato che avrebbe preferito dimenticare?

Juliette aggrottò le sopracciglia. «Planchard?» sussurrò. Aveva un'ottima memoria e quel nome le suonava familiare. Facile da ricordare, evocava panche e falegnami. Le parve di risentire la voce di Joséphine. «*Da un momento all'altro il sovrintendente delle carceri Planchard sarebbe entrato dentro la mia cella...*» E poi, a proposito della sua incapacità di avere figli: «*È stato per colpa di quello che ho dovuto soffrire in prigione... Quando il sovrintendente Planchard...*».

L'imperatrice si girò a guardarla. Stava sorridendo.

«Non c'è più niente da vedere, torniamo dentro» esclamò, garrula. Anche quel conto era stato chiuso, tutto sommato Fouché era un uomo di parola.

11
La prigione di Saint-Lazare

«Mimi, adesso smettila di piangere. Fouché la troverà» stava dicendo l'imperatrice.

Juliette non aveva mai visto la mulatta così sconvolta. Da quello che era riuscita a capire nella frenesia che regnava negli appartamenti dell'imperatrice, Lise era scappata dalle Tuileries e non erano più riusciti a trovarla. Così Joséphine aveva mandato a chiamare il ministro di polizia chiedendogli di mettere i suoi segugi sulle sue tracce.

«Ma come mai è fuggita?» domandò incredula a Tancredi, che era stato convocato per dare una mano a ritrovare la ragazza scomparsa. Le era sembrata serena, contenta di prestare servizio per Joséphine.

«Uno dei sottocuochi sostiene che quando le ha dato il vassoio con i macarons appena fatti da portare all'imperatrice lei ha cercato di prenderne uno, lui le ha tirato uno schiaffo sulla mano e lei ha lasciato cadere tutto ed è fuggita come una pazza» rispose lui. «L'ho fatto aspettare qui fuori sorvegliato da due dei miei uomini perché non credo che stia dicendo il vero.»

Mimi scosse la testa. «Lise non prende niente senza permesso. Non credo a quel *mysiè*.»

«Fate entrare quell'uomo» ordinò l'imperatrice.

Il sottocuoco sembrava spaventato. Era basso, grasso e senza un capello in testa. Tormentava il berretto che stringeva in mano e s'inchinò a più riprese, saettando intorno uno sguardo sfuggente.

«Come vi chiamate?» chiese Joséphine.

«Jerome, maestà imperiale.»

«Mi volete raccontare come mai la mia cameriera è fuggita? Che cosa le avete fatto?» L'imperatrice aveva deciso un approccio piuttosto aggressivo, dando per scontato che quell'uomo fosse colpevole di qualche cosa, e la strategia funzionò, perché lui attaccò immediatamente a discolparsi.

«Io... non sapevo che avrebbe reagito in quel modo. Io ho solo... volevo impedire che lei rubasse i vostri dolci.»

«Lise non ruba, non è una *volé*» disse Mimi, accigliatissima. «Tu sei un bugiardo *manti.*»

Il sottocuoco impallidì e Joséphine non si fece sfuggire l'attimo. «Ti consiglio di dire la verità perché devi sapere un segreto. La mia Mimi è una maga e legge dentro il cuore delle persone» disse. «Chi le mente muore nel giro di una settimana.»

L'uomo spalancò gli occhi. Quel donnone con la pelle troppo scura e i denti troppo bianchi gli aveva sempre fatto paura e ora capiva perché. «Io non volevo» disse. «Vi giuro, maestà, era solo uno scherzo, di quelli che si fanno nelle cucine... per tirare un po' il fiato...»

«Che scherzo avete fatto a Lise?»

Lui inghiottì a vuoto. «Ecco, Martin, un altro sottocuoco, le ha detto che era una bella ragazza e ha cercato di darle un bacio...»

Gli occhi di Mimi fiammeggiavano. Era sicura che dovesse essere successo qualcosa di grave per spaventare tanto la ragazzina.

«Ma lei si dibatteva e allora ho cercato aiutarlo a tenerla ferma, ma lei si è liberata buttando per aria tutto quello che c'era sul tavolo ed è fuggita... Quella stupida ha mandato in briciole tutti i vostri macarons, maestà imperiale. Il lavoro di un giorno intero...»

Juliette emise una specie di gemito tra i denti. Quell'individuo aveva ancora il coraggio di prendersela con la vittima. Tancredi afferrò il cuoco per la collottola. «Cosa diavolo vi è venuto in mente? È poco più di una bambina e tanto fragile...»

Jerome si agitò nella sua stretta. «Martin dice che a quelle come lei piace... che sono calde di natura... non pensavamo di fare niente di male...»

L'imperatrice fece una smorfia. «Se fossimo sulla mia isola, ti farei frustare fino a levarti la pelle per insegnarti la lezione. Che ne facciamo di lui, Tancredi?»

«Per il momento lo posso far chiudere nelle prigioni della guardia, altezza imperiale. Mando a prendere anche il complice, quel Martin.»

Joséphine guardò l'uomo. «Se è successo qualcosa di brutto a Lise, tu e il tuo compare ne risponderete. Vi garantisco che vi pentirete amaramente di quel che avete fatto.»

Un valletto bussò in quel momento all'uscio sul corridoio. Portava un messaggio di Fouché.

«L'ha trovata» disse Joséphine, scorrendo il foglio.

«E dov'è?» domandò Mimi.

«Alla prigione di Saint-Lazare...»

«Buon Dio» mormorò Tancredi. «Dobbiamo andare subito a tirarla fuori da lì. Chissà come sarà spaventata, povera bambina...»

«Vengo con voi» disse Juliette. «Col permesso di vostra maestà imperiale.»

Joséphine batté un piede per terra. «Che ci fate ancora qua?» Poi fece segno a Mimi, che si torceva le mani. «E tu vai con loro, e per una volta tanto muovi veloce quel tuo grosso sederone!» Era sicura che vedere Mimi avrebbe rassicurato subito Lise.

In effetti Juliette non aveva mai visto la mulatta camminare tanto in fretta per stare al passo con lei e Tancredi. Era scesa veloce dalla carrozza che li aveva portati fino alla rue Faubourg-Saint-Denis, dove san Francesco di Paola aveva fondato nella seconda metà del Seicento un convento che dava ospitalità ai lebbrosi e ai bisognosi. Poi l'istituzione era diventata un carcere per donne che venivano ritenute disobbedienti da padri, mariti e tutori. Bastava una denuncia del capofamiglia e se non volevi piegarti a sposare il marito che avevano scelto per te o se ti rivelavi una moglie troppo indipendente finivi «in villeggiatura» a Saint-Lazare, come motteggiava il popolino. Dopo qualche mese di quel regime, con i secondini che erano tutti uomini rozzi e violenti, chiuse dentro delle gabbie che non garantivano alcuna intimità, private di ogni agio, anche le più ostinate si piegavano.

Prima della rivoluzione il carcere aveva ospitato anche giovani rampolli che andavano contro la volontà delle famiglie, pretendendo magari di accasarsi con una moglie di umili origini o di dubbia reputazione, o che avevano il vizio del gioco.

Adesso Saint-Lazare era diventata una prigione femminile che accettava un po' di tutto: prostitute, mendicanti, ladre, pazze.

Fu il sovrintendente Monsieur Duval a spiegarlo a Tancredi, che aveva dovuto alzare un po' la voce per farsi ricevere subito. Alla sentinella all'ingresso era parso uno strano trio, una damina con gli occhi azzurri, una nera grande e grossa e un ufficiale con la divisa della guardia.

«In nome dell'imperatrice, fate luogo!» aveva tuonato Tancredi. Quando voleva, faceva davvero paura. E ora erano davanti a quel Duval, un uomo con l'aspetto di un contabile stempiato che dirigeva l'inferno di Saint-Lazare.

«Una certa Lise Spire, dite?» Guardò i registri strizzando le palpebre dietro di occhiali. «Dev'essere quella ragazzina mezza tedesca. C'è. Sta con le prostitute. Qui c'è scritto che l'hanno trovata lungo la Senna in stato confusionale, sarà stata senz'altro ubriaca, o mendicava o si prostituiva...»

«Tu non sai cosa dici, *mysiè*» insorse Mimi.

Duval la guardò. «Lasciate che la vostra negra mi insulti?» chiese Duval.

«Volete che chiamiamo Fouché?» domandò Tancredi di rimando. «Quella ragazzina non è una mendicante né tanto meno una prostituta. È una persona al servizio di sua maestà imperiale e voi la state trattenendo benché sia del tutto innocente. Ha subìto un tentativo di violenza ed è fuggita sconvolta dalle Tuileries... Non merita certo di stare in questo... questo posto. È una vittima, non una colpevole.»

Duval strinse le labbra. «Un tentativo di violenza alle Tuileries, ma senti, e poi venite a farmi la morale» tagliò corto. «Seguitemi, signore.» Vide che anche Juliette stava andando con loro e alzò una mano. «Sarà meglio che Mademoiselle non...»

«Io vengo» dichiarò Juliette.

L'uomo si strinse nelle spalle. «Poi non dite che non vi avevo avvisata.»

Le donne stavano dentro le gabbie di ferro, in condizioni disumane. Il fetore era insopportabile. Qualcuna era mezza nuda, qualcuna gridava, qualcun'altra sembrava priva di sensi. Avrebbe anche potuto essere morta, per quel che importava ai secondini. Dentro le gabbie c'erano solo delle panche di legno e dei buglioli dove fare i propri bisogni e la luce entrava da finestroni alti così sporchi da farla passare a stento.

Juliette avvertì un conato di vomito e si portò una mano alla bocca. «Ma cos'hanno fatto queste poverette?»

«Sono puttane, Mademoiselle» rispose Duval. «Una volta le frustavamo in piazza, queste disgraziate. E anche le accattone.»

«Usate un linguaggio più acconcio» lo ammonì Tancredi.

«Ma i loro clienti non li frustavate» rispose lei, d'istinto. «I signori che pagavano il servizio delle prostitute, intendo.»

Duval sgranò gli occhi. «Santi numi» ribatté. «Se così fosse, mezza popolazione maschile di Parigi andrebbe in giro col culo a strisce.»

Tancredi gli prese il braccio. «Vi ho già detto di frenare la lingua. Non fatemelo ripetere.»

«Lise!» gridò Mimi. «Dove l'avete messa?»

Fu allora che sentirono il canto. Era flebile e non perfettamente intonato, ma udibilissimo.

Seht ihr den Mond dort stehen?
Er ist nur halb zu sehen,
und ist doch rund und schön!
So sind wohl manche Sachen,
die wir getrost belachen,
weil uns're Augen sie nicht seh'n...

Vedete la luna laggiù?
Solo metà se ne scorge,
eppure è tonda e bella!
Così sono molte cose
di cui ridiamo sicuri di noi,
solo perché i nostri occhi non le vedono.

«È lei!» esclamò Juliette.

La trovarono nell'ultima gabbia, insieme a una vecchia mezza nuda che batteva la fronte contro le sbarre. Si era ferita fino a sanguinare, ma continuava a battere – *sbam, sbam* – con un'espressione ebete sulla faccia rugosa.

Lise, in ginocchio, con gli occhi chiusi e i pugni stretti, cantava con la sua vocina stenta e stonata. Stava cercando di evadere a modo suo, di andarsene da quell'orrore.

«*Machè!*» gridò Mimi.

Anche Lise gridò, spalancò gli occhi e balzò in piedi.

Juliette le guardò stringersi attraverso le sbarre, la ragazzina bionda e bianca e la grande mulatta che la avvolgeva nel suo abbraccio protettivo, mentre Duval faceva aprire la gabbia.

«Eccovi la vostra Lise sana e salva» concluse il sovrintendente di Saint-Lazare. «Spero che sarete soddisfatti e che parlerete bene di me a sua maestà imperiale.»

Tancredi non si prese la briga di rispondergli.

Sul portone, quando gli altri erano già in strada, Juliette si girò. Il giovane marchese tornò subito sui suoi passi. Lise e Mimi stavano salendo in carrozza. «Che succede, Juliette?»

Lei scosse la testa. «Lise è in salvo, ma tutte le altre?» domandò. Sentiva il cuore così pesante. C'erano luoghi al mondo che sembrava che Dio avesse dimenticato. E anche tutti gli uomini.

12
Zia Christine e zio Charles

«Non ci credo.»

Lo zio Charles si portò una mano alla faccia in una espressione di comico sgomento e il pizzo del polsino, semplice ed elegante, si aprì come un ventaglio, mostrando il guanto di capretto morbido di raffinata fattura. Si diceva che un paio di guanti, per parer degno di venir indossato, dovesse essere di pellame spagnolo, di modello francese e di fattura inglese, e a occhio e croce quelli dello zio rispettavano tutti e tre i crismi della moda. Quanto a lui, era esattamente come Juliette se lo ricordava: alto, prestante, vestito con una naturale e pratica eleganza, spiritoso e affabile. Solo, i capelli erano diventati sale e pepe e zoppicava lievemente, perché la gamba sinistra era più rigida della destra. Al suo fianco c'era una giovane donna che Juliette giudicò di poco più grande di lei e che accanto allo zio pareva più sua figlia che sua moglie. Era pettinata in modo fin troppo sobrio, i capelli castani tirati indietro e raccolti bassi sulla nuca in un nodo stretto, piuttosto alta e magra, con un naso dritto e importante, un mento pronunciato e due grandi occhi verdi espressivi che parevano costituire la sua unica bellezza. Il suo semplice completo da viaggio era di un bel punto di marron *bisque* che le donava all'incarnato e Juliette provò a immaginare come dovesse sentirsi, al primo incontro con la famiglia del marito, sotto gli sguardi quanto meno curiosi del parentado, ma in realtà dalla sua espressione e dai suoi gesti non traspariva grande imbarazzo. Anzi, pareva contenta e a suo agio.

I giovani Maulévrier erano schierati ad aspettare lo zio e la zia nell'atrio della grande casa parigina, in ordine di anzianità. Elizabeth con al fianco Louis, Juliette, Edo e Toin, e naturalmente la cugina Sophie, con le lacrime in tasca. Di ritorni dello zio Charles dai suoi viaggi e dalle sue avventure ne avevano vissuti tanti, in Vandea. Ora ad accoglierlo mancavano due persone care che non c'erano più, mamma Anne Marie e nonna Charlotte, e sembrava passato un secolo.

«Non ci credo proprio» ripeté lo zio, emozionato. «Suona banale ma, figlioli miei, quanto siete cresciuti. E io son diventato vecchio.» C'era una notevole punta di civetteria in quell'affermazione. «Per fortuna ora c'è la mia Christine a prendersi cura di me.»

Il marchese Édouard suo fratello allargò le braccia come a volerli stringere tutti e due. «Siamo onorati di accogliervi in famiglia, cara cognata. So che avete nelle vene il sangue dei Malesherbes. Che siete la nipote del grande e compianto giurista...»

Il barone Louis sembrava particolarmente colpito. «Sapete, madame, mio cugino ha sposato Antoinette, la figlia di vostro nonno, che è stata ghigliottinata con lui durante il Terrore...»

«Era mia madre, signore» rispose subito lei. Aveva una voce bassa, un po' rauca e molto calda. «Vedete? Siamo parenti...» Sorrise e diventò bellissima, come se una luce la illuminasse da dentro. Juliette capì in quel momento come mai lo zio se n'era innamorato. «Che piacere essere qui. Charles mi ha raccontato tanto di voi» esclamò Christine, mentre il marchese Édouard le prendeva la mano e proseguiva con le presentazioni.

«Caro zio» disse Juliette, avvicinandosi a Charles mentre gli altri chiacchieravano animatamente tutti intorno alla nuova arrivata. «Ci avete fatto una bella sorpresa...»

Lui rise. «Per il mio ritorno o per il mio matrimonio? Prima di partire per il nostro viaggio di nozze che ci porterà lontani non potevo non passare da Parigi a riabbracciarvi. Mi trovo bene con Christine, ci siamo piaciuti subito, anche se potrei essere suo padre, a dirla tutta. Ha vent'anni meno di me, sapete. L'ho sposata non appena mi ha detto di sì, prima che ci ripensasse. Ha la maturità di una donna più grande e la stessa passione di suo nonno Malesherbes per la botanica. Pensate che ha studiato approfonditamente la nuova classificazione delle specie vegetali fatta da quello svedese, Linneo. Riproduce le piante con dei disegni acquerellati così realistici che sembrano veri...»

«Un'altra cosa che vi accomuna, anche voi siete bravo con i colori, solo che nei vostri acquerelli immortalate i posti che visitate invece delle specie arboree...» rispose subito lei. Doveva essere questo il segreto delle coppie durature: avere in comune qualche cosa, una passione, un progetto, un ideale. E non soltanto il dovere sociale di metter su famiglia e fare figli uno dietro l'altro. Bisognava tenerlo bene a mente. Si chiese quale potesse essere il progetto giusto per lei e Tancredi. «C'è una copia della *Species Plantarum* di Linneo nella biblioteca di papà, da qualche parte» proseguì. «Spero, almeno. Abbiamo perso un sacco di libri, con tutti gli spostamenti che abbiamo dovuto fare. Ma non sapevo che il signor di Malesherbes fosse anche un botanico, lo conoscevo come uomo di legge» concluse con un sorriso.

Aveva bene in mente la storia del vecchio giurista che si era offerto di difendere Luigi XVI al processo. Per la sua concezione della giustizia, non aveva senso che a un imputato non fosse concessa una equa difesa. «Non salverete me e perderete voi stesso» gli aveva risposto il re, oramai rassegnato, quando lui si era proposto. E ci aveva visto giusto: poco dopo Malesherbes era finito ghigliottinato con metà della sua famiglia, senza perdere la sua calma olimpica e il suo senso dell'umorismo. Il giorno dell'esecuzione, quando era uscito di prigione per salire sulla carretta dei condannati a morte, l'ultrasettantenne uomo di legge aveva inciampato in un sasso e lo avevano sentito commentare: «Perbacco, dicono che porti male. Se fossi un antico romano, me ne tornerei a casa». Di aneddoti come quelli ne circolavano a centinaia, tra i sopravvissuti. «Invece gli interessavano le piante?» insistette Juliette.

Lo zio annuì. «Faceva il giurista, ma la botanica era un suo diletto. E devo dire che anche Christine ha una gran bella mente, sono sicuro che andrete d'accordo. Lo sapete, Joujou, che a me piace chi ha sale in zucca.» Le accarezzò la guancia, come faceva quando era una bambina. «Avete preso il meglio dai Maulévrier e dai de Crénolle. Rivedo la piccolina vivace e curiosa che portavo a spasso nei nostri boschi della Vandea, ed è diventata una donna. Ma di certo non c'è bisogno che sia io dirvelo...»

«Siete gentile, zio.» Charles aveva quel modo diretto e semplice di dire le cose che cancellava ogni imbarazzo e trasmetteva calore. Juliette gli indicò Toin, che stava parlando fitto con Christine. «Credo che il vostro nipote più giovane non lo abbiate ancora mai incontrato e forse seguirà le vostre orme e diventerà soldato... siete il suo eroe, ve lo dico. Da quando ha saputo che sareste venuto, non dorme di notte.» Esitò. «Posso domandarvi che vi è successo alla gamba? Vi muovete in modo da non farlo troppo notare, ma mi pare che...»

Lui fece un gesto vago. «Una scheggia di granata a Grand Champ, combattendo col generale Cadoudal per il re e contro la repubblica. Anche se adesso bisogna parlarne sottovoce.»

Come tutti i vandeani, Juliette aveva bene in mente chi fosse Georges Cadoudal, un gigante bretone grande e grosso forte come un toro e coraggioso fino all'incoscienza che era diventato una leggenda. Dire Cadoudal era come dire credere nel re, fino al martirio, contro la rivoluzione. Suo padre Édouard ne parlava con un misto di rispetto e insofferenza: «Viene un momento in cui ci si deve rendere conto che la causa per cui si è combattuto è perduta e la storia è andata avanti. Ecco, Cadoudal non riesce a farlo».

«Ma la ferita non fa più male e i medici giurano che col tempo la gamba tornerà come prima» stava dicendo lo zio. «Ho dovuto solo minacciare con la pistola un macellaio di dottore che me la voleva subito amputare, poi è stata tutta in discesa. Mi è andata bene. Sono vivo e intero. Più di cinquecento bianchi e di mille blu non sono tornati.» Sospirò. «Quindi Toin ama le battaglie?»

«Da sempre. Vuole mettersi addosso l'uniforme. Non so se di marina, come voi, ma...»

«Non farà differenza. Un mestiere sempre più richiesto, sotto quel brav'uomo di Buonaparte. Anche se, detto tra noi, sarebbe molto meglio se Toin si facesse prete.» C'era del disprezzo in quel «Buonaparte», pronunciato ancora alla còrsa, con la u, che suonava così male all'orecchio dei francesi e che l'imperatore aveva fatto di tutto per cancellare dai ricordi.

«Non siete un estimatore di Napoleone, a quanto pare» considerò Juliette.

«Già. Sono riuscito a farmi cancellare dal famigerato registro degli emigrati che hanno combattuto per il re contro la rivoluzione e a rientrare in Francia, grazie a lui. Immagino di dovergli un minimo di riconoscenza. Comunque non vedo l'ora di dedicarmi alla mia famiglia e ai miei interessi, lontano il più possibile dalla politica e dalle battaglie.»

«Le Tuileries non vi avranno, allora, zio» constatò Juliette. «Quasi vi invidio, ve ne tornerete in Vandea...»

«Prima o poi. Adesso ci aspettano le Americhe.» Strinse appena le labbra, sornione. «Intanto vi ho portato una persona da Maulévrier... una persona che si ricorda molto bene di voi. Di tutti voi.»

Si girò verso la porta d'ingresso. «Bédame, dove sei?»

Juliette si portò le due mani alla bocca, emozionata, mentre la donna altissima e magra con i capelli di fiamma sotto la cuffia modesta faceva il suo ingresso. La faccia era sempre la stessa, con le lentiggini e la mascella forte, lo sguardo giallo da gatto divertito e sveglio.

«*Opé*, Mademoiselle Joujou» la salutò con la sua voce bassa e un gran sorriso.

Lei l'abbracciò. Erano anni che non sentiva il saluto della Vandea. «*Opé*, Bédame, benvenuta! Oh, santo cielo, ma sei altissima...»

«Come un campanile!» rise lei.

Era la vecchia presa in giro, una filastrocca che cantavano i bambini di Maulévrier. «Bédame la figlia del guardacaccia col fucile / che è lunga lunga come un campanile...» E lei li picchiava senza misericordia, mettendo a tappeto anche i più grossi grazie alle mosse della lotta *chouanne* corpo a corpo che suo padre le aveva insegnato.

Lo zio Charles strizzò l'occhio e abbassò la voce. «Mi ha scritto Édouard che potresti presto aver bisogno di una cameriera tutta tua e lei si è offerta.»

«*Bédame*» disse Bédame, perché quello non era il suo nome vero, ma un soprannome: voleva dire «certamente» in dialetto vandeano, e lei lo usava come intercalare. Oramai nessuno si ricordava più come si chiamasse davvero. «Certo che mi sono offerta. È passato tempo e sono successe cose...» La giovane donna abbassò gli occhi.

Juliette le teneva una mano sul braccio. La cameriera aveva arti lunghi e mani e piedi grandi. In paese dicevano che Stofflet non l'aveva avuta da una sua prima moglie morta di parto, come recitava la versione ufficiale, ma che l'avesse trovata nei boschi dove lui si aggirava instancabile, e che fosse figlia di un gigante e di una fata. «Mi è dispiaciuto tanto per tuo padre...» Era stato ammazzato dai blu, come tanti altri vandeani.

Bédame strinse le labbra e annuì. Poi la cugina Sophie si girò per chiamarli, dal momento che erano rimasti indietro, vide Bédame e fu tutto un gran salutare e commuoversi.

Alla fine Sophie fece accompagnare Bédame negli alloggi della servitù e si girò tutta eccitata. «È ora di andare a tavola, vi dice niente lo stomaco?» esclamò, un po' stridula, per superare il vociare delle conversazioni che si incrociavano intorno a Christine e Charles. Non vedeva l'ora di far apprezzare agli ospiti la sua organizzazione perfetta. Certo, Charles aveva girato mezzo mondo, ma lei lì era la regina di ogni evento, una padrona di casa fantastica. Per l'occasione si era messa un abito grigioazzurro pallido, l'unico lievemente colorato del suo guardaroba, con un po' di pizzo intorno allo scollo castissimo.

«Proseguiamo a tavola la nostra conversazione» disse lo zio Charles a Juliette, mentre la moglie Christine lo prendeva sottobraccio da una parte e la nipote Elizabeth dall'altra per trascinarlo via con loro, dietro a Sophie che faceva orgogliosamente strada.

«Vieni, Joujou!» esclamò Elizabeth, al settimo cielo. «Ma lo sai che anche zia Christine è in dolce attesa? Santo cielo, potremo parlare per ore di nausee e disturbi della gravidanza...»

«Un'altra bella sorpresa» disse lei. Lo zio non aveva perso tempo, a quanto pareva. Lo vide abbozzare una smorfietta modesta. Poi rispose a Elizabeth. «Magari non sarà il caso di limitare così tanto gli argomenti delle vostre conversazioni, cara Babé. Christine è una scienziata e un'artista, una brava acquerellista, nonché una estimatrice di Linneo...»

«Chi?» Elizabeth lasciò che Louis l'aiutasse a prender posto intorno alla tavola deliziosamente imbandita con le entrée di pesce e Christine, sedendosi davanti a lei, prese la palla al balzo. «Oh, è uno svedese che ha classificato migliaia di fiori e piante. Ma ha scritto anche di argomenti che forse vi interessano di più, cara Elizabeth. Ha una interessante teoria sul fatto che tutte le madri dovrebbero allattare personalmente i loro figli.»

Elizabeth era sempre più divertita. «Ah, siete spassosa, cara zietta, davvero. Forse vale per le selvagge... normale che allattino come giovenche. Non hanno problemi a sciuparsi il décolleté...» Rise della sua battuta. «Adoro stare a sentire le vostre facezie. Mi piacciono molto anche le storie di viaggio. Anche voi, zio, che siete stato nelle Americhe, chissà quante cose avrete visto!»

Lo zio Charles strinse rassicurante la mano della moglie, sedendosi accanto a lei. «Davvero un piacere tornare in famiglia» ribadì, con quella sua aria sorniona. «Vi ritrovo, cara Babé, esattamente come vi ricordavo.»

Lei sorrise, ignara. Non era mai stata brava a cogliere l'ironia e Juliette sospirò.

Édouard stava già levando il calice. «A mio fratello Charles e alla sua sposa» disse, mentre tutti lo imitavano.

«Vi vedremo alla corte dell'imperatore, caro zio?» domandò subito il barone Louis.

Charles fece segno al cameriere di riempirgli il bicchiere. «Oh, no. Ho aspettato parecchio a metter su famiglia e adesso voglio dedicarmi a mia moglie, ai figli che verranno e ai miei interessi. E ho promesso a Christine di portarla nel Nuovo Mondo. Poi si vedrà. Ho tanto sognato di tornare in Francia anche se...» s'interruppe.

«Anche se?» ripeté Juliette.

«Anche se oramai tutto è diverso» concluse Charles, con un mezzo sorriso.

Juliette si schiarì la voce. «L'imperatrice comunque sarebbe lieta conoscervi, zio, se ci ripenserete.»

Lui la guardò stupito. «L'imperatrice? Conoscere me? E chi ve l'ha detto, Joujou?»

Elizabeth era troppo ansiosa di dargli la notizia, tanto che parlò con la bocca piena di trota salmonata, guadagnandosi un'occhiata di fuoco di Sophie. «Ma perché Juliette è dama d'onore dell'imperatrice, zio! Le parla tutti i giorni, vive di fatto alle Tuileries...»

Il volto di Charles si era fatto terreo. «Come?»

Juliette batté le palpebre. «Ebbene, è una lunga storia... l'imperatrice mi onora della sua stima e mi ha nominata sua lettrice. Ma state bene, zio?»

Lui era rimasto immobile per un istante, come fulminato. Ma fu lesto a riprendersi, muovendo la gamba sotto il tavolo. «Certo, perdonatemi, ogni tanto questa maledetta scheggia si fa sentire quando meno te l'aspetti. Già tutto passato.»

Christine scosse la testa. «Era tanto che non capitava, dovremo parlarne col dottor Pelletan...» mormorò.

Lui fece un gesto, come a dire che non importava. «Ma raccontatemi, allora» insistette, tornando a concentrarsi su Juliette. «Leggete per lei nei suoi appartamenti, ma non dovete accompagnarla fuori, immagino... Non siete mai andata per esempio a teatro con lei, o cose del genere...»

«No, non è mai capitato... Qualche volta andiamo a cavallo o a passeggio nelle serre o nel giardino, ma dentro il recinto del palazzo.»

«Ah, ecco. E comunque adesso siete in congedo, per qualche giorno?»

«Una settimana, zio. Mi sostituisce un'altra dama d'onore, la contessa de Luçay. Volevo esserci, per poter stare un po' con voi e con la zia.»

Édouard fece segno al cameriere di servirgli altri gamberetti. «Non immaginavo che vi interessassero i dettagli del servizio di Juliette a palazzo» considerò, con una certa sorpresa.

«Fratello mio, lo sapete che sono curioso come un giovane orango di Sumatra» ribatté Charles, ridendo. «Non vi ricordate l'inverno del '68, quando quel lupo aveva preso a far razzia vicino al castello di Maulévrier e aveva ucciso una contadinella... Avevamo assunto un lupaio per dargli la caccia, ma io ero scappato per andargli dietro ed ero finito con un piede dentro una tagliola. Sarei morto assiderato o divorato se non foste venuto a cercarmi e a salvarmi.»

Édouard rise al ricordo e tutti si misero a fare domande.

«Ma il lupo poi fu preso?» domandò Edo.

«Sì, erano una coppia, in realtà, un maschio e una femmina...»

«Quanti anni avevate?» chiese Toin, arrossendo per il suo ardire di voler partecipare a una conversazione tra adulti.

«Io dieci e mio fratello Édouard quattordici... mi ha salvato la vita.»

Il marchese si schermiva. «Oh, ragazzate. Oh, figurarsi.»

Juliette cercò lo sguardo dello zio mentre la servitù, finite le entrée di pesce e servite le zuppe, apparecchiava per il moyen di arrosti, carni miste e polpettoni, ma gli occhi di lui le sfuggivano e continuarono a sfuggirle fino alla fine del banchetto della cugina Sophie, concluso in un trionfo di verdure crude e cotte, paté, formaggi, dolci al cucchiaio e frutta esotica.

Lei concentrò la sua attenzione su quel che aveva nel piatto, senza riuscire a togliersi dalla testa l'idea che Charles avesse volutamente deviato la conversazione per far dimenticare la sua reazione sgomenta alla notizia che lei era diventata dama di compagnia dell'imperatrice. Più che contrariato le era parso spaventato.

Non avrebbe mai voluto dispiacergli in quel modo. Forse più tardi avrebbe potuto spiegargli tutto, di come Joséphine fosse stata l'ultima a vedere la povera nonna Charlotte e di come le avesse portato la sua reliquia, e allora forse lo zio Charles avrebbe capito.

13
Se non m'uccidi

«Oh, Juliette, eccovi qua!» esclamò l'imperatrice. «Meno male che siete arrivata. Quell'impiastro di Madame de Luçay, oltre che essere noiosa come una quaresima e grassa come un'oca da foie gras, non riesce a scendere tre gradini senza rotolare.»

Qualche volta Joséphine era impietosa. A Juliette dispiaceva solo di non essere riuscita ad avvisare lo zio Charles, ma la chiamata da palazzo era stata perentoria. La povera e corpulenta contessa de Luçay era caduta dalle scale e si era fatta molto male a una gamba. Di conseguenza l'imperatrice pregava Mademoiselle de Colbert di sospendere il suo congedo.

Visto che comunque aveva avuto modo di passare del tempo con lo zio e la zia per quattro giorni, Juliette aveva ottemperato di buon grado alla richiesta e mentre tutti erano fuori per una lunga passeggiata in carrozza se n'era ritornata nel suo appartamentino alle Tuileries, dopo aver lasciato un messaggio nelle mani di Bédame, promettendo che sarebbe tornata a salutare prima della partenza degli ospiti per la Vandea.

«Lo conoscete il *Don Giovanni*, Juliette?» le domandò l'imperatrice.

«Mozart, maestà?»

«Sì. È la prima volta, qua a Parigi. In un bell'arrangiamento del maestro Kalkbrenner.» Mozart era morto da una quindicina d'anni, oramai, ma le sue opere venivano riadattate e rappresentate dappertutto. Se non altro, il suo genio gli aveva donato l'immortalità, anche se forse qualche volta si sarebbe rivoltato nella tomba a vedere come gli esecutori postumi si prendevano delle libertà, tagliando e aggiungendo a piacere sui suoi spartiti.

«Ma certo, il libretto è di quel Da Ponte che ha scritto anche il *Figaro*... ne ho sentito parlare tanto!» Il sottotitolo dell'opera era *Il dissoluto punito* e le dame più anziane arrossivano all'idea di seguire le avventure peccaminose di un seduttore dichiarato. Chissà che cosa avrebbe detto la cugina Sophie. «È piuttosto divertente l'idea che, a quanto si sa, alla fine questo cavaliere che ha tanto poco rispetto per le donne finisca all'inferno.»

«Ebbene, cara, questo dimostra che è proprio una commedia... anzi, un dramma giocoso, come è scritto. Perché, checché ne dicano Da Ponte e Mozart, nella realtà i dissoluti che hanno poco rispetto per le donne ben raramente vengono puniti. Ma anch'io sono curiosa di assistere...» All'imperatrice brillavano gli occhi. «Oh, non è stato facile convincere Bonaparte, potete credermi sulla parola... Non ha idea, quell'uomo, di che cosa sia il divertimento. All'opera si annoia. Qualche volta si addormenta, perfino.»

«Siete stata brava a vincere le sue resistenze, Madame!»

«Non è vero? Gli ho assicurato che questo arrangiamento è più breve dell'originale e lui potrà poi tornare alle sue incombenze... O forse l'ho convinto dicendogli che l'interprete femminile è Mademoiselle Pellet, una gran bella donna...»

Juliette sorrise. «Non sembra che sua maestà imperiale sia sensibile al fascino femminile come la maggior parte degli uomini... È sempre così...»

«... Serio? Scostante? Impaziente?» Joséphine scosse la testa. «Non lasciatevi ingannare dai suoi modi bruschi. Le belle dame le nota, eccome.» Giunse le mani andando su e giù per la stanza. «Proprio per questo abbiamo da fare. Voglio scegliere il vestito giusto. Devo essere bella, la più bella. E voi sarete con me... al mio fianco. Madame de Remusat è ancora in puerperio, madame de Luçay ha la gamba rotta, ho bisogno di voi. Avete già in mente che cosa indossare, cara?»

Juliette era sconcertata. Joséphine non le aveva mai domandato di uscire con lei e tanto meno in occasioni del genere. «Per la verità, Madame, non so se nel mio guardaroba c'è qualcosa di adatto...»

«Oh, troveremo la mise giusta. Ci mancherebbe. Mimi, chiama le sarte, ho già in mente una mia mussolina lillà che starebbe d'incanto a Juliette, ma va stretta e allungata un pochino...» Sollevò le sopracciglia. «Non che siate molto più magra di me, ma senz'altro avete meno seno, cara.»

Lei dissimulò un sorriso. «Ma certo, grazie, maestà.»

L'imperatrice esitò. «Senza contare che nella guardia imperiale ci sarà il vostro Tancredi...» aggiunse, maliziosa. Era sicura che fosse un'ottima motivazione per prepararsi con cura particolare.

E in fatto di buon gusto l'imperatrice non era seconda a nessuno: la mussolina lillà rifinita in argento stava davvero bene addosso a Juliette quando uscirono in cortile per raggiungere le carrozze che avrebbero portato gli illustri ospiti al Théâtre des Arts, che di Mozart aveva ospitato anni prima una fortunata rappresentazione di *Il flauto magico*. Di certo Juliette non avrebbe immaginato di passare di fatto un pomeriggio intero a prepararsi per l'opera: parrucchiere e sarte si erano fatte in quattro per l'imperatrice, che era stupenda nel suo abito color grano di senape, ricamato in seta lucida color bronzo, e si erano date un gran daffare anche per lei.

Le maestà imperiali avrebbero raggiunto il teatro a bordo di due carrozze separate. Napoleone viaggiava con Fouché e col principe Borghese, per approfittare anche del tempo dedicato allo spostamento per parlare di affari di Stato. Joséphine sarebbe stata con Juliette.

Nell'ampio spiazzo dove erano posteggiate in attesa le due belle berline dorate realizzate dal carrozziere di fiducia di Napoleone, Monsieur Getting, erano allineati degli uomini a cavallo, che avrebbero costituito la scorta del convoglio. Juliette vide uno di loro togliersi la feluca e lo riconobbe nel cortile rischiarato dalle torce. Era Tancredi, al comando della guardia.

L'imperatore era già a bordo della carrozza davanti, con Fouché. Borghese era fermo col piede sul predellino, ad accertarsi che le dame fossero pronte.

Juliette salutò il marchese Falletti di Barolo chinando il capo, mentre l'imperatrice usciva dal palazzo con Mimi. Stavano discutendo animatamente.

«Ti ho detto lo scialle color bronzo col bordo sfrangiato, non questo!» Se lo tolse in malo modo dalle spalle. «Vai a prenderlo, Mimi, questo è color borgogna, non c'entra niente, e ha anche la forma sbagliata per legarlo in vita à l'aegyptienne...»

Borghese le diede una voce. «Madame, arriveremo in ritardo all'opera...» Dentro la carrozza, Napoleone stava dicendo qualcosa in tono iroso. Senz'altro protestava per l'attesa. Joséphine sbuffò.

«Andate avanti, Camillo, noi vi raggiungiamo... Mimi prende il mio scialle e arrivo.»

Con la sua andatura lenta, la mulatta stava rientrando. «*Souf*, ne ha mille, di questi scialli...» protestò sottovoce.

«Vado ad aiutarla» si offrì Juliette. «Credo di aver capito quale volete, Madame...»

L'imperatrice alzò gli occhi al cielo. «Dio vi benedica...» Per fortuna Juliette era svelta come uno scoiattolo.

Ottenuto finalmente il suo magnifico scialle, Joséphine se lo drappeggiò in quel modo inconfondibile che tutte imitavano, coprendosi asimmetricamente una sola spalla e poi fermandolo in vita. Le prime sciarpe gliele aveva mandate Bonaparte dall'Egitto e a lei erano sembrate perfette, così impalpabili, che non ingoffavano come un mantello o uno scialle dei soliti, ma che tenevano caldo, erano di mille colori e diventavano un accessorio elegante e molto femminile. Alcuni erano così di valore che le dame li citavano nel testamento, trasmettendoli a figlie, nipoti e nuore.

La carrozza dell'imperatore era già partita con metà della scorta a cavallo. Bonaparte non era il tipo d'uomo disposto ad attendere troppo.

«Meglio così» tagliò corto lei, accingendosi a salire con l'aiuto di Juliette. «Il teatro non scappa. Non è vero, Auguste?» chiese al suo cocchiere.

Lui agitò la frusta. «Li raggiungiamo, maestà imperiale. Da quel che ho visto, César ha alzato un po' il gomito, stasera.»

César era il cocchiere di Napoleone. Lei rise. «Non capisco perché Bonaparte non si liberi di quell'ubriacone» commentò con Juliette che si stava sistemando sul sedile imbottito, sbirciando fuori dal finestrino. Di certo ci sarà stato di mezzo qualche episodio del passato: l'imperatore era un sentimentale, a modo suo.

A cavallo, Tancredi era uno spettacolo nella sua uniforme della guardia. Aveva fatto in modo di restare con la scorta della seconda carrozza e Juliette era convinta che non fosse un caso. Dopo la spedizione a Saint-Lazare, si sentivano ancora più in sintonia.

Joséphine seguì la direzione del suo sguardo, ma non commentò. «Quasi le sette. Arriveremo perfettamente in orario» concluse, sistemandosi un orecchino di diamante. «E pazienza se Bonaparte si addormenterà. Noi non ci perderemo una parola. Avete portato i libretti?»

La carrozza aveva già attraversato place du Carrousel per inoltrarsi in rue Saint-Nicaise quando ci fu lo scoppio. Chi lo vide da vicino lo descrisse come una palla di fuoco accompagnata da una pioggia fitta di un nugolo di frammenti di ferro. Juliette sentì solo il boato tremendo e poi le urla, mentre gli uomini della scorta che li precedeva cadevano: cavalli e uomini erano stati colpiti.

«Una bomba!» gridò Joséphine. «Oh, vergine santa, l'imperatore!»

La carrozza sbatteva a destra e a sinistra mentre Auguste cercava di tenere a bada i due cavalli imbizzarriti. «Buoni, buoni!»

L'abitacolo della berlina si era trasformato in un naviglio in un mare in tempesta.

«Juliette!»

«Madame!» Aggrappata al finestrino, Juliette vide Tancredi saltare da sella e gettarsi letteralmente tra le zampe del tiro a due.

Le suppellettili all'interno dell'abitacolo della berlina erano corpi contundenti. La pesante cornice dello specchio veneziano al quale Joséphine non avrebbe mai rinunciato la colpì di spigolo al braccio e il bourdalou di porcellana di Limoges, il piccolo pitale da viaggio di forma allungata che l'imperatrice usava in caso di emergenza, si ruppe in schegge taglienti.

«Finiremo per ribaltarci!» gridò Joséphine.

Ma Tancredi era riuscito ad afferrare il morso del cavallo di destra, poi di quello di sinistra e a frenare la loro corsa con tutto il suo peso, coadiuvato da Auguste che tirava le redini a cassetta e da due dei suoi uomini della guardia.

Ancora qualche scossone violento e poi la berlina si fermò.

«Aoooh-ooh! Bravi, bravi, così!»

Juliette si ritrovò abbracciata a Joséphine che tremava come una foglia. Le parve che passasse un secolo prima che Tancredi e un paio di altre guardie si affrettassero allo sportello.

«Come state, altezza imperiale? Mademoiselle?» ansimò lui, con la fronte insanguinata e una manica della divisa strappata.

Intorno si stava scatenando l'inferno. La bomba, una grossa botte piena di pezzi di ferro e polvere da sparo, era a bordo di un carretto che gli attentatori avevano parcheggiato a fianco di una bancarella di verdura ancora in strada e aveva fatto a brandelli la venditrice e sua figlia, oltre alla giumenta che aveva tirato fin lì il carretto. Intorno c'erano morti e feriti tra passanti e residenti, tra cui alcune guardie dell'imperatore.

«Bonaparte?» chiese Joséphine, sconvolta.

L'ufficiale di scorta alla carrozza dell'imperatore che era tornato indietro al galoppo si portò una mano alla feluca.

«Neanche un graffio, maestà. Ha dato disposizione di proseguire e di non cambiare programma. Si va a teatro.»

Più in là, nella via, si sentivano urla e strepiti.

«Qualcuno si è fatto male» disse Juliette con un filo di voce.

«C'è chi si occupa di tutto. Voi proseguite, è un ordine dell'imperatore» la rassicurò Tancredi.

Lei riuscì a stirare le labbra in una specie di sorriso riconoscente. «Grazie» gli sussurrò.

Avrebbe voluto almeno asciugargli la fronte ferita, ma seguì l'imperatrice che si ritirava dentro la carrozza e recuperava lo specchio veneziano miracolosamente intatto.

«Santo cielo, Juliette, aiutatemi a sistemarmi i capelli...»

Poco dopo erano all'opera, come se niente fosse successo. Camillo era ad accoglierle all'ingresso, agitato quasi quanto loro.

«State bene? Venite, l'imperatore vi aspetta...»

Napoleone era già nel suo palco d'onore e si guardava intorno con il piccolo binocolo da teatro.

«Dov'è Joséphine? Oh, eccovi» la accolse, calmissimo ma pallido. «Sedete, accomodatevi vicino a me. Che tutti vedano che ci vuol altro per farci paura. Che tutti vedano che siamo invulnerabili e che Dio ci protegge.» Poi si rivolse a Fouché. «E allora? Sembra proprio che le vostre spie questa volta siano state inutili. Volevano farmi saltare per aria.»

Il capo della polizia lo guardava con i suoi occhi di vetro. «Ma non ci sono riusciti, maestà imperiale.»

«Non credo per merito vostro.» Prese la mano di Joséphine e la baciò. «Siano benedetti i vostri immancabili ritardi e i vostri assurdi scialli di cachemire. Se fossimo passati davanti a rue Saint-Nicaise un attimo prima, saremmo morti.»

Lei non aveva voce per rispondergli.

Fouché rimase impassibile. Con ogni probabilità l'attentatore di vedetta che doveva avvisare il complice di dar fuoco alla miccia all'approssimarsi della carrozza imperiale si era mosso in ritardo e gli scialli dell'imperatrice non c'entravano affatto, ma non era certo il caso di mettersi a discutere in quel momento delicato nel quale i suoi servizi segreti non facevano gran bella figura.

Man mano che la notizia dello scampato pericolo si diffondeva nel teatro gremito, il brusio si faceva sempre più forte. Poi, prima che il sipario si aprisse, tutto il pubblico presente si alzò in piedi e cominciò ad acclamare l'imperatore.

«Viva Napoleone! Lunga vita all'imperatore!»

Da tutti gli angoli della sala, dalla platea e dai palchi, l'acclamazione si ripeté per quattro volte.

«Viva Napoleone!»

Anche Juliette applaudì, con gli occhi pieni di lacrime.

«Portatemi un libretto» ordinò Bonaparte, sedendosi.

Poi, mentre il sipario si alzava, le candele si abbassavano e l'attenzione di tutti si focalizzava sul palco, si rivolse sottovoce a Fouché. Juliette era seduta proprio dietro l'imperatrice che stava al fianco di lui e sentiva benissimo.

«Sappiamo tutti e due che è stato quel gran bastardo di Cadoudal. Quel bestione maledetto. Non smetterà mai di volermi morto. Lui e suoi accoliti vandeani sono dei realisti irriducibili, vogliono riportare al trono i Borboni e l'antico regime. Hanno finto soltanto di sottomettersi, prima alla repubblica regicida e poi a me, ma mi vedono come un usurpatore. Trovatemi i colpevoli, Fouché. Cadoudal non ha agito da solo.»

Sul palco Mademoiselle Pellet nel ruolo di donna Anna gorgheggiava a don Giovanni:

Non sperar, se non m'uccidi,
ch'io ti lasci fuggir mai!

Nella penombra del palco imperiale, Juliette cercava di calmarsi. Ora tutto aveva un senso, le parole sibilline dello zio Charles, il suo sgomento quando aveva saputo che lei era dama d'onore dell'imperatrice, le sue strane domande sul dettaglio del suo servizio a corte: «*Non siete mai andata a teatro con lei, o cose del genere…*». E lei adesso tremava così forte che temeva di scuotere le poltroncine di velluto giallo del retropalco imperiale.

14
Doppio gioco

Il marchese Édouard era grigio in volto mentre stringeva Juliette tra le braccia così forte da farle male. L'aveva aspettata fuori dal teatro, con la carrozza posteggiata a pochi passi. A cassetta c'era Bédame, che lungo il tragitto si era spazientita perché il cocchiere non riusciva a farsi strada nel caos che era seguito all'attentato e lo aveva spostato quasi di peso per prendere le redini: ci aveva pensato lei ad arrivare fin lì. Dovevano andare a prendere Mam'selle Joujou, e non sarebbe certo stato un manipolo di parigini isterici a fermarla.

I feriti erano stati soccorsi e i morti portati via, ma qualche casa era rimasta danneggiata. Nel quartiere conoscevano tutti la giovane Marianne Peusol, di quattordici anni, che con la madre, verduraia ambulante di rue du Bac, era stata la prima a venir colpita in pieno dalla deflagrazione. Correva voce che uno sconosciuto dai modi gentili le avesse offerto dodici soldi per badare per qualche minuto alla giumenta attaccata al carro che portava la grossa botte piena di morte e lei avesse subito accettato, grata di quel piccolo compenso. Le maledizioni peggiori erano tutte per lui, per quell'attentatore che non aveva esitato a coinvolgere innocenti.

«Sto bene, padre, davvero» lo rassicurò lei, commossa. «La

bomba è scoppiata troppo presto, credo, per cui la carrozza dell'imperatrice sulla quale viaggiavo è rimasta illesa. Solo, i cavalli si sono imbizzarriti e il cocchiere era in difficoltà, abbiamo ballato un po' nell'abitacolo, ma Tancredi è riuscito a calmarli.» Si toccò la schiena. «Credo di avere solo qualche livido.»

«Tancredi?» ripeté il marchese.

Lei non abbassò lo sguardo. Avrebbe potuto usare il suo titolo e non il suo nome proprio, fingendo una distanza che tra loro ogni giorno si accorciava, ma non voleva essere ipocrita con suo padre. «Sì, Tancredi. Scortava il convoglio con la guardia imperiale.»

Édouard la strinse di nuovo. Quando si era diffusa la notizia dell'attentato, gli si era fermato il cuore. Bédame gli aveva consegnato il biglietto nel quale sua figlia si limitava a dire che era stata richiamata d'urgenza alle Tuileries. Se l'imperatrice aveva chiesto di lei revocando il suo congedo e poi si era recata a teatro, con ogni probabilità si era portata la sua dama. Quindi Juliette era stata esposta al rischio di saltare in aria. Dicevano tutti che i sovrani erano illesi, ma non c'era gran dettaglio sui loro accompagnatori. Una scheggia avrebbe potuto colpire qualcuno e magari nella frenesia del momento una cortigiana ferita non sarebbe sembrata una cosa così importante. Ma la cosa che lo aveva più atterrito era stata la reazione di suo fratello Charles.

«Com'è possibile che Juliette si trovi con l'imperatrice? Aveva detto di essere in congedo!» aveva esclamato, con gli occhi di un folle.

Lui lo aveva preso per il bavero. «In nome di Dio, Charles, volete dirmi che cosa succede? C'entrate qualcosa con questa pazzia?»

L'altro si era liberato dalla sua stretta, ma non aveva negato. Il suo silenzio era stato più che eloquente.

Alla fine Édouard, sconvolto, aveva dato una voce al barone Louis ed era corso ad aspettare la figlia all'uscita dall'opera. La cosa importante era che Juliette stesse bene. Adesso le stava davanti e le teneva le mani, senza stancarsi di guardarla, respirando il suo profumo delicato, godendosi il tepore attraverso i guanti ricamati. La sua bambina era viva, senza un graffio. Grazie a Dio.

«Ho il permesso di passare la notte a casa» gli disse Juliette. «L'imperatrice prenderà un po' d'oppio e dormirà, assistita da Mimi.»

Poco più in là, Joséphine stava salendo senza fretta sulla stessa carrozza di Bonaparte. Non era più spaventata, semmai eccitata. Voleva godersi il momento da primadonna: in fondo forse era stato anche per merito suo se l'attentato era fallito. E poi si era comportata con grande coraggio, aveva seguito tutta l'opera al fianco di Napoleone senza mostrare cedimenti e si era presa con lui anche un applauso conclusivo, più forte di quello destinato allo spettacolo, che non era stato accolto con grande entusiasmo. *Questo è il fin di chi fa mal*, avevano cantato insieme nel gran finale Leporello, Zerlina e Masetto, dopo che il perfido seduttore senza scrupoli era stato inghiottito dall'inferno, tirando la morale. Così finiscono i malvagi. Sarebbero finiti all'inferno anche i responsabili di quella strage, come don Giovanni.

Era questo che contava. Dopo quel virtuosismo di voci inanellate da soprano e da tenore, la reazione del pubblico era stata tiepida. Forse per l'emozione della circostanza, forse per l'arrangiamento decisamente così poco riuscito. Erano stati l'imperatore e l'imperatrice a rubare letteralmente la scena ai cantanti, dentro e fuori il teatro, e a guadagnarsi ovazioni.

Dopo aver preso posto nella berlina accanto a suo padre, Juliette gli parlò sottovoce in tono pressante. Era convinta che non ci fosse tempo da perdere. «Fouché sta cercando il generale Cadoudal. Napoleone è convinto che ci sia lui dietro a questo ordigno. Lui e degli irriducibili vandeani.» Si umettò le labbra aride. «Lo zio Charles deve andarsene subito, papà. Stanotte. Deve anticipare il suo imbarco per le Americhe. Fouché lo faceva sorvegliare già da un po', sapeva che si era sposato quando noi non ne avevamo ancora idea. Se lo zio è coinvolto, il ministro di polizia non ci metterà molto a trovare le prove.» La voce le si spezzò. «E tutta questa faccenda di certo inasprirà Bonaparte nei confronti di noi vandeani.»

Lui si passò una mano sugli occhi e annuì. «Charles è già partito per il porto di Le Havre con Christine e la loro servitù.»

Juliette sospirò. «Oh, bene. Deve mettere più strada possibile tra lui e Fouché...»

Il marchese sollevò le sopracciglia. «Non credo che abbia da temere. Dovete sapere che... ebbene, Fouché è convinto che l'astro di Napoleone sia in realtà una meteora e così... diciamo si sta tenendo aperte molte porte» disse, scandendo bene le parole. «Anche nel caso in cui la causa reale dovesse prima o poi prevalere.»

Lei ci mise qualche secondo a capire il senso di quella frase, poi spalancò gli occhi. «Oh.» Il ministro di polizia di Napoleone stava facendo il doppio gioco con i terroristi vandeani.

Édouard si schiarì la voce. Questo gli aveva spiegato Charles, prima di chiudere in fretta i bagagli e congedarsi. «Useranno il pretesto dell'attentato per liberarsi di qualche avversario politico. Fouché sa benissimo dove si trova Cadoudal, è qua a Parigi, nascosto. Al momento giusto lo farà arrestare e condannare a morte. La gente probabilmente ne sarà felice, quella bomba non ha colpito Napoleone, ma ha fatto una ventina di morti innocenti e ancora più numerosi feriti. A caldo, c'è molto odio nei confronti di chi ha organizzato questo agguato. Oppure l'imperatore potrebbe graziarlo all'ultimo momento con un bel *coup de théâtre*, perdonare chi lo voleva morto, mostrarsi magnanimo anche in questa circostanza. Bisognerà solo stare a vedere quali saranno gli umori del popolo e assecondarli. Questa è la politica.»

Juliette taceva, assorta. Si abbandonò contro lo schienale imbottito e chiuse gli occhi. «Mi sento così stupida» sussurrò.

Il marchese scosse la testa. «Non dovreste. Sono situazioni complicate. Non avete niente da rimproverarvi, vi siete comportata nel migliore dei modi. E comunque il fatto che abbiate rischiato la vita con sua maestà l'imperatrice ci mette al riparo da ogni sospetto.» Si frugò nella tasca interna della redingote. «Mio fratello mi ha lasciato questo per voi.»

Juliette guardò il foglio piegato in quattro. Lo prese e lo aprì. La grafia elegante e nervosa dello zio aveva scritto poche righe.

«"Bisogna volersi bene come se un giorno si dovesse arrivare a odiarsi" ha scritto Cicerone. Joujou, continuerete a volermi bene? Zio Charles.»

Lei lo rilesse un paio di volte, poi ripiegò il foglio. Era una garbata richiesta di perdono, forse. «Mi fa piacere che lo zio non corra un immediato pericolo e spero che questa faccenda non si ripercuota sul buon rapporto che la nostra famiglia ha con le Tuileries» commentò diplomaticamente.

Si sentiva di colpo stanchissima. Niente era bianco o nero. Non esistevano buoni e cattivi. Il male e il bene si sfumavano, si mescolavano, si contaminavano vicendevolmente.

In quest'ottica, forse era una cosa utile che i due fratelli Maulévrier avessero delle posizioni diverse nei confronti dell'impero: se Bonaparte fosse durato, un Maulévrier avrebbe potuto vantare di essere al suo servizio fin dagli esordi; se non fosse durato, un altro Maulévrier avrebbe potuto dimostrare di non aver mai abbandonato il sogno di una restaurazione monarchica. Una perfetta simmetria.

«È brava Bédame a portare la carrozza, più brava del nostro vecchio Timothée» commentò Édouard, guardando fuori dal finestrino, a significare che l'argomento zio Charles era chiuso. «Del resto è al nostro servizio da una vita, pover'uomo. Certo, il traffico di Parigi, anche in giornate meno turbolente di questa, si è fatto così caotico che servono braccia giovani e occhi svegli. Magari lui potrebbe dare una mano in casa, come tuttofare.»

Juliette annuì. Suo padre stava cercando di far rientrare tutto nell'alveo della normalità. Tra poco avrebbe fatto un commento sul tempo, ne era sicura. Ma lei non era in vena di conversazioni leggere. Forse davvero l'unico modo per non farsi divorare l'anima da quell'idra dalle cento teste che era la corte imperiale consisteva nel lasciare parlare il cuore. Aveva assoluto bisogno di concludere quella giornata con una nota lieta. Tirò un profondo respiro. «*Mon père*, credo che nei prossimi giorni Tancredi chiederà di parlarvi» disse con semplicità.

«Non ha che da comunicarmi quando» rispose lui, contento. «Vi siete convinta, allora, ma bene. Il marchese Falletti ne sarà felicissimo.»

«Ancora non lo sa» rispose lei.

E poi riuscì finalmente a sorridere.

15
Partorirai con dolore

«Tutta colpa tua, Joujou» gemeva Elizabeth, in preda alle prime dolorose fasi del travaglio.

Juliette sospirò, sulle spine. Erano in quattro al letto di Elizabeth che, tutta vestita di pizzi, compresa una magnifica, inutile e ingombrante cuffia da parto che suo marito le aveva regalato, si contorceva sdraiata nel grande letto a colonnine: lei, la cugina Sophie, Bédame e la vedova Boivin, l'ostetrica che l'avrebbe assistita. Quest'ultima le sorrise rassicurante. Era una bella donna di neanche trent'anni di capelli scuri e ricciolini e dall'aria rassicurante e decisa. Édouard era arrivato a lei attraverso delle amicizie a corte, dal momento che la consideravano la migliore di Parigi. Nonostante la giovane età, già insegnava alle altre e il dottor Dupuytren dell'Hôtel-Dieu sosteneva che avesse un occhio sulla punta di ogni dito, tanto era brava a risolvere casi anche complicati. Di rado assisteva donne altolocate, preferiva prestare la sua opera per le bisognose e le popolane negli ospedali cittadini, ma le buone entrature del marchese l'avevano convinta. «Cara, questo bambino aveva voglia di nascere, e comunque se i conti sono giusti manca appena una settimana, non vi dovete preoccupare. Fate come vi dico e andrà tutto benissimo» disse a Elizabeth.

«Ma voi non sapete che spavento... mia sorella era in carrozza con l'imperatrice, quando c'è stato l'attentato. Abbiamo temuto, voi mi capite... e penso che questa emozione, *nel mio stato...*» Si interruppe per emettere una specie di guaito. «Oh, mio Dio, mio Dio, un'altra fitta, ne morirò...»

«Intanto prendete un po' di questo, vi sarà di aiuto e calmerà l'ansia» rispose la Boivin, accostandole un bicchiere alle labbra. Capiva subito quando una partoriente era in panico e di certo quella giovane donna aveva bisogno di aiuto. Era uno dei motivi per i quali preferiva assistere le donne del popolo: molti meno drammi e maggiore confidenza col proprio corpo, provato dalla fatica quotidiana.

«Cos'è?» domandò Elizabeth.

«Qualcosa che vi farà stare meglio. E vi consiglio di togliervi questa vestaglia e questa cuffia che vi costringono e vi impacciano, di mettervi più libera e di assumere la posizione che meglio vi aggrada. Seduta, in piedi, a quattro zampe. Come preferite. Quando verrà il momento di sdraiarvi, ve lo dirò io.»

Sophie sollevò le sopracciglia. «Cosa le avete dato da bere, Madame Boivin? Spero nessuna diavoleria. La Bibbia dice chiaramente: "partorirai con dolore", per espiare il peccato originale e per ripagare il privilegio di dare la vita...»

Juliette dovette trattenersi da una risposta molto brusca. Invecchiando, la cugina Sophie stava veramente diventando insopportabile. «La Bibbia dice anche che quando il Signore tolse una costola a Adamo prima lo addormentò. Sta scritto nella Genesi. Non è forse questa una sorta di anestesia?» ribatté, in tono più aspro di quanto avrebbe voluto.

La Boivin ridacchiò, mentre aiutava Elizabeth a liberarsi da pizzi e merletti. «Immagino che non abbiate mai partorito, Mademoiselle Sophie» commentò caustica. «Altrimenti di certo non sareste così categorica.»

«Pensavo che mi foste affezionata, cugina» piagnucolò Elizabeth.

Juliette strinse le labbra. «Davvero a volte noi donne riusciamo a essere le peggiori nemiche di noi stesse» mormorò.

Sophie era arrossita. «Cerco solo di essere una buona cristiana» rispose, stizzita. Il suo padre spirituale le aveva raccontato una volta che nel Seicento le donne che si azzardavano a procacciare rimedi che mitigavano i dolori del travaglio venivano considerate alla stregua delle streghe e bruciate vive. Lo stesso per chi ne faceva uso. Ma quella Boivin aveva delle idee tutte sue.

Infatti l'ostetrica stava sfilando a Elizabeth la vestaglia tutta trine. «Oh, è un punto di vista condiviso da molti, ve lo garantisco, per lo più uomini, che cercare di porre un limite alle sofferenze del parto sia un grave peccato e che le donne siano condannate giustamente a provare gran dolore nella loro carne, in quanto figlie di Eva. Ma per fortuna ora si comincia a cambiare avviso. Se la madre sta male ne soffre anche il bambino e questo è un fatto. Ci avevate mai pensato?» Ficcò vestaglia, cuffia e *fichu* di pizzo tra le braccia di Bédame. Ora Elizabeth era libera, con indosso solo un'ampia camicia da notte larga e leggera. «Siete più a vostro agio adesso? Facciamo due passi, vi sostengo io. E non trattenete il fiato, datemi ascolto. Bisogna respirare, nel modo giusto.»

«Ho paura che mi stia per venire di nuovo una di quelle fitte terribili» protestò Elizabeth. «Credete, è come se mi si spezzasse la schiena...»

«Lo so, cara, lo so. Non è solo il dolore in sé, è l'attesa del dolore che ci paralizza. Ma è perfettamente nella norma. Siete giovane, con un bel bacino ampio, il bambino è nella giusta posizione e andrà tutto bene. Magari ogni parto fosse come il vostro!»

«Oh! Eccola di nuovo... oh...» mormorò la partoriente, all'arrivo di una nuova contrazione, respirando a fondo. L'atteggiamento rassicurante e autorevole della vedova Boivin e forse anche l'intruglio cominciavano a fare effetto.

«Brava, così. Ci vorrà ancora un po' di tempo» la incoraggiò l'ostetrica, accarezzandole i capelli.

«Mia madre ha impiegato dodici ore di travaglio per mettermi al mondo» disse la cugina Sophie. «La sentivano urlare fin giù nelle cucine del castello dei de Crénolle, dicono. E anche la vostra povera madre, quando è nato Toin, quanto ha sofferto... E purtroppo non ha avuto il bene di prenderlo tra le braccia, il suo bambino, perché l'emorragia...»

Ma che cosa diavolo aveva nel cervello quella donna? Juliette la prese per un braccio. «Venite, cugina, non è il caso che stiamo tutte qua, mettiamo in agitazione Babé. Non è vero, Madame Boivin?»

La vedova annuì con vigore. «Ma certo, basto io con la vostra servente, che mi sembra una ragazza sveglia e di buon senso...»

«Vengo dalla campagna, io» rispose orgogliosa Bédame. «Ho visto partorire un mucchio di volte. Donne, cavalle, cagne...»

«Bédame!» esclamò la cugina Sophie, inorridita. «Ma cosa dici!»

Lei la guardò senza capire la sua indignazione, mentre Juliette la trascinava fuori dalla stanza. Aveva solo raccontato la verità. Le sembrava molto peggio ricordare a una partoriente che si poteva anche morire, invece di dirle che era una cosa naturale e che tutte le femmine riuscivano a mettere al mondo dei piccoli, cuccioli pelosi o neonati che fossero.

Fuori dalla stanza di Elizabeth, Juliette condusse Sophie in cucina. Aveva un asso nella manica per allontanare i suoi commenti inappropriati dal travaglio di Elizabeth. Il marchese Édouard e il barone Louis erano fuori a cavallo, perché suo padre sapeva bene che per tenere a bada l'ansia di un futuro padre la cosa migliore è trovargli qualche cosa da fare. La prima moglie di Louis era morta *supra parto* col suo povero bambino nato di sette mesi e per quanto lui non le fosse stato in tutta onestà particolarmente affezionato il ricordo di quel dramma acuiva le sue preoccupazioni a proposito del sospirato erede. Lì in casa sarebbe stato solo d'intralcio.

«Cara cugina, ci tenevo a comunicarvi personalmente che tra due giorni il marchese Tancredi Falletti di Barolo verrà qui a casa in visita» esordì Juliette.

Sophie sgranò gli occhi. «Oh, davvero? Conosco la casata, di fama.» Aveva sentito raccontare in famiglia dell'episodio a Notre-Dame, quando Juliette aveva aiutato sua madre, e sapeva che quel gentiluomo era anche lui al servizio di corte.

«Parlerà con mio padre a proposito di me» chiarì Juliette.

L'altra si portò le due mani alla bocca, raggiante. «Oh, Juliette, che bella notizia! Il marchese chiederà la vostra mano?»

«Sì.»

Si erano parlati, dopo la sera dell'attentato, seduti su una panchina di pietra nei giardini delle Tuileries. Da soli, senza chaperon, disobbedendo a tutte le regole. Gli aveva detto che, se lui era sempre dell'avviso, il momento era giunto. Lo aveva visto illuminarsi, posare un ginocchio a terra e baciarle la mano. Aveva capito tutto, senza bisogno di grandi spiegazioni. Erano perfettamente assonanti.

«La vita è troppo breve per sprecarla stando lontani» le aveva mormorato. «Oh, Juliette, sono così pieno di gioia. Ho tanto sperato che vi decideste presto in mio favore.»

Lei aveva annuito. «L'importante è che sia una scelta nostra, e di nessun altro. Sapete che cosa dice Madame Hortense, la figlia dell'imperatrice? "Ci hanno sposati." Racconta così la sua unione con Luigi Bonaparte. A noi non deve capitare.»

E adesso era davvero la decisione di una coppia innamorata. Che le famiglie e le altezze imperiali approvassero costituiva solo la ciliegina sulla torta.

La cugina Sophie era eccitatissima alla notizia. «Oh, come sono contenta. Cominciavo ad aver paura che non vi sareste mai decisa.» La abbracciò di slancio, lei che detestava il contatto fisico. «Bene, così la mia Joujou se ne andrà presto anche lei... si sposerà.» Annuì un paio di volte. «Vostro padre sarà molto più tranquillo, ora che le sue due figlie sono sistemate... e potrà pensare un po' a se stesso» concluse, con una risatina di gola, maliziosa.

«A se stesso?» ripeté Juliette.

«Certo. È ancora giovane, Édouard. Ha avuto una vita difficile... e ha sempre anteposto il bene dei suoi figli al suo. Non è giusto che rimanga da solo. La vostra povera mamma è venuta a mancare da una dozzina d'anni, oramai! Anche il cavaliere Charles ha preso moglie, perfino lui, quello scapolo impenitente... a una certa età bisogna avere una compagna accanto. Una sposa affidabile. Una donna che abbia dimostrato il suo valore, una buona padrona di casa, una credente, una di famiglia...» Si lisciò la gonna con un sospiro sognante.

Fu in quel momento che Juliette capì, guardando quel donnino rosso in viso e con gli occhi scintillanti di aspettativa tormentarsi il crocefisso che portava al collo con dita frenetiche. La cugina Sophie, la pia, noiosa, retriva, bigotta cugina con i suoi capelli ingrigiti sulle tempie, con i suoi vestiti monacali, con le sue cuffiette senza lusinga, con le sue manie perbene, con i suoi digiuni insensati, sperava di poter diventare un giorno la marchesa di Maulévrier. Poveretta, sarebbe stato un brusco risveglio.

Lei sembrava galleggiare a mezzo metro da terra, beata. Poi si accorse dell'espressione accorata di Juliette e la fraintese.

«Oh, lo so che vi spiacerà tanto lasciare la famiglia... ma è il destino delle mogli, mia cara. Bisogna seguire il marito ovunque lui vada. E il vostro poi non è nemmeno francese... Vi porterà in Piemonte, suppongo. Ma ci scriveremo spesso e ci rivedremo per le ricorrenze.»

Era una specie di lucido delirio nel quale lei già si vedeva al fianco del marchese di Maulévrier a ricevere il giorno di visita sullo scalone restaurato del castello. Prima che Juliette trovasse le parole giuste per cercare di riportarla con i piedi per terra senza ferirla troppo, la voce forte di Bédame riscosse il personale di cucina.

«Forza, serve altra acqua calda di là. Sta per venire al mondo il vostro primo nipotino, Mam'selle Joujou!»

16
Dei delitti e delle pene

«Mi corre l'obbligo» esordì Tancredi «di avvisarvi che ho qui per voi qualche cosa di proibito.»

Juliette distolse lo sguardo dal bel pacchetto di forma regolare, avvolto in una piccola pezza di seta rosa tea e fermato con un fiocco in tinta, che il marchese di Barolo teneva seminascosto dietro la schiena. Quell'uomo dall'aria tranquilla non finiva di stupirla. Oltre a un prezioso anello di famiglia dove il castone formava un grosso cuore di diamanti coronato di zaffiri, Tancredi per il loro fidanzamento aveva voluto aggiungere un cadeau meno ufficiale: un delizioso *étui*, un astuccio smaltato a motivi pastorali, da appendere alla *châtelaine*, la cintura metallica alla quale le dame attaccavano tutto quel che poteva loro servire di frivolo e di pratico. Elizabeth aveva un *étui* simile, nel quale teneva gli utensili di cucito.

«Grazioso davvero» rispose Juliette, rigirandoselo tra le dita senza grande entusiasmo e con una punta di imbarazzo. «Non sono bravissima con l'ago.» Nelle arti femminili, sua sorella la batteva di diverse lunghezze.

Lui la guardò un po' stupito. «Che ago?»

Solo davanti alla di lui meraviglia Juliette si decise ad aprire l'astuccio. Sul ripiano del tavolino tondo davanti a lei si allinearono una piccola penna d'argento, una matita Conté, una bottiglina d'inchiostro e un'altra di polvere asciugante, tonde come due palline perfette e col tappo d'argento cesellato, e un piccolissimo libriccino che aveva come copertina due sottilissime foglie di avorio. Delizioso.

«So che a voi piace scrivere, o disegnare... Non pensavo proprio a lavori di cucito.»

«Oh, grazie!» Lei annuì felice. Se non altro Tancredi dimostrava di conoscerla bene e non si aspettava capolavori di ricamo. «Meno male, temevo che sareste rimasto deluso.»

«Da voi? Mai. E comunque questo *necessaire* di scrittura in realtà ve lo manda mia madre... il mio dono è un po' più compromettente, come vi dicevo» proseguì lui, svelando la sorpresa che aveva tenuto dietro la schiena e consegnandole il bel pacco rosa.

«È un libro!» esclamò lei, non appena lo strinse tra le mani.

Lui sorrideva. «Proibito. Un libro che è stato messo all'Indice e immagino che la vostra devota cugina non approverebbe.»

«Più che altro il suo padre spirituale.» Juliette dubitava che Sophie fosse al corrente della lista dei titoli la cui lettura era vietata dalla Chiesa. Almeno la metà dei tomi che suo padre aveva in biblioteca erano stati messi all'Indice. E comunque era curiosissima. Fece scivolare via la seta che lo avvolgeva e lesse le scritte sulla copertina. Era la traduzione francese di *Dei delitti e delle pene* di Cesare Beccaria, con una prefazione di Voltaire. Quel breve saggio, pubblicato in forma anonima a Livorno nel 1764, aveva aperto un dibattito appassionato in mezzo mondo e perfino Caterina II di Russia lo aveva letto.

«Lo conoscete?» domandò Tancredi, con gli occhi che scintillavano.

«Oh, sì, Tancredi, grazie. Ho sentito parlare della traduzione in francese dell'abate Morellet! Mio padre mi ha raccontato che proprio grazie a questo saggio il granduca di Toscana ha abolito la pena di morte, nell'anno in cui io sono nata... Non è durata molto, questa buona legge, ma è stata un primo passo. Ma se anche l'abate ha ritenuto di poterlo tradurre e dal momento che questo testo tratta della mitigazione delle pene dei carcerati, per quale motivo è stato vietato? Mi pare che quel che sostiene il signor Beccaria sia assolutamente consono allo spirito di un buon cristiano.»

«Per la distinzione che si fa nelle sue pagine tra reato e peccato. Ma vi posso dare la mia parola di gentiluomo che non c'è nulla di sconveniente in questo trattato. Quello che mi ha molto colpito è quando, alla fine, Beccaria dice che molti delitti si potrebbero prevenire, se l'ignoranza fosse meno diffusa.» Abbassò la voce. «Sapete, ho sempre pensato che tocchi ai più fortunati aiutare quelli che lo sono di meno. Magari anche fornendo loro degli strumenti, come il lume dell'istruzione.»

Juliette annuì, stringendo il libro al petto. «Anche mio padre vi darebbe ragione. Lo leggerò con grande interesse.» Gli sorrise e gli si fece più vicina. «Vi prometto che per le nostre nozze lo avrò finito e ne potremo conversare nel dettaglio anche tutta la notte.»

Vide l'espressione divertita di lui e arrossì. Immaginò loro due seduti sul letto matrimoniale che discettavano di leggi e di norme penali. «Intendevo dire...»

Finirono con lo scoppiare a ridere entrambi.

Lui era radioso. «Non so come vi immaginiate quel giorno felice e se desidererete filosofare tutta la nostra prima notte sulle teorie del signor Beccaria così sia, ma cominciate subito a leggere, allora, mia carissima, perché vi giuro sul mio onore che farò fuoco e fiamme per fissare al più presto la data alla quale diventerete la marchesa di Barolo.»

Tanto entusiasmo la lusingava. Anche lei oramai non vedeva l'ora, ma sapeva che avrebbero dovuto avere qualche avvertenza. «Lasciate che ne parli con l'imperatrice, prima» gli raccomandò. A Joséphine piaceva avere la sensazione di prendere l'iniziativa su queste cose e avrebbe detestato sentirsi scavalcata. «Bisogna agire con tatto.»

Tancredi assentì. «Avete ragione. Ma le parlerete oggi?»

«Se ne avrò l'occasione, certamente. Sto proprio andando da lei.»

Lui sorrise. Così giovane e così avveduta. Le prese la mano e vi posò le labbra calde. Juliette lo lasciò fare, assaporando quella sensazione di vicinanza e di complicità, e si sciolse dalla sua stretta con un pizzico di rimpianto.

E poco dopo, col suo prezioso libro sottobraccio, Juliette entrava negli appartamenti dell'imperatrice.

La trovò ancora in abito da camera, con gli occhi rossi e un fazzoletto in mano. Mimi le lanciò subito uno sguardo d'avvertimento che diceva: oggi non è proprio giornata.

«Vi pare questa l'ora di arrivare?» l'aggredì Joséphine.

Juliette, piegata nella riverenza, sollevò stupita la testa per guardare l'orologio dorato sulla mensola del camino. Non le pareva affatto che Tancredi le avesse fatto perdere il senso del tempo e infatti era in anticipo di cinque minuti. Anche Joséphine seguì la direzione del suo sguardo e gemette. «Oh, no, sono appena le dieci! Questo giorno maledetto non finirà mai.» Tirò su col naso. «Tiratevi su, che Dio vi benedica! Cosa avete sotto il braccio?»

«Un regalo del mio fidanzato, Madame.»

«Un libro? Ma fatevi donare un gioiello, un cavallo, una carrozza, un appartamento, una schiava... Il marchese di Barolo è ricco. Un libro, figurarsi.»

«Per la verità, Madame, questo è un dono che apprezzo molto. E comunque mi ha dato anche un anello molto prezioso...»

«Così va meglio... Non dovete accontentarvi. Gli uomini sono dei tali mascalzoni.» La voce le si stava affievolendo nel pianto.

«Madame, mi sembra che non stiate bene, come posso alleviare la vostra pena?»

Joséphine si abbandonò sul divano e chiuse gli occhi. «Non potete. Ma sedetevi vicino a me. Conoscete Mademoiselle de la Plaigne?»

«Credo che sia la lettrice di sua altezza la principessa Carolina, sorella di sua maestà l'imperatore» rispose Juliette, molto cauta.

«Sì, certo, è lei. Che opinione ne avete?»

Mimi sgranò gli occhi e fece un gesto con la mano, come a tagliarsi la gola. Juliette capì che avrebbe dovuto dirne peste e corna.

«Ebbene, non la conosco... credo di averle parlato raramente.»

«E...?»

Juliette si umettò le labbra. «E... è alta e ben fatta...» Detestava parlare male degli assenti.

Joséphine aprì gli occhi. «La trovate bella?»

Mimi dietro di lei scuoteva la testa. Devi dire di no, le stava suggerendo.

«Oh, non proprio... le donne alte sono sempre un po' sgraziate, come me» si affrettò a balbettare lei. La de la Plaigne aveva proprio fatto arrabbiare l'imperatrice.

L'imperatrice assentì due volte. «Esatto. Brava. Troppo alta. Eppure Bonaparte se l'è portata a letto, quella puttanella mezza spagnola. E non una volta sola. Così ora è convinto di avere avuto un figlio da lei. Un figlio!» Balzò a sedere sul divano. «È stata Carolina. Gliel'ha buttata tra le braccia, ne sono sicura, per farmi torto.» La sua bella voce si era fatta sottile e acuta e gli occhi le si erano riempiti di lacrime. «Di lei, della de Plaigne, non ci si può fidare, Fouché lo ha detto chiaro e tondo all'imperatore che non frequentava solo lui e quindi quel bambino, quel Leone, può essere figlio di almeno altri due o tre gentiluomini che entrano nel suo letto. E comunque lei lo detesta, Bonaparte. Sapete che cosa faceva, quando lui la andava a trovare? Metteva avanti le lancette dell'orologio... per dargli la sensazione che fosse più tardi, in modo che se andasse il prima possibile. Quanto sono stupidi gli uomini?»

Juliette era ammutolita. «Leone» ripeté, battendo le palpebre.

«Leone, esatto, come Napoleone, non è vero?» L'imperatrice si passò una mano sugli occhi gonfi. «Invece lui deve capire che il bambino non è suo. Mi hanno detto che non gli somiglia per niente... Fouché mi aiuterà in questo.» Sospirò. «Bonaparte deve continuare a pensare che il problema non sono io, ma è lui. Io due figli li ho pur messi al mondo, non è vero? Comunque facciamo i bagagli oggi stesso per i bagni di Plombières. Voi verrete con me. Ho intenzione di soggiornarci per un po'. In questo periodo non corro il rischio di incontrarci mia suocera Letizia e nemmeno mia cognata Paolina. Sì, andiamo alle terme. Clari de Remusat non si muove volentieri da Parigi da quando le è nato il suo Albert, così pieno di problemi, lo sapete: non lo vuole lasciare.» Sospirò. «Voglio voi e nessun'altra.»

Clari in realtà aveva fatto un passo indietro a corte dopo il secondo figlio, per stargli accanto il più possibile e non era mai davvero tornata al suo posto accanto a Joséphine, lasciando grande spazio a Juliette, nel bene e nel male.

«Alle terme di Plombières, maestà?» annaspò Juliette. Proprio adesso che avrebbe solo voluto star vicina a Tancredi e preparare le nozze.

L'imperatrice sbuffò. «Plombières, esatto. Ma come mai oggi ripetete a pappagallo quel che vi dico, cara? Dove avete la vostra bella testolina? Sembrate preoccupata.» Le sorrise con aria saputa. «Avete paura che in vostra assenza il vostro fidanzato si comporti male e faccia il galletto con qualche altra? Bene, sarà un banco di prova perché staremo via almeno un paio di mesi. Lo farò sorvegliare da Fouché. Dovreste ringraziarmi.»

Un paio di mesi! Juliette si morse le labbra. «Certo, maestà. Ve ne sono grata.»

«Che cosa volete scommettere che cadrà in tentazione?» A Joséphine piaceva giocare.

«Preferirei non scommettere, maestà» rispose lei sottovoce.

«Insisto» ribatté subito l'imperatrice. «Se voi vincerete, vi darò... ho trovato, vi darò il più bel carlino della cucciolata del mio Fox. E se perderete... mi ricamerete un fazzoletto. Personalmente. Lo so quanto detestate i lavori con l'ago.»

Juliette allargò le braccia. Era sicurissima che il marchese non l'avrebbe delusa. «Come desiderate.»

«Badate!» L'imperatrice aggrottò le sopracciglia. «Se il marchese di Barolo supererà la prova, però, e si dimostrerà una rara specie di uomo fedele, non appena si torna lo sposerete. Non ammetto altri tentennamenti. Sì, un bel matrimonio estivo, subito dopo il compleanno dell'imperatore in agosto...» La guardò socchiudendo gli occhi. «Sareste una sposa incantevole, Juliette. Ho già in mente il vestito... penserei io a tutto, naturalmente. E in questo Clari potrebbe esserci di aiuto.» Fece una mezza giravolta, già rasserenata. «Resta da vedere se il bel Tancredi si dimostrerà degno di voi.»

Juliette dissimulò un sorriso. Tutto sommato non era andata così male, a parte quell'idea infelice di scommettere sui sentimenti delle persone. Ora l'imperatrice era convinta di avere in pugno la situazione e stava andando esattamente nella direzione che lei e Tancredi auspicavano. Si trattava solo di avere un pochino di pazienza e a pensarci bene Plombières-les-Bains non era un brutto posto, anzi.

17
Il buco dei cappuccini

«Mi volete uccidere, Thiriat» protestava Joséphine, mentre le due inservienti delle terme, avvolte nel grembiule grigio, la aiutavano ad accomodarsi sulla poltrona di pietra con un gran buco nel centro dal quale fuoriuscivano i vapori di acqua bollente. «Finirò per ustionarmi! Sono piuttosto delicata, là sotto...»

Mimi, statuaria col suo turbante colorato nella grande sala bianca, nera e grigia delle terme, aveva già messo la sua grossa mano sulla spalla di una delle due assistenti, pronta a fermarla, nell'attesa che la sua padrona decidesse il da farsi. Nessuno avrebbe costretto Joséphine a fare qualche cosa contro la sua volontà.

L'arrivo dell'imperatrice a Plombières, per quanto lei avesse deciso di viaggiare in mezzo incognito, aveva mobilitato la dirigenza dell'istituto. Dopo la rivoluzione, anche la scienza medica stava cambiando e i nuovi dottori laureati nelle facoltà di Medicina stavano rimpiazzando i vecchi maestri chirurghi, i cerusici e i praticoni. Da non molto si era ritornati ad apprezzare quello che gli antichi romani avevano capito da un pezzo, e cioè che le acque minerali avevano un grande potenziale curativo, e a studiarle di conseguenza. Il professor Thiriat, col quale Joséphine stava discutendo, insegnava ostetricia e aveva appena pubblicato un trattato sulle proprietà benefiche delle terme anche in caso di infertilità.

Nelle acque calde, fredde o tiepide ci si immergeva, parzialmente o del tutto, oppure le si introduceva nel corpo, bevendole o tramite irrigazioni o suffumigi. Chi se lo poteva permettere «passava le acque» per curare la pelle, i reumatismi, i dolori articolari, i calcoli renali, le ferite che stentavano a cicatrizzare, le malattie infiammatorie, il fegato... tutto quanto. Ogni luogo termale aveva la sua specializzazione e lì a Plombières erano molte le dame che speravano di riuscire a rimanere incinte.

Il professor Thiriat, un uomo massiccio con la barba e gli occhiali che assisteva alla seduta con l'illustre ospite accanto a un collega più giovane, scosse la testa, incoraggiante. «Ma no, Madame. Questa è la terapia, un semicupio caldo, vi dovete sedere su quella poltrona e lasciare che le vostre parti intime siano esposte ai vapori benefici delle acque termali. Il nostro *trou des capucins*, il buco dei cappuccini, è famoso in tutta la Francia, e ha dato grandi soddisfazioni a dame desiderose di procreare fin dal Medioevo...»

La poltrona di cui parlava il professore sembrava una comoda, con spalliera alta, braccioli e un grande buco tondo sulla seduta. Il bagno dei cappuccini, che era uno degli stabilimenti di Plombières, prendeva il nome da un antico convento che sorgeva in quel luogo.

Juliette osservava la scena con gli occhi spalancati. Le sembrava una curiosa mistura di superstizione religiosa e di scienza.

«Scusate, professore, ma in che modo i vapori bollenti dovrebbero favorire il concepimento?» domandò.

Il medico si umettò le labbra. «Bene, Mademoiselle, sono acque sulfuree, ricche di calcio e di bicarbonato... l'esposizione a questi elementi in stato gassoso toglie ogni infiammazione in atto e predispone l'apparato riproduttivo femminile a, ehm, meglio ricevere il seme che lo renderà fertile.»

Nel frattempo le due inservienti erano riuscite a far sedere Joséphine, sollevando la vestaglia di seta che l'avvolgeva.

Il suo viso si contrasse in una smorfia. «Oh, mio Dio, ma brucia!»

«Coraggio, maestà, si tratta di resistere qualche minuto, poi passeremo alle irrigazioni interne fredde che vi daranno sollievo» disse il professore.

Juliette si morse le labbra. Su un lettino lì accanto una inserviente stava predisponendo un lungo irrigatore di peltro che sarebbe servito a completare la procedura penetrando le mucose doloranti e bollenti dell'imperatrice per irrorarle di altra acqua termale a temperatura ambiente. Sentì una stretta al basso ventre, come se lo strumento stesse per invadere la sua intimità invece che quella dell'imperatrice. Più che una cura contro la sterilità sembrava una specie di tortura.

«Madame, non siete obbligata a fare questo...» esclamò, prendendole la mano sudata. Mimi annuì vigorosamente.

Joséphine alzò lo sguardo. Aveva gli occhi lucidi. «Certo che lo sono» sussurrò. «Devo tentare in ogni modo.»

«Siamo qui per questo» la rassicurò il dottore. Era abituato alle proteste: si lamentavano sempre, le signore, ma poi si rassegnavano. Quelle che volevano avere un figlio erano disposte a provare di tutto. Se lui avesse detto loro di camminare sui carboni ardenti, lo avrebbero fatto. Era una sensazione particolare per un uomo come lui, un medico di campagna che era riuscito a studiare per i buoni uffici di uno zio prete, poter dare ordini a grandi dame. E adesso addirittura all'imperatrice di Francia: in qualche modo disponeva del suo corpo. «Se ora Madame vuole accomodarsi sul lettino e allargare bene le gambe, procederemo alla irrigazione fredda. Potreste avvertire una sensazione di fastidio all'introduzione in vagina del tubo di metallo, naturalmente, ma devo essere certo di riuscire ad arrivare bene in profondità, se vogliamo che la cura abbia effetto. Ho il permesso di Madame a procedere?»

Joséphine annuì, barcollò fino al lettino sostenuta da Juliette e da Mimi e si distese obbediente, allargando le gambe e chiudendo gli occhi. Forse era una sorta di castigo per tutte le volte nelle quali le cosce le aveva aperte per puro piacere. Il professore rovistò sotto i pizzi della vestaglia che nascondevano pudicamente la nudità dell'imperatrice, cercando la posizione giusta, poi si mosse deciso. Lei squittì due volte, quando l'irrigatore la penetrò e di nuovo quando Thiriat spinse a fondo il metallo duro, e strinse la mano di Juliette fino a conficcarle le unghie nella carne, ma non si mosse.

«Ho quasi finito» la rassicurava lui, anche se in realtà il processo durò parecchi minuti. «Molto bene, Madame è davvero una paziente esemplare» concluse, sfilando lo strumento e strappando un altro squittio alla sua prestigiosa vittima. «Dovete sempre tenere presente che lo scopo di questa piccola sofferenza è quello di poter concretizzare una grande gioia, non è vero?» Si risollevò e le sorrise. «Ora mettetevi seduta piano piano, se vi gira la testa prendete tempo. Dovrete anche bere almeno cinque boccali di acqua durante la giornata, stimoleranno la diuresi e accelereranno il processo antiflogistico. Vi aspetto domani alla stessa ora.»

Joséphine si rimise lentamente in piedi. Era pallidissima e tremava un po'. «Quanto dura il ciclo completo di cura, dottore?» domandò, mentre Juliette e Mimi la aiutavano a risistemarsi la vestaglia.

Il sorriso di lui si accentuò. «Il minimo per avere qualche risultato è di ventuno giorni, altezza imperiale. Sì, ventuno di queste sedute. Avrete modo di abituarvi a questa routine.»

Juliette scambiò un'occhiata eloquente con Mimi. Un massacro. Ma Joséphine si limitò a sospirare.

«Dubito di potermici abituare» rispose. «Non sono nemmeno certa di riuscire a sedermi. Ma faremo quel che va fatto.» Si sarebbe lasciata tormentare in quel modo per altre venti volte. Voleva andarsene da Plombières con la coscienza a posto, sicura di non aver lasciato nulla d'intentato.

«*Souf*» sbuffò Mimi, sostenendola quasi di peso mentre uscivano dalla sala dei trattamenti. «Quel mon'sieur non mi piace.»

Joséphine si teneva una mano sul ventre. «Andiamo a casa, devo svagarmi un po'. Hai fatto mettere in fresco dello champagne?»

«Ci ha pensato Bédame» la rassicurò Juliette.

L'imperatrice si era portata l'inseparabile Mimi, lei la sua Bédame. Mimi era la prima persona di colore che Bédame incontrava, ma si erano subito intese a meraviglia.

Da anni i Bonaparte bazzicavano quelle terme. Letizia Ramolino, la madre di Napoleone; sua sorella Paolina; i suoi fratelli Luigi e Giuseppe con sua moglie. Anche Hortense, la figlia di Joséphine, era una frequentatrice fedele. Tutti sempre prendendo alloggio alla Maison Martinet, un bel palazzo di due piani con una balconata in legno che correva lungo tutta la facciata. Ma gli altri di solito si limitano a bagni tiepidi e l'ingestione di qualche bicchierone diuretico, niente di paragonabile alle pratiche alle quali Joséphine voleva sottoporsi.

«Ah, Bonaparte non potrà dire che non ho fatto del mio meglio» commentò un paio di ore dopo, emergendo dalla sua camera da letto tutta agghindata e vestita di mussolina color giallo pulcino. «Non mi sento di uscire, stasera, ma possiamo sempre ricevere. Il colonnello Fabian dei corazzieri è un vecchio amico dei tempi della campagna d'Italia ed è qui con sua sorella e suo cognato, anche loro per passare le acque...»

Le strizzò l'occhio. Erano parecchi gli ufficiali di bell'aspetto che si meritavano quell'appellativo da parte dell'imperatrice: un vecchio amico dei tempi della Martinica, un vecchio amico dei tempi della rivoluzione, un vecchio amico dei tempi della campagna d'Italia.

«Un colonnello dei corazzieri è sempre un bel vedere, mia cara» proseguì Joséphine. «E poi c'è l'ingegner Fulton, l'americano, che ha chiesto di essere ricevuto. Lo conoscete, Juliette? Quello del *Nautilus*, quel barile gigante che naviga sott'acqua, come lo chiamano, sottomarino, sottoqualcosa? Prima Bonaparte lo aveva finanziato, poi gli ha tagliato i fondi, penso che vorrà perorare la sua causa... Sembra che abbia in mente un nuovo progetto. E comunque è un gran bell'uomo anche lui e parla un francese delizioso, con quell'accento americano che si ritrova, anche se si dice che non sia molto sensibile al fascino femminile, se capite quello che intendo. Ma voi siete sempre interessata alle nuove scoperte tecniche e scientifiche... La cosa non vi incuriosisce?»

Juliette aggrottò le sopracciglia. Nonostante l'ostentata gaiezza e il suo parlare a raffica, il colorito di Joséphine era giallino come il suo vestito, e le pennellate di *rouge* sugli zigomi non giovavano. «Davvero non preferite riposarvi, Madame? Potrei leggervi qualche pagina...»

«Intendete dire se preferisco rimanermene a letto a fissare il soffitto e a rimuginare sui miei dolori e sui miei pensieri? Certo che no, mia cara. Due chiacchiere con qualche vecchia o nuova conoscenza, una bella partita a carte, qualcosa di buono da mangiare... Cerco di dimenticare che domani dovrò tornare a sedermi sul buco dei cappuccini, il bruciore sta diminuendo piano piano.» Sospirò e in quel momento si sentirono delle voci dal piano di sotto. «Ecco, dev'essere arrivato Fulton...»

Robert Fulton era veramente un bell'uomo biondo dal portamento elegante. Il suo viso regolare era caratterizzato dalle sopracciglia arcuate folte e perfette che gli incorniciavano lo sguardo attento. Joséphine si lasciò baciare la mano e gli presentò Juliette.

«Caro Fulton, se siete qua per perorare la causa di qualche vostra nuova diavoleria, parlate con Mademoiselle Colbert, che è una bella testa e ha molto studiato» gli disse, ridendo. «Così rischiate che davvero qualcuno ne capisca qualche cosa.»

Lui non si lasciò sfuggire l'occasione. «Avevo proprio in mente una dimostrazione, maestà... in vostro onore, qua a Plombières sul fiume Augronne, con un mio piccolo battello a vapore, risalendo la corrente.»

«Un battello a vapore?» esclamò Juliette. «Alimentato da un motore di Watt, quindi?»

Fulton la guardò stupito e deliziato. «Esattamente...»

L'imperatrice alzò le sopracciglia. «Ve l'avevo detto che era brava... Divertitevi, io sto già sbadigliando, ma per fortuna dal trambusto che sento in strada sta arrivando il mio colonnello Fabian. La sua conversazione sarà senz'altro più frivola, ma meno impegnativa... vediamo se mi sono sbagliata!»

Mimi, Joséphine, Juliette e Robert uscirono contemporaneamente sul balcone a sbalzo al primo piano.

«Avevo ragione, eccolo qua! Salite, Fabian!» gridò Joséphine, agitando la mano guantata e saltellando come una scolaretta. «Ah, quanto tempo... mi sembra di tornare giovane.»

Il ballatoio, che era stretto e lungo, di legno scuro, scricchiolò sotto il loro peso. Fulton fu il primo ad avvertire il pericolo. Afferrò la mano di Juliette che gli era più vicina. «Attenzione, crolla tutto!»

Lei gridò forte. Le assi di legno sprofondarono sotto i loro piedi, facendoli cadere da un'altezza di poco più di tre metri giù in strada, schiantandosi proprio addosso al bell'uomo in uniforme che l'imperatrice stava salutando con entusiasmo.

Ci furono urla e gran trambusto mentre gli uomini della scorta all'ingresso del palazzo accorrevano a soccorrerli e Juliette, incredula, si ritrovava abbracciata all'americano che aveva in qualche modo fatto da ammortizzatore col suo corpo nell'impatto col terreno.

«Oh, per l'amor di Dio, Mister Fulton!» esclamò, sciogliendosi dalla sua stretta.

Lui cercò di tirarsi a sedere, scuotendo la testa per snebbiarsi la vista. «Sto... bene, credo» riuscì a dire. «Per fortuna era un primo piano...»

«Mademoiselle Juliette!» Bédame la stava già sollevando di peso come una piuma per portarla dentro casa. «Ora ci penso io a voi!»

«Mettimi giù, per l'amor del cielo, non ho niente, davvero...»

Mimi era in ginocchio vicino a Joséphine, che sembrava stordita, ma intera. Ad avere la peggio era stato il colonnello Fabian, privo di sensi sotto una delle grosse assi del balcone crollato.

L'imperatrice si portò una mano al petto in un gesto tragico. «Oh, Fabian! Lo aveva pur detto che si sarebbe fatto uccidere per amor mio.»

18
Non c'indurre in tentazione

«Non si è trattato di un attentato, altezza imperiale» disse Fouché, appoggiando le due mani magre all'impugnatura cesellata del bastone da passeggio. «Questo lo possiamo escludere.»

Il capo della polizia era accorso da Parigi per verificare le circostanze dell'incidente. Il balcone aveva avuto un cedimento strutturale dovuto all'obsolescenza di due travi di legno e i proprietari della Maison Martinet, terrorizzati, dopo essersi profusi in scuse e aver licenziato un sovrintendente e un tuttofare responsabili della manutenzione dell'immobile, facevano recapitare ogni giorno all'imperatrice contusa enormi cesti di fiori che riempivano stanze e corridoi. Fouché comunque in un primo tempo aveva fatto arrestare sia il tuttofare sia il sovrintendente del palazzo e poi, appurato che non c'era stato niente di intenzionale, li aveva rilasciati, spaventati a morte. A Juliette intanto era venuta una specie di allergia per i fiori che la faceva starnutire nei momenti meno opportuni, causandole grave imbarazzo.

Si trovavano con Fouché e Mimi nella camera da letto dell'imperatrice che nel crollo si era slogata una caviglia e se ne stava semiseduta con la gamba sollevata su due cuscini, il piedino calzato di seta e infilato nella pianella ricamata che puntava verso il soffitto.

«Non pensavo infatti che qualcuno ci volesse morti» disse Joséphine, agitando pigramente il ventaglio di pizzo. Tutto sommato, quell'incidente le dava un buon alibi per non tornare al bagno dei cappuccini fino a quando la sua caviglia non le avrebbe permesso di riprendere a camminare. Non tutto il male vien per nuocere.

«No» confermò Fouché «anche perché il balcone era basso, non ci si uccide per certo, cadendo da quell'altezza, Madame. Ma è sempre meglio verificare. Ed è quel che ho fatto, da fedele servitore delle maestà imperiali.»

«Me la sono cavata a buon mercato, poteva andar peggio. E Juliette ha solo qualche brutto livido. Non è vero, cara? Anche l'ingegner Fulton sta bene, sta preparando il suo modello di battello a vapore per la dimostrazione sul fiume.»

La giovane sorrise. «Mi spiace per il colonnello Fabian che si è rotto la gamba e la spalla» rispose. Il povero militare ne avrebbe avuto per mesi. Starnutì e si scusò. La stanza traboccava di fiori colorati che emettevano un odore dolce e intenso, un po' nauseabondo.

Joséphine allungò la mano verso il tavolino e agitò una lettera. «Oh, mi ha già scritto che non gli pesa, visto che si è ferito per salvare me. Voglio dire, gli sono proprio caduta addosso, pover'uomo. Lui ha fatto da cuscino. Si sente un po' un eroe per questo. Farò in modo che Bonaparte gliene sia grato. Potrebbe nominarlo generale, magari.»

«Infatti» convenne Fouché. Fabian in un certo senso si era trovato nel posto giusto al momento giusto. Male per il suo femore, bene per la sua carriera.

«"Piovuta dal cielo come una dea" ... Mi ha scritto così» aggiunse lei, divertita. Non eterea come una manifestazione divina, con le sue centoventi libbre abbondanti. «Ma cos'altro ci raccontate, da Parigi, Fouché? Come si sta comportando il nostro marchese di Barolo?»

Juliette arrossì. Si scrivevano spesso da quando lei era a Plombières e sapeva che Tancredi contava i giorni che li separavano dal suo ritorno.

Il ministro di polizia respirò a fondo prima di rispondere.

«Un santo dipinto, Madame.» Guardò Juliette con i suoi occhi di vetro. «Impossibile indurlo in tentazione.»

Lei aggrottò le sopracciglia. «Perché, ci avete provato, signore, a indurlo in tentazione?» Era molto verosimile. A Joséphine non piaceva perdere. Sarebbe stato nel suo stile incaricare Fouché di mandare qualche disinvolta damina a tentare di sedurlo.

Lui scosse la testa, ma senza grande convinzione. Joséphine lo fulminò con lo sguardo e lui si affrettò a negare: «Ma certo che no, Mademoiselle».

Fu allora che lei ne ebbe la certezza matematica.

«Ditemi la verità, ve ne prego, Madame» disse, chinandosi in avanti verso l'imperatrice in tono confidenziale. «Conoscete il mondo e ho molto da imparare da voi, io sono solo una campagnola, lo sapete. Avete incaricato una delle vostre dame di avvicinare il mio Tancredi, non è vero?»

Lusingata, lei sospirò. «Oh, Juliette mia cara, è solo un gioco, capite? Promettetemi che non ve la prenderete.» Le sorrise con l'aria di una monella che ne ha appena combinata una delle sue. «Ebbene, sì, con l'aiuto del signor Fouché… vi ricordate Mademoiselle de Vancal, quella con i capelli rossi?»

Lei annuì. Era uno splendore, la de Vancal, alta e sottile, con la pelle di alabastro e la chioma di fiamma. Forse la più bella in assoluto tra le dame di Joséphine. E soavemente spregiudicata, a quanto si raccontava.

«Bene, col signor Fouché abbiamo concordato di farla bussare spaventata con indosso solo una vestaglia alla porta della stanza del marchese di Barolo alle Tuileries, nel cuore della notte, dicendo che aveva fatto un brutto sogno e che non se la sentiva di dormire da sola…» proseguì Joséphine.

Juliette annuì, aspettando il seguito.

«Il marchese l'ha trattata con grande garbo, ma non l'ha fatta entrare» disse Fouché. «L'ha scortata indietro nella sua stanza e si è congedato da lei sulla porta, offrendosi di lasciare ad assisterla una sua anziana cameriera. Devo dire che Mademoiselle de Vancal ci è rimasta malissimo.»

L'imperatrice sospirò. «Mi sa che dovrò farvi dono di quel carlino, mia cara.»

Juliette rimase in silenzio.

«Non siete arrabbiata, vero?» le domandò Joséphine.

«Oh, no, Madame. Arrabbiata no.» Era sincera. Invece di suscitarle sdegno, quello scambio le faceva provare una grande pena per loro. Davvero pensavano che tutte le anime fossero così meschine? Quella nausea sottile che ogni tanto l'aveva presa da quando era entrata a corte si faceva più forte, doveva essere colpa dei fiori. Clari de Remusat, la grande amica di Joséphine, glielo aveva pur detto: non è tutto oro quello che luccica.

L'imperatrice stava ancora perorando la propria causa. «In fondo questa è la dimostrazione provata della buona fede del vostro fidanzato... dovreste quasi essermene grata. Non è così, Fouché?»

«Oh, sì, maestà.» Fouché si schiarì educatamente la voce prima di proseguire. «In realtà, altezza imperiale, vi porto anche qualche altra novità da Parigi che di certo non gioverà al vostro buonumore.»

Juliette si alzò, pronta a ritirarsi con discrezione, ma Joséphine le fece segno con la mano di risedersi.

«Riguarda Bonaparte?» chiese subito.

Lui assentì. «Maria Walewska ha avuto un figlio, altezza. Suo marito il conte Walewski lo ha riconosciuto come suo, ma...» L'uomo allargò le braccia e tacque.

Joséphine rimase in silenzio, immobile e con lo sguardo fisso. Sembrava diventata di pietra.

«Madame...» mormorò Juliette.

«Bonaparte ha avuto un figlio dalla sua amante polacca...» sillabò l'imperatrice, continuando a guardare nel vuoto. «Un maschio?»

«Un maschio.»

«Come si chiama?»

«Alexandre, maestà.»

«Come il mio primo marito... bel nome. La buona contessa Walewska va a letto con Bonaparte da parecchio tempo, del resto» disse Joséphine, con aria assente. «Sono importanti i buoni rapporti con la Polonia... Bonaparte sa già del bambino?»

«Sì, Madame.»

«E come l'ha presa?»

Fouché misurava le parole. «Ha nominato Alexandre Walewski conte dell'impero e gli ha concesso una rendita di 170mila franchi.»

Ci fu di nuovo silenzio. Dalla strada salivano delle voci, il richiamo di un venditore di ortaggi che magnificava la sua mercanzia, dei giovani che ridevano forte. Juliette starnutì due volte e si scusò.

L'imperatrice fece segno a Mimi. «Versa lo champagne.»

Levarono i calici all'unisono. «Brindiamo.»

«A che cosa, maestà?» domandò Juliette.

«Alla mia fine e al vostro inizio, mia cara. Alexandre segna la mia rovina. Non è vero, Fouché? Ditemi, l'imperatore sta già predisponendo le pratiche per il ripudio? Oramai sa che sono io che non posso dargli un erede. I nodi vengono al pettine. Quanto mi resta, ragionevolmente?»

Parlava come una condannata a morte. Il capo della polizia abbassò lo sguardo. «Voi siete molto amata dai francesi, Madame.»

Lei annuì. «Giusto, giusto. Bene, credo che ora mi riposerò un pochino. Grazie, Fouché.»

L'uomo si inchinò con garbo e si avviò in silenzio verso la porta, chiudendosela dietro.

Joséphine sorrise tristemente a Juliette. «Avete capito, è solo questo allora che lo sta frenando. Il timore di dispiacere ai francesi se mi ripudia.»

Lei cercò di trovare qualcosa di sensato da dire. «Madame...»

«È solo questione di tempo. Bonaparte si troverà un'altra moglie. Una di sangue molto blu, giovane e feconda.» Le posò una mano sul braccio. «Torniamo a Parigi appena possibile, appena sarò in grado di camminare quel che serve a salire in carrozza.»

Juliette batté le palpebre. Questa era una buona notizia. E quel che seguì le allargò il cuore.

«Fosse l'ultima cosa che faccio prima che Bonaparte si liberi di me, voglio vedervi sposata al vostro Tancredi. Almeno avrò la soddisfazione di far celebrare un bel matrimonio d'amore, prima di dovermi occupare del mio divorzio.»

«Oh, grazie, maestà!»

Joséphine si portò il bicchiere alle labbra e bevve, facendo di no col dito. «Niente ringraziamenti. Sapete, mia cara, ne ho organizzati tanti, di sponsali, ma nessuno, credo, come il vostro.» Scosse la testa. «Rifiutare la de Vancal mezza nuda che bussa alla tua porta nel cuore della notte! Devi essere un pazzo. O forse solamente un uomo davvero innamorato.» Si fece riempire di nuovo il calice. «Lo sapete, cara? Un po' vi invidio.» Bevve d'un fiato e strinse le labbra. «Anzi. Vi invidio molto. *Santé.*»

Juliette stringeva in silenzio il bicchiere di cristallo sottile. Se avesse provato a bere, le sarebbe andato tutto di traverso: si sentiva la gola chiusa. Starnutì e Joséphine le tese un fazzoletto. «Oh, mia cara, questa allergia vi distrugge. Avete gli occhi così lucidi.»

19
Brucia, schiava, brucia

Madame de Remusat sembrava tornata allegra come ai bei tempi mentre osservava Juliette, in piedi su un pouf tondo alto due spanne in uno dei salottini degli appartamenti dell'imperatrice alle Tuileries.

«Qualunque cosa vi mettiate addosso vi sta bene, cara, ma questo punto di rosa pallidissimo vi dona davvero. Non è così, signora Raimbault?»

Dopo il loro ritorno a Parigi, Joséphine non aveva perso tempo. Monsieur Leroy, il suo sarto di fiducia che le aveva confezionato lo splendido vestito per l'incoronazione, era stato mobilitato sotto la supervisione di Clari de Remusat per realizzare l'abito da sposa di Juliette. Leroy, che aveva cominciato da giovane come parrucchiere a Versailles ai tempi di Maria Antonietta, era diventato un'istituzione. Per tenere il passo con le commesse del fior fiore dell'aristocrazia napoleonica lavorava con la famosa Madame Raimbault, la sarta più celebre di Parigi, ed era proprio lei la donnina piccola e tonda che saltellava intorno a Juliette, la fronte aggrottata nella concentrazione, mettendo uno spillo qua e una pinza là, coadiuvata da un paio di aiutanti.

«Davvero, Madame» confermò la *couturière*. «Ecco, un'altra imbottitura qua sulla spalla e la manica un pochino più lunga, così. Ora mi sembra perfetto.»

«Chiamo sua maestà» disse subito Clari. Joséphine si era raccomandata di mostrarle l'abito in fase di ultimazione, per poter dire la sua.

Juliette sospirò. Si sentiva come una bambola da vestire nelle mani di padroncine capricciose che non intendevano tenere in alcun conto il suo parere. Aspettò che Clari fosse uscita per parlare alla sarta. «Madame, vi prego di aiutarmi. Questo scollo è troppo basso e mi imbarazza. Trovate il modo di salvare l'estetica e il mio pudore insieme. Considero il matrimonio una cosa seria.»

La Raimbault le sorrise. Aveva una faccina simpatica. «Metterò un bordo di pizzo che nasconderà discretamente, ma senza parere troppo castigato. Lasciate fare a me.»

Con l'aiuto di una assistente infilò veloce la striscia di pizzo delicato nello scollo e annuì soddisfatta, mentre le doppie porte del salottino si spalancavano.

«Juliette! L'imperatrice ha avuto un mancamento. Presto!» esclamò la Remusat.

Lei balzò dal pouf e così come si trovava, con indosso l'abito in prova spillato e pinzato, seguì Clari, lasciando la sarta e le sue assistenti sbalordite.

Joséphine era semisdraiata sul divanetto davanti alle portefinestre, tra le braccia di Mimi che le stava tenendo la bottiglietta dei sali sotto il naso per farla riprendere.

«Stai tranquilla, Yéyétte, la tua signora madre, l'augusta Ma'me Rose, sta bene, non è successo niente...» le sussurrava.

Juliette raccolse la lettera che era caduta sul pavimento. L'imperatrice batté le palpebre in quel momento. Si stava riavendo. «Oh, vergine santa...» gemette.

La Remusat era in ginocchio accanto a lei. «Madame, per l'amor del cielo, che succede?»

Lei si tirò a sedere. «Hanno cercato di uccidere mia madre... a Trois-Îlets, in Martinica...»

Rose de la Pagerie, la madre dell'imperatrice, era una signora sulla settantina rimasta vedova oramai da una quindicina d'anni e viveva nella sua bianca magione nelle vaste piantagioni di famiglia di canna da zucchero, caffè, cacao e indaco, nelle Antille, con i suoi centocinquanta schiavi, e si teneva in contatto epistolare con l'illustre figliola che diventando la sovrana di Francia aveva fatto di lei la persona più importante di tutto l'arcipelago.

«Ma come è successo?» domandò Juliette.

Lei le indicò la lettera che teneva in mano. «Leggete, Juliette, leggete, vi dico.»

«Sì, Madame.» Si passò la lingua sulle labbra e cominciò:

«*Fort-de-France, 15 giugno 1806*

Dal governatore delle Antille Louis Thomas Villaret de Joyeuse

Devo riferire alle loro maestà di un terribile attentato per l'orrore del quale la colonia tutta sta ancora tremando. Se è per me penoso e doloroso che i giorni dell'augusta madre dell'Imperatrice siano stati minacciati, ho se non altro la soddisfazione di annunciare che ella è salva e che il mostro dell'ingratitudine e della perfidia che ha osato concepire il più esecrabile dei progetti è stato punito. Il 3 di questo mese Emilie, una giovane di colore nata nella sua casa e al suo servizio, le portò, all'ora di cena, un piatto di piselli in cui aggiunse durante il tragitto dalle cucine agli appartamenti del vetro frantumato che per fortuna era in così grande quantità che sentendoselo sotto i denti l'augusta madre dell'Imperatrice al primo assaggio rigettò prontamente quello che aveva in bocca.

Detta Emilie era conosciuta per aver cercato clandestinamente di imparare a leggere e per essere stata sorpresa ai confini della proprietà forse in un tentativo di fuga ma Madame de la Pagerie nella sua bontà d'animo si era limitata a farla punire con qualche nerbata.

Ho avuto dalla signora de la Pagerie il permesso di far arrestare la schiava e farla interrogare dal signor Mottet, presidente del tribunale speciale, il quale, fin dalla prima seduta, ha ottenuto la piena confessione. Questa criminale ha subìto la punizione per il suo delitto il 10 di questo mese.

Allego copia della sentenza del tribunale speciale. Ho ordinato in tutte le parrocchie una celebrazione di ringraziamento per il lieto fine di un accadimento che poteva avere un esito terribile e ha suscitato nella colonia un enorme scalpore per il grande amore che circonda l'augusta madre di sua maestà l'Imperatrice.»

Incredula, Juliette alzò gli occhi dal foglio. «Una schiava al servizio della vostra signora madre avrebbe cercato di ucciderla aggiungendo del vetro visibile nel suo cibo?»

Joséphine aveva gli occhi scintillanti di rabbia. «Una schiava domestica, capite. Una che mia madre si teneva in casa, sotto il suo tetto. Una miserabile ingrata. Ma spero che l'abbia pagata cara.» Le tese un altro foglio, quello della sentenza. «Leggete anche questo.»

Juliette guardò Mimi, che a giudicare dal suo cipiglio sembrava indignata quanto la padrona, e la vide annuire, decisa.

«*In nome di Napoleone, per la grazia di Dio e per le costituzioni della Repubblica, Imperatore dei Francesi. Visto dal tribunale speciale istituito con ordinanza del capitano generale in data 24 vendemmiaio dell'anno dodicesimo e composto dai signori Claude Auguste Daniel Mottet...*»

«Questo potete saltarlo, venite al dunque, vi prego» la interruppe Joséphine.

«Sì, maestà, ecco...» Scorse le righe con lo sguardo. «*La corte dichiara Emilie, giovane schiava di Madame de la Pagerie, madre di Sua Maestà l'Imperatrice, colpevole di aver avuto l'intenzione di avvelenare e uccidere la sua padrona mescolando del vetro frantumato in un piatto di piselli a lei destinato. Ai sensi del decreto del 24 vendemmiaio dell'anno dodicesimo il reato di avvelenamento è punito con la pena capitale. Di conseguenza...*»

La voce di Juliette si spense. Restò lì a fissare il foglio, in silenzio.

«Allora?» la sollecitò l'imperatrice. «Leggete!»

Lei aprì la bocca e la richiuse. «Madame...» Era veramente troppo. Non poteva crederci.

«Date qua.» Stizzita, Joséphine le prese il foglio di mano e andò avanti a leggere. «Dove eravate arrivata? Ah, ecco. "*Condanna la suddetta Emilie a essere legata dal boia dell'alta giustizia a una pira che sarà eretta nel luogo più visibile di questa città per essere bruciata viva, il suo corpo ridotto in cenere e gettato al vento*"!» Annuì soddisfatta. «La sentenza è stata eseguita il giorno 10. C'è scritto qua sotto. Giustizia è fatta.»

A Juliette mancava il respiro. Aveva appena finito di leggere il libro che Tancredi le aveva regalato, *Dei delitti e delle pene*, e le era rimasta chiara in mente una bella incisione del frontespizio che raffigurava proprio la Giustizia, appena evocata dall'imperatrice, raffigurata come una giovane donna con un elmo in testa, che respingeva allungando le mani con un gesto di orrore un boia che le presentava tre teste recise di fresco.

«Che vi prende, Juliette? Non penserete che questa schifosa non se lo sia meritato! Voleva che mia madre ingoiasse vetro e morisse orribilmente! Nelle colonie c'è un bianco ogni cento schiavi neri, che cosa pensate che succederebbe se non avessero paura di noi?» la incalzò Joséphine. «Uno schiavo che cerca di uccidere il suo padrone va punito in maniera esemplare, come monito per tutti gli altri! Diglielo, Mimi.»

La mulatta strinse il pugno. «Ah, *souf*. Le avrei rotto il collo volentieri con queste mani.» Aveva abbracciato in pieno il punto di vista della sua padrona e sorellastra.

«È che io... non credevo che si potesse ancora morire così, ai nostri tempi» sussurrò lei. Era pallidissima. Il fatto che madame Rose fosse la madre dell'imperatrice faceva sì che chi attentava alla sua vita commettesse un delitto di lesa maestà, ma non si sarebbe mai immaginata un rogo sulla pubblica piazza, come quando nel Medio Evo si bruciavano le presunte streghe. Laggiù, in quell'apparente paradiso tropicale, il tempo si era come fermato per permettere ai bianchi di continuare a vivere come avevano sempre fatto.

«Voi e il vostro cuore tenero...» tagliò corto Joséphine. «Ma vi compatisco, non sapete come si vive laggiù. Oltremare è tutto diverso. Si usano i cani feroci, per i fuggitivi. Si usa il fuoco. A loro fa più paura. Lo sapete che cosa succede, quando gli schiavi che vi impietosiscono tanto si ribellano? Avete idea di che cosa fanno ai bianchi? Mia madre è sopravvissuta a tutto, agli uragani, alle rivolte, ora anche a questo. Una gran donna, *maman* Rose.»

Juliette inghiottì a vuoto e tacque.

«L'importante» intervenne Clari de Remusat per rompere prima possibile il silenzio pesante «è che l'augusta Madame stia bene.» Dalla sua espressione, anche lei doveva essere rimasta colpita per la crudeltà della sentenza, ma cercava di sciogliere la tensione.

«È vero» convenne l'imperatrice. «Il governatore farà dire delle messe di ringraziamento per lo scampato pericolo.»

Juliette cercava di calmarsi. Doveva ritrovare il controllo o avrebbe rischiato di disgustare l'imperatrice e di mandare all'aria tutto, compreso il matrimonio. Ma se quella sventurata Emilie avesse voluto avvelenare la padrona, avendone l'opportunità, per quale motivo avrebbe usato del vetro, così visibile? Sarebbe bastato mescolare nel suo cibo qualche sostanza tossica liquida e avrebbe ottenuto il risultato. Doveva esserci un'altra spiegazione. Forse volevano fargliela pagare per essersi ribellata. Le sembrava una storia senza senso, con un epilogo così orribile da darle il capogiro.

«Col permesso di Madame» sussurrò, arretrando verso la porta. Era un'infrazione del protocollo congedarsi da soli, ma sempre meglio che restare lì a mostrare il proprio sgomento.

Joséphine la fermò con la mano. «Dove state andando?»

«Ah, Madame...» Si sforzò di sorridere. «Stavamo provando questo vestito, ma non è certo il momento di disturbare vostra maestà con queste frivolezze...»

Invece l'imperatrice era già in piedi e camminava verso di lei. «Al contrario, cara, apprezzo il vostro riguardo, ma ho gran bisogno di svagarmi un po'. Fatemi vedere cos'ha saputo combinare Madame Raimbault.» Le gettò un'occhiata critica alla scollatura. «Lei è abituata a decolleté più pieni, come il mio, ma saprà rimediare.»

Mentre risaliva obbediente sul pouf tondo nel salottino delle prove e Joséphine diceva la sua sul vestito rosa pallido alla sarta che l'ascoltava in atteggiamento di grande reverenza, Juliette cercava di togliersi dalla mente l'immagine di una giovane donna dalla pelle scura che si contorceva tra le fiamme sotto il sole della Martinica, dove voler essere liberi era uno dei crimini peggiori che un nero potesse commettere.

20
Evviva gli sposi

Agosto 1807

«Nemmeno nei miei sogni più rosei avrei immaginato una cosa del genere» ammise il marchese Édouard, commosso. «Sposata alle Tuileries con il marchese di Barolo, in presenza dell'imperatore e dell'imperatrice, in questa dolce meravigliosa estate parigina.»

Joséphine aveva mantenuto le sue promesse. Adesso gli ospiti danzavano nella grande sala da ballo attigua alla galleria dove era stato organizzato il sontuoso ricevimento con un buffet a più piani decorato con meravigliose sculture di zucchero realizzate da quel giovane genio emergente della gastronomia che si chiamava Carême, con l'aggiunta di fiori a profusione e frutta esotica, e Juliette, elegantissima nella semplicità delle stoffe di pregio color rosa perla abbinate con sobrietà, brillava di una luce interiore, al fianco di Tancredi, bello e marziale nella sua uniforme di gala, ma sorridente come ogni uomo innamorato.

«Tancredi, ho constatato che siete anche un bravo ballerino, vedendovi volteggiare con la vostra sposina» disse Elizabeth, agitando il ventaglio. Juliette era felice che Babé fosse venuta al matrimonio. Dopo aver avuto il suo primogenito, il piccolo Charles, era rimasta incinta un'altra volta, ma aveva perduto il bambino al terzo mese e quell'aborto l'aveva molto abbattuta. Di fatto quella era la sua prima uscita mondana.

«Troppo buona, cognata» rispose lui, posando la sinistra sulla mano che Juliette gli teneva sull'avambraccio. «Del resto vostra sorella è leggera come una piuma e perfino un orso ammaestrato farebbe bella figura al suo fianco.»

L'imperatore si avvicinò loro proprio in quel momento e tutti si inchinarono.

«Comodi» disse lui, di ottimo umore. Era in alta uniforme e teneva le mani dietro la schiena, in una posa militaresca, guardandosi intorno divertito nel lussuoso salone neoclassico pieno di ospiti eleganti. «Sta per arrivare una sorpresa del nostro cuoco e sono proprio curioso di vedere se vi piacerà.»

Juliette scosse la testa, commossa. «Oh, maestà, come potremo mai ringraziare voi e sua altezza l'imperatrice per tutto questo?»

Lui agitò una mano. «Ma no, ci ha fatto davvero piacere.» Non poteva certo dirlo a quella giovane sposina radiosa, ma il matrimonio Colbert-Barolo sarebbe stato l'ultimo dei progetti condivisi con Joséphine. Ne erano consci entrambi e questo aveva reso in qualche modo l'organizzazione di quelle nozze un po' speciale. «Monsieur Carême, lo chef, si è specializzato ultimamente in queste costruzioni... Ha seriamente studiato architettura e si è ispirato alle mie conquiste in Egitto per le sue *pièce montée...*»

Appoggiato su un grande carrello dorato spinto lentamente da due uomini vestiti di bianco, entrambi con in capo *la toque*, il berretto bianco che Carême in persona aveva imposto alla sua brigata di cucina e che sarebbe diventato il simbolo distintivo dei cuochi di rango, un meraviglioso grandissimo cono colorato di golosi bignè alto almeno tre braccia stava facendo il suo ingresso. Gli ospiti avevano smesso di ballare e chiacchierare e osservavano il capolavoro dolce che svettava come per un miracolo, sfidando la forza di gravità.

Era fatto di palline di *pâte à choux* di diverse grandezze montate in precise sequenze geometriche e cromatiche a sagomare un gigantesco scenografico cono, realizzate in contrasti di colore e ricoperte di granelle di differente spessore, riempite di *crème mousseline* alla vaniglia, alla cioccolata, alla frutta, intinte nel caramello che formava all'esterno una rete di simmetriche linee visibili e spolverate di *nougatine*.

«Che meraviglia!» esclamò Juliette. «Ma come si regge?»

Scoppiarono tutti a ridere.

«A quale sposa potrebbe venire in mente una domanda del genere?» domandò il principe Borghese, scuotendo la testa divertito.

«Alla mia» rispose Tancredi. «Signor marchese di Colbert, vostra figlia è splendida.»

Édouard rise e l'imperatore volle dire la sua. «Ricordate quel che vi dico, Tancredi. Avere una moglie d'ingegno e di carattere ha dei pro e dei contro. Una sposa stupida è molto più riposante, anche se molto più noiosa.» Uno dei due uomini in bianco che avevano spinto il carrello si stava avvicinando al cenno di Bonaparte. «Comunque, se madame di Barolo ha questa curiosità, la faremo soddisfare dal signor Carême in persona» concluse.

Antoine Carême era piccolo, giovane e piacevolmente sorpreso. In effetti non gli era mai capitato che una dama gli domandasse un ragguaglio del genere. Si inchinò e indicò il suo capolavoro.

«Tutto merito del caramello, Madame, e del geometrico inserimento delle piccole piattaforme di croccante in grandezza digradante che potete scorgere ogni due o tre file di bignè, nascoste dalle ghirlande di fiori di zucchero...»

La sua spiegazione tecnica fu interrotta dall'arrivo dell'imperatrice e di Madame de Remusat, annunciato da un rumore che pareva un abbaiare soffocato.

Clari stava facendo il suo ingresso dietro Joséphine tenendo fra le braccia un fagottino avvolto in un prezioso scialle di cachemire di quelli preferiti dalla sovrana, tutto sui toni del blu e del viola.

«Eccoli qua, gli sposini! Mancava il mio regalo, cara Juliette.» L'imperatrice era di una eleganza sontuosa, fin troppo per quel matrimonio estivo, e sfoggiava un tesoro in gioielli.

Lei si inchinò, imitata da tutti i presenti. «Oh, Madame, quale altro dono potrei meritare? Sono la moglie dell'uomo che amo.»

Joséphine sorrise. «Certo, cara marchesa di Ba-ro-lo! Voglio essere tra le prime a chiamarvi in questo modo... Ma sono una donna di parola, io.» Fece cenno a Clari che tese le braccia e scoprì la creatura avvolta nella lana sottile. Era un delizioso cucciolo di carlino col pelo nerissimo e lucente e un gran paio d'occhi marroni.

D' istinto, Juliette lo prese tra le braccia. «Ma è una delizia!» Lui si accomodò nell'incavo del suo gomito, leccandola con la linguetta rosea. Muovendosi, fece scintillare le pietre incastonate nel collare, piccoli diamanti che mandavano bagliori chiari alla luce delle candele. «Ah, Madame» esclamò lei, rendendosi conto che quel collare valeva un capitale. «Ma è davvero troppo...»

«Ve l'avevo promesso» disse l'imperatrice. «Il più bell'esemplare della cucciolata del mio Fox... Gli ho già dato un nome, cara. Si chiama Parì, scommessa.» Le strizzò l'occhio. «Trattatelo bene, questo batuffolo. Nel mio ricordo.»

Tancredi e Juliette si scambiarono un'occhiata. Nonostante il sorriso, l'imperatrice era pallida e con delle occhiaie azzurre che nessuno le aveva mai visto prima. E parlava come se stesse per morire.

Bonaparte si era allontanato con discrezione non appena lei era arrivata accanto a loro, chiacchierando col principe Borghese. Per tutta la sera non li si sarebbe mai visti insieme, lui e sua moglie. Avrebbero mangiato, chiacchierato, danzato, ma ciascuno per conto suo, facendo in modo di non ritrovarsi mai vicini.

«Ma certo, maestà, grazie infinite» esclamò Juliette.

«Molto bene... e adesso, Tancredi, fatemi ballare.»

Mentre il marchese di Barolo si inchinava e insieme all'imperatrice raggiungeva i danzatori in fondo al grande padiglione, accanto all'orchestra, Clari parlò sottovoce a Juliette. «Avete visto che faccia ha... Oramai ci siamo. La data è già stata fissata. Ci sarà la famiglia Bonaparte al completo. Lei dichiarerà in pratica che è stata una sua iniziativa quella di fare un passo indietro e lasciare l'imperatore libero di trovarsi una nuova moglie in grado di dargli dei figli.»

«Una sua iniziativa?» Nelle precedenti settimane Juliette era stata troppo presa dai preparativi del suo matrimonio e aveva preso un congedo dal servizio imperiale, per cui non era al corrente degli ultimi sviluppi. Ma di certo Joséphine non avrebbe mai fatto una cosa simile.

La de Remusat si strinse nelle spalle. «L'imperatrice è amata dai francesi, se l'imperatore la ripudiasse si renderebbe inviso al popolo. Fouché è andato a trovarla e le ha chiesto personalmente di sacrificarsi per il bene della Francia. Ovviamente, a fronte di un adeguato compenso. Rendite, palazzi, la conservazione del titolo.»

Juliette immaginava l'uomo dagli occhi di vetro portarle la crudele ambasciata. «Ma lui, l'imperatore... le ha parlato?»

Clari fece una smorfia. «Lei agli emissari non ha dato risposte. Così Napoleone l'ha invitata a cena nei suoi appartamenti alle Tuileries. Ovviamente era un pretesto. Per quei dieci minuti che lui ha impiegato come al solito a mangiare masticando in fretta come se fosse sul campo di battaglia dicono che c'è stato silenzio e lei inghiottiva lacrime. Poi hanno mandato via i servi e lui gliel'ha detto. Che per ragioni di Stato il loro matrimonio doveva finire.» Abbassò la voce e si guardò intorno. «So tutto dal conte Bausset che, in quanto prefetto del palazzo, era nella stanza accanto, ha sentito delle grida e dei singhiozzi e poi s'è visto davanti l'imperatore agitatissimo che gli ordinava di aiutarlo.»

«A far cosa? L'imperatrice stava male?»

«Lunga e distesa per terra, in preda a una violentissima crisi convulsiva, una cosa da far paura... Poi non s'è mossa più, s'è abbandonata e sembrava morta, così l'hanno sollevata, Bausset dalla testa e Bonaparte per i piedi, e l'hanno portata giù per la scaletta che conduceva ai suoi appartamenti del piano di sotto...»

Parì lanciò un piccolo guaito, come se stesse seguendo il racconto. «Ma lei era sempre svenuta?» chiese Juliette, che pendeva dalle labbra di Clari.

«A un certo punto scendendo i gradini con quel peso Bausset è inciampato nel suo spadino e temendo di cadere ha stretto forte l'imperatrice sotto le ascelle, per non perdere la presa, e lei gli ha ringhiato a denti stretti che le faceva male, ma sempre tenendo gli occhi chiusi. Bonaparte non se n'è accorto.»

«Ah!» Juliette annuì, sollevata. Le sembrava molto da Joséphine.

«A questo punto, arrivati nei suoi appartamenti in fondo alla scala, l'hanno messa su un divano e hanno chiamato noi dame di compagnia e anche il dottor Corvisart, che si è reso conto che l'imperatore era ancora più pallido dell'imperatrice, e ha dato anche a lui qualcosa per calmare i nervi.»

Juliette carezzò la testa al cane. «Ma, ciò nonostante, sua maestà proseguirà nel suo intento...»

«Che sia una sofferenza anche per lui è più che evidente.» Clari strinse le labbra. «Ha detto anche a Bausset che è costretto a farlo, ha continuato a ripeterlo. Non solo deve riuscire ad avere eredi, ma deve imparentarsi con i sovrani d'Europa, creare delle alleanze...» Le mise una mano sul braccio. «Onestamente, io credo che lui la ami ancora. Ma farà quel che deve essere fatto.» Guardò Joséphine che si muoveva con grande grazia al fianco di Tancredi nei passi di danza e scosse la testa. «Godiamocela, stasera, la nostra imperatrice, perché questo è il suo canto del cigno.»

21
Finalmente soli

La prima notte di nozze Juliette e Tancredi l'avrebbero trascorsa nel palazzo parigino dei Maulévrier, poco distante dalle Tuileries, dove il marchese Édouard aveva messo a loro disposizione il bell'appartamento degli ospiti al primo piano nell'attesa che si trasferissero a Torino, la città dove i Falletti di Barolo avevano la loro secentesca magione di famiglia.

«La tua partenza sarà una vera sofferenza» aveva detto Elizabeth a Juliette. «Ma sono sicura che sarai molto felice con lui.»

«Avremo tante occasioni di vederci» le aveva risposto subito Juliette. «Il Piemonte è vicino.»

Avevano molto parlato, nelle ultime settimane, da quando Joujou era tornata dalle terme di Plombières e riusciva a passare un po' di tempo a casa col permesso di Joséphine che l'aveva esentata da parte del servizio a corte in previsione del matrimonio. Come sorella maggiore, Babé si sentiva in dovere di preparare Joujou a quegli aspetti più intimi e carnali del matrimonio ai quali di certo la cugina Sophie non avrebbe fatto cenno, un po' perché non li conosceva, un po' perché le sue convinzioni in merito erano basate sul fatto che gli uomini avessero delle bestiali esigenze che le donne potevano solo subire a fine procreativo, dal momento che la sposa deve sempre obbedire.

«Siamo nate dalla costola di Adamo» le piaceva ripetere. «E questo vuole pur significare qualche cosa.»

Elizabeth era stata in qualche modo vittima del punto di vista di Sophie e ci teneva molto a rassicurare la sorellina. «Quando mi sono sposata con Louis, Sophie mi ha letteralmente terrorizzata. Non ci ho dormito per notti intere. Mi ha descritto il comportamento degli uomini come... insomma, mi aspettavo una sorta di martirio. La nostra mamma non ha potuto parlarcene e lei di certo non mi è stata d'aiuto. Ma per fortuna si sbagliava di grosso. Mio marito Louis aveva esperienza, era già stato sposato, e si è rivelato un uomo gentile. E, a giudicare da quanto ti ama il tuo Tancredi, non c'è niente di cui tu debba aver paura.»

«Ma io non ho affatto paura» aveva risposto candidamente Juliette. «Ho un'idea molto precisa di quel che accade tra un uomo e una donna, ho letto con attenzione tutti i manuali di anatomia del nostro signor padre, e Tancredi mi piace. Mi piace il suo aspetto, il suo profumo, il suo modo di fare. Non credo che si trasformerà in un mostro entrando in camera da letto, come un licantropo con la luna piena. E anzi, a dire la verità ho molta voglia che mi prenda tra le braccia.» Aveva sorriso maliziosa, ricordando le sue sensazioni ogni volta che avevano avuto occasione di essere vicini fisicamente, quel brivido piacevole di aspettativa, quella curiosità che le faceva dilatare le narici per avvertire meglio l'odore della sua pelle, della colonia amara. «Spero solo di piacergli. Per il resto, imparerò. Di solito imparo in fretta, no?»

Elizabeth era scoppiata a ridere. «Se non altro questa è una materia meno noiosa del tuo latino...»

E adesso, finiti i festeggiamenti, i due sposi novelli erano tornati a casa, tenendosi abbracciati in carrozza, esausti nel corpo e nella mente per essere stati in piedi ore, stretti negli abiti eleganti, dopo aver ballato, animato le conversazioni, con le mascelle che dolevano per il gran sorridere. Se ne erano stati lì nell'abitacolo imbottito di pelle bordeaux senza parlare per tutto il tragitto, con dentro un gran senso di sollievo. Parì aveva dormito sul sedile accanto a loro, tra le braccia di Bédame. Sembrava un cagnolino di buon carattere, meno capriccioso e querulo dei carlini dell'imperatrice, con due occhi dolcissimi. Non avrebbe di certo addentato il polpaccio di Tancredi come si raccontava avesse fatto Fortuné con Napoleone nel talamo nuziale.

Juliette tirò un grande sospiro. Non avrebbero più dormito nelle loro stanze singole alle Tuileries riservate a dame e gentiluomini della guardia, mai più. Certo lì a corte era stato tutto splendido, fin troppo. Un po' come salire su una giostra che, roteando, confondeva forme e colori in un turbine da capogiro. Appena scesi si pativa il mal di terra, come quei marinai che erano abituati a sentir rollare la tolda sotto i piedi.

Fu entrando nella loro grande camera da letto che Tancredi, togliendosi la giubba dell'uniforme e gettandola sul divano, le chiese: «Sono indiscreto se ti domando come mai l'imperatrice ti ha regalato quel delizioso carlino e l'ha chiamato in quel modo? Hai vinto una scommessa?».

Lei si stava versando un po' d'acqua dalla brocca d'argento posata sul tavolo. Sapeva che prima o poi avrebbe dovuto raccontargli tutto e quello le sembrava il momento giusto.

«In realtà è tutto merito tuo» ammise, con un mezzo sorriso.

«Allora versa da bere anche a me e raccontami.»

Andò a sedersi sul divano e appoggiò la testa all'indietro sullo schienale, allungando le gambe. «Non pensavo che sposarsi fosse così faticoso, peggio di un'esercitazione della guardia scelta dell'imperatore.» Risero tutti e due. «Vieni a sederti vicino a me così tu parli e io intanto ti sciolgo i capelli.»

Lei lo raggiunse con i due bicchieri, li posò sul tavolino davanti e si sdraiò appoggiando la testa sul suo grembo. «Eccomi. Ho una cameriera di lusso, stasera.»

«Non vedevo l'ora di poter affondare le mani in queste tue chiome meravigliose. Ora le libero. Vuoi dirmi intanto che cosa c'entro io con la tua scommessa?»

Juliette ridacchiò. «Meno male che preferisci i capelli neri ai capelli rossi. Te la ricordi Mademoiselle de Vancal?»

Le dita di lui, che stavano sfilando gli spilloni che reggevano lo chignon alla greca, si fermarono un istante. «Certo che me la ricordo, io... mi sono trovato davvero in un grande imbarazzo.»

Lei si sollevò, scosse la testa e lasciò che la chioma corvina le si spargesse sulle spalle e si mise seduta.

«Credo di dovertelo dire. Sei stato messo alla prova dall'imperatrice. Voleva dimostrarmi che tutti gli uomini sono come quelli che lei è abituata a frequentare, imperatore compreso.»

Lui fece una smorfia. «Messo alla prova, ma davvero?» Ora capiva il comportamento bizzarro della de Vancal.

Lei avvertì chiaro il suo disappunto. «Non ti ho detto niente perché sapevo che non ce n'era bisogno.»

Tancredi sollevò le sopracciglia. «Immagino che dovrei sentirmi onorato dalla tua fiducia, invece mi sento solo vagamente irritato. Essere oggetto di una scommessa a tua insaputa è francamente spiacevole.»

Juliette abbassò la testa. Non era affatto orgogliosa di essersi lasciata coinvolgere da Joséphine in quella stupida dimostrazione. «Sono contenta che questo periodo della mia vita sia finito, Tancredi. Madame de Remusat mi aveva messo subito in guardia: se gratti la patina dorata della corte imperiale, non è bello quel che vedi sotto.»

Lui si risistemò meglio sul divano e le mise un braccio intorno alle spalle. «Allora non ti dispiace che questo bruto di marito ti strappi alla rutilante Parigi per confinarti nella provinciale Torino, dove si parla un'altra lingua, lontana dalla tua famiglia?»

Lei lo abbracciò e gli posò la testa sul petto. Sentiva il suo calore attraverso la camicia candida aperta sul collo e il suo profumo di colonia amara. «Non vedo l'ora» gli rispose. «Ne ho abbastanza di tutto questo. E comunque Torino sarà la nostra residenza, ma non la nostra prigione. Sono abituata a viaggiare e vorrei continuare a farlo.»

«Ah! Le tue parole sono musica per le mie orecchie.» Le prese il viso tra le mani, avvicinò la bocca e la baciò, un bacio lungo, esigente, profondo.

Lei spalancò gli occhi. Questo nel manuale di anatomia non c'era, e nemmeno nei racconti di Elizabeth. E non c'era sulle pagine dei libri nemmeno tutto quello che seguì, quando Tancredi la spogliò sfilandole delicatamente gli strati di seta, la prese tra le braccia, la portò sul grande letto a cortine, si sbarazzò dei vestiti e cominciò ad accarezzarla con le sue mani calde e gentili. Era il primo uomo nudo adulto che Juliette avesse mai visto in vita sua, fatta eccezione per statue classiche, e le parve magnifico alla luce delle candele che li avvolgeva in una nube dorata. Come se avessero già fatto all'amore mille volte prima di allora, come se fosse la cosa più naturale del mondo, i loro corpi si cercarono, si esplorarono, si incontrarono e si presero.

Mentre si muoveva dentro di lei, Tancredi sussurrava il suo nome: «Giulia. Giulietta mia. Finalmente». La sua voce era diversa, adesso, più bassa, più rauca. Giulia, l'aveva chiamata, in italiano, in quel momento di abbandono. Non Juliette. Suonava bene, Giulia di Barolo.

Lei assaporò l'attimo, il risveglio di tutti i suoi sensi, quell'esplosione che dal ventre risaliva al cuore, il peso del corpo di lui sul suo, affondando le dita nei suoi capelli folti, accarezzandogli la schiena e allargando le gambe per accoglierlo meglio dentro di sé. Una fusione totale, mentre poteva sentire il cuore di lui battere sul suo, non solo di corpi, ma di anime.

«Ti amo» rispose sottovoce.

Poi lasciò che lui si sollevasse da lei e si stendesse dalla sua parte del letto, col respiro ancora un po' corto, e gli sorrise. Non aveva idea di quanto fosse incantevole agli occhi del marito, calda d'amore, i capelli lunghi fino alla vita, in scuro contrasto con la pelle di porcellana bianca, gli occhi azzurrissimi ancora velati di piacere.

«Stai bene?» le domandò lui.

«Mai stata meglio.»

«Sei meravigliosa.»

«Anche tu...» lei esitò. «Ma dimmi la verità, quando quella bella rossa della Vancal ha bussato discinta alla tua porta davvero non ti sei sentito in tentazione nemmeno per un momento? Perché mi preoccupa un po' essere la moglie di quello che Fouché ha definito un santo dipinto...»

Lui scoppiò a ridere e si coprì la faccia con le due mani. «Oh, Giulia... ma che domande sono...»

«Lo prendo come un no» tagliò corto lei, «ma con riserva.»

22
Addio alle Tuileries

15 dicembre 1809

Il tempo era passato in fretta, dopo il matrimonio con Tancredi.

Juliette aveva cercato di stare vicino all'imperatrice, in quel periodo che aveva segnato il punto più basso dell'orbita dell'astro della bella creola. Erano sempre di meno le persone che facevano anticamera per farsi ricevere da Joséphine. Oramai tutti sapevano che era solo questione di tempo e le stavano lontano come si sta lontano da un appestato. Gli sguardi che si posavano su di lei non erano più d'invidia o di cortigiana devozione. E proprio come un malato senza speranza, a un certo punto una sera d'autunno l'imperatrice le aveva preso le mani e le aveva strette tra le sue.

«Non ce la faccio più, Juliette. Voglio solo che finisca quest'agonia» le aveva sussurrato.

C'era voluto del tempo per perfezionare l'accordo e l'imperatrice aveva combattuto come una leonessa, ma alla fine si era arrivati alla resa dei conti.

Quel giorno Juliette avrebbe preferito essere ovunque, ma non lì. Tuttavia non aveva potuto dire di no a Joséphine che glielo aveva chiesto con voce di pianto, insieme con Madame de Remusat.

«In quel momento terribile vorrei poter levare lo sguardo su qualche volto amico. Ci sarà tutta la famiglia Bonaparte al gran completo a godersi la mia disgrazia. Ci sarà la madre di Napoleone, che non aspettava altro, e le sue sorelle e i loro mariti. Mi immagino i loro sorrisi di trionfo. Finalmente la creola si toglie di torno. Ma ci sarete voi, Juliette, con Clari, e ci saranno anche mio figlio Eugène e mia figlia Hortense. Il loro futuro, se non altro, è assicurato. Eugène è viceré d'Italia e ha sposato la figlia del re di Baviera. Hortense è la regina d'Olanda.» Si era portata una mano al cuore. «Quanto a me, penso che ne morirò. Il mio cuore si fermerà, semplicemente, e io cadrò morta lì, davanti a tutti.»

Clari l'aveva abbracciata. «Madame, non dite queste cose. Vi trasferirete alla Malmaison e continuerete a essere l'imperatrice per tutti i francesi.»

Lei aveva scosso la testa. «Ma lui, chi sposerà? La russa? La tedesca?» Si era coperta la faccia col fazzoletto. «No, no, io ne morirò.»

Juliette le aveva preso la mano. «Madame, non ha alcuna importanza chi sua maestà sposerà, perché lo farà per ragion di Stato e non per amore. Continuerà ad amare voi, e solo voi.»

Joséphine l'aveva guardata speranzosa. «Lo pensate davvero?»

«Oh, ne sono sicura. Perdonatemi l'ardire, ma sua maestà ha già in passato, come dire, rivolto qualche attenzione ad altre dame... che però non significavano davvero qualcosa, per lui.» Si umettò le labbra. «Siete stata voi a insegnarmi che gli uomini a volte ragionano con parti del corpo che non sono il cervello e nemmeno il cuore, non è vero?» Le aveva strappato un sorriso e aveva proseguito. «Considerate la sua nuova futura sposa alla stregua di un obbligo politico, nient'altro. Lui avrà sempre e solo voi nell'anima sua. Vedrete.»

Clari aveva approvato entusiasta. «Oh, brava, Juliette, non avrei saputo dirlo meglio. Sono d'accordo, Madame, d'accordissimo. E lo sapete anche voi.»

L'imperatrice aveva annuito lentamente. C'era del vero nelle parole delle sue dame. In un certo senso, sarebbe stata meglio, senza più l'ansia che l'attanagliava giorno e notte. Tutto era compiuto. Nessuno avrebbe preteso più nulla da lei e l'accordo che era riuscita a concludere le avrebbe permesso di condurre lo stesso tenore di vita che conduceva a corte. Si sarebbe fatta arrivare dall'Inghilterra tutte le stoffe pregiate che Bonaparte aveva in animo di bandire, in barba all'embargo, per prime le più fini mussoline. Sarebbe anche stata libera di lasciarsi corteggiare e avrebbe creato un bel salotto, o addirittura una sua corte, alla Malmaison, il castello appena fuori Parigi che aveva comperato mentre Napoleone era impegnato nella campagna d'Egitto. E poi avrebbe avuto le sue rose, nel giardino. Tante rose.

«Va bene» aveva sospirato. «Mi farò forza per amor vostro, amiche mie. Leggerò la lettera con la quale lascio libero l'imperatore e mi sacrificherò per il bene della Francia.» Si era raddrizzata su tutta la sua statura, aveva giunto le mani sul petto e sollevato il mento, assumendo l'espressione sognante e rassegnata di una santa pronta al martirio.

Esattamente la stessa che aveva sul viso adesso, nella sala del trono delle Tuileries, in presenza della famiglia Bonaparte. Fuori diluviava, come se anche Giove Pluvio fosse partecipe del triste evento. C'era Madame mère Letizia Ramolino, che portava benissimo i suoi quasi sessant'anni e somigliava al figlio nello sguardo e nelle pose; Luigi, re d'Olanda, con la moglie Hortense; Girolamo, re di Westfalia, con la moglie Caterina; Gioacchino Murat, re di Napoli, che aveva sposato la sorella di Napoleone, Carolina; Paolina, principessa Borghese; e poi Eugène Beauharnais, viceré d'Italia. Data l'ufficialità del momento c'erano anche i funzionari di Stato, primo fra tutti il principe di Talleyrand, il diavolo zoppo della diplomazia che aveva servito prima il re, poi la rivoluzione e ora Napoleone; e poi il giurista Cambacérès che era stato l'anima del Codice napoleonico e l'avvocato Regnault de Saint-Jean d'Angély nelle sue vesti di segretario di stato della famiglia imperiale.

Un grande tavolo era stato posizionato sulla pedana ricoperta da spessi tappeti, davanti al trono sul quale sedeva l'imperatore, per permettere le firme dei documenti.

Clari e Juliette se ne stavano in ombra con gli altri pochi cortigiani presenti, militari e dame, pronte in caso di bisogno ad assistere l'imperatrice che si era presentata all'appuntamento pallidissima, tutta vestita di bianco e con in testa una sciarpa di seta azzurro chiaro che accentuava la sua somiglianza con un'icona sacra.

Fu Napoleone a parlare per primo, leggendo da un foglio che teneva in mano. Aveva la voce rauca e il tono basso.

«Sembra emozionato quasi quanto lei» sussurrò Clari.

L'imperatore si schiarì la gola un paio di volte prima di riuscire a dichiarare che agiva solo per il bene del Paese, per poter lasciare alla Francia un erede al trono sul quale la provvidenza lo aveva posto, e che stava sacrificando gli affetti più cari.

Juliette sospirò e si fece vento con la mano. Le si stavano già riempiendo gli occhi di lacrime.

«Il ricordo di colei che ha reso più belli quindici anni della mia vita resterà sempre inciso nel mio cuore e continuerò a essere il suo migliore e più caro amico» scandì Bonaparte.

I parenti dell'imperatore restarono impassibili, mentre Clari tirava discretamente su col naso. «Povera me, come si fa a non commuoversi, e il peggio deve ancora venire... ora tocca a lei.»

Proprio in quel momento Joséphine si portò le due mani al petto, prese un gran respiro e cominciò a leggere la dichiarazione che Talleyrand, magrissimo ed elegante con la sua parrucca grigia in testa, le aveva messo davanti con discrezione. La voce di lei era calda e commossa e risuonava nella sala con tutte le sue incertezze, le sue incrinature straziate.

«Col permesso del nostro augusto e caro marito devo dichiarare che, non avendo più... più speranza di dargli quei figli... indispensabili a soddisfare le esigenze della sua politica e l'interesse della Francia...» Tossì, ansimò, si riprese. «... Sono qui oggi per offrirgli la più grande prova di attaccamento e devozione che una donna che ama possa dare...» E su quel «dare» i singhiozzi ebbero la meglio e passò il foglio al segretario Regnault che era rimasto in piedi vicino a lei.

Fu lui che, nel tono solenne del funzionario, proseguì la lettura.

«È alla sua generosità che devo tutto; le sue mani mi hanno incoronata, e su questo trono ho ricevuto solo testimonianze di affetto e di amore da parte del popolo francese. Voglio mostrare la mia riconoscenza acconsentendo allo scioglimento di un matrimonio che oramai è d'ostacolo al bene della Francia, perché la priva della gioia di venire un giorno governata dai discendenti di un grande uomo così evidentemente ispirato dalla provvidenza. So quanto questo atto al quale siamo costretti dalla politica e da interessi così alti abbia ferito il suo cuore, ma siamo entrambi orgogliosi del sacrificio che compiamo oggi per il bene della Patria.»

Juliette era senza fiato. Una sintesi perfetta che avrebbe entusiasmato i francesi. «Ma chi l'ha scritta?»

«Quella volpe di Talleyrand» rispose Clari. «Ma anche se lo so, piango lo stesso.»

«Quindi il matrimonio è sciolto» constatò amaramente Juliette.

«Così pare.» Madame de Remusat fece una piccola smorfia. «Anche se mio marito, che di leggi se ne intende, mi ha fatto notare che secondo il codice vigente i coniugi che si separano in questo modo non potrebbero contrarre un nuovo matrimonio per i tre anni successivi. Ma dubito che Bonaparte lo consideri un reale ostacolo e non vorrà aspettare tanto per un cavillo.» Le toccò il braccio. «Andiamo, Juliette, Madame vuole partire subito per la Malmaison. Si porterà dietro almeno sei o sette carrozze di vestiti, accessori, gioielli, servitori e cagnolini.»

Fouché aveva predisposto per lei una scorta modesta, senza dare troppo nell'occhio. Juliette e Joséphine si salutarono negli appartamenti dell'imperatrice, dove avevano passato tanto tempo insieme.

«Addio, mia cara.» Joséphine si sforzava di sorridere. «Ho pianto così tanto che mi si è chiuso il naso e adesso parlo con questa voce buffa.» Si guardò intorno. «Sapete che Monsieur Desmalter, il mobiliere di corte, aveva quasi pronta la mia nuova camera? C'era un bel pannello nel letto con sopra una nascita di Venere. In mio onore. E adesso la userà la nuova imperatrice che lui si sceglierà...»

«Madame...»

«Lo so, lo so, la smetto. Lasciate che mi lamenti ancora un po', solo un momentino. In realtà Bonaparte mi ha donato il titolo di duchessa e un castello in Navarra dove andrò a stare intanto che risistemo la Malmaison come voglio io; quindi, non ci vedremo per un bel po'... Adesso, Juliette, andate a casa e prendetevi cura di vostro marito. Anche voi girate pagina, cara...

Da nubile a sposata, dalla Francia al Piemonte... perché Tancredi vorrà portarvi a Torino di certo, prima o poi.»

«Avete ragione. Tancredi già mi chiama Giulia, sapete? All'italiana.»

«Giulia.» Lei tentò la pronuncia, scivolando sulla g. «Giulia, è bello. Vi sta bene.» Le strizzò l'occhio. «Vi rivelerò una cosa... il mio primo nome non è Joséphine, è Rose, come mia madre. Ma Napoleone preferiva chiamarmi Joséphine.» Non chiarì che il motivo per il quale lui aveva voluto darle un nome nuovo era stata la gelosa convinzione che troppi uomini avessero pronunciato quello vecchio in momenti di intimità. Mosse una mano, come a significare che oramai non aveva più grande importanza. «Promettete di non dimenticarmi.»

«Oh, Madame, come potrei...»

Si abbracciarono con trasporto, e poi fui la volta di Lise e di Mimi, che la strinse fino a toglierle il fiato.

L'imperatrice non volle che Juliette l'accompagnasse fuori e lei rimase a guardare dalla portafinestra, col cuore gonfio, la piccola carovana di carrozze mettersi in viaggio sotto un diluvio che non accennava a diminuire, fino a che non la riscosse la voce di Bédame.

«Madame, sarà meglio che andiamo a casa, adesso. Vi aspettano. Non avete più niente da fare qui a corte. La carrozza è pronta.»

Lei annuì. «Hai ragione. Andiamo a casa da mio marito, come ha detto l'imperatrice.»

Strinse le labbra. «Bédame, senti una cosa, tu ci verrai volentieri a Torino con me? Non abbiamo avuto tempo per parlarne, ma ci terrei molto a...»

La giovane donna agitò le grandi mani. «Non dovete dirmi niente, 'dame Joujou. Lo sapete come dice il proverbio: la moglie va dove va il marito, il servo dove va il padrone.» Sorrise da un orecchio all'altro. «Parigi, Torino, Maulévrier, non ha importanza. Io con voi verrei volentieri anche all'inferno.»

Juliette sollevò le sopracciglia, divertita. «Santo cielo, speriamo che il Piemonte non sia poi così male!»

Parte seconda
Giulia di Barolo
1810-1815

1
La parola del Cichin

Giulia girò la testa e si portò il fazzoletto al naso. Nel gruppo di briganti impiccati nella radura che stavano attraversando c'erano anche due donne, in stato di avanzata decomposizione e divorate dai corvi. L'intento dei francesi era quello di rassicurare i viaggiatori sul fatto che l'esercito vigilava, acciuffando i malfattori e giustiziandoli sommariamente con sul petto un cartello che testimoniava i loro crimini, ma l'effetto su chi passava in realtà era l'opposto, di gran pena e di gran paura.

Da quando erano partiti dalle Tuileries ne aveva visti molti di questi orrendi spettacoli. E tutti quei morti davano l'idea di quanti fossero i miserabili che, nascosti nelle macchie e dietro i cespugli, attendevano al varco le loro vittime per depredarle e massacrarle. E nessuna legge speciale, nessuna esecuzione, per quanto crudele, aveva fino ad allora costituito un deterrente efficace alla fame, alla rabbia e alla disperazione generati da guerre, carestie e politiche sbagliate. Tra gli impiccati c'erano spesso ragazzi giovani e vecchi con i capelli bianchi.

Il viaggio da Parigi, nonostante la stagione propizia, era stato lungo e non privo di disagi e di spaventi e il marchese di Barolo aveva percorso lunghi tratti a cavallo con la scorta di quattro soldati francesi che Napoleone, lungimirante, aveva voluto dare loro. L'imperatore sapeva molto bene che la coscrizione obbligatoria per rimpinguare le file dei suoi eserciti, unita alla povertà e alla fame, aveva moltiplicato le bande di briganti pronti ad assaltare carrozze e viandanti. Perfino il papa, quando si era recato a Parigi per l'incoronazione in Notre-Dame, era sfuggito di misura a un agguato di banditi proprio attraversando il Piemonte.

Le soste nelle locande dove si erano fermati per rifocillarsi, riposare e cambiare i cavalli non sempre erano state una pausa ristoratrice. Bédame aveva combattuto strenuamente per ottenere stanze ragionevolmente pulite, letti senza parassiti, cibo qualche volta appena mangiabile. Di notte, a turno, rimaneva sempre sveglio qualcuno della scorta, di sentinella fuori dalle stanze. Il carlino Parì aveva rivelato un temperamento più curioso e avventuroso del previsto, costringendo Giulia e Bédame a rincorrerlo spesso. «Vieni qui, porcellino!» lo chiamava Bédame. Abituata com'era ai grossi cani da caccia della Vandea, quella palla di velluto nero a piegoline le ricordava più certi maialini selvatici scuri del Bocage, ma in realtà gli era molto affezionata.

Anche adesso che oramai avevano raggiunto i paraggi di Torino Tancredi non abbassava la guardia.

«Chissà chi sono questi disgraziati» sospirò Giulia. La visione di quei corpi lasciati a marcire l'avrebbe perseguitata per anni.

«Qui intorno, nella zona di Caselle, di San Mauro, di Settimo e di Leinì ci sono gruppi di sbandati, disertori, sventurati pronti a tutto» le spiegò Tancredi. «Alcuni briganti sono diventati leggenda, si dice che rubino ai ricchi per dare ai poveri, e la popolazione li sostiene, li rifocilla, li nasconde. Molte volte si diventa banditi per un torto subìto, per una pena inflitta in modo sproporzionato a una piccola mancanza, e non si torna indietro.»

«Bisogna essere davvero disperati per vivere in questo modo» rispose lei.

Lui annuì. «La miseria non lascia molte alternative. Occhi aperti.»

Man mano che il paesaggio si faceva meno selvatico, approssimandosi alla città, Giulia già cominciava a sperare che non avrebbero fatto brutti incontri. Forse Tancredi avrebbe potuto viaggiare più comodamente dentro la carrozza con lei e Bédame, invece di proseguire a cavallo con la scorta. La vista degli appezzamenti era rassicurante, in qualche modo, con gli spaventapasseri che sembravano dar loro il benvenuto spalancando le braccia di stecchi. Invece fu proprio in una zona ordinatamente coltivata a grano, con le spighe alte e fitte, vicino al ponte sulla Stura, su una strada dissestata che attraversava i terreni agricoli e aveva costretto la carrozza a rallentare notevolmente l'andatura, che videro degli uomini male in arnese materializzarsi all'improvviso tra gli steli alti e biondi e sgusciare fuori sui lati della strada, minacciosi e armati di sciabola e pugnale. Uno, due, cinque, sei, dieci. Dodici. Qualcuno stringeva un moschetto che aveva visto tempi migliori.

«Ci siamo» disse Bédame, chiudendo svelta le tendine, armando le due pistole da cavalleria di legno e ottone che teneva in grembo e passandone altre due a Giulia. Se qualche malintenzionato avesse cercato di aprire lo sportello, gli avrebbero sparato in faccia. Ma finché era possibile, Tancredi si era raccomandato di evitare lo scontro e non lasciar capire che dentro la carrozza c'erano delle donne.

Il caposcorta Flamand era un soldato anziano con la faccia butterata. Fece subito segno ai suoi di metter mano ai fucili che portavano ad armacollo e alle pistole da sella appese nelle fondine di cuoio ai due lati del collo del cavallo.

Il marchese scosse deciso la testa, come a dire di non far uso delle armi, e indicò con la mano di proseguire compatti intorno alla berlina che procedeva al passo con le tendine tirate. Uno degli uomini usciti dal grano alto, muovendosi con lenta indolenza, si mise in mezzo alla strada, un centinaio di passi più avanti, come in attesa, la destra levata per ingiungere al cocchiere di fermarsi, la sinistra appoggiata sul manico di una roncola appesa alla cintura. Un comportamento del genere implicava un discreto sprezzo del pericolo: qualche militare inesperto o nervoso avrebbe potuto agire di propria iniziativa senza aspettare ordini e senza badare alle conseguenze, e spargli nel petto o in mezzo agli occhi.

Giulia trattenne il fiato, sbirciando con l'aiuto di uno specchio da uno spiraglio delle tendine chiuse.

Il marchese di Barolo continuò a procedere al passo, fino ad arrivare davanti all'uomo immobile con la mano levata. Poi, fermando il cavallo, gli rivolse la parola in dialetto torinese, in tono tranquillo e autorevole.

«Anduma a Turin.» Andiamo a Torino.

Nient'altro.

L'uomo, giovane, grosso, con una cicatrice sulla fronte e indosso una consumata giubba militare azzurra, abbassò la mano e si sistemò il cappello spiovente, masticando un lungo filo d'erba, come se stesse valutando la situazione. Perfino i grilli avevano smesso di cantare.

«Chi a l'è in carossa?» domandò. «Chi c'è in carrozza?»

«La mia sposa.»

«T'asi danee? Hai soldi?»

Tancredi prese dalla cintura una piccola borsa di cuoio e gliela tirò. L'altro l'afferrò al volo.

«Tut an si? Tutto qui?»

«Lo sai cosa dice il proverbio su chi vuole troppo. Fa' che ti basti, è un bel gruzzolo.» Il tono era serio e deciso.

L'uomo riprese a masticare il filo d'erba, soppesando la sacchetta. Dopo qualche secondo, che a Giulia parve infinito, fece segno di sì e si tirò da parte, indicando con la mano di proseguire.

«Buona strada dal Cichin. Andé, andé, boja fauss.»

«Cichin» esalò Giulia in un fiato. Non se lo sarebbe dimenticato di certo, quel nome.

Il piccolo convoglio proseguì alla stessa velocità di prima, senza aumentare l'andatura, con i briganti del Cichin che restavano a guardarlo allontanarsi.

Il cuore le martellava le costole. Avrebbero potuto ripensarci. Oppure poteva trattarsi di una finta e li avrebbero attaccati alle spalle.

Tancredi proseguiva imperturbabile, dritto in sella, fiducioso della parola del bandito. Giulia credette che le si fermasse il cuore: se uno dei briganti avesse levato il moschetto, far fuoco sui soldati e anche su Tancredi sarebbe stato un tiro al bersaglio. Certo quei fucili non erano precisi, sparavano una volta sola e poi dovevano essere ricaricati, ma una pallottola ben piazzata era più che sufficiente per morire. Ma nessuno sparò e man mano che si allontanavano dai banditi lei riprese a respirare.

Forse il capo dei briganti aveva capito da quella parola in dialetto che non erano francesi, ma piemontesi. Forse aveva valutato che cinque uomini ben addestrati e armati costituivano una preda difficile, nonostante la superiorità numerica. E nessuno prese l'iniziativa.

Bédame mise via le pistole dentro la cassetta di legno, poi si segnò devotamente.

«Ce la siamo cavata, Madame Joujou» sospirò, soddisfatta. «E lasciate che ve lo dica, il signor marchese Tancredi ha proprio il fegato di un vandeano.»

Giulia sorrise. Sulle labbra di Bédame quello era un gran complimento.

2
La Bela Caplera

Poco più tardi, quando suo marito si fu seduto vicino a lei dentro la berlina che percorreva le strade cittadine, Giulia gli strinse il braccio.

«Non fare mai più una cosa simile» gli disse, senza troppi preamboli.

Lui la guardò con aria innocente. «Cioè?»

«Ho perso un anno di vita dallo spavento. Temevo che ti arrivasse una pallottola nella schiena da un momento all'altro.»

Tancredi allargò le braccia. «Ho improvvisato, cercando di evitare il peggio. Questa gente ti rispetta solo se ti mostri sicuro del fatto tuo. Il nostro caposcorta Flamand mi guardava in cagnesco, avrebbe preferito aprire il fuoco e contare poi i sopravvissuti. Dopo ci ha tenuto a dirmi che c'è una grossa taglia su quel Cichin, un brigante famoso, sottintendendo che gliela avevo fatta perdere, a lui e ai suoi.» Sollevò le sopracciglia. «Vorrà dire che gli arrotonderò il compenso. In pratica mi ha dato del codardo, ma non me ne curo e credo invece che abbiamo avuto fortuna. Poteva finire molto peggio.» Guardò Bédame, seduta nel suo angolino, come a chiederle un parere.

«Al diavolo il caposcorta» esclamò lei. «Quello lì scorreggia più in alto del suo sedere, con rispetto parlando, signor marchese.»

Giulia trattenne una risata. La sua cameriera non rinunciava al linguaggio colorito della Vandea, ma rendeva sempre bene l'idea.

Tancredi guardò fuori dal finestrino. «Ora attraversiamo la piazza Carlina, cioè, place de la Liberté, come l'hanno ribattezzata, e tra dieci minuti siamo a casa. Mio padre ha rimandato uno dei suoi viaggi di lavoro per l'Accademia delle Scienze che lo portano in giro per l'Europa per esserci al nostro arrivo e la mamma è impazzita di felicità quando le ho scritto della nostra decisione di lasciare le Tuileries.»

Lei sorrise. «Donna Paulina mi ha scritto una lettera bellissima.» Le si erano riempiti gli occhi di lacrime di commozione scorrendo quelle righe piene di calore. «Non vedo l'ora di poterla riabbracciare come una figlia devota.»

L'ultimo tratto di un lungo viaggio sembra non finire mai. A breve sarebbero arrivati, avrebbero potuto togliersi i vestiti impolverati, lavarsi, indossare biancheria pulita, sedersi su una poltrona comoda che non ti massacrasse l'osso sacro a ogni buca della strada, mangiare cose buone senza discutere con l'oste e poi dormire in un letto profumato. Cominciava ad averne abbastanza di scossoni e scomodità.

Ma, girato l'angolo in Santa Croce, la carrozza si ritrovò in un ingorgo di persone e di altri mezzi, bloccandosi proprio davanti alla chiesa.

Flamand si accostò al finestrino, piegandosi sulla sella per parlare con più agio. Era andato avanti a cercare di capire che cosa stesse succedendo e ora tornava a riferire.

«Place de la Liberté non è transitabile, devono giustiziare una criminale» comunicò nel suo tono sempre vagamente seccato.

«Che criminale?» Giulia spalancò gli occhi. Tutta la stanchezza era sparita.

Tancredi aprì lo sportello e scese, guardandosi intorno. Assaporò per un momento la consapevolezza di essere a casa, nella sua città, dove si parlava il suo dialetto. Allargò le narici inseguendo il profumo delle cialde di farina di granturco cucinate sulla piastra rovente da un miasser ambulante che magnificava la sua mercanzia nell'angolo vicino. «Miasse caude, gent, perfumé!»

Magari a Giulia sarebbero piaciute. Potevano prenderne un paio, nell'attesa di proseguire. Ma prima che potesse far qualcosa, un uomo dai capelli grigi con indosso la livrea elegante dei servitori di case nobili sgomitò tra la folla per avvicinarsi alla carrozza.

«Signor marchese! Signor marchese Tancredi! Eccovi!»

«Oh, Brizio!» lo salutò lui, affabile.

L'uomo sembrava felicissimo. «Finalmente, eccellenza, finalmente siete a Torino, Dio vi benedica, madama vostra madre e il signor marchese vostro padre non vedono l'ora di ritrovarvi, con la vostra signora moglie!»

Tancredi si girò verso Giulia. «Brizio è in casa Barolo da sempre, figlio del maggiordomo di mio nonno» le spiegò sorridendo. «Che ci fai qui, vecchia volpe?»

Il servo allargò le braccia. «Quello che ci fa mezza Torino, signor marchese. Sono venuto per assistere all'esecuzione, col permesso dei miei padroni. I francesi hanno cambiato nome alla piazza e ci hanno messo la macchina umanitaria, come la chiamano. Qui giustiziano i criminali. Ne han già tagliate a centinaia, di teste. E quella che cade oggi è di una donna giovane, per cui c'è folla a vedere... e poi sarà una delle ultime esecuzioni del Gasprin, del Gaspare Savassa, il boia, che sotto i francesi ha imparato per forza a far andare la lama della ghigliottina, ma sta diventando troppo vecchio per questo mestiere. Lui era più buono a usare i vecchi sistemi, la corda, o la ruota, come voleva il re.»

Pallida, Giulia scivolò giù dalla carrozza e il Brizio s'inchinò. «Oh, madamin la marchesa, ma è bella come un angelo! Chissà come la sarà contenta la signora Paulina...»

Lei non lo lasciò finire. «Chi sarebbe la criminale di cui parlate? Di che colpa si è macchiata?»

Il Brizio batté le palpebre, a disagio. Aveva delle lunghe basette grigie e un occhio un pochino strabico. «Ma io non so se posso parlare di certe miserie con la signora marchesa... Perché son robe brutte...»

«Puoi» lo rassicurò lei. «E scommetto che conosci bene tutta la storia...»

Il Brizio lanciò un'occhiata a Tancredi che annuì. «Ecco, la chiamano la Bela Caplera perché suo marito fabbrica cappelli, ma lui è molto più anziano, lei si chiama Maria, Maria Bel... e fa... e fa la vita, come si dice, signor marchese.» Scosse la testa. «Torino è piena di donne come lei.»

Giulia cercava di capire bene. Il suo italiano era buono, ma certi modi di dire sfuggivano ancora alla sua comprensione. «Fa la vita? Che vita?»

«Il mestiere più vecchio del mondo» chiarì Tancredi.

«Oh.» Giulia aggrottò le sopracciglia. «E dici che Torino è piena di donne come lei, cioè di prostitute?»

Lui fece segno di sì. «E di povera gente che non sa come mettere insieme pranzo e cena, e mendicanti, e bambini che non hanno un tetto sopra la testa... Son momenti duri, signora marchesa, non tutti hanno la fortuna come me di servire in una casa onorata e mangiare a sazietà e avere un bel letto senza neanche una pulce, che Dio vi benedica. Manca la zuppa anche negli ospedali. Ce n'è un esercito, di sventurati.»

«Ma cos'ha fatto questa donna?»

«I giudici del tribunale han reputato che abbia tentato di avvelenare una sua collega, una certa Giuseppina, sua vicina di stanza a borgo Po, con l'arsenico dentro il vino, per una questione di soldi e di invidie tra donnacce...»

Si raccontava che la disputa fosse nata dal fatto che Giuseppina voleva affittare l'appartamento occupato da Maria la quale non intendeva andarsene senza una consistente buonuscita. Poi la lite era degenerata.

«E questa Giuseppina è morta?» domandò Giulia.

«No, c'era lì anche altra gente e quando han visto che la donna stava male han chiamato il chirurgo Rossi che sta dietro l'angolo, le ha dato subito olio e acqua di magnesia e l'ha salvata.»

«Allora al massimo è tentato avvelenamento... L'hanno condannata a morte lo stesso?»

Tancredi scosse la testa. «L'intenzione di commettere un crimine viene punita anche se il delitto non va a buon fine, secondo il Codice penale francese.»

Il Brizio si strinse nelle spalle. «Comunque la Maria Caplera ha negato di aver messo il tossico nel vino, in tribunale, e ha detto che se proprio avesse dovuto avvelenare qualcuno, lo avrebbe fatto con quel bogianen di suo marito. Che roba, pover'uomo.»

La folla stava vociando, dall'altra parte della piazza, dove si scorgeva il profilo inconfondibile della ghigliottina stagliarsi contro il cielo azzurro. Il servo guardò in quella direzione. Anche Giulia lo fece e poi chiuse gli occhi. Quel maledetto strumento di morte popolava i suoi incubi. I suoi compatrioti erano riusciti a esportarlo nei Paesi occupati come moderno simbolo di pietà e di uguaglianza: di pietà, perché erano convinti, forse non a torto, che desse una morte meno dolorosa di altre forme di supplizio; e di uguaglianza, perché sotto la lama cadevano le teste di nobili e di popolani, di ricchi e poveri, nella stessa maniera.

«Oh, credo che la Bela Caplera sia arrivata, che la stiano facendo salire sul palco...» stava dicendo il Brizio, saettando occhiate verso l'altra parte della piazza dove c'era fermento. Sembrava desideroso di godersi lo spettacolo, eccitato alla prospettiva di vedere strappare lo scialle dalle spalle della giovane donna per scoprirle il collo, di vederle tagliare i bei capelli, di guardarla mentre la stendevano a forza sulla basculante, e poi in un crescendo di orrore mentre la lama scendeva inesorabile con quell'inconfondibile suono metallico. «La conoscono in tanti, qua, la Maria, è del quartiere, e poi, col lavoro che faceva...»

«Allora vai, Brizio, vai» lo congedò Tancredi. «Vieni, Giulia, noi cerchiamo di liberare la carrozza e di arrivare a casa.» Le prese la mano e gliela strinse. «Mi spiace tanto che Torino ci abbia dato questo brutto benvenuto.»

3
In spe

«E questo è il ritratto di Gerolamo di Castagnole, mia cara Giulia» stava dicendo il marchese Ottavio Falletti, indicando man mano con l'occhialino dorato i ritratti incorniciati appesi nella galleria di famiglia a Palazzo Barolo.

Il padre e la madre di Tancredi l'avevano accolta con tanta gioia che si era sentita subito perfettamente a suo agio nell'enorme e lussuoso edificio patrizio in stile barocco che risaliva alla fine del Seicento, tutto colonnine bianche e oro, decorazioni classiche, tappezzerie preziose nei materiali e nelle sfumature, soffitti meravigliosamente affrescati e pavimenti intarsiati in legno pregiato, con più di venti persone di servizio oltre al Brizio, il primo dei servitori che aveva incontrato in piazza Carlina.

Il marchese Ottavio somigliava molto a Tancredi, nell'altezza e nei tratti del viso; in compenso gli anni gli avevano regalato parecchi chili di troppo, così la bella giacca di velluto verde scuro si arrotondava sulla pancia e i bottoni gioiello tiravano dentro le asole ricamate. A onta della sua mole, il padrone di casa sembrava instancabile nel rendere la nuova arrivata partecipe di tutti i segreti della magione e della casata e nelle ultime settimane aveva volentieri abbandonato il suo adorato studio dove passava le giornate in un gioioso disordine di libri e scartoffie per trasformarsi in un volenteroso e loquace cicerone.

«Gerolamo è stato il primo marchese di Barolo e ha ricoperto il ruolo di viceré di Sardegna dal 1731, quando l'isola era da poco sotto la corona dei Savoia» spiegò, guardando il ritratto che riproduceva un nobiluomo con in testa una pesante parrucca a boccoli che arrivava alle spalle, la mano destra appoggiata con nonchalance a una lunga canna da passeggio e la sinistra sul fianco in una posa tra il rilassato e lo sfidante. «Ha fatto delle buone cose durante i suoi quattro anni di governo sull'isola, devo dire. Ha cercato di liberalizzare il commercio del grano sardo, che gli spagnoli avevano tassato ferocemente, di favorire la lavorazione del legno locale e l'estrazione mineraria, prima di morire lì a Cagliari di qualche febbre.»

«Ottavio, marito mio caro, ve ne prego, non annoiate troppo la nostra Giulia rovesciandole addosso tutto il vostro dotto sapere sui nostri avi» gli raccomandò donna Maria Paulina, cercando affettuosamente di arginare il suo fiume di parole. «Invece che del commercio del grano sardo raccontatele piuttosto del nostro fantasma di famiglia, prima che lo sappia da altri.»

«No, davvero, è tutto estremamente interessante» protestò lei, che ascoltava il suocero a occhi spalancati. «Ma quale fantasma?»

«Ci sarei arrivato, anche se naturalmente sono tutte sciocche superstizioni... Ecco, il nostro Gerolamo si era sposato con una fanciulla della casata dei conti di Provana, che erano all'epoca i proprietari del palazzo. Sua moglie era Elena Matilde, figlia del conte Provana di Druento. Lei lo amava moltissimo, il suo Gerolamo... ma suo padre il conte Provana aveva il vizio del gioco, così non fu in grado di versare per intero la dote pattuita per le nozze e, non riuscendo a onorare i suoi impegni, non poté far altro che sollevare Gerolamo dei suoi obblighi maritali, nonostante dalle nozze fossero già nati due eredi legittimi. Il primogenito si chiamava Ottavio, come me. Elena fu costretta a tornare nel palazzo paterno, lasciando non solo il marito, ma anche i due amati figli, naturalmente, che rimasero al padre. Il 24 febbraio 1701 lei si gettò da una finestra del piano nobile sul lastricato di pietra imbiancato dalla neve e morì a ventisei anni.»

«Oh, povera donna... tradita dal padre e anche dal marito... allontanata dai suoi bambini...» disse subito Giulia, colpita.

«Già, questo sollecita molto le fantasie romantiche... una storia che sarebbe piaciuta al mio amico Vittorio Alfieri, che ai personaggi femminili ha dedicato molte delle sue tragedie... E anche senza avere la penna dell'Alfieri, che Dio l'abbia in gloria, senz'altro qualcuno della servitù vi racconterà di averla vista, la bella Elena, in camicia bianca, aggirarsi di notte su per le scale chiamando i suoi bambini» concluse Ottavio. «Si dice che quando lo spettro di Elena si mostra, stia per morire un marchese di Barolo. Del resto, si sa, la superstizione popolare vuole che ogni antica costruzione abbia il suo spettro.»

«È vero, anche noi Colbert abbiamo il nostro fantasma del castello» confermò Giulia.

Tancredi, che con sua madre li aveva accompagnati alla scoperta della galleria degli avi, la guardò incuriosito. «Non me ne avevi mai parlato.»

Lei allargò le braccia. «È una storia che non racconto volentieri, quella di Madame Yolande de Sourdis, che fu l'amante di Jacques de Montbron, un signore di Maulévrier a fine Trecento. Viveva nel piccolo maniero di l'Hournois, a mezzo miglio dalla proprietà, con due figli adulterini... Un giorno, mentre il suo amante era lontano in guerra, fu trovata esanime in casa e la moglie legittima del signore di Maulévrier, che odiava questa sua rivale, la fece subito seppellire. Quando il marito tornò, volle macabramente vedere comunque la sua adorata Yolande per dirle addio e fece dissotterrare la bara e così si scoprì che lei era stata seppellita viva...» Giulia si portò una mano alla gola. «Me lo raccontava la cara nonna, ma è una vicenda che mi ha sempre oltremodo impressionata.» Dicevano che il corpo era stato ritrovato in una posizione contratta che lasciava poco all'immaginazione, con le mani ad artiglio e la bocca aperta a cercare aria. Giulia non riusciva nemmeno a pensarci, che si potesse morire in quel modo. Sospirò prima di proseguire. «Si narra che anche lo spettro di Yolande compaia nei giardini dell'Houmois quando deve succedere qualche cosa di brutto ai Maulévrier.»

Ottavio alzò le spalle. «Vedete? Il vostro fantasma è ancora più sinistro nel nostro. Ma dovete dirmelo, se esagero con i miei racconti, sapete. Hanno cercato di fare di me un soldato, quand'ero giovane, ma non ci sono riusciti... La mia vocazione sono i libri che leggo e che scrivo, i viaggi, le nuove scoperte... e mi piace parlarne.»

«Per fortuna, padre mio, avete appeso la sciabola al chiodo» mormorò Tancredi. Se Ottavio non avesse deciso di abbandonare la vita militare e dedicarsi ai suoi interessi culturali e sociali e alla famiglia, anche la sua formazione sarebbe stata ben diversa, e gli era molto grato.

«Come capitano dei dragoni sarei stato un pessimo acquisto, penso di poter essere molto più utile a modo mio. Certo questo non ha giovato alla mia silhouette» commentò, accarezzandosi la pancia, «ma oramai sono un uomo maturo.» Sorrise e proseguì le sue descrizioni dei quadri appesi. «Lì a sinistra sul ritratto di Gerolamo c'è il nostro stemma, sbarrato a scacchiera rosso e oro in campo azzurro, e qui c'è una sorpresa per voi» rivelò, precedendo la nuora nel salottino che si apriva sulla destra. «Ve la siete meritata, dopo che vi ho tenuta in piedi un'ora e passa a blaterare sugli antenati...»

«Una sorpresa?» ripeté lei, con gli occhi che le brillavano. Guardò Tancredi che la rassicurò con un sorriso.

Vide subito l'insegna araldica sopra il caminetto e giunse le mani. «Oh, signor marchese, che bel pensiero! Anche mio padre ne sarebbe onorato.»

Sulla grande tavola di legno rettangolare erano raffigurati insieme lo stemma con la scacchiera in diagonale dei Barolo e quello dei Colbert, che mostrava un colubro, cioè un serpente araldico azzurro in campo d'oro, simbolo di saggezza, perspicacia e avvedutezza, sormontati entrambi dalla corona marchionale e circondati da nodi d'amore. Il motto diceva: *In spe*, nella speranza. Le sembrò di buonissimo augurio per un futuro pieno di promesse.

«In realtà è stata un'idea del principe Borghese che, come sapete, è stato nominato governatore di Torino e sta a Palazzo Chiablese, qua vicino. Lui è sempre stato un grande sostenitore del vostro matrimonio con Tancredi. Il sangue dei Barolo si mescola con quello dei Colbert e l'onore è tutto nostro. E vi sarei grato se la smetteste di rivolgervi a me con tanta ufficialità. Voi siete, per me e Maria Paulina, la figlia che il destino non ci ha voluto dare.» Sospirò. «E a proposito di figli, voi sapete che Tancredi non ha fratelli e confidiamo di poter presto prendere tra le braccia quel nipotino che perpetuerà il nostro casato... sangue nuovo delle Langhe.»

Il sorriso si cristallizzò sulle labbra di Giulia. Erano parole affettuose, tuttavia lei aveva la sensazione che il buon marchese avesse appena scaricato loro addosso un macigno.

Mentre Tancredi era rimasto impassibile, l'espressione di lei dovette dimostrare il suo disagio, perché Maria Paulina si affrettò ad avvicinarlesi. «Oh, c'è tanto tempo per pensarci! Siete giovani e vi amate, questo è quel che conta... Anche noi abbiamo dovuto avere pazienza, prima di mettere al mondo Tancredi, non è vero? Non preoccupatevi di altro e sarà come Dio vorrà.» Sorrise al marito. «E ora, Ottavio mio caro, se avete finito per adesso con i fasti della casata, devo rapirvi la nostra Giulietta, perché stanno per arrivare in visita delle amiche che non vedono l'ora di conoscerla...»

Lui annuì. «Oggi è giorno di ricevimento, ma certo. Mi raccomando solo, moglie cara, ricordatevi dell'esperimento... la scienza ha bisogno di voi signore!»

Lei fece un cenno rassicurante con la mano, senza nemmeno girarsi. «Ho già sistemato tutto.»

Grata, Giulia si lasciò portar via. «Che esperimento?» domandò curiosa.

«Oh, una sciocchezza per l'Accademia delle Scienze... vedrete.» Maria Paulina si appoggiava a un bastone per un dolore insistente alla gamba e si faceva aiutare volentieri da lei, tenendola confidenzialmente sottobraccio mentre si dirigevano verso uno dei salotti di ricevimento. La sua cameriera personale le seguiva a qualche passo di distanza, in caso di bisogno. «Gli uomini non sono mai tanto delicati, anche se onestamente del mio non mi posso lamentare» le disse sottovoce. «Credete, non aveva in animo di mettervi in ambasce.»

Giulia annuì e rimase in silenzio.

La suocera sospirò. «Non sono riuscita a dare fratelli e sorelle a Tancredi, purtroppo. Mi sono sposata molto giovane e non riuscivo a restare incinta. Quando finalmente ce l'ho fatta, il parto è stato... oh, molto difficile. Il bambino era grosso, sono riusciti a salvarci entrambi, ma il medico mi ha subito detto che c'erano pochissime probabilità che riuscissi a figliare di nuovo. E aveva ragione.» Le sue dita strinsero affettuose il polso di Giulia. «In un certo senso è colpa mia se oggi voi e Tancredi vi ritrovate in questa situazione: se lui avesse avuto almeno un fratello, non ci sarebbe tanta pressione. Ma vedete, io sono una buona cristiana e credo davvero che dobbiamo accettare quello che la provvidenza ci ha destinato.»

Giulia posò la sua mano su quella della suocera. «Non potevo sperare in maggiore comprensione e solidarietà. Tancredi e io ci amiamo davvero molto.»

Maria Paulina sorrise. «Lo so e ritengo che questa sia una bellissima premessa. Anche Ottavio è stato da subito così amabile che sarebbe stato difficile non volergli bene. Quindi anch'io mi ritengo fortunata.» Rise piano. «Quando ha lasciato i dragoni, tutti in famiglia lo hanno considerato a dir poco un originale, ma era talmente versato per gli studi che si è fatto subito perdonare anche dai più severi. E poi, mia cara, i Barolo sono ricchi, molto ricchi, e tutto sommato possono permettersi di fare quello che vogliono, grazie a Dio, senza venire costretti a perseguire carriere che non sentono nelle loro corde.» Esitò. «Comunque, ritengo di avere qualche merito se voi e Tancredi vi siete conosciuti e amati. Ricordate il mio malore in Notre-Dame? È lì che vi siete incontrati per la prima volta.»

«Oh, avete ragione. Ero proprio una bambina.»

«Una bambina, forse, ma così soccorrevole. Vi vedo come fosse ora, in ginocchio vicino a me a tenermi la mano senza temere di sciuparvi il bel vestito...» Maria Paulina fece una piccola smorfia. «Certo, tutto è cambiato in poco tempo. Adesso nelle stanze dell'imperatrice alle Tuileries vive una nuova sovrana che attende il ritorno di Napoleone dalla Russia. Chi l'avrebbe mai detto...»

Alla fine Napoleone e la ragion di Stato avevano scelto tra una ventina di principesse Maria Luisa, la diciottenne figlia dell'imperatore d'Austria, che certo non aveva il fascino, il brio e il cervello di Joséphine, ma era stata capace di mettere al mondo subito un erede maschio.

«Chissà come dev'essersi sentita, poveretta, data in sposa a un uomo che aveva sempre sentito descrivere come un nemico e un mostro e mandata a vivere nel Paese che nemmeno vent'anni prima ha tagliato la testa alla sua prozia Maria Antonietta...» considerò Giulia, scuotendo la testa.

«Di sicuro i francesi non la amano come amavano Joséphine» sospirò Maria Paulina.

Giulia si morse le labbra. Joséphine aveva pagato duramente il fatto di non riuscire a dare figli a Napoleone. Purché non tocchi anche a me la stessa *via crucis*, pensò, col cuore pesante. Quale uomo può accettare di non avere eredi, di lasciar estinguere la propria discendenza? Non riusciva a togliersi dalle orecchie le parole nel marchese Ottavio.

Maria Paulina indicò il fondo del corridoio con la punta del bastone. «Siamo arrivate, cara, non vedo l'ora di presentarvi alle mie amiche in visita. Più che amiche, sono consorelle. Avete mai sentito parlare della confraternita delle dame dell'Umiltà?»

Un abbaio breve e acuto sembrò rispondere alla domanda della marchesa. Bédame si era avvicinata con Parì in braccio. «Chiedo scusa, Ma'me Giulia mi aveva dato disposizione di portarle il porcellino... voglio dire, il cagnolino, alla fine della visita alla galleria degli antenati» disse, grattando delicatamente la testa del carlino col polpastrello dell'indice.

Giulia era incerta. «Non so se le dame dell'Umiltà...»

Maria Paulina sorrise. «Non darà alcun fastidio.» Lo prese dalle mani di Bédame. «Se ne starà buono a sentire i nostri discorsi. Non è vero, piccolo caro?»

4
Le rose di santa Elisabetta

«Perdonate l'attesa» esordì Maria Paulina, avanzando sorridente nel salottino rosso dove aveva dato disposizione di far accomodare le sue ospiti con Parì sottobraccio.

La più anziana e più corpulenta delle tre donne presenti nella stanza, in piedi vicino al tavolo sul quale faceva bella mostra un'alzatina di cristallo e argento carica di cioccolatini, si girò e sorrise. Era vestita di scuro senza troppi vezzi. «Abbiamo approfittato di questa delizia, intanto, con la scusa di considerarlo un serio esperimento, come vuole il marchese Ottavio. "Cioccolato alla moda di Napoleone" l'ha chiamato. Se l'Accademia delle Scienze torinese si occupa di argomenti come questo, ci candidiamo a diventarne socie. Del resto c'è già un'accademica rappresentante del gentil sesso, la cara Diodata Saluzzo di Roero, e se noi non possiamo vantare la sua penna di poetessa, possiamo sempre mettere a disposizione della scienza il nostro palato fino come assaggiatrici.»

Ci furono risate mentre anche le altre due dame si facevano intorno a Giulia.

«Che gran piacere conoscervi, finalmente» esclamò la più giovane, bionda e con delle perfette labbra a cuore, prendendole tutte e due le mani. «Finora di questa benedetta Giulia si è solo raccontato, ora possiamo abbracciarci.» Arrotolava la r con grazia, trasformando il difetto di pronuncia in virtù.

Maria Paulina faceva le presentazioni. «Maria Cristina di Seyssel, *née* Ferrero della Marmora... è la moglie del nostro lontano cugino conte Enrico.»

La dama che aveva parlato per prima si ripulì le dita dalla cioccolata col tovagliolino bordato di pizzo prima di tenderle la mano. «Sono Luigia Montegrandi. Dovrei dire vedova Montegrandi, purtroppo, per la precisione.» Aveva una bella faccia illuminata da due occhi castani enormi e curiosi e un accenno di doppio mento. «Dovete assolutamente assaggiare questi givu, questi bocconcini con poco cioccolato e tanta nocciola piemontese. Per colpa del vostro Napoleone e i suoi embarghi il cacao scarseggia, ma per fortuna i pasticceri di Torino hanno ingegno da vendere...»

«Il *mio* Napoleone?» Giulia rise. «Io sono vandeana e lui còrso, Madame, e sono stata dama d'onore dell'*ex* imperatrice...»

Cristina la minacciò col dito. «Brava, cominciate a prendere le distanze, così. Potreste ritrovarvi in un covo di savoiardi, non so se ve ne rendete conto...»

La terza dama, bruna e minuta, con gli occhi incorniciati dalle perfette sopracciglia scure ad ala di gabbiano, le porgeva divertita l'alzatina di cioccolatini mentre Maria Paulina l'introduceva: «Teresa Pes di Villamarina, *née* Saint Just».

«Come state, cara Giulia? Assaggiate questo cioccolato, o Luigia non vi rivolgerà più la parola.»

Soprattutto quando pronunciava le doppie, Teresa aveva un accento diverso dalle altre, che a Giulia parve musicale e gradevole. Incuriosita, allungò la mano, prese un bonbon e se lo mise in bocca. «Oh, buono!»

«Vero?» esclamò Luigia. «Nocciole delle Langhe. Roba nostra, non d'importazione.»

«Ecco» rise Teresa. «Un assaggio per amore della scienza. Dovrete dirlo a vostro suocero. L'Accademia si è impegnata, su questo progetto di sostituzione nazionale del cioccolato.»

«La nostra Teresa viene dalla Sardegna, dove è in esilio re Vittorio Emanuele I» spiegò Maria Paulina.

«Non per molto» disse subito la Seyssel. «L'astro di Napoleone si sta spegnendo, la Russia ha segnato la sua fine. I Savoia torneranno presto a Torino, date retta a me.»

Maria Paulina sospirò. «Per fortuna a noi non interessa la politica, amiche care, dal momento che di gente che ha bisogno di aiuto ce ne sarà sempre, con Bonaparte come con i Savoia... e il nostro scopo è quello, alla fine, come hanno fatto le nostre nonne e le nostre bisnonne prima di noi: fare beneficenza, aiutare gli altri.»

«E soprattutto le altre» puntualizzò Luigia.

A Giulia brillavano gli occhi. Si sentiva a casa tra quelle nuove amiche.

Presero posto sui divanetti e sulle poltroncine di velluto mentre il Brizio, che era entrato silenzioso come un gatto, serviva la charlotte di mele tiepida con del rosolio profumato di fiori.

«Lo conoscete il miracolo di santa Elisabetta d'Ungheria?» domandò Cristina, sorseggiando il liquido rosato dal bicchierino di cristallo orlato d'oro. «Lei è la nostra protettrice, la patrona delle dame dell'Umiltà. Era bellissima, bionda, un angelo.»

«Vi somigliava, allora» buttò là Giulia. Cristina era orgogliosa del suo aspetto quanto del suo status, lo si capiva subito.

Infatti lei sorrise modesta, scosse la testa come a dire «per carità», ma non negò. «Elisabetta era la moglie di un re ai tempi delle Crociate e voleva fare l'elemosina ai poveri» proseguì a raccontare con la sua r morbida, «ma il marito e la suocera non erano d'accordo e glielo avevano espressamente proibito, così lei era costretta a fare la carità di nascosto. Un giorno la suocera la sorprese col grembiule pieno di pane da dare ai mendicanti, chiamò subito il figlio e ingiunse alla nuora di mostrare quel che nascondeva. Lei aprì il grembiule, ma per miracolo il pane era scomparso e ne uscirono invece delle splendide rose profumate...»

«Bellissima immagine! Mi piacerebbe provare a disegnarla...» Si figurava Elisabetta con la faccia di Cristina che schiudeva le cocche dello scossale e mostrava un mare di corolle colorate. Le piacevano i ritratti e le figure femminili: aveva preso il talento dello zio Charles, che però prediligeva immortalare le vedute dei suoi viaggi. A lei invece interessava la figura umana, in tutte le sue accezioni.

«Visto che nuora piena di talenti? Sa anche usare matita e colori... E che cosa dimostra questo racconto? Che le suocere sono sempre terribili, fin dai tempi di santa Elisabetta» rise Maria Paulina. «Ma se Dio vuole in questa casa non ci si deve nascondere, quando si vuole dare una mano a chi non ha avuto fortuna.»

«Giusto» convenne Cristina. «Ci sarà un motivo se le nostre famiglie sono state benedette e altre no. I poveri sono così tanti. Ogni giorno di più.»

«I poveri e anche quelli che non lo erano e lo sono diventati» puntualizzò Luigia. «Gente che ha avuto un rovescio finanziario, che ha perso tutto, in questi tempi inquieti... Immagino che anche voi ne sappiate qualcosa, Giulia, avete vissuto la rivoluzione da vandeana. Da esule, da espropriata...»

Giulia assentì. «Certamente.» C'era un mondo in quell'avverbio. Le tornavano davanti agli occhi tanti momenti impressi a fuoco nella memoria, una bambina pallida e confusa che stringeva la mano fredda e inerte della mamma, che faceva in fretta i bagagli per trasferirsi di nuovo da un parente o un amico generoso, che vedeva il padre tremare con in mano una lettera che annunciava l'ennesima morte tragica di un parente o di un amico. Scrollò il capo come per cacciare via tutto quel passato pesante come il piombo che le aveva rubato l'innocenza dell'infanzia. Non erano lì per parlare di lei. «E mi dicevate che alle dame dell'Umiltà interessano soprattutto le *donne* bisognose...»

Teresa sospirò. «Ho sempre pensato che una donna povera è povera due volte. Certo anche gli uomini vivono situazioni tremende. Ma per il nostro sesso è ancora più difficile. Pensate alle vedove, alle vecchie malate, alle partorienti senza un tetto sulla testa... alle orfane, a rischio di perdere la virtù. C'è bisogno di tutto, cibo, vestiti, coperte.»

«Questo palazzo è proprio in via delle Orfane» osservò Maria Paulina «e non a caso. Qui sorge da tanto tempo il Monastero delle povere orfanelle, che aumentano di giorno in giorno.»

«E comunque di questa congregazione ha fatto parte anche la venerabile regina Maria Clotilde» aggiunse la Seyssel, che ci teneva a definire l'alto lignaggio delle associate.

«La sorella di re Luigi XVI?» chiese Giulia.

«Sì, lei, che aveva sposato il re di Sardegna, che Dio l'abbia in gloria. È mancata da pochi anni e già l'hanno fatta beata: abbiamo una nuova protettrice, lassù, al fianco di santa Elisabetta» confermò Maria Paulina, facendosi il segno della croce. Parì scivolò giù dal suo grembo e lei lo lasciò andare, concentrata sulla conversazione.

«Con una corona in capo, oltre all'aureola» puntualizzò Cristina.

Luigia sbuffò. «Per abbassare la percentuale di sangue blu, cara Giulia, nella congregazione delle dame dell'Umiltà negli ultimi anni sono entrate anche donne come me, che con la regina Maria Clotilde ho in comune solo la tendenza alla pinguedine. Il mio povero marito era un semplice procuratore. Mi ha lasciato di che vivere molto agiatamente e qualche commercio ben avviato, ma nessun blasone.» Stava seduta impettita sulla poltrona, a testa alta, come a voler difendere la sua natura plebea, unica in quel consesso di dame nobili.

Maria Paulina sorrise. «Lo statuto delle dame dell'Umiltà non richiede nessun quarto di nobiltà se non quella dell'animo, Luigia cara.»

L'altra ebbe un sorriso smaliziato. «Un approccio pratico, quando si tratta di riempire la cassetta delle elemosine. Lo sapete, cara Giulia, che mia nonna faceva la stiratrice dal vostro nonno acquisito? Ma per fortuna il mio povero marito mi ha messo in grado di offrire qualche consistente donazione.»

Era un'osservazione un po' greve, per quanto sincera. «La rivoluzione non ci ha trasformati tutti in cittadini e cittadine?» domandò Giulia, per alleggerire l'atmosfera.

«E ci ha regalato la ghigliottina» ribatté subito Cristina, stringendo le labbra a cuore.

«Oh, sì» convenne Giulia. «Quando sono arrivata a Torino, la mia carrozza è rimasta quasi bloccata sulla piazza Carlina, perché tagliavano la testa a una donna accusata di avvelenamento...»

«Certo, la Bela Caplera» esclamò Luigia. «E non sapete che cos'è successo dopo... Un altro argomento adatto agli studi dell'Accademia delle Scienze.»

«Cioè?»

«Avete presente quando il boia afferra la testa mozza per i capelli e la mostra agli astanti... In realtà il vecchio Gasprin ha voluto esagerare e schiaffeggiare il volto di quella poveretta, in segno di ultimo spregio. Bene, dicono tutti che la Caplera si è messa a piangere come una fontana. Voglio dire, i suoi occhi continuavano a lacrimare... Anche l'esecutore di giustizia è rimasto impressionato. Non si era mai vista una cosa simile. Pare che si ritirerà prima del previsto dalla professione, il Gasprin, sogna tutte le notti la testa della Bela Caplera che gli piange sugli stivali.»

Luigia non sembrava granché impressionata, ma Giulia impallidì. «Mio Dio, è orribile. Si sperava almeno che quegli sventurati non soffrissero... che la lama li uccidesse all'istante. Oh, vergine santa.» Aveva in mente la nonna e tutti gli altri. La voce le mancò.

«Un buon tema per il marchese Ottavio. L'Accademia delle Scienze potrebbe investigare in merito. Cioè, se la decapitazione tramite ghigliottina è davvero, come dicono i francesi, più misericordiosa...» rispose Luigia, in tono conversevole.

Lei scosse la testa. Non le sembrava un argomento da prendere tanto alla leggera. «C'è da chiedersi comunque come si può pensare di fare giustizia togliendo la vita a un essere umano» tagliò corto.

Cristina sollevò le sopracciglia. «Era un'avvelenatrice e una prostituta, quella.»

«In realtà non aveva ammazzato nessuno, la sua presunta vittima se l'è cavata con un lavaggio di magnesia. Il Signore ci ha proibito di uccidere, non è vero? Eppure noi impicchiamo una serva anche per quattro soldi rubati.» Aveva parlato d'impulso, ma non se ne pentiva.

La Seyssel era sbalordita. «Perbacco, mia cara, per essere una vandeana controrivoluzionaria lasciatemi dire che le vostre posizioni sono, be', piuttosto radicali.»

Maria Paulina aveva seguito lo scambio con una certa apprensione. «Lasciamo queste riflessioni ai giuristi» intervenne in tono mite. «Giulia, non vi ho ancora parlato del fatto che ci occupiamo anche delle giovani meritevoli che devono mettere su famiglia ma non ne hanno i mezzi. Con una dote elemosinaria di ben 300 lire... Noi siamo delle matrone caritatevoli, niente di più» aggiunse, ansiosa di cambiare argomento.

Giulia allargò le braccia. «Delle matrone caritatevoli» ripeté. «Giusto, siamo solo donne, per quanto di buon lignaggio. Però su una cosa siamo pari agli uomini: abbiamo il diritto di finirci anche noi, sul patibolo, per motivi diversi. Che si sia nobildonne o prostitute.» Nel silenzio sbigottito che seguì, allungò una mano per prendere un altro cioccolatino, ma l'alzatina non era più al suo posto. Era rovesciata e semivuota, con tanti givu sparsi tutt'intorno. Parì era sdraiato lì in mezzo al disastro, un po' ansimante, la bocca impiastricciata di marrone, la linguetta rosa in vista.

«Oh, no!» esclamò Maria Paulina. «Ha mangiato tutti i cioccolatini!»

Trepidante, Giulia lo sollevò con due mani. Il cagnolino sembrava sul punto di soffocare e il cuore gli batteva a mille.

Teresa sospirò. «Spero di sbagliare, ma i givu dell'Accademia delle Scienze hanno fatto la loro prima vittima.»

5
Veleni

«Ho visto il dottor Buniva» disse Giulia, sdraiata accanto a Tancredi nel loro grande letto a baldacchino. «Veramente un brav'uomo.»

Lei e suo marito avevano finito da poco di fare l'amore. Erano rimasti abbracciati, come al solito, ad accarezzarsi e sfiorarsi con le labbra, aspettando che il cuore cessasse di battere così forte. La loro era un'intesa perfetta, anche nel talamo. Ogni volta Giulia si perdeva tra le braccia del marito e ogni volta sperava che il seme caldo di lui germogliasse nel suo grembo. Ogni volta doveva ricredersi.

Non era mai rimasta incinta. Non era rimasta incinta a Parigi, e aveva pensato che forse quel sentirsi provvisori a corte avesse influito su di lei, su di loro. Ora era a Torino da tempo, ma anche nel palazzo di famiglia, dove si erano stabilmente insediati, non succedeva niente.

Era passato un po' di tempo dall'incontro con le dame dell'Umiltà con le quali lei aveva cominciato a collaborare. Subito dopo l'incidente a Parì, Maria Paulina aveva fatto chiamare il suo medico, che era primario all'ospizio di maternità e, manco a dirlo, anche lui membro dell'Accademia delle Scienze. Per fortuna Teresa era stata cattiva profetessa. Il dottor Buniva non si era tirato indietro, curava gli animali quanto gli uomini e i cani gli piacevano particolarmente. «Acqua calda e sale!» aveva ordinato, rimboccandosi le maniche. «Possiamo dir grazie all'embargo di Napoleone, se ci fosse stato più cacao dentro i cioccolatini il piccoletto qua non avrebbe avuto speranze.» Alla fine Parì ce l'aveva fatta e Giulia, di slancio, aveva abbracciato il medico che le aveva riservato uno dei suoi rari sorrisi. «Ce l'ho anch'io un cane, madamin, non con un lignaggio come il vostro, solo un bastardo, ma so cosa si prova.» Il ghiaccio con Buniva era rotto. Così da cosa era nata cosa e le era sembrato naturale, alla prima occasione, chiedere un consiglio personale a quel medico di cui Maria Paulina aveva piena fiducia. Buniva era un cinquantenne stempiato con uno sguardo d'aquila e il naso che pareva un becco a completare il suo sembiante da rapace. Aveva un modo di fare spiccio che a Giulia era piaciuto immensamente.

«Madamina la marchesa» le aveva detto senza troppi giri di parole, «va di moda somministrare intrugli inutili e suggerire alle dame che non riescono a rimanere incinte soggiorni al mare, alle terme, perfino nel deserto. Ebbene, sono tutte inutili ubbie.»

Lei aveva sorriso e lui ne era rimasto sorpreso. «La cosa vi diverte?»

«No, dottore. Dovete sapere che ero la dama d'onore dell'imperatrice Joséphine e ho seguito tutta la sua odissea.»

Il dottor Buniva aveva annuito. «Oh, certo. Quello deve essere stato un caso di menopausa precoce, ritengo. Sulle prime avevo pensato che fosse Bonaparte a non potere procreare, ma poi si è capito che non era così. Le creole hanno spesso un menarca anticipato, che a volte implica però una fine prematura del periodo fertile. Permettetemi di farvi qualche domanda. Avete fratelli e sorelle?»

Lei gli aveva raccontato di Elizabeth, di Edo e Toin.

«Vostra sorella quanti figli ha?»

«Uno.»

Lui aveva annuito di nuovo. «Per quanto riguarda l'ascendenza di vostro marito, della marchesa Maria Paulina so tutto, sono stato il suo medico. Anche lei un figlio solo, con grande fatica.»

«Pensate che ci sia un nesso?»

«Esploro sempre l'ambiente intorno al mio paziente, sapete? Credo che un medico debba andare ben al di là di una palpazione o di una misurazione del polso. Naturalmente il contesto è importante quando si indaga sulle malattie degli indigenti, dei mendicanti, dei lavoratori, ai quali mi piace fornire assistenza, ma nel vostro caso non posso essere di grande aiuto. Le ragioni della vostra infertilità possono essere molte, il problema potrebbe anche non essere vostro, ma di vostro marito. Gli impedimenti possono risiedere non nel corpo, ma nell'anima, dentro la testa.» Aveva tirato un gran sospiro. «Una cosa sappiamo, ed è quella di non sapere, dicevano i miei maestri. Anche io ho un figlio solo, e abbiamo aspettato anni prima che venisse al mondo.»

Lei gli aveva stretto la mano. «Grazie per la vostra onestà. Ma quindi vi dedicate anche all'assistenza caritatevole?»

«È la cosa che mi interessa di più, a dirvi la verità. Più che curare la gente importante, se mi perdonate l'insolenza. Carceri, ospedali, campagna povera dove dilaga il cretinismo, igiene delle acque, le abitazioni del popolo più miserabile dove i letamai stanno vicino a dove si cucina. E poi la vaccinazione contro il vaiolo. Ho studiato a Londra, faccio parte del comitato Jenneriano. Sono in contatto col dottor Sacco a Milano e con Odier a Ginevra.»

«Mi sembra un'opera meritoria» aveva mormorato lei, colpita.

Le labbra sottili di lui si erano finalmente stirate in una parvenza di sorriso che le era parso più che altro una smorfia di garbata sufficienza. «Immagino che anche voi siate coinvolta in qualche organizzazione caritatevole, come quasi tutte le dame di Torino...» Dalla sua espressione, non sembrava che l'attività devota delle matrone consorelle lo toccasse più di tanto. «Dentro le carceri c'è anche una confraternita che distribuisce pasti caldi ai detenuti. Dame eleganti che si legano un grembiule alla vita e scodellano minestra ai forzati, cercando di non sfiorare le loro dita sporche passando la scodella.»

Lei aveva sostenuto il suo sguardo. «Non sembra che pensiate sia di qualche utilità.»

«Meglio che nulla. Tornando a noi, non perdete la speranza di diventare madre, ma non accanitevi. Potrebbe accadere domani e potrebbe non accadere mai. Contro una cosa non ci si può vaccinare, contro la stupidità della gente: vi raccomando solo una cosa, madamina, non date retta ai ciarlatani, ai superstiziosi, agli sciocchi. Andate dritta per la vostra strada, a testa alta. Alcuni hanno figli, altri no. È la vita.»

E s'era congedato in fretta, ticchettando sul tratto di parquet non coperto dagli spessi tappeti con le sue scarpe con la fibbia, un po' scalcagnate.

Giulia raccontò tutto a Tancredi, allungata vicino a lui, e lo vide annuire, le braccia incrociate dietro la testa. «Buniva è in gamba, anche se un po' ruvido, e credo che ti abbia detto le cose giuste» si limitò a commentare.

«Tancredi, quanto ti fa soffrire questa cosa di non avere figli?» gli domandò accarezzandogli una basetta bel curata. Le tremava un po' la mano. Non era facile andare dritti al punto, ma quei silenzi le pesavano troppo sul cuore. Di una cosa era certa, suo marito non avrebbe mai saputo mentirle.

Lui batté le palpebre, colto alla sprovvista, poi la prese tra le braccia. «Stiamo bene insieme, Giulia. Ringrazio ogni giorno di averti incontrata.» Esitò, cercando le parole giuste. «Se i figli verranno saranno i benvenuti, altrimenti ne faremo a meno. Abbiamo il nostro nipotino, il piccolo Charles, il figlio di tua sorella Elizabeth, e tuo padre ha appena scritto da Maulévrier che Henriette è in dolce attesa.» Non era stato facile per lui maturare questa serena acquiescenza, ma ogni volta che guardava Giulia negli occhi si convinceva che fosse la cosa giusta.

Giulia tirò un gran sospiro. Quei bambini comunque non avrebbero perpetuato la discendenza dei Barolo e in realtà la notizia che il marchese Édouard avesse messo incinta la sua nuova moglie la aveva sconvolta più di quanto non volesse ammettere nemmeno con se stessa, e per diversi motivi. Dopo quasi quattro lustri di vedovanza, anche suo padre si era sposato, come lo zio Charles, con la giovane Henriette, figlia del conte de Juigné, che era stato un comandante nell'esercito dei nobili emigrati. Henriette Le Clerc de Juigné era rimasta a sua volta vedova da poco e aveva ritenuto di accettare la proposta, nonostante quasi venticinque anni di differenza di età con lo sposo, ed era diventata la nuova marchesa di Colbert.

Quando la cugina Sophie aveva saputo delle nozze imminenti, era caduta in un deliquio che aveva sbalordito i medici ignari. Nessuno aveva collegato il malore della cugina all'annuncio del matrimonio, ma Giulia era certa che non si fosse trattato di una coincidenza. Sophie stava bene, fisicamente, ma non parlava più e fissava il vuoto.

Avevano chiamato al suo capezzale il dottor Pinel, il famoso nuovo primario della Salpêtrière, quel medico occitano che aveva tolto le catene ai pazzi e che aveva stilato per primo una classificazione delle malattie della mente, il quale le aveva diagnosticato una «malinconia semplice acuta».

Quanto alle cure, nessuno poteva sapere se l'anima di Sophie sarebbe mai tornata da quel luogo recondito dove si era nascosta quando le avevano spezzato il cuore. E intanto il marchese Édouard era orgoglioso di annunciare la sua prossima paternità.

«Già, a quanto pare, avrò un fratellastro. O una sorellastra» sospirò Giulia.

«Non ne sembri granché felice» osservò Tancredi.

«Devo solo abituarmi all'idea.» Henriette aveva due anni meno di lei. E suo padre aveva anche ricordato nella lettera che suo fratello Charles aveva già messo al mondo tre bambine con la sua giovane moglie appassionata di botanica linneana e le avevano chiamate con nomi di fiori, Amaryllis, Dahlia e Marguerite. Anche lui in qualche modo l'aveva ferita, senza accorgersene.

Tancredi si limitò ad annuire.

Lei si umettò le labbra prima di provare a spiegarsi. «Il fatto è che... ogni volta che vengo a sapere che qualche donna della famiglia è diventata madre sento come una fitta al cuore. Prima non era così, ma negli ultimi tempi...» Allargò le braccia. «È come se una donna senza figli portasse in giro un marchio. Tutti si sentono in diritto di domandare, perfino la servitù.»

Lui la baciò sulle labbra. «Hai mai provato a vedere le cose anche dal mio punto di vista?»

«Come?»

«Sì, quando un uomo sposato non ha figli... Hai mai notato quelle occhiate, quei sorrisetti? Un erede viene considerato anche la prova della virilità di un maschio. Se noi non ne abbiamo, questo potrebbe anche significare che non sono in grado di fare il mio dovere di marito. Sai quante battutine mi hanno fatto negli ultimi tempi a corte?» Rise piano. «Da quando ho resistito alle grazie della Vancal... alle quali nessun uomo resisterebbe.»

Giulia arrossì. «Oh, caro, non immaginavo...»

Lui alzò le spalle. «Nessun problema. Basta non curarsene. Noi sappiamo come stanno le cose. Non dartene pena. Sei stata brava a rispondere perfino a Napoleone.»

Lei sorrise. Era capitato alla festa per il compleanno dell'imperatore, l'ultima alla quale loro avevano partecipato alle Tuileries. Bonaparte era un po' cambiato. Non somigliava più a un magro, agile e vivace gatto con gli stivali. Le cosce erano grosse nelle brache bianche, aveva messo su parecchi chili e perso parecchi capelli e il volto era pallido e gonfio. Sembrava decisamente più anziano dei poco più di quarant'anni. Solo lo sguardo era quello di una volta, penetrante, severo, mentre tutti levavano i calici e lui si rivolgeva a Giulia, in piedi ad attendere che cominciassero le quadriglie.

«Vi state divertendo? Faremo un bel brindisi al re di Roma, mio figlio, subito dopo le danze» le aveva detto. «Spero che presto potremo brindare anche a un piccolo marchese di Barolo, non è vero? L'imperatrice mia moglie è rimasta incinta dopo tre mesi di matrimonio, solo tre...» Aveva sollevato pollice, indice e medio aperti a sottolineare le sue parole.

«Vostro figlio è bellissimo» aveva risposto Juliette, in tono leggero, sperando di cambiare argomento.

Ma lui era tornato all'attacco. «Voi siete così leggiadra, Madame. Anche i vostri figli sarebbero uno splendore. Allora, che cosa pensate di fare?»

Juliette lo aveva fissato dritto negli occhi mentre prendeva la mano di suo marito. «Continuare a ballare, maestà. Stanno preparando la quadriglia in vostro onore e non me la perderei per niente al mondo» gli aveva risposto, volgendogli le spalle per andare verso le altre dame e gentiluomini pronti a mettersi in fila.

A corte ne avevano parlato per un pezzo, della Barolo che aveva piantato in asso l'imperatore che la sollecitava a figliare in fretta.

«Era stato veramente insopportabile» si giustificò lei, con un mezzo sorriso. Se lo ricordava come se fosse accaduto il giorno prima.

Lui sospirò. «Vero. Ma credo che stia scontando tutte le sue colpe.»

Giulia si tirò in ginocchio sul letto. «Ci sono novità che riguardano l'imperatore?»

Cristina di Seyssel era stata buona profetessa dicendo che l'astro di Napoleone era al tramonto. La campagna di Russia aveva segnato la fine del suo sogno. La coalizione aveva dato il colpo di grazia a Bonaparte, ridotto a malpartito dal generale inverno. La resa senza condizioni richiesta dalle potenze alleate sembrava inaccettabile.

«Bonaparte si è avvelenato a Fontainebleau. Con l'arsenico» disse Tancredi. «Oggi ho parlato a lungo con il principe Borghese, sono andato a trovarlo a palazzo.

Lei trattenne il fiato. «Ma quindi Camillo ti ha detto che Napoleone è...?»

«No, no. Grazie al suo cameriere Constant, a quel che ho capito, e alla presenza di spirito del generale de Caulaincourt, che conosco da quand'ero paggio alle Tuileries. Il domestico lo ha chiamato a mezzanotte nelle stanze di Napoleone dicendogli che l'imperatore stava malissimo, sudava freddo e vomitava. Lui aveva trovato un bicchiere con delle tracce sospette e un sacchettino di cuoio e taffetà nero che Bonaparte si portava sempre al collo dai tempi della campagna di Spagna. Caulaincourt ha capito subito, ha convocato il dottor Yvan che era al loro seguito e sono riusciti a fargli buttare fuori il veleno. Probabilmente quella polvere era rimasta troppo tempo appesa al collo dell'imperatore e aveva perso la sua efficacia, o così ha ipotizzato il dottore. O forse la tempra di Bonaparte ha vinto il veleno.»

Giulia annuì, molto colpita. «Che ne sarà di lui?»

«Secondo Camillo lo esilieranno all'Isola d'Elba. Anche lo zar, che è il più intransigente, sembra d'accordo. Pensano che da quell'isoletta non possa nuocere. Gli creeranno un principato tutto per lui, una sua corte in miniatura non lontana dalla Corsica.»

«E sua moglie Maria Luisa andrà con lui? Lei e il figlio che è riuscita a dargli?»

«No, torna a Vienna da suo padre con il bambino. Il figlio di Napoleone lo alleveranno gli austriaci.» Esitò e poi aggiunse sottovoce: «Camillo mi ha detto che invece la Walewska è già in viaggio per l'Elba. La sua amante polacca starà con lui. E anche il loro figlio illegittimo. Lei lo ha sempre molto amato».

Seduta sul letto, Giulia si abbracciò le ginocchia, meditabonda. Da un impero che valicava i confini dell'Europa a una piccola isola del mar Tirreno. Sospirò. «Tutto sommato poteva finire peggio.»

«Forse.» Tancredi si alzò e si avvicinò al tavolino per versare del vino in due bicchieri. «Si è salvato. Ma è finito. Resterà lì con la sua piccola corte. E il Piemonte sarà presto di nuovo dei Savoia. Vittorio Emanuele I ora sta per tornare.» Le tese un calice e sollevò il suo. «*Santé*.»

6
Banderuole

Giulia non aveva mai visto il principe Camillo Borghese così agitato. Era come al solito elegante, ma gli ultimi bottoni della giubba preziosa erano aperti e i capelli non sembravano freschi di parrucchiere. Aveva adottato quel taglio alla Tito che anche molti nobili piemontesi avevano prontamente imitato: davanti lunghi e con un gran ciuffo e cortissimi dietro, sul collo. Il nome era ispirato a un dramma di Voltaire che aveva come protagonista Lucio Giunio Bruto, un padre che aveva condannato a morte suo figlio Tito reo di avere organizzato un complotto per riportare sul trono Tarquinio il Superbo. Sulle scene Tito era stato impersonato dal famoso attore Talma, così charmant sul palcoscenico nella sua toga candida che tutti i gentiluomini alla moda avevano imitato il suo stile. Perfino alcune dame coraggiose avevano impugnato le forbici e si erano mostrate con una zazzeretta corta: a Parigi, ma non a Torino, dove nessuna piemontese aveva osato una scelta così radicale.

L'immancabile sorriso di circostanza di Camillo si mostrava decisamente appannato. A Palazzo Chiablese c'era un grande movimento di casse e bauli che venivano riempiti e trasportati dalla servitù giù nel cortile dove attendeva una fila di carri e carrozze. C'erano in giro quadri affastellati contro le pareti, pile di libri, arredi impacchettati. Un trasloco in piena regola per sgomberare la residenza del governatore imperiale, spodestato dalla caduta di Napoleone. Quelle stanze sarebbero state occupate dai savoiardi al seguito del re Vittorio Emanuele I che avrebbe presto fatto il suo ingresso a Torino.

«Mia moglie Paolina qua a Torino non ci è mai voluta stare» stava dicendo il principe, senza smettere di sistemare scartafacci di documenti dentro grandi cartelle di pelle che i suoi segretari gli porgevano. Tancredi e Giulia erano stati ricevuti nel suo enorme studio dorato nel quale negli ultimi anni aveva svolto le sue funzioni.

«Sembrava che la città non le dispiacesse, al ballo in onore del vostro insediamento ha danzato perfino la monferrina» osservò Tancredi. Quando i Borghese erano arrivati a Torino nel 1808, accolti da salve di cannone e campane a martello, le autorità li avevano festeggiati per giorni. A Palazzo Chiablese la sorella di Napoleone aveva occupato lo splendido appartamento che dava su piazza Castello, ribattezzata per l'occasione place Impériale. Aveva a disposizione anche la Palazzina di Stupinigi per prendere una boccata d'aria fuori città e Palazzo Reale per i ricevimenti ufficiali che adorava organizzare.

«Una cosa è fare due salti sulle note di un ballo popolare per guadagnare qualche consenso, un'altra è adattarsi a una vita di provincia» ribatté Camillo. «Lei si annoia a Parigi, figurarsi a Torino. È rimasta qui quaranta giorni, giusto il tempo di lasciare che Canova finisse la sua statua, di mettermi di nuovo le corna e di farsi dedicare versi di circostanza da tutti i poeti d'occasione dei dintorni» ribatté lui, amaro. «Si è portata dietro le dame di compagnia piemontesi, prima fra tutte la sua amica Adèle, la moglie del marchese di Cavour. Quando mi è toccato di fare da padrino al loro secondo bambino, non è nemmeno tornata per il battesimo in San Carlo. Se non altro lo hanno chiamato Camillo come me. Camillo Benso di Cavour.»

La profonda delusione gli si leggeva negli occhi. Aveva creduto di essere riuscito a guadagnarsi la simpatia dei torinesi, applicando le liberali leggi francesi ed elargendo favori, ma era stata tutta un'illusione. I francesi erano considerati come invasori che avevano buttato giù mezza Torino per allargarne le strade, imponendo tasse e coscrizioni obbligatorie e rendendo le condizioni di vita ancora peggiori.

«Di solito c'era una fila di gente, fuori dal mio studio. Vedete? Non c'è più nessuno. E pensare che qui in città si faceva festa il giorno di san Camillo e di santa Paolina, oltre che ovviamente il giorno di san Napoleone...»

Giulia abbassò lo sguardo. Camillo aveva organizzato continuamente feste e balli, tutti a spese della municipalità cittadina. E anche cerimonie religiose, perfino un *Te Deum* di ringraziamento per una fantomatica vittoria nella disastrosa campagna di Russia.

«Comunque ho la coscienza tranquilla, ho fatto tutto quello che potevo. Il maresciallo Bubna col quale ho trattato la resa è un uomo ragionevole. Le truppe francesi se ne andranno in ordine, senza incidenti.» Camillo si passò una mano sulla faccia. «Ora che il papa sarà liberato dall'esilio a Savona devo pensare ai miei possedimenti di famiglia a Roma e nello Stato della Chiesa. Pio VII è vendicativo, la farà pagare a tutti quelli che si sono compromessi con Bonaparte. In un certo senso io sono stato il suo carceriere, duranti gli anni che ha trascorso in Liguria. L'ho circondato di mille attenzioni, ma ho rispettato le consegne di Napoleone. Dovrò farmi perdonare.»

«Dovremo farci perdonare tutti» rispose Tancredi, con un mezzo sorriso.

Tutti gli aristocratici piemontesi, a parte quei pochissimi che avevano preferito andarsene come gli irriducibili d'Azeglio, non avevano mai interrotto in tutti questi anni i contatti con i Savoia in esilio a Cagliari, e la loro apparente sottomissione ai francesi era solo di facciata.

«Credete che non sappia che prima di venire da me i nobili piemontesi chiedevano il permesso al loro re?» ribatté Camillo. «E comunque perfino una Savoia di Carignano come la principessa Albertina, quando è rimasta vedova con due figli piccoli, ha preferito chiedere aiuto a Bonaparte invece che a quei codini retrivi dei suoi parenti Savoia, per dare una adeguata educazione a quello spilungone del suo Carlo Alberto, e poi si è risposata con un francese che tra l'altro ha diciassette anni meno di lei.» Fece una smorfia. «Il re Vittorio Emanuele I non ha eredi maschi, l'unico gli è morto di vaiolo a tre anni. Non bisogna essere dei geni per capire che il giovane Carlo Alberto con le sue idee liberali ha addosso gli occhi di tutti. Quindi per voi si preparano grandi cambiamenti.»

La coalizione aveva rimesso sul trono di Francia il successore di Luigi XVI. Dato che il delfino, che sarebbe stato il diciassettesimo Luigi, era morto in prigione, a prendere la corona era stato un fratello minore del re ghigliottinato, col nome di Luigi XVIII.

«Quel vecchio ciccione gottoso pensa di poter far girare all'indietro l'orologio della storia» sospirò Camillo.

«Si accorgeranno presto che la mentalità della gente è cambiata» rispose Tancredi. «Non basterà un colpo di spugna.»

«Che farete adesso, Camillo?» domandò Giulia.

Lui allargò le braccia. «Starò alla larga da Napoleone. Lui lo manderanno all'Elba e potrà viverci bene, se riuscirà ad accettare la fine del suo sogno e a dedicarsi al suo piccolo nuovo regno. Poi dovrò mostrarmi un buon cristiano col papa per non vedermi confiscare le mie terre. E niente divorzio, cercherò di far annullare il matrimonio con Paolina. I miei avvocati ci stanno lavorando.» Scosse la testa. «Altrimenti in caso di separazione mi succhierà il sangue, la mia esigente mogliettina, come ha fatto Joséphine con Bonaparte...»

«A proposito, di Joséphine avete notizie?» domandò subito Giulia. Le aveva scritto un paio di volte, senza avere risposta, e aveva pensato che forse l'ex imperatrice al momento preferiva non avere contatti con chi le ricordava le Tuileries ed esacerbava la ferita ancora aperta e dolorante del ripudio. Forse era meglio lasciar passare un po' di tempo.

Il principe infilò l'ultimo plico di fogli dentro la cartella e fece cenno al segretario di andare. «Joséphine riceve lo zar Alessandro alla Malmaison» disse con un sorriso di ammirazione. «Non la trovate una cosa fantastica? I russi sono entrati a Parigi, i francesi sono stati sconfitti e lo zar, il nemico implacabile di Napoleone, va a trovare Joséphine, la ex imperatrice, la ex moglie di Bonaparte, e le dice: "Sarei venuto a visitarvi prima, cara Madame, se non fossi stato trattenuto dal coraggio dei vostri soldati...". E le porta in dono un collier di diamanti.» Sollevò tutte e due le mani. «Non chiedetemi come ha fatto, quella benedetta donna, ma dicono che lo zar Alessandro la adora. Naturalmente lei gli ha raccomandato i suoi figli, Eugène e Hortense, e i nipotini...»

Giulia scosse la testa, divertita. «Mi sembra di vederla.» Le mancava, l'imperatrice.

Camillo girò intorno all'enorme scrivania tutta oro e stucchi e tese loro le mani. «Vi auguro ogni bene» disse, sfiorando con un bacio la destra di Giulia. «Perdonate se non ho potuto offrirvi nemmeno una cioccolata, anche la cucina è sottosopra.»

Abbracciò Tancredi e gli batté con la mano sulla spalla. «Grazie di essere venuti a salutarmi. Spero che avremo occasione di rivederci non appena tutto questo terremoto sarà finito.» Indicò verso la finestra che dava sul cortile ingombro di carri e carrozze. «Comunque porterò via tutti i mezzi di trasporto, fino all'ultimo biroccio: non voglio lasciare a quel Savoia bacchettone nemmeno una portantina dove appoggiare le sue chiappe vizze per fare il suo giro trionfante in città» concluse. Sorrise divertito e per un momento parve tornato il Camillo gaudente delle Tuileries. Ma fu solo per un momento.

7
Viva il re

Lo avevano visto arrivare dalla strada di Moncalieri. In vista della città, il re era sceso dalla carrozza per montare sul suo cavallo e fare in sella la sua entrata ufficiale. Il folto corteo aveva percorso il ponte nuovo, quello costruito dagli odiati francesi, per fare il suo ingresso nella capitale passando davanti alle ultime case di via Po e sotto l'arco di trionfo montato per l'occasione.

Giulia si accostò agli occhi il binocolo da teatro. Avevano una splendida visuale dalla loro postazione, in prima fila e un po' elevata, di piazza Castello, che non si chiamava più place Impériale. Tutta Torino era in strada quel giorno di maggio ad accogliere il ritorno vittorioso di Vittorio Emanuele I di Savoia dopo quasi sedici anni di esilio sardo.

«Guarda» le disse Tancredi. «Lo vedi? Il re è circondato dal suo stato maggiore, ma da qua lo si distingue bene. I decurioni gli hanno appena consegnato le chiavi di Torino.»

Nella sua qualità di notabile, il marchese Ottavio era stato coinvolto nell'evento. I preparativi erano cominciati all'alba. E adesso, alle dieci del mattino, il re arrivava, preceduto e seguito da squadroni di guardie a cavallo che tenevano a bada una folla enorme, non solo cittadina, ma di tanti contadini che erano scesi dalle colline e che erano accorsi dai paesi tutti intorno per vedere il re.

In mezzo agli applausi, al risuonare delle campane a festa, al rullo dei tamburi, Vittorio Emanuele I procedeva in sella alla sua cavalcatura con indosso una vecchia uniforme turchina con i risvolti rossi, il lungo panciotto bianco, i calzoni bianchi attillati, gli stivali di cuoio nero alti fino alle ginocchia, in testa il cappello alla prussiana vecchio stile e il codino che gli sbatteva sul collo a ogni passo del cavallo. Era vestito come usava prima della rivoluzione, e tutto il suo stato maggiore lo aveva imitato: parrucche incipriate, marsine lunghe con bottoniere preziose e culotte al ginocchio. Sembrava di essere tornati indietro di una trentina d'anni.

Il pubblico era in delirio. «Viva il re!» gridavano tutti. «Viva Vittorio Emanuele I, viva il nostro buon padre!» Le guardie dovevano serrare le file per evitare che la gente sfondasse per riuscire ad avvicinarsi, toccarlo, baciargli la mano. Lui si guardava intorno inespressivo, i grossi zigomi arrossati dall'emozione del momento e il naso lungo che gli scendeva verso il mento e sembrava trascinare con sé tutta la sua faccia da cavallo, un mezzo sorriso fisso appiccicato alle labbra.

«Brutto è brutto» disse Giulia in un sussurro. «Ma almeno è ancora agile, non come Luigi XVIII che a quanto dicono si sposta solo in sedia a rotelle per via della gotta e del peso.»

Tancredi sorrise. «Ora c'è il *Te Deum* solenne in cattedrale» disse «e poi il re andrà al santuario per l'ostensione della Sacra Sindone, che hanno esposto per questa occasione così speciale.» I torinesi erano molto orgogliosi di quel sudario di Cristo, da quando nel Cinquecento san Carlo Borromeo era venuto espressamente a piedi in pellegrinaggio da Milano a Torino per renderle omaggio e il duca Emanuele Filiberto l'aveva trasferita da Chambery, dove i Savoia la conservavano dai tempi delle Crociate. Il marchese Ottavio ci aveva costruito sopra un motto di spirito: «Due meraviglie sono venute da Chambery a Torino, il sudario di Cristo e mia moglie Maria Paulina» gli piaceva scherzare, perché anche la suocera di Giulia era nativa dell'antica capitale savoiarda.

Tancredi prese sua moglie sottobraccio. «Raggiungeremo sua maestà a Palazzo Reale, dopo che avrà terminato la rivista delle truppe fuori di porta Susina. Ora andiamo a casa.» Si mossero nella folla, chiedendo scusa al gruppo di persone benvestite che si accalcava, tirando il collo per vedere meglio.

«Viva il re, viva il re!» gridavano tutti. I signori erano ansiosi di mostrare il loro ossequio, i popolani speravano in qualche atto magnanimo, una bella mangiata o una bella bevuta per festeggiare il cambiamento.

Giulia camminava veloce al fianco del marito. «Ma lo hanno capito che ha rimesso in vigore le costituzioni del 1770?» domandò. Al confronto la Francia di prima della rivoluzione sembrava un Paese liberale.

«Cosa vuoi che importi? Ci sarà una distribuzione di seimila pani e una bella corsa di cavalli e poi una processione del clero e dei Corpi di Città che toccherà tutte le chiese dei santi protettori. Hanno previsto anche dei pali della cuccagna. La gente è contenta, qualche cosa porterà a casa.»

Stavano ancora salendo le scale di Palazzo Barolo quando il Brizio venne loro incontro con due lettere appoggiate al vassoio d'argento della corrispondenza.

«Signora marchesa, signor marchese, due missive urgenti.»

Tancredi gli fece cenno di seguirli nel salottino. «Chi le ha portate?»

«La vostra, un messo della municipalità. Quella della signora marchesa invece è appena arrivata col corriere di posta.»

Giulia riconobbe subito la grafia di Clari de Remusat e il suo stemma sul sigillo di ceralacca. Erano rimaste in contatto e si scrivevano con una certa frequenza. Ma stavolta sulla busta c'era scritto «urge», ed era la prima volta che capitava.

«Non sarà successo qualcosa ad Albert» disse subito, aprendo la lettera e andando a sedersi sul divanetto più vicino. Il secondogenito nato deforme e con un ritardo mentale era sempre in cima ai pensieri di Clari che ne parlava spesso nelle sue missive. Ogni suo piccolo traguardo era una gioia per lei e per il fratello maggiore, il brillante Charles.

«Cara amica, è con grande dolore che vi comunico la dipartita della nostra imperatrice» lesse, sgranando gli occhi. «Oh, Dio santo, Tancredi, Joséphine è morta!»

Lui le si sedette accanto. «Ma come, ma quando?»

La lettera di Clari era accorata. Joséphine aveva fatto una gita a Saint-Leu con lo zar Alessandro. Lì si ergeva un castello di proprietà di sua figlia Hortense. Erano usciti in barca sugli stagni dell'Oise e lei, civettuola come al solito, si era messa un abito leggero, senza portarsi l'immancabile scialle, anche se ancora non faceva così caldo, soprattutto all'imbrunire. Aveva una brutta tosse insistente già da qualche tempo. Stava negoziando con l'illustre ospite il mantenimento della sua rendita, ora che Napoleone era caduto, e cercava di mostrarsi al meglio, scegliendo nel suo guardaroba di centinaia di vestiti realizzati con stoffe proibite dall'embargo e realizzate dai sarti più cari di Parigi. Da tempo aveva i polmoni fragili e durante la gita si era presa una brutta infreddatura, peggiorata nel viaggio di ritorno in carrozza. Il giorno dopo, alla Malmaison, era febbricitante e il suo medico, mandatole da sua figlia Hortense, le aveva consigliato di rimanere a letto.

Scriveva Madame de Remusat: «Ma voi la conoscete, la nostra Joséphine... "Non posso proprio starmene in camera mia, dottore" gli ha risposto, e ha costretto Mimi ad aiutarla a vestirsi, pettinarsi e ingioiellarsi per ricevere, barcollante, pallida, ma sempre sorridente, lo zar che era tornato a visitarla. È morta poche ore dopo: polmonite fulminante. L'hanno seppellita nella chiesa dei santi Pietro e Paolo a Rueil. Non aveva ancora compiuto i cinquantun anni, quindi aveva mezzo secolo tondo, anche se ne dichiarava almeno quattro di meno».

Tancredi scosse la testa, sorridendo triste. «Una uscita di scena molto nel suo stile.»

«Aspetta, Clari dice un'altra cosa...» Giulia lesse con le sopracciglia aggrottate. «Oh, Signore.» Sollevò lo sguardo azzurrissimo sul marito. «Dice che corre voce che la buona relazione tra lei e lo zar non piacesse affatto a Talleyrand...»

Lui prese la lettera aggrottando le sopracciglia. Clari era esplicita: la morte dell'ex imperatrice era stata così rapida che non era da escludere l'ipotesi di un avvelenamento per impedire che l'influenza di Joséphine sullo zar provocasse un cambio degli equilibri internazionali faticosamente raggiunti mettendo sul trono Luigi XVIII, magari a favore del piccolo Napoleone, il figlio di Bonaparte che aveva solo tre anni e viveva alla corte austriaca con sua madre Maria Luisa.

«Non lo sapremo mai» sospirò lui. «Quel che è certo, a quanto leggo, è che Joséphine ha lasciato una immane montagna di debiti. Non basterà il valore della Malmaison a ripagarli. Del resto nessun appannaggio al mondo sarebbe stato sufficiente, per una donna così.»

Giulia aveva gli occhi lucidi. «Non pensavo che se ne andasse tanto presto. È sempre stata piena di vita...» Rimpiangeva di non avere insistito di più per mantenere i contatti. Magari le sue due lettere senza risposta erano andate perdute. Le tornavano alla mente solo i momenti belli, tutti i riguardi che la creola le aveva riservato. «Mi ha insegnato molto» mormorò, desolata. «Avrei dovuto scriverle di nuovo, arrivare a lei attraverso delle amiche comuni come la de Remusat. Invece ho lasciato perdere, ho pensato che fosse meglio aspettare... pensiamo sempre di avere tutta la vita davanti. E ci resta l'amaro delle occasioni perdute.»

Tancredi rimaneva seduto vicino a lei, in silenzio, cingendole le spalle col braccio.

«E la tua missiva?» domandò lei dopo un po'. «Non saranno anche quelle cattive notizie, non è vero?»

Lui scosse la testa. «Non direi. Mi hanno nominato decurione. Di prima classe.» Il consiglio dei sessanta decurioni voluti da re Carlo Emanuele nel 1767 si occupava dell'amministrazione municipale in tutti i suoi aspetti. I trenta decurioni della prima classe erano scelti tra i nobili più qualificati per casata e per censo, gli altri trenta tra professionisti, medici, avvocati, commercianti agiati. «Spero di riuscire a combinare qualche cosa di buono. Ci sarà parecchio da fare, per Torino e per i torinesi» aggiunse. «Ed è di fatto una nomina che viene dal re.»

Giulia annuì. «Sono sicura che sarai bravissimo» gli sussurrò, accarezzandogli la nuca glabra. «Però mi devi promettere una cosa.»

Lui la guardò incuriosito. «Certo. Che cosa vuoi, cara?»

«Devi giurarmi sul tuo onore che non ti farai mai crescere il codino.»

Lui rise piano. «Oh, Giulia, no. Non c'è pericolo.»

Fu quella stessa notte, molto più tardi, dopo aver fatto l'amore, che quando si alzò per bere un po' d'acqua dalla brocca sul vassoio d'argento ebbe la sensazione di un refolo freddo che attraversasse la stanza. Nello specchio, nella penombra, si profilava la vaga silhouette di una donna in bianco. Tancredi dormiva tranquillo, girato dall'altra parte. Giulia si mosse di scatto, allarmata, e poi subito sorrise: lei indossava una camicia candida e l'immagine riflessa doveva essere stata semplicemente la sua, complice la luna, non di certo quella del fantasma di Elena. Tornò a letto e accarezzò Tancredi sulla spalla. Nessun marchese di Barolo sarebbe morto, per adesso.

8
La prova dell'ago

Era stata l'osservazione di Bédame a dargliene improvvisa consapevolezza, facendole tornare in mente i giorni trascorsi con Joséphine.

«Madame Joujou, questo vestito vi stringe un pochino qua sul davanzale, se posso permettermi» aveva detto la cameriera, col suo modo schietto, intanto che la vestiva per la serata. Era in programma una serata dell'Accademia delle Scienze e Giulia aveva indossato uno degli abiti che l'imperatrice le aveva regalato e che era stato adattato alle sue forme. Ricordava bene le sue osservazioni con le sarte, quando ci teneva a sottolineare, negando l'evidenza, di non essere affatto più tonda e più bassa di Giulia, ma solo meglio dotata di curve: come se avesse voluto giustificarsi, lei, l'imperatrice, una delle donne più charmant di tutta la Francia.

In effetti in quei giorni Giulia sentiva il seno più gonfio, se n'era già accorta ben prima di infilarsi quell'abito. E non vedeva il suo sangue da un paio di mesi, ma le era già capitato: la regolarità del suo ciclo era da sempre sensibile alle emozioni, alla stanchezza, ai piccoli malanni.

Rimase lì davanti allo specchio a guardarsi la scollatura che tirava un tantino sui lati, in silenzio, corrucciata, accarezzando con le dita il profilo di pizzo, finché Bédame non prese coraggio. «Forse, Madame Joujou, stavolta c'è un piccolo marchese in arrivo.»

Lei le fece cenno di tacere, guardandosi attorno quasi con timore. «Zitta, Bédame, per favore. Alimentare false speranze sarebbe ancor peggio, pensa che delusione se poi mi sbagliassi...» Non c'era modo di avere certezze se non aspettare.

La cameriera aggrottò le sopracciglia. «Lo capisco bene, Madame, ma possiamo con discrezione usare lo stesso sistema delle contadine vandeane, sempre che la signora marchesa si adatti...»

«Di che parli?» La incuriosivano le credenze popolari e perfino menti scientifiche come quella di Tancredi o di suo suocero ammettevano che spesso in certi usi o in certe superstizioni c'era del vero.

Lei sorrise. «Della prova dell'ago.»

Giulia la guardò sospettosa. «Mi vuoi punzecchiare da qualche parte?»

«Ma no, Madame, ci mancherebbe, ho bisogno soltanto di un ago di quelli che usate per cucire e di... be', che facciate un poco d'acqua.» Prese dall'armadio il bel pitale di ceramica di Castellamonte lavorato a filo d'oro e monogrammato e glielo porse.

«Cioè devo...»

«Sì, dovreste urinare dentro questo vaso. Poi prendiamo un ago e lo lasciamo immerso tutta la notte.»

«E...?»

Bédame assunse la sua espressione furbetta. «Domattina se l'ago ha sopra delle macchie rosse siete incinta. Altrimenti no.»

Giulia annuì, pensierosa. «Come se nella mia urina, in caso aspettassi un bambino, fossero presenti delle sostanze che provocano l'ossidazione del metallo...»

La cameriera spalancò gli occhi. «Non ho capito, Madame, ma quel che so per certo è che l'ho visto funzionare tante volte. Questa prova non sbaglia.»

Non era poi una cosa così invasiva, si poteva fare tranquillamente. «Va bene» decise Giulia, con un mezzo sorriso. «Ma non ne facciamo parola con nessuno, d'accordo?» La marchesina di Barolo, nuora del presidente dell'Accademia delle Scienze di Torino, che usa sistemi da fattucchiera... Del resto nella medicina l'osservazione delle urine rivestiva un ruolo importantissimo dall'alba dei tempi e il loro studio aveva generato una specializzazione molto apprezzata e diffusa che cercava di diagnosticare tutti i malanni possibili dal loro aspetto, dal loro gusto, dal loro colore.

L'altra la guardò quasi offesa. «Certo che non lo diciamo a nessuno. Son cose private, cose da donne.» Si disegnò una croce sulle labbra col pollice, come a giurare il silenzio.

«Brava.» Giulia rovistò nel cestino del cucito che usava ben di rado e tirò fuori un ago nuovo di zecca, grosso, scintillante. «Che ne dici di questo?»

«Fa al caso nostro.» Bédame lo adagiò nel pitale vuoto di ceramica decorata e poi lo chiuse col coperchio, riponendo il bel vaso dentro il comodino. «Quando vi preparerò per la notte, farete un po' d'acqua qua dentro, sopra l'ago, e domattina avremo la risposta.»

«D'accordo, grazie.»

Bédame si strinse nelle spalle. Il parroco del suo paese considerava quelle pratiche peccaminose, ma solo perché a volte le donne volevano sapere al più presto e per certo se erano o non erano pregne per potersi liberare prima possibile del bambino, e questo non era certo il caso. Dentro Palazzo Barolo si respirava una tesa aspettativa e le era capitato spesso di ascoltare i discorsi della servitù. Di più, una volta aveva anche dovuto rimettere al suo posto con due sonori ceffoni una ortolana pettegola che pensava lei non capisse abbastanza bene il suo dialetto. Chiacchieravano, la verduraia che era arrivata con le provviste e le cuoche, della francesina col ventre sterile e pure del marchese che forse non faceva il suo dovere nel talamo.

Lei l'aveva mandata via con le guance rosse come i suoi peperoni, quella stupida, col segno delle sue cinque dita, e da allora nessuno in sua presenza aveva più osato tornare sul discorso.

In realtà in Vandea c'era un sistema anche per capire se, quando i bambini non venivano, era per colpa di lui o di lei, ma non poteva raccontarlo alla sua padrona. L'aveva visto fare da dei suoi lontani cugini e non era difficile: si prendevano due sacchetti di crusca, uno per il marito e uno per la moglie. Ciascuno dei due urinava sul proprio sacchetto e poi si aspettava una settimana, dieci giorni. Quello che verminava era della persona sterile. Nel caso della cugina, era marcito quello del marito. Ma non era una prova sicura come quella dell'ago, insomma, non ci avrebbe messo la mano sul fuoco. E poi magari l'urina dei signori non faceva verminare la crusca come quella dei poveri cristi.

Finì di preparare Giulia in silenzio, come se il loro piccolo segreto pesasse, e la accompagnò fino al salotto dorato nel quale il marchese Ottavio avrebbe tenuto la sua conferenza. Ogni tanto invitava qualche associato amico anche a Palazzo Barolo, invece che nella sede dell'Accademia, dove nell'ingresso stavano due figure di donna, una appoggiata a un globo e una con in mano una specie di imbuto pieno di ogni ben di Dio. Le aveva viste una volta accompagnando Madame Joujou e lei le aveva spiegato che erano due allegorie che rappresentavano la Verità e l'Utile, che erano poi il motto dell'Accademia. Lì il marchese Ottavio e i suoi colleghi dissertavano di temi che lei di solito non capiva, ma che i gentiluomini e le dame presenti mostravano di apprezzare moltissimo e anche quella sera c'era un sacco di bella gente a riempire il salotto.

Giulia si mescolò con la folla, sperando di riuscire a dimenticare il suo rovello nel gioioso chiacchiericcio dei convenuti.

Una matrona in carne si girò verso di lei. I suoi occhi tristi si illuminarono, anche se le sue labbra tirate in un'espressione altezzosa non si piegarono in un sorriso. «Cara Giulia» disse, con una voce bassa e impostata da contralto, tendendole la mano grassoccia nel guantino a rete.

Lei la prese tra le sue, stringendola con calore. «Cara Diodata, che gran piacere avervi con noi stasera. Non vedo l'ora di ascoltare i vostri versi sulla filosofa Ipazia. Trovo davvero molto interessante che vi dedichiate a ricostruire il ritratto di tante figure femminili della storia.»

Il marchese Ottavio si avvicinò. «Oh, Giulia, ma ve la devo già portar via, la nostra contessa Saluzzo di Roero! Venite, accomodatevi, siamo tutti pronti ad ascoltare la lettura della vostra ultima opera...»

Lei fece un cenno di condiscendenza con la testa e lo seguì, attraversando la piccola folla come una regina.

«Mi viene già da sbadigliare» sussurrò una vocina impertinente nell'orecchio di Giulia, che si girò e sorrise alla bionda e come sempre elegantissima Cristina di Seyssel.

«Eccovi, carissima» la salutò con calore. «Ma no, stasera sentiremo la storia della filosofa Ipazia che è bellissima, per quanto drammatica. Una donna sapiente, astronoma e matematica, che insegnava e dissertava nell'Egitto del IV secolo...»

«Raccontata da Diodata, sarà comunque mortale. Non potevo mancare, lei è la prima donna ammessa all'Accademia delle Scienze, forse anche perché suo padre il conte Saluzzo di Monesiglio è uno dei fondatori, ma di certo i suoi temi sono, be'...» Agitò il ventaglio e poi lo chiuse, nascondendosi le labbra. «Rovine, rovine, rovine, castelli diroccati e fantasmi, eroine destinate a una fine tragica e meditazioni sul tempo che passa e che ci conduce alla morte... allegria» sussurrò.

Di certo l'ispirazione di Diodata non era gioiosa, da quando era rimasta vedova giovane, dopo solo tre anni di matrimonio col conte di Roero. Giulia sentì la mano di Tancredi sulla spalla. Si era avvicinato in silenzio e fu lui a rispondere sottovoce alla de Seyssel.

«È la nuova moda romantica, con queste atmosfere così inquietanti.» Guidò le due dame verso le prime file. «Accomodiamoci, la lettura sta per cominciare.»

Lo seguì volentieri, ma le girava un po' la testa e sentiva caldo. Si fermò a salutare il dottor Buniva, Luigia Montegrandi, Teresa Pes e altre dame dell'Umiltà. Il dottore le strinse la mano.

«Non vi facevo amante della poesia» gli sussurrò lei sorridendo.

Lui scosse la testa. «Spero che prima o poi si torni a parlare di cose serie, come la vaccinazione» rispose a mezza bocca.

«Ma Ipazia, poveretta, l'hanno ammazzata dei cristiani fanatici, e forse questo gioverà renderlo noto.»

Par che lo spiro del mattin s'accresca,
e scende in bianca veste e in bianco velo
Ipazia all'aura rinascente e fresca...

Mentre Diodata cominciava a leggere in tono fin troppo ispirato i suoi versi, il marchese Ottavio che l'aveva introdotta andò a sedersi accanto a Giulia, occupando il posto che Tancredi aveva lasciato libero per andare a parlare con un altro decurione fuori dalla sala. «Sono contento per questa serata» le sussurrò. «Spazio alle dame.»

Lei si sistemò meglio sulla sedia. Avvertiva un po' di nausea e una vaga sensazione di fastidio sul fianco sinistro. «Ipazia è stata una figura davvero interessante» sussurrò di rimando.

«Sì, anche se Diodata si è presa una grande licenza poetica, vedrete... lei racconta che Ipazia è cristiana e i suoi persecutori pagani.»

Giulia batté le palpebre. «Ma è l'esatto contrario, credo.»

Il marchese sollevò le sopracciglia. «La Saluzzo di Roero non è una storica, è una poetessa, in fondo. Diciamo che la sua Ipazia è un personaggio di fantasia.»

Lui vide l'espressione un po' delusa della nuora e si affrettò ad aggiungere: «C'è di buono che abbiamo molte signore che chiedono di diventare socie dell'Accademia, sapete. Sofia Leclerc, che è miniatrice, e Clotilde Tambroni, che insegna greco a Bologna... e la moglie del filosofo polacco Wronski, anche lei poetessa...».

«Questa è una bella cosa» confermò Giulia.

«Il fatto è che le donne si stanno affermando in campi nuovi» proseguì il marchese. «Pensate che una signorina la cui famiglia possiede dei vigneti nell'Hérault, una certa Mademoiselle Gervais, ha messo a punto un dispositivo per la vinificazione che nella fermentazione in serbatoi chiusi recupera i prodotti volatili per restituirli al vino, guadagnando volume e qualità.»

«Sapete, la vorrei proprio conoscere» disse subito lei. I Barolo erano proprietari di vasti vigneti che producevano un vino leggero che avrebbe potuto solamente migliorare con uno studio adeguato. Valeva la pena di fargliene cenno, ma non riuscì a proseguire. Era stata trafitta da un dolore terribile al basso ventre. Serrò i denti per non gridare.

«Il processo mira a preservare il più possibile l'aroma, il profumo, il gas che si perde nell'evaporazione, insomma... Incredibile, non è vero?» stava sussurrando Ottavio, ignaro. «Non c'è vino la cui qualità non si gioverebbe di questa lavorazione, suppongo...»

Lei sentiva le sue parole come in lontananza, al rallentatore. Sul parquet sotto la sua sedia vide allargarsi la macchia di sangue e pensò assurdamente che il legno si sarebbe rovinato.

Ipazia sente un sussurrio di morte
che il mago fa; le sembra un lungo pianto:
terror la cinge allor, ché dalle smorte
labbra egli mette gemito, e non canto...

Giulia afferrò la mano di Ottavio. «Dite... dite al dottor Buniva che ho bisogno di lui, subito» esalò in un soffio, prima di accasciarsi svenuta tra le sue braccia.

9

Boja fauss

«Non è meglio andarci in carrozza, signora marchesa?» protestava Brizio, cercando di tenere il passo con lei e Bédame che camminavano spedite davanti a lui. Erano appena usciti da Palazzo Barolo in quel pomeriggio di primavera.

Giulia scosse la testa. «Ho bisogno di camminare, e poi non è lontano.» Aveva appuntamento con la moglie del dottor Buniva che voleva segnalare alle dame dell'Umiltà dei casi di giovani donne meritevoli di assistenza e di dote. Buniva vaccinava due volte la settimana i torinesi contro il vaiolo in una stanza del Municipio e sotto i francesi la pratica era stata molto incoraggiata, tanto da abbassare notevolmente la mortalità in pochi anni. Ma adesso il vento era cambiato e al buon dottore, ritenuto dai Savoia un sovversivo miscredente filonapoleonico, erano stati tolti tutti gli incarichi pubblici e i fondi; quindi, bisognava trovare il modo di supportarlo.

Si era ripresa in fretta da quella terribile serata durante la quale, mentre Diodata declamava i suoi versi orribili su un'Ipazia che non era la vera Ipazia, lei aveva perduto il suo bambino. Buniva era stato sollecito e lei si era risvegliata nel suo letto, debole come un gattino ma viva. Aveva messo a fuoco la faccia di Bédame, pallida e preoccupata, e poi quella ossuta del dottore.

«Madamin, siete stata fortunata» le aveva detto lui, col suo fare spiccio.

«Fortunata a perdere il bambino che aspettavo?» gli aveva domandato lei, gli occhi pieni di lacrime. Il piccolo marchese di Barolo se n'era andato prima di nascere. Le tornò alla mente il refolo freddo e il fantasma di Elena nello specchio che aveva intravisto qualche settimana prima, forse era di quello che l'aveva voluta avvisare: il sangue dei Barolo non si sarebbe perpetuato.

Buniva le si era seduto accanto e le aveva preso la mano. «L'embrione si è impiantato in una tuba invece che nell'utero. Se non si fosse staccato subito e spontaneamente, vi avrebbe uccisa.»

Ne aveva visti di casi del genere. L'embrione cresce dove non dovrebbe, fino a far scoppiare l'organo nel quale si è erroneamente insediato, provocando emorragie mortali.

Lei aveva esitato prima di riuscire a formulare la domanda che le bruciava sulle labbra. «Non potrò... voglio dire...»

Il medico si era alzato, asciugandosi le mani nel candido telo ricamato. «Per chi crede, le vie del Signore sono infinite, ma io non penso che voi siate fatta per figliare. Mi dispiace.»

Non aveva più pianto, né con Tancredi, né con i suoceri, e tantomeno con le amiche. Era stata Maria Paulina a scoppiare in lacrime, quando lei si era scusata per aver rovinato la serata dedicata a Ipazia e a Diodata.

«Ma cosa dici, cara, cara Giulia...» aveva singhiozzato la donna.

Tancredi non aveva parlato molto. L'aveva tenuta abbracciata stretta a lungo, sdraiato accanto e lei, accarezzandole i capelli. Erano rimasti così fino a quando non aveva cominciato a sentire un crampo al braccio e si era dolcemente sciolta dalla sua stretta. «Io ti amo ogni giorno di più» le aveva sussurrato lui. «Non c'è nient'altro che importi.» Ed era stato tutto.

In famiglia facevano finta di nulla, adesso, ma la trattavano come un cristallo fragile, e lei se ne accorgeva. Sentiva un gran bisogno di tenersi la mente occupata, di uscire, di darsi da fare.

Quel giorno sarebbe passata anche dalla chiesa di San Carlo, dove sua suocera aveva prenotato un ciclo di messe in suffragio dell'anima di Joséphine. «Povera donna, credo proprio che ne abbia un gran bisogno» le aveva detto, con una smorfia significativa. «Cento basteranno? Parlatene col prevosto, che è un caro amico.»

Fu girando l'angolo che incrociarono la piccola processione. Un sacerdote in cotta candida guidava il corteo, portando l'ostia consacrata dentro una teca di bronzo, scortato da tre chierichetti in abito liturgico, due con una torcia in mano e uno che avvertiva del passaggio del santissimo sacramento suonando una campanella.

«Portano il viatico a qualcuno che sta per morire in galera» disse Brizio, segnandosi. «Quel prete è il vicepreposto della chiesa di Sant'Agostino.»

Si fermarono sotto le mura di pietra delle antiche carceri criminali per lasciar transitare sacerdote e chierichetti. I passanti chinavano la testa e tacevano, per rispetto.

In quel silenzio deferente, scandito dai rintocchi della campanella del chierichetto, si levò da dentro il carcere una voce d'uomo, forte, rauca e rabbiosa. «Da mangiare! Dateci da mangiare, boja fauss, che se non ci faceste crepare come bestie affamate non dovrete portarci il viatico dei moribondi! Qui serve zuppa buona, non pane d'ostie!»

Il pretino sussultò e si segnò, stringendo la teca col santissimo contro il petto. Doveva essergli sembrata una grande blasfemia. Anche Giulia trasalì, ma per tutt'altro motivo. Era certa di conoscere quell'accento.

Intanto le imprecazioni dello sconosciuto prigioniero stavano suscitando la loro eco.

«Zuppa!» gridò qualcun altro.

«Aria!» si aggiunse un altro prigioniero.

E poi una voce giovane di donna, venata di pianto. «Aiutateci, per l'amor di Dio!»

Altre esclamazioni da dentro il carcere, poi un gran battere contro le sbarre e il pretino, intimidito, rallentò il passo fermandosi davanti al portone borchiato dell'ingresso.

Era pallido e magro e la stola liturgica, troppo grande e pesante per lui, gli scivolava dalle spalle ossute. Giulia incrociò il suo sguardo perso. Dentro la prigione si sentiva un gran trambusto, gente che gridava, colpi sordi e lamenti. Le sbarre erano spesse, in verticale e in orizzontale, e le finestre piccole e svasate, in modo che dall'esterno non si potesse vedere niente.

«Adesso li conciano per le feste» disse il Brizio, come uno che la sa lunga. «Ci penseranno due volte, prima di urlare di nuovo a un prete e spaventare le persone perbene...»

Giulia era vicino al pretino, davanti all'ingresso che si stava aprendo.

«Ma'me Joujou» la chiamò Bédame, « che state facendo?»

Lei era rossa in viso e determinata. Aveva negli occhi l'immagine della prigione di Saint-Lazare, quando ci era andata con Tancredi e Mimi a prendere Lise. Solo Lise.

«Sono la marchesa Falletti di Barolo» disse in tono assertivo alla guardia che aveva aperto il portone grattandosi il ventre tondo.

L'uomo si pulì i baffi grigi con la manica della giubba, sgranando gli occhi. Si fece da parte d'istinto, lasciando che quella damina vestita di chiaro entrasse come una ventata odorosa di lavanda nell'atrio sporco dell'inferno di quelle carceri che ospitavano centinaia di disgraziati, seguita dai suoi due servitori e dal pretino, sempre più smarrito.

«Devo vedere subito chi... chi ha gridato per primo, chiedendo da mangiare» spiegò lei. Oramai se la cavava bene anche col dialetto e quella esclamazione così torinese le era familiare. Boja fauss, boia falso, quell'imprecazione così piemontese che mascherava una bestemmia e se la prendeva col carnefice che gli avrebbe tirato il collo. Ricordava bene la prima volta che l'aveva sentita, arrivando in città. Era quasi sicura di conoscerlo, quel disgraziato che gridava da dietro le sbarre. Sapeva che il Brizio e Bédame dovevano pensare che fosse impazzita, ma stavolta non avrebbe fatto finta di niente. Quel carcere era a due passi da Palazzo Barolo. Ci passavano davanti tutti i giorni, ignorando la sofferenza che quelle mura spesse e quelle sbarre annerite nascondevano.

«So chi siete, signora» rispose il carceriere, stupito, «non è posto per una dama come voi, questa prigione.»

«Fatemi parlare con il vostro sovrintendente» ribatté lei, sfoderando tutta l'autorevolezza del suo sangue blu. «Subito, che io non abbia a riferire a mio marito che mi state impedendo di esercitare la carità dentro queste mura.» Frugò nella borsettina e tirò fuori delle monete d'argento. «Distribuitele come riterrete più opportuno» gli disse, mettendogliele in mano. Era sicura, dallo sguardo avido del secondino, che neanche un centesimo sarebbe finito a vantaggio dei carcerati, ma al momento quello che le interessava era che la facessero entrare.

«Il sovrintendente è impegnato» rispose lui, reticente. Chiamò a voce alta un collega, poi guardò il pretino. «Voi, padre, andate, vi aspettano dalle donne.» Il pretino sgusciò via, ansioso di finire il suo ufficio e di allontanarsi al più presto.

Il Brizio era sulle spine. «Che cosa dirà il signor marchese...» protestò. «Se la prenderà con me quando saprà che la signora marchesa è entrata qua dentro...»

Giulia non diede segno di averlo udito. «Quell'uomo che ha gridato prima» disse al carceriere. «Dov'è?»

Lui distolse lo sguardo. «È un morto che cammina, un brigante, lo impiccano sabato. Non va bene che una signora...»

«Portatemi da lui.»

Lo seguì per i corridoi e su e giù per le scale, aspettando mentre cancellate venivano aperte con gran fragore e porte pesanti venivano sbattute. Poi se lo trovò davanti, dentro la cella puzzolente dei condannati a morte, abbandonato sulla paglia fetida, con indosso solo un paio di brache, polsi e caviglie imprigionati nelle pesanti catene fissate alla parete. Era sporco, pesto, sanguinante. Lui la vide e si tirò a sedere. Aveva un occhio gonfio e chiuso e il labbro rotto. Ma era lui, il bandito di Caselle. Ammiccò per metterla a fuoco.

«Avete picchiato troppo forte, bastardi» disse rauco al carceriere. «Ora vedo gli angeli.»

Giulia fece un passo avanti e Bédame le posò una mano sul braccio. «Non entrate, madame, vi prenderete una malattia.»

Lei si girò. «Non lo riconosci?» le chiese.

Il prigioniero si tirò in piedi a fatica. «Ci siamo già visti? No, me lo ricorderei.»

«Avete rapinato mio marito vicino al ponte sulla Stura, qualche tempo fa.»

Lui sputò sangue sulla paglia prima di rispondere. Dovevano averlo picchiato selvaggiamente. «L'ho ammazzato?» chiese. «Se l'ho ammazzato mi dispiace. Ma voi non vi ho mai vista. Non siete di Torino, si sente.»

«Sono la marchesa di Barolo. No, non l'avete ammazzato, mio marito. Non gli avete torto un capello. Non vi ricordate di me perché ero dentro la carrozza. Ci avete lasciati passare.»

Lui rise. «Ah, ho capito. Avete avuto fortuna, ero in buona, quel giorno lì. E vostro marito mi è piaciuto. Generoso, mi ha lasciato una bella borsa. E poi non aveva paura. Quelli che tremano e supplicano li ho sempre accoppati tutti.» Rise di nuovo. «Averlo saputo, che eravate marchesi, avrei potuto rapirvi e chiedere un bel riscatto. Siete venuta a testimoniare contro di me, madamin, contro il Cichin? Arrivate tardi. Mi hanno venduto, due dei miei, e di testimoni a carico ce n'era una fila, tutta gente ricca. Il giudice voleva spaccarmi le ossa sulla ruota. Ma il re ha concesso delle grazie per il suo ritorno a Torino, anche a me. Mi tireranno solo il collo.» Alzò le spalle. «Mi è andata bene. Son contento che sarà il Gasprin a impiccarmi, l'ho visto all'opera, lui e i suoi tirapiedi: fanno un lavoro pulito. E almeno prima di salire sulla forca avrò diritto a riempirmi la pancia come un cristiano. Non mi mandereste qualche cosa di buono dalle vostre cucine, madamin? Siamo a due passi, mi arriverebbe la roba ancora calda.»

Giulia non riusciva a respirare. Il tanfo, lo sporco, il buio, gli insetti che brulicavano sul pavimento, i topi. «Non danno da mangiare, qui?»

«Veleno, ci danno. Pane muffo mescolato con la calce, carne marcia, zuppe che paiono acque di scolo delle latrine. Si rubano tutto i carcerieri, sapete.»

L'uomo coi baffi, che fino a quel momento era rimasto in silenzio, fece un passo avanti e agitò il pugno. «Vuoi che chiami gli altri e te ne diamo ancora, eh, morto che cammina?»

Cichin gli fece un gesto di scherno e le catene tintinnarono. «Non puoi far paura a uno che è già morto, boja fauss. E siete più ladri voi di me. Io ho rischiato sulla strada di prendermi una schioppettata, voi approfittate di chi non si può difendere.» Si pulì il naso col dorso della mano e guardò Giulia. «Venite a vedermi crepare sabato in piazza, madamin. Potrete contare i giri di corda che farà il cappio intanto che penzolo, son buoni da giocare. Ditelo anche a vostro marito il marchese. E attenti alle saccocce, che durante le esecuzioni girano i tagliaborse. Non vorrei lasciarvi con un brutto ricordo.»

Sembrava che non avesse nessuna paura della morte, nessun pentimento, nessun rimpianto.

Lei inghiottì a vuoto. «Vi manderò... vi manderò del cibo.»

«E del vino. Tanto buon vino rosso come il sangue.» Le voltò le spalle e si appoggiò al muro con entrambe le mani, facendo penzolare le catene, come a significare che la conversazione era terminata.

10
Le dimenticate

«Che cosa sta succedendo qua, Berto?» domandò il sovrintendente delle carceri criminali al secondino con i baffi. «Don Talucchi è venuto a parlare col condannato, sperando che quel satanasso non rifiuti di nuovo i conforti religiosi.»

Li aveva raggiunti, scortato da due guardie e un prete anziano dall'espressione accigliata, non appena Giulia era uscita dalla cella del Cichin. Era di bassa statura, vestito con una certa eleganza, con i capelli grigi ben pettinati. Teneva in mano un fazzoletto di buona fattura che emanava un odore particolare, pungente, canforato, che ricordava quello di certi rimedi contro i contagi, e se lo passava sotto il naso, per sentire di meno la puzza pesante.

Berto indicò Giulia. «La marchesa di Barolo ha domandato di vedere il condannato, monsù Panero» spiegò con deferenza.

Panero allargò gli occhi sentendo il nome. Accennò un inchino. «Signora marchesa» le disse, con un certo ossequio. Sapeva bene che in quelle dame viziate e annoiate i condannati a morte, soprattutto se rei di crimini violenti, accendevano una grande curiosità. Non era la prima volta che qualcuna domandava di incontrare un brigante e di solito il giorno dell'esecuzione ce n'erano parecchie ad assistere al supplizio. L'ultima volta che ne avevano giustiziati due sulla ruota, spezzandogli gambe e braccia col mazzuolo ferrato, prima dell'arrivo dei francesi che avevano permesso solo l'uso della ghigliottina, una di quelle signore, particolarmente versata nel disegno, aveva riprodotto tutto in una serie di illustrazioni che indugiavano sui corpi nudi e muscolosi dei torturati con uno spirito che non sembrava granché pietoso.

«Farò avere al Cichin del cibo e del vino» gli disse lei.

Lui annuì, con un mezzo sorriso saputo, ma il prete scosse la testa. «Mi compiaccio della liberalità della signora marchesa, ma sarebbe bene dire al Cichin che per meritarsela dovrebbe mostrarsi più docile agli insegnamenti della Madre Chiesa.»

Giulia era sorpresa. Davvero le stava dicendo di promettergli il buon cibo in cambio di una confessione? «Confido che un sacerdote come voi, abituato ad avere a che fare con i condannati a morte, sappia trovare argomenti più convincenti di questo. E sarei grata al sovrintendente se le provviste che i miei domestici porteranno venissero consegnate al destinatario senza perdersi tra le mani di altri tramiti.»

Berto arrossì visibilmente, più di rabbia che di vergogna, e il sorriso di Panero si appannò. «Ma certo, signora marchesa. Ora permettete che vi scorti fuori da questo luogo di espiazione...»

Lei alzò la mano. «Un momento. Gli altri prigionieri dove stanno? E le donne?» Se il pretino era andato dalle donne, qualcuna di loro stava per morire.

Panero aspirò un po' di canfora dal fazzoletto. «Non vorrete visitare adesso le camerate... credetemi, non è posto adatto a una signora. Però una volta la settimana le dame della misericordia distribuiscono il cibo, se avrete la compiacenza di tornare venerdì...»

Giulia lo guardava con i suoi ipnotici occhioni azzurri. «No» rispose. «Vi sarei molto riconoscente se poteste mostrarmi adesso le condizioni in cui vivono i prigionieri e le prigioniere.»

Talucchi era sempre più accigliato. «Signora marchesa, uomini seminudi in uno stanzone fetido, pronti a bestemmiare Dio e dirvi cose invereconde...»

«Vengo dalla cattolicissima Vandea e mia nonna Charlotte, che ha perduto la testa sotto la ghigliottina di Robespierre, mi ha insegnato la carità» rispose lei. «Conoscete la storia di santa Elisabetta d'Ungheria, la patrona della congregazione delle dame dell'Umiltà di cui ho l'onore di far parte? Una volta in assenza del marito lei offrì il letto nuziale a un lebbroso, e quando il suo sposo, tornato prima del previsto, scostò le coperte, vide nel letto un Cristo crocefisso. È solo Cristo che possiamo vedere in tutti questi infelici.» Si girò verso Panero. «Andiamo?»

Si mossero nei corridoi grigi.

Talucchi, che si era chiuso in un silenzio risentito prima di allontanarsi, non aveva esagerato nella sua descrizione. Dentro stanzoni dal puzzo insopportabile erano stipati uomini, vecchi e ragazzini vestiti di stracci lerci. Non c'era nemmeno un pagliericcio, dormivano per terra e si dividevano per i loro bisogni un grosso bugliolo straboccante infestato dalle mosche. Un gatto randagio magro da mostrar le costole soffiava in un angolo, mostrando i canini e grattandosi furiosamente il pelo. Forse si era infilato tra le sbarre di una delle finestre a bocca di lupo che davano sulla strada e non era più riuscito a trovare una via d'uscita ed era rimasto a condividere con i prigionieri pulci, pidocchi e una crosta di pane ammuffito.

Giulia fece cenno di chiudere lo spioncino. «Ho ben veduto» disse, cercando di non lasciare che voce le tremasse.

Il sovrintendente ebbe un sorriso di scherno. «Qua se la passano da signori» disse. «Prima della rivoluzione i peggiori li mandavamo al castello di Miolans, o alla fortezza di Bard, dove li calavano con una corda dentro dei pozzi di due braccia di lato. Sono tutti delinquenti, ladri, tagliaborse, falsari, assassini, ubriaconi, bestemmiatori.»

Lei inghiottì a vuoto. Forse non avrebbe mai dovuto entrare lì dentro quella bolgia dantesca. Sarebbe stato meglio non vedere, non sapere, restare con quell'idea astratta di un posto dove chi aveva fatto qualche cosa di male veniva rinchiuso, senza scendere troppo nel dettaglio. Ne aveva già avuto un assaggio a Parigi, a Saint-Lazare. Ma oramai non poteva più tornare indietro. Era come una valanga. Rotolava e si ingrossava, scendendo a valle. Si gonfiava, come il suo cuore, che le sembrava fosse lì lì per scoppiare dalla pena, dalla vergogna, dal turbamento, dallo schifo, da un vago assurdo ma pungente senso di colpa.

«Portatemi dalle donne» disse.

Il sovrintendente dissimulò un gesto d'impazienza. «Da noi, a differenza di altre prigioni, rinchiudiamo le detenute separate dai detenuti, perché ci teniamo alla decenza» puntualizzò con un certo orgoglio. «Ma per il resto, che cosa volete vedere?»

«Vi fa onore che abbiate separato i reparti. Sarò lieta di parlarne a mio marito il decurione, ve ne verrà del merito. Mostratemi che cosa avete fatto. Così poi porteremo loro del cibo, dei vestiti, come dame dell'Umiltà, e sarà voi che dovranno ringraziare» rispose Giulia, serafica.

Berto emise un grugnito. Quella donna dai modi apparentemente garbati era ostinata come un mulo. Fosse stata sua moglie, avrebbe ben saputo come insegnarle a stare al suo posto. Ma con i signori bisogna chinare la testa. Infatti anche il sovrintendente si stava avviando, per quanto a malincuore, verso la scala che portava al piano di sopra, aspirando nervosamente dal fazzoletto canforato.

Bédame le stava dietro, fin troppo vicina, come a volerla proteggere col suo corpo da ogni contaminazione, dalle mura, dai pavimenti, dall'aria pregna di sporcizia e di disperazione. Si sentiva un lamento lungo e acuto provenire da dentro, una sorta di ululato.

«C'è qualcuno che piange?» chiese Giulia.

«Sarà la Gerta, hanno appena portato via il suo bambino morto.»

«È a un bambino che dovevano dare l'estrema unzione? Qui dentro vivono dei bambini?» domandò incredula.

Il sovrintendente alzò le spalle. «Non hanno a chi lasciarli, queste disgraziate, e fino ai tre anni possono tenerseli e allattarli. Ma tanto dan loro più vino cattivo che latte...»

«Come?»

«Bevono, le detenute. La Gerta è sempre ciucca come un asino.»

«E come le arriva il vino qua dentro?»

Il sovrintendente e Berto si scambiarono un'occhiata. I secondini si facevano pagare caro in denaro e in natura per tutto quello che passavano alle prigioniere, faceva parte di un patto non scritto. «Vino o non vino, tanto...» riprese il sovrintendente. Poi si morse le labbra. Avrebbe voluto aggiungere: tanto quei piccoli figli di buona donna non sopravvivono granché, ma l'espressione sconvolta della marchesa lo indusse a tacere.

Ci fu un momento di attesa prima che Berto si decidesse a girare le chiavi nelle serrature, poi la porta pesante si aprì. La luce e l'aria entravano solo da piccoli abbaini posti molto in alto, ai quali era impossibile arrivare. C'erano paglericci su tutto il pavimento, a contendersi lo spazio, lasciando in mezzo solo uno stretto corridoio di passaggio, dove emergevano grossi tiranti di ferro sui quali era impossibile non inciampare. Ci volle del tempo prima che le donne rinchiuse lì dentro si rendessero conto nella loro abulia che c'era qualcosa di strano. Prima le più prossime e poi le altre si girarono verso la porta. In fondo, dove una feritoia proiettava il suo spicchio di luce smorta, un mucchio di stracci raggomitolato su se stesso si dondolava accovacciato avanti e indietro ed emetteva quel suono che aveva sentito da fuori, come il guaito acuto di una cagna. Due altre donne cercavano in qualche modo di consolarla, in ginocchio vicino a lei. Doveva essere quella Gerta alla quale era appena morto il bambino.

Una giovane con indosso una camicia così lacera che le avrebbe scoperto un seno se non fosse stato per la gran massa di capelli scuri che le ricadeva davanti allungò una mano ad afferrarle un lembo del vestito. Bédame fu lesta a ricacciarla indietro. Aveva un braccio inerte, sostenuto da un lembo di stoffa.

In un attimo tutte le furono intorno, come uno sciame di vespe impazzite.

«Chi c'è?» domandò una più vecchia, che ci vedeva poco, strizzando gli occhi.

«Una signora!» esclamò una giovane.

«Dateci qualcosa, madamin, dateci qualcosa!» supplicava

una con i capelli mezzo biondi e mezzo scuri, che doveva essere una prostituta.

Giulia tirò fuori la borsa, ma le tremavano le mani e delle monete si sparsero sul pavimento. Le donne si gettarono sui soldi come cani affamati su un osso, spintonandosi e gridando.

Poi si levò una voce più forte: «Piantatela, disgraziate che non siete altro, vi ammazzate per un soldo? E voi, madama, cosa siete venuta a fare? Vi divertite a guardare la nostra miseria?». Le altre si scostarono per lasciar passare una donna alta dai lineamenti fini, con indosso degli stracci scuri. Aveva i capelli grigi sulle tempie raccolti in qualche cosa di simile a un nodo sulla nuca, in una parvenza di decoro, gli zigomi ben rilevati, uno sguardo scintillante e fiero e un portamento che quasi faceva dimenticare il suo aspetto miserabile. Parlava in modo comprensibile e corretto.

Panero fece segno a Berto, che la spinse indietro con la mano aperta. «Bada a come parli, Angela, che il boia sta già insaponando la tua corda. Devi portare rispetto alla marchesa.»

Lei accennò la parodia di un inchinò, incrociando i piedi nudi e sporchi, ma sottili, e sollevando la gonna a brandelli. «Riverisco, signora marchesa.» Poi con un sorriso che pareva una smorfia si rivolse alle altre. «Anduma, tote, fé una bela inchinada a madama la marchesa.»

Ci furono risate e tutte la imitarono, vociando.

« L'avja nen at fe' at mej, che vene si a vardene? Non avevate niente di meglio da fare che venir qua a guardarci?» Indicò la Gerta. «La vedete? Hanno appena portato via il suo piccolino freddo come il marmo, non aveva ancora un anno.»

«Doveva pensarci prima di rubare» ribatté il sovrintendente.

«Se è per quello non l'hanno ancora nemmeno giudicata, per quel che ne sappiamo potrebbe essere più innocente della madamin» ribatté la donna.

«Porta rispetto alla signora marchesa!» esclamò Berto, minaccioso.

«Magari cerca una nuova serva. E quella che sceglie la graziano» disse un'altra carcerata più vecchia, avvicinandosi zoppicando.

La giovane col braccio al collo si tirò in ginocchio vicino a lei. «Io, signora marchesa, io! Facevo la cameriera dalla signora Volpe, la moglie dell'avvocato. M'ha accusato di averle rubato un pettinino con le perle, ma sono innocente...»

La prostituta coi capelli mezzi biondi rise forte. «Innocente come io qua son vergine» esclamò, toccandosi in mezzo alle gambe.

«Che ti sei fatta?» chiese Giulia alla giovane col braccio al collo.

Lei esitò, guardò verso i due uomini e poi rispose: «Me lo son rotto inciampando sui tiranti di ferro sul pavimento».

Giulia seguì la direzione del suo sguardo. Berto era accigliato, il suo sguardo sapeva di minaccia. Fu certa che la giovane stesse mentendo.

«Nessuno ti ha curata?»

La prostituta vicino a loro rise ancora. «Curata, ah! Ieri han portato via la vecchia Vichin che ha agonizzato due giorni senza che nessuno si degnasse di venire a vederla. Le han dato il sacramento che era già bella che andata. C'è da dire che l'estrema unzione, quella sì, te la portano, per salvarti l'anima.»

Giulia guardò il sovrintendente.

Lui strinse le labbra. «È morta di mal celtico, non c'era niente che si potesse fare per lei.»

«Manderò qualcuno a vedere il tuo braccio» disse Giulia alla ragazza. «A che pena ti hanno condannata?»

La ragazza si tirò indietro una ciocca di capelli sporchi con la mano buona. «Non mi hanno ancora processata» rispose. «Ma lo dirò al giudice che non sono stata io.»

«E da quanto tempo aspetti di vedere il giudice?»

«Un anno e qualcosa. Due mesi. Anche la Gerta, è entrata qua che era incinta.»

Lei trasecolò. «Come, un anno e due mesi? Senza essere stata processata?»

«Il giudice Ferri non ha tempo di venire.»

«Da più di un anno?»

Un'altra donna si fece avanti. «Oh, non sono solo la Catlìn e la Gerta che aspettano, siamo in tante.»

Angela indicò col dito. «Quella» disse, mostrando una bella giovane dagli occhi scurissimi e il capo coperto da un fazzoletto che se ne stava in disparte, «quella è la Becca, un'ebrea del ghetto. L'han sorpresa fuori delle porte dopo il tramonto, andava a consegnare un ricamo a una cliente e la signora l'ha fatta aspettare, così ha fatto tardi e i gendarmi l'hanno presa.»

«E lei» proseguì Angela, indicando una bella vecchia dai lunghi capelli bianchi «lei è Malina, una sinta, accusata di mendicare.»

La vecchia alzò il mento. «Non chiedo l'elemosina, io» ribatté. «Io leggo il futuro.»

«Allora saprai già che pena ti infliggerà il giudice, brutta zingara» rise il sovrintendente.

Angela lo ignorò e continuò a parlare con Giulia. «Ci hanno dimenticate...»

Panera sbuffò. «Signora marchesa, qui c'è di tutto, prostitute, infanticide, borseggiatrici, ubriacone, detenute in attesa di giudizio, detenute condannate, anche chi aspetta di salire sulla forca...» E indicò Angela, che restava lì con le braccia conserte e la schiena dritta.

Giulia fece un passo avanti. «Puoi dirmi qual è stato il tuo delitto?»

Berto parlò prima di lei. «È un'assassina, signora marchesa. Ha ammazzato suo marito con una coltellata dritta nella pancia. Morto sul colpo, pover'uomo.»

«Uxoricidio» rincarò il sovrintendente.

Lo sguardo azzurro di Giulia e quello verde di Angela si incontrarono e si sostennero.

«Sei innocente anche tu come lei?» domandò Giulia, indicando la ragazza col braccio al collo.

«No» rispose Angela, risoluta, continuando a fissarla. «Mio marito l'ho ammazzato io con queste mani. E lo rifarei.»

11
Il signore delle patate

«Perdonate il ritardo» disse subito Giulia, entrando in sala da pranzo. Si era cambiata in fretta, di ritorno dalle carceri. Non sarebbe stato accettabile per i suoceri vederla seduta a tavola con gli abiti da passeggio e comunque aveva sentito il bisogno di togliersi di dosso il lezzo della prigione. Era un odore che ti entrava nel naso e ci rimaneva, come quello degli ospedali o dei cimiteri. Si era fatta dare da Bédame il suo vestito da casa preferito, con un sottile motivo a quadri bordeaux su fondo grigio e un collo bianco casto di quelli che piacevano tanto alla cugina Sophie, semplice ed elegante: se l'era infilato al volo ed era corsa giù.

Il marchese Ottavio e Maria Paulina erano già seduti a tavola e Tancredi stava bevendo un bicchiere di vino in piedi, il gomito appoggiato alla mensola di marmo del camino. Si illuminò quando la vide e le andò incontro.

«Eccoti, cara, ero un po' in pena, tu non sei mai in ritardo.»

Anche Maria Paulina le sorrise. «Davvero, Giulia, spero che non vi sia successo niente di sgradevole. Siete riuscita a parlare col prevosto per le messe di Joséphine?»

«A dire la verità non ho fatto in tempo a passare in parrocchia.»

Il marchese Ottavio fece cenno al cameriere di cominciare a servire. «Parliamo intanto che si mangia, il mio stomaco si fa sentire» dichiarò, versando personalmente da bere alla nuora. «Ecco qua, raccontateci della vostra mattinata piena di impegni.»

Giulia tirò un gran sospiro. «Credo» esordì «di avere avuto una sorta di illuminazione sulla via di Damasco. Mi sento un po' come quel Saulo di Tarso.»

Ottavio allungò una mano verso il vassoio d'argento ricurvo dei grissini. «Volete dire che vi siete ritrovata avvolta da una gran luce dal cielo finendo lunga e distesa per terra?» domandò scherzoso, sgranocchiando il suo fragrante e nodoso rubatà. «Buoni, questi grissini. Chissà se Napoleone se li fa arrivare all'Isola d'Elba come faceva a Parigi, so che gli piacevano moltissimo.»

Lei annuì. «*Les petits bâtons de Turin*, li chiamava... Sì, ne andava pazzo.» Esitò prima di tornare a temi più seri. «Conoscete le carceri criminali, qua a due passi dal palazzo? Ci sono entrata. Ed è stata una vera scoperta. Un inferno dantesco.»

Ci fu un momento di silenzio. «Ci siete *entrata*?» ripeté Maria Paulina, battendo le palpebre. «Ma non è nemmeno venerdì. Voglio dire, so che al venerdì alcune buone dame distribuiscono zuppa ai carcerati...»

Giulia scosse la testa. «Hanno bisogno di ben altro, credetemi.» Attaccò a raccontare con foga del passaggio del viatico, del grido dell'uomo da dentro la cella, del brigante Cichin e poi degli altri e delle altre, delle loro condizioni terribili. «Dovevate vederli, sporchi da far paura, abbandonati a loro stessi, disperati... E lui, il Cichin, lo avevano massacrato di botte...»

Sua suocera le fece segno con la mano di smetterla. «Cara, non mi sembra il momento adatto per descrivere nel dettaglio queste miserie... finirete per farci passare l'appetito.»

Lei la guardò un po' stupita. Maria Paulina era impegnata a far del bene con le dame dell'Umiltà e da lei si era aspettata una solidarietà immediata.

Tancredi le sorrise con aria complice. «Ma certo, *maman*, ne parleremo dopo. Non c'è fretta.»

«Vi chiedo scusa, era solo per spiegarvi la ragione del mio

ritardo» disse Giulia, diplomaticamente. «Il tempo là dentro ha davvero un diverso scandirsi. Se pensate che ci sono delle poverette accusate di crimini di poco conto che da più di un anno attendono di vedere un giudice...» Esitò prima di aggiungere: «Il viatico era per il neonato di una di loro, che lo aveva partorito là dentro».

Ottavio alzò la testa. «Questo non dovrebbe essere consentito» obiettò. «E stanno con le detenute già processate?»

«Sì, addirittura con le condannate a morte. Pare che questo giudice Ferri non si faccia vedere da più di un anno. Ora, se è malato o indisposto pare strano che non si possa nominare un sostituto, non è vero? Magari alcuni di quegli accusati sono innocenti e andrebbero rilasciati, il che migliorerebbe il sovraffollamento, e gli altri dovrebbero essere finalmente giudicati per il crimine commesso, con la definizione di una pena.»

L'efficienza istituzionale era un tema che sollecitava l'interesse di Ottavio, Giulia ne era certa. «Questo è un argomento che va portato all'attenzione dei decurioni, Tancredi» disse infatti il marchese.

«Senza dubbio.» Tancredi si forbì le labbra col tovagliolo e fece segno al cameriere di non mettergli nel piatto altro pollo novello al ristretto di tartufo. «Grazie, basta così.» Guardò Giulia. «Ferri, hai detto? Lo conosciamo, questo Ferri, sta a Moncalieri, non lontano da casa nostra...»

I Falletti di Barolo avevano possedimenti, terreni, vigne, castelli e palazzi sparsi un po' dappertutto, nell'albese e nelle Langhe, e anche a Moncalieri c'era una loro villa di campagna.

Ottavio annuì. «Ora che mi ci fai pensare... Certo. Armando Ferri, il figlio del buon giudice Leonzio, che è venuto a mancare un paio di anni fa...»

«Ecco. Armando avrebbe dovuto subentrare al padre» concluse Tancredi. «Mi pare si fosse anche occupato di una vertenza che riguardava dei nostri contadini, di un piccolo furto di bestiame.»

«Me lo ricordo, quell'Armando» disse Maria Paulina. «Un giovanotto in carne, molto devoto, molto garbato, non mancava mai alla messa del mattino.»

«Però non si fa vivo da secoli qua a Torino al tribunale senatoriale» disse Giulia. «Anche se Moncalieri è a due passi...»

«A questo vedremo di porre rimedio, la questione sarà chiarita.» Ottavio indicò il piatto della nuora. «Ora mangiate qualche cosa, cara. State facendo freddare tutto. È un peccato.»

Lei annuì. «Oh, ma certo.» Col tumulto che sentiva nel cuore, il cibo era l'ultima cosa che aveva in mente.

«Se non vi va il tartufo c'è dell'altro, ma non dovete assolutamente trascurarvi» disse Maria Paulina, affettuosa. «Un aspic di pesce, della lepre al madera, un potage di orzo...»

«Ma no, ma no, va benissimo il pollo.» Giulia si sforzò di sorridere. «E quando si riunirà il consiglio dei decurioni?» domandò ancora al suocero.

Ottavio aggrottò le sopracciglia. «Dunque, fra una quindicina di giorni... dico bene, Tancredi?»

«Benissimo.»

«E non c'è modo di affrontare il problema prima di allora?» insistette lei.

Tancredi guardò di sottecchi Ottavio che aveva aggrottato le sopracciglia, lievemente infastidito. «Potrei mandare due righe interlocutorie al Ferri, giusto per capire che succede, in modo da presentare il caso ai decurioni già con cognizione di causa e non solo per sentito dire, visto che è persona conosciuta» propose in tono conciliante per sciogliere il piccolo grumo di contrarietà. «Chiederò come è andata finire la disputa per il presunto furto di bestiame e come sta la famiglia, tanto per fare il punto.»

Ottavio annuì. «Sì, con discrezione, come tu sai fare. Così avremo un'idea. E se la risposta arriverà per tempo, potremo parlarne in consiglio.»

«Spero che ci riesca, quelle malcapitate aspettano dietro le sbarre da più di un anno di incontrare un magistrato...» puntualizzò Giulia.

«Appunto, qualche giorno in più non farà grande differenza...» concluse Ottavio, sgranocchiando di gusto altri grissini. L'argomento per lui era chiuso.

Non era stato là dentro, non aveva visto in quali condizioni vivevano quelle donne e quegli uomini. Giulia aprì la bocca per rispondere, poi colse lo sguardo d'avvertimento di Tancredi, così tacque, abbassò gli occhi e assaggiò obbediente quel che aveva nel piatto.

«Ma guarda, le tartiffle, che buone!» esclamò Ottavio, facendo onore al vassoio pieno di patate al forno che il cameriere aveva portato in tavola. «Che brava, moglie cara, a dire al cuoco di cucinarmele, lo sapete quanto mi piacciono. Da quando quel bravo agronomo di Cuneo, quel Virginio, ha saputo convincerci che il pomo di terra non è una radice del diavolo, anche qua in Piemonte abbiamo imparato a mangiarle.» Prese altre patate e fece cenno al cameriere di riempirgli il bicchiere. «Non a caso domani andremo a far visita al dottor Virginio a Pinerolo, Tancredi e io, per invitarlo qui da noi a dire due parole. Certo lui fa già parte della Società agraria, della quale è socio fondatore, ma un podio all'Accademia delle Scienze non lo disdegnerà di certo.» Alzò il calice. «Al signore delle tartiffle!» Guardò Giulia. «Non brindate con noi?»

Lei lo imitò subito. «Certo, volentieri.» Le patate avrebbero potuto migliorare anche il vitto dei carcerati dentro le prigioni, a ben pensarci.

«Mi ricordo» disse Maria Paulina divertita «che una dozzina di anni fa il buon Virginio mi mandò due grosse tartiffle dentro una scatola elegante, chiusa con dei nastri, come una sorta di cadeau, con un biglietto che ne magnificava le proprietà nutritive... Lo fece con diverse gentildonne piemontesi.»

«Un'operazione intelligente» commentò Tancredi. «E intanto che si ingraziava le dame che contano, ne distribuiva gratuitamente sacchi e sacchi alle donne del popolo ai mercati di Susa, di Savigliano, di Cuneo e anche qua a Torino, direttamente dalle sue coltivazioni del pinerolese, spiegando sempre che dovevano essere cotte ben bene, prima di mangiarle.»

Maria Paulina annuì. «Vi confesso che quando sollevai il coperchio e vidi quei brutti tuberi, per quanto puliti e lucidati al meglio e accomodati su un drappo di cotonina, non ne fui bene impressionata... anche le rape non son belle a vedersi, ma almeno hanno forma tonda e regolare, senza quei brutti bozzi, e un colore più cristiano.»

Ottavio rise. «Brutte, ma buone, le tartiffle! Non sempre bontà e bellezza vanno a braccetto. Cara moglie, domani lungo il tragitto per Pinerolo approfitteremo per andare a trovare un nostro associato, per cui magari dormiremo fuori: che ne dici, Tancredi?»

«Per te va bene, Giulia? Vuoi magari venire con noi a conoscere il dottor Virginio?» chiese subito Tancredi, premuroso.

Lei si pulì delicatamente le labbra col tovagliolo. «Oh, vi ringrazio tanto, ma sarà per la prossima volta. Portate i miei rispetti a quel bravo agronomo. Mi leggerò quel suo trattatello sulle patate che ho veduto in biblioteca, intanto.» Le patate erano un argomento molto interessante, ma il giorno dopo avrebbe avuto da fare qualche cosa di più urgente di cui non aveva intenzione di parlare a nessuno dei suoi commensali, compreso suo marito.

12
Biscotti alle mandorle

Di certo alle carceri senatorie non erano stati entusiasti di rivederla, con al fianco l'impassibile Bédame, ma il secondino Berto aveva fatto buon viso a cattivo gioco stirando perfino le labbra in una parvenza di sorriso. Quella mattina il sovrintendente Panero non c'era, ma gli aveva raccomandato un occhio di gran riguardo nei confronti della Barolo. Se alla marchesa era venuto l'uzzolo di far la dama di carità dentro quella prigione, andava assecondata. Tanto quelle signore si annoiavano in fretta. Presto sarebbe tornata alle sue devozioni o, meglio, alle sue feste, alle sue conferenze culturali e ai suoi balli più o meno di beneficenza. Le conosceva, quelle santerelline dipinte che non sapevano come tirar sera. Di fronte alla dura realtà della vita si sarebbe disgustata, scoraggiata, spaventata. Un fuoco di paglia, nient'altro. È brutta la galera e sono brutti quelli che ci stanno rinchiusi, uomini e donne, miserie umane, storie schifose. Voleva affondare il suo bel faccino nella merda? Servita. Sarebbe stata lei a tirarsi indietro, e prima del previsto, non avrebbe retto il gusto e il tanfo. Non era divertente, non era avventuroso, non era charmant, nemmeno romantico. In realtà Panero non aveva immaginato che tornasse così presto, già il giorno seguente. Non solo, la marchesa aveva anche fatto mandare cibo e vino al Cichin come promesso e per una volta i secondini si erano ben guardati dal farne incetta, sapendo di essere sotto controllo. In questa occasione non si poteva approfittare. E adesso la marchesa domandava di parlare con una detenuta in particolare, quella che le era rimasta più vivida in mente, la bella donna fiera che sembrava avere influenza su tutte le altre. Giulia ci aveva pensato a lungo. Se l'avesse avuta come alleata, sarebbe riuscita a entrare in comunicazione con parecchie. Certo camminava già col cappio al collo, era una che si dichiarava colpevole di uxoricidio guardandoti negli occhi, e nemmeno pentita. Eppure il viso, lo sguardo, il modo di porsi, non erano quelli di una pazza criminale. Tutt'altro. Doveva capire meglio, a ogni costo.

«Angela, ha detto di chiamarsi. Ho necessità urgente di conferire con lei» disse Giulia.

«La Agnel? Signora marchesa, quella è un'assassina condannata a morte.»

«Lo so. Voglio parlarle in privato.»

Berto trasalì. «In privato? Potrebbe saltarvi addosso e strozzarvi, signora marchesa.»

Giulia scosse la testa. «Ma no. Avrò con me la mia cameriera che è forte come un granatiere.»

Bédame sorrise e gli mostrò le manone. «Con queste sventole sistemo chiunque.»

Lui la soppesò con lo sguardo. Era un pezzo di donna, la serva francese. «Resterò anch'io e comunque le metterò le catene» rispose. Va bene assecondare quei capricci, ma se fosse successo qualcosa di brutto alla marchesa ci sarebbe andato di mezzo lui, garantito. «Ci metteremo nella stanza delle udienze, tanto non viene usata da una vita.»

«Giusto» rispose lei. Era proprio curiosa di vedere che cosa avrebbe risposto il giudice Ferri a Tancredi per giustificare la propria assenza così prolungata. Aveva ringraziato il marito per averla aiutata nella conversazione con i suoceri e per avere scritto a Ferri e lui le aveva sorriso. «Il tuo mi sembra un lodevole intento. Devi avere solo un po' più di pazienza.»

Lei aveva cercato il suo sguardo. «Ti ricordi che cosa mi hai regalato quando ci siamo fidanzati? Il libro di Beccaria.»

Tancredi l'aveva abbracciata. «L'hai letto proprio bene. Prendi le cose sul serio, tu.» C'era affetto e ammirazione nella sua voce, forse anche una piccola punta di condiscendenza. «Ah, la mia Giulia.»

Adesso lei era lì, dentro la stanza delle udienze, dove c'era una scrivania massiccia, con una poltrona imbottita dallo schienale alto, e contro la parete qualche sedia di legno impagliata che aveva visto giorni migliori, il tutto parecchio impolverato. Con ogni probabilità gli imputati stavano in piedi davanti al magistrato. Berto si tolse il berretto e lo usò per dare una spolverata alla poltrona. «Accomodatevi.»

Ma lei si avvicinò a una delle sedie allineate contro il muro. «Starò bene qui.» Non voleva barriere tra lei e l'altra, niente scrivanie in mezzo. Non era lì per farla sentire giudicata, ma per capire.

Bédame ripulì lo schienale con la manica. «Tra un po' qua verranno le ragnatele» borbottò. «Il giudice Ferri ha la podagra acuta, non riesce nemmeno a infilarsi le scarpe, ha mandato dei certificati» rispose Berto. «Sapete, la gotta, la malattia dei re.» E dei ricchi che mangiavano troppo. Di certo ai detenuti non c'era pericolo che venisse, col tipo di alimentazione cui erano costretti. La carne non la vedevano passare nemmeno alle feste comandate. Semmai si ammalavano di altro, di dissenteria per i cibi guasti, o di anemia.

«Podagra» ripeté lei. «Buono a sapersi.» Quindi il giudice Ferri si dava malato.

«Allora vado a prenderla, la condannata» sbuffò Berto. «Siete proprio sicura di...»

«Bravo, andate. Accostiamo due sedie alla scrivania, Bédame» disse Giulia. «E apri l'involto dei biscotti.»

Pochi minuti dopo Angela strizzava gli occhi, entrando nella stanza dove Giulia l'aspettava. Era evidente che la luce, dopo essere stata tanto tempo nella penombra, le dava fastidio. Camminava incerta, con le catene ai polsi e alle caviglie. Poi vide Giulia e parve sorpresa. «Di nuovo voi.»

«Sedete» la invitò lei. Sul ripiano scuro della scrivania, dentro un telo ancora caldo, c'erano dei biscotti il cui profumo dolce e intenso aveva invaso la stanza. Giulia li aveva fatti preparare apposta con la stessa ricetta alle mandorle che piaceva alla cugina Sophie. Angela li guardò e lei vide chiaramente che inghiottiva saliva. Era magra, gli zigomi rilevati nella bella faccia dai lineamenti forti.

«Che cosa volete da me?»

«Solo parlare, se non vi dispiace. E intanto offrirvi un biscotto.»

Lei allungò entrambe le mani, costretta dalla catena corta che le collegava i polsi, e ne prese un paio. «Quando si ha fame non si può andare troppo per il sottile» rispose, riempiendosi la bocca, sedendosi sulla sedia e spostandola un po' più in là, in modo da mettersi lontana il più possibile da Giulia e da Bédame. Berto rimaneva sulla porta, in piedi a braccia incrociate, vigile.

«Servitevi, sono per voi. Posso farvi qualche domanda?»

L'altra alzò le spalle e Giulia lo prese come un assenso.

«Mi avete detto di chiamarvi Angela.»

«Angela Agnel, sissignora.»

«Per quale crimine siete stata giudicata?»

La donna inghiottì l'ultimo pezzo di biscotto che aveva in bocca, tossì e si pulì le labbra con la manica. «Ho ammazzato il mio Censino.»

«Perché?»

Lei aggrottò le sopracciglia. «Perché sì.»

«Posso farmi dare i verbali del vostro processo, ma sarebbe più semplice se me lo raccontaste voi.»

«Tanto non ci trovate niente, sulle carte. Quel giudice grasso e rosa come un porcello mi ha chiesto se ero stata io a tirare una coltellata in pancia a mio marito, io ho detto di sì e lui mi ha condannata. Aveva fretta di andarsene. Non c'è altro.» Inghiottì e prese ancora un biscotto.

«Ma lo avete fatto per difendervi?»

Lei si strinse di nuovo nelle spalle e prese un altro biscotto. Ci fu silenzio mentre masticava, fissando un punto sul muro davanti e lei.

«Vi picchiava?» domandò ancora Giulia.

Angela ebbe una risata che sembrava un colpo di tosse. «Tutti gli uomini picchiano. Quelli che conosco io, almeno. Mio padre ha sempre battuto mia madre. Si ubriacava e poi cominciava. *Patapim e patapum.* E Censino non faceva eccezione. Sapete come dice il proverbio? Le botte non si contano. Un occhio nero, cosa volete che sia. Ci si abitua.»

«Perché l'avete ammazzato, allora?»

«Non sono fatti vostri, madamin. E i biscotti sono finiti.» Emise un piccolo rutto e si alzò.

Berto si staccò dalla porta. «Perdete tempo con lei. Sua figlia grande viene tutti i giorni e chiede di vederla, ma lei non vuole. Oramai non la faccio più neanche entrare.» La prese per un braccio. «L'è grama, questa qui, ve lo dico io. Cattiva come la peste. Le è andata bene che il giudice non s'è più visto e la data per tirarle il collo non è mai stata fissata.»

Angela batté le palpebre. «Vedi che fortuna» mormorò, scuotendo la testa. Lì dentro in quell'inferno a chiedersi se ogni giorno sarebbe stato l'ultimo.

Giulia le si avvicinò. «Davvero non la volete incontrare, vostra figlia?»

Lei scosse la testa. «Meglio dire povera me che poveri noi. Deve solo dimenticarmi, star lontana, che non dicano che da una pianta velenosa può nascere solo un frutto tossico.» La guardò. «Io per me son rassegnata, va bene così. Ma la mia Norin è una brava figlia. Bella, e ci ha tanta testa. Merita una vita diversa.»

«Avete solo lei?»

Angela si raddrizzò in un sussulto d'orgoglio materno. «Ah, no, ne ho tre. Tre femmine.» Anche su questo il Censino aveva avuto a che dire, che era capace di fare solo femmine, ma lei quelle parole se le era buttate dietro le spalle. Le sue bambine erano il suo raggio di sole. Il viso le si illuminò, infatti, ma fu questione di un momento. Tornò seria e con le labbra strette e se ne andò col Berto, senza salutare e senza voltarsi indietro.

Bédame recuperò lo strofinaccio di lino che aveva contenuto i biscotti. Non erano rimaste nemmeno le briciole. «Se non altro questi le son piaciuti» commentò sottovoce.

«Speravo che mi raccontasse come sono andate le cose» rispose Giulia, mentre scendevano le scale verso l'uscita.

La cameriera la guardò. «Sarà stata ubriaca come un polacco» buttò là, con l'aria di chi conosce il mondo. «Avranno litigato.»

Quando la guardia aprì la porta per farle uscire, una giovane alta vestita di scuro che poteva avere sedici anni cercò di sgattaiolare all'interno, e l'uomo la spinse fuori senza tanti complimenti.

«Vai via, Norin, lo sai che non ti vuol vedere!»

Giulia spalancò gli occhi. «Siete la figlia di Angela?»

La giovane le andò vicino mentre il portone si richiudeva. «L'avete vista? Avete visto mia madre, signora? Come sta?» La guardò meglio. Era più giovane delle matrone che di solito bazzicavano quella prigione. E poi non era venerdì. «Siete una dama dell'arciconfraternita, neh?» chiese, intimidita.

Lei sorrise. «In un certo senso» rispose, con aria vaga. «Se vorrete aiutarmi ad aiutarla.»

«Potete fare qualche cosa per lei?» Gli occhi scuri della giovane erano pieni di lacrime. «È successo tutto per colpa mia.»

Giulia la prese sottobraccio. «Andiamo da me, sto qua a due passi, parleremo meglio e in privato. Perché dite che è stata colpa vostra?»

Norin inghiottì due volte prima di riuscire a parlare, soffocata dal pianto. Aveva un piccolo neo perfettamente tondo color ambra sul lato della bocca. Pareva uno di quei posticci che andavano per la maggiore qualche decennio prima, una mouche di taffetà che a corte, prima della presa della Bastiglia, chiamavano coquette, tirabaci. Ma non c'era niente di frivolo nel racconto di Norin. «Mio padre mi aveva messo le mani al collo perché non aprivo le gambe e resistevo alla sua violenza, signora. Mia madre ha preso il coltello del pane dal tavolo per fermarlo, lui sembrava una bestia. Mi ha difesa. Senza di lei sarei morta strozzata. E per questo motivo la impiccheranno.» Le prese le mani. «Potete fare qualcosa? Potete salvarla?»

13
La podagra del giudice Ferri

Cristina di Seyssel sporgeva la testa bionda dal finestrino della carrozza dei Barolo. Sfoggiava un cappellino delizioso con dei nastri color coquelicot vezzosamente legati sotto il mento.

«Siete certa che la casa del giudice sia quella?» domandò a Giulia, seduta davanti a lei nell'abitacolo.

«Penso proprio di sì.»

«Allora andiamoci subito e togliamoci il pensiero, cara» esclamò, posandole una mano sul ginocchio in un gesto di grande confidenza. «Anche il tempo ci è propizio, è una gran bella giornata, fin troppo calda, quasi, per questi primi giorni di marzo.»

Giulia le sorrise. Era stata una buona idea parlarle di quel che aveva in mente. La sua reazione era stata molto diversa da quella della suocera. Per quanto a volte fastidioso, lo spiccato orgoglio di casta dell'amica implicava un atteggiamento molto caritatevole e proattivo e per di più messo in pratica con ferreo senso del dovere. «Ma povere donne! Bisogna far qualcosa. Se il Signore ci ha dato tanto, sarà anche per aver modo di aiutare chi non ha.» La missione di Giulia era diventata all'istante la sua missione.

La risposta del giudice Ferri alla lettera di Tancredi era appena arrivata, con allegato un certificato medico firmato da un certo dottor Fumeri che attestava una gravissima e invalidante forma di podagra. La riunione dei decurioni avrebbe avuto luogo la settimana seguente.

«Il giudice si dà malato» le aveva detto Tancredi, scuotendo la testa. «Bisognerà vedere se il collegio dei decurioni gli lascerà del tempo per riprendersi o deciderà di nominare un sostituto, ma ti anticipo che ci vorrà molta pazienza. Andrà identificata la persona giusta, bisognerà contattarla e incaricarla ufficialmente e ottenere il permesso del re. Ferri nella sua lettera puntualizza di ritenere che la municipalità debba comunque provvedergli un adeguato trasporto per andare e venire da Moncalieri a Torino nell'esercizio delle sue funzioni, quando starà meglio e sarà in grado di salire su una carrozza. Anche su questo bisognerà deliberare, se resterà incaricato lui.»

«Mi stai dicendo che passeranno altre settimane?» gli aveva domandato.

Lui aveva annuito, desolato, ripiegando la lettera, e poi aveva parlato d'altro.

Così senza fare discussioni inutili Giulia aveva approfittato del momento. Tancredi e suo padre erano via da un paio di giorni a visitare i feudi Barolo nelle Langhe e sua suocera aveva da fare per le dame dell'Umiltà. Marito e suocero sarebbero tornati solo in serata. Circostanza perfetta per Giulia per recarsi a Moncalieri con l'amica de Seyssel. Cristina era dama di compagnia della regina Maria Teresa in persona, la quale le aveva raccomandato di tener d'occhio, quando le fosse capitato di passare da Moncalieri, i restauri del castello sabaudo, malridotto dall'occupazione napoleonica, e questa era davvero un'ottima scusa. Non c'era niente di male, avrebbe dato un'occhiata anche al loro Palazzo Barolo che non frequentavano da qualche tempo ed era in mano alla fida servitù, e se intanto che si trovavano da quelle parti fosse loro capitato di incontrare il giudice Ferri, ebbene, sarebbe stata una fortunata casualità. Se la montagna non va a Maometto, Maometto andrà alla montagna, come le aveva insegnato suo padre.

Il conte Enrico di Seyssel d'Aix, marito di Cristina, era vicedirettore dell'amministrazione del debito pubblico e membro anziano del collegio dei decurioni di Torino: un altro alleato di peso nella crociata di Giulia, che batté col pomolo dell'ombrellino sul soffitto dell'abitacolo per chiedere al cocchiere di fermarsi.

L'uomo a cassetta tirò le redini e si girò a parlarle. «Madame, qui siamo ancora sul lato della casa, un po' lontani dall'ingresso signorile» le fece notare.

«Va bene così, faremo due passi» rispose lei. Qualche cosa le diceva che sarebbe stato meglio arrivare del tutto inaspettate.

La villa dei Ferri era graziosa, in stile neoclassico, bianca, ampia e su due piani, più gli abbaini per la servitù, circondata da un vasto giardino all'italiana, con aiuole squadrate e un vasto spazio verde a prato sul lato sinistro dell'edificio, da cui provenivano delle voci allegre d'uomo.

«Tocca a voi, dottore!» incitava qualcuno con un accento nasale.

«Andiamo, amico mio, avete tanta fretta di essere battuto?» rispondeva l'altro in tono da baritono.

Poi ci fu la risata un po' querula di una donna, che pareva anziana.

«Andiamo da quella parte» disse subito Cristina.

Bédame faceva strada, attraverso il cancello laterale aperto per lasciar entrare dei carretti di provviste. Giulia passò accanto a una grossa botte di vino e a cesti di granaglie. «Le signore non desiderano essere annunciate all'ingresso principale?» domandò la cameriera, aggrottando le sopracciglia. Quello era il passaggio di servizio ed era quasi buffo vedere le due dame eleganti con tanto di ombrellino parasole insinuarsi tra il barroccio del macellaio e quello del vinaio trattenendosi l'ampiezza della gonna con una mano.

«No, no, è una visita non ufficiale» rispose Giulia, con un sorriso divertito. «Vedrai.»

Due garzoni che stavano scaricando delle casse di frutta e verdura si fecero da parte, guardandole stupiti e togliendosi in fretta il berretto. Le due dame proseguirono svelte sul vialetto di ghiaia, con un cenno di saluto.

Passate davanti all'ingresso della casa, ebbero la visuale completa dell'area a prato laterale, dove due uomini in maniche di camicia stavano giocando a pallamaglio.

Quello più vicino alle visitatrici era molto grasso, giovane, rosso in viso e sorridente. Stava in piedi, appoggiato alla mazza di legno che terminava con una testa a martello, a osservare il suo avversario, più magro e più anziano, che stava colpendo la palla per farla passare sotto uno degli archetti disposti in fila sul prato ben rasato.

Una signora anziana e corpulenta seduta in poltrona sotto un breve portico, con accanto una cameriera che stava versando da bere dentro bei bicchieri di cristallo, seguiva le fasi del gioco, muovendo pigramente un ventaglio ricamato.

«Tocca a voi, dottore!»

La palla passò sotto due archetti prima di rallentare e fermarsi e l'uomo levò la mazza in segno di vittoria. «Battuto, caro il mio Ferri! Quella cassa di vino di borgogna oramai è mia.»

«Ora vediamo» ribatté il giudice, asciugandosi la fronte e risistemandosi meglio la camicia dentro le brache, prima di avviarsi quasi di corsa, affondando i tacchetti degli scarpini di vernice nell'erba, per avvicinarsi alla palla e verificarne il posizionamento. Aveva le gambe abbastanza magre e i piedi piccoli, in proporzione alla sua mole tonda, e si muoveva con grazia e agilità, come un orso ballerino delle fiere di paese. Si fermò, guardò la sfera di legno di bosso, sbuffò e tirò un bel calcio stizzito all'archetto. «Dannazione. Tutta fortuna.»

Fu allora che Cristina batté le mani, gioiosa, annunciando la presenza sua e di Giulia. «Ma bravo!»

Si girarono tutti e due di colpo e rimasero per un momento immobili. Cristina fece un passo avanti. «Contessa Cristina di Seyssel d'Aix» disse, tendendo la mano per farsela baciare. «Questa è la mia cara amica, la marchesa Giulia Falletti di Barolo.»

Ferri sembrava pietrificato. «Signora contessa... signora marchesa...» Da dove diavolo arrivavano quelle due dame?

«Perdonate l'ardire» proseguì Cristina, disinvolta. «Ho l'onore di essere dama di corte di sua maestà la regina Maria Teresa, che mi ha incaricata di passare a verificare con l'architetto Spalla qualche dettaglio del restauro dello scalone del castello dopo lo scempio napoleonico... Ci metteranno delle belle statue classiche, sapete? Bene, abbiamo pensato di fare due passi in questa bella giornata, prima di raggiungere la reggia, e sentendo le vostre voci non ho resistito: sono così appassionata di pallamaglio! C'era un cancello aperto... ed eccoci qui!» Chiuse l'ombrellino e lo tese a Bédame. «Me lo fareste fare un tiro, signori? La mia amica marchesa di Barolo mi ha rassicurata, mi ha detto che siete un amico di famiglia e che potevamo contare sulla vostra cortesia.»

Giulia sorrideva. «Caro giudice Ferri, proprio ieri parlavo di voi con mio marito il marchese Tancredi, che però mi aveva fatta preoccupare! Mi diceva che stavate così male, che non potevate reggervi in piedi, e invece... sono proprio lieta che vi siate del tutto ripreso.»

Lui aveva la fronte imperlata di sudore, mentre tendeva la mazza alla Seyssel, adesso più per il disagio che per il caldo.

«Legno di bagolaro, non è vero? Sono le migliori, lo dice sempre anche mio marito! Ma non mi presentate il vostro compagno di gioco?» chiese lei, allegra.

L'uomo magro si inchinò. «Dottor Fumeri, per servirvi, signora contessa» disse sottovoce. Non spiegava più il suo bel tono baritonale, era pallido e inquieto.

Giulia annuì. «Ma certo, ricordo il vostro nome, dottore, avete firmato i certificati medici del giudice.» Lo fissò dritto negli occhi e lui distolse lo sguardo.

Ci fu un momento di silenzio imbarazzato. Il medico si schiarì la voce. «In effetti è stata una ripresa... oserei dire miracolosa.»

«Potete dirlo forte!» La vecchia signora sulla poltrona annaspava per tirarsi in piedi. «Madama la marchesa, oh, che onore... Ho tanto pregato il beato Bernardo di Baden, patrono di Moncalieri, perché la podagra di mio figlio migliorasse... e il beato Bernardo mi ha fatto la grazia! Stiamo già pensando a delle messe di ringraziamento...»

«Ho sentito dire infatti quanto la sua icona sia miracolosa» risposе lei, andandole vicino. «Cara signora Ferri, state comoda, ve ne prego!»

Agli ordini della vecchia signora, ci fu un gran trambusto di servi che portavano poltrone di vimini per le nuove arrivate, succhi di frutta, biscotti.

«Un po' di moto all'aria aperta è sembrata la cosa migliore per consolidare il miglioramento» proseguiva intanto Fumeri, «vista la bella giornata...»

Cristina si era messa in posizione sul prato a piedi divaricati e stava tirando la palla impugnando il manico sottile con le due manine guantate. «Non è la mia mazza, quella l'ho fatta fare da un artigiano di Montpellier ed è perfetta per la mia statura, ma farò del mio meglio» dichiarò Cristina. Centrò quattro archetti uno dietro l'altro superando un piccolo dosso e tutti applaudirono.

«Un talento naturale!» esclamò la vecchia signora Ferri, con la sua voce acuta. «E voi, signora marchesa, non volete tirare un colpo?»

«Oh, no, non importa.» Era convinta di averlo già messo a segno, il suo tiro vincente. «Passeremo al castello, poi un salto a Palazzo Barolo e torneremo qui, così sulla via del ritorno daremo un passaggio al giudice Ferri, perché immagino che sia ansioso di presentarsi a Torino, ora che si è ripreso, a onorare i suoi doveri alle carceri senatorie dove ci sono detenuti che lo aspettano da più di un anno, non è vero, caro Armando, permettete che vi chiami per nome?» Gli posò una mano sul braccio. «Sarete nostro gradito ospite in città, fintantoché vi fermerete a esaminare tutti gli arretrati. E poi potrete contare su un trasporto a vostra disposizione, per andare avanti e indietro dal tribunale, perché non capiti più che passi tanto tempo senza la vostra preziosa presenza.»

«Ma devo fare i bagagli, preparare i miei libri, i miei codici... le mie medicine» balbettò lui, smarrito. «Non so se posso partire subito...»

Il sorriso di Giulia si accentuò. «Sono sicura di sì. I nostri mariti, entrambi decurioni, saranno lieti di riferire al consiglio che si riunirà tra pochi giorni che vi siete ripreso del tutto e che siete in grado di esercitare quell'ufficio che la vostra malattia vi aveva costretto a sospendere da più di un anno, pur continuando a percepirne gli emolumenti, in base ai certificati del vostro buon amico dottor Fumeri, e nessuno vorrà approfondire oltre la questione.»

Le sue parole vibrarono sospese nell'aria piena di sole. Fu la vecchia Ferri a riprendersi per prima. «Mio figlio prepara immediatamente i bauli, signora marchesa. Sarà pronto a partire quanto prima.» Alzò la voce a chiamare la servitù. «Tista, Cesarina! Nella stanza del signor giudice, presto!»

Giulia giunse le mani. «Oh, che bella notizia, per tutti. Dite di far con comodo, anche un paio d'ore. Cristina cara, vorrete raggiungere l'architetto Spalla alla reggia, adesso?»

«Certo.» La Seyssel rimise la mazza di legno in mano al medico sgomento e la seguì leggiadra. «A più tardi, signori, è stato un vero piacere.»

14
Come dice la Bibbia

«Chi hai detto che abbiamo a cena?» chiese Tancredi a Giulia, sbalordito.

Era stato un paio di giorni con suo padre nelle loro proprietà del cuneese coltivate a vite a ragionare sull'annata non propizia per il nebbiolo e a visitare i filari maritati, come li chiamavano. Erano vigne sostenute non da travi di legno, ma da tutori vivi, come aceri, salici, gelsi e nei vasti spazi che intervallavano i filari venivano coltivati frumento, legumi e ortaggi. Tancredi era tornato a Palazzo Barolo da pochissimo e dopo il lungo viaggio, dato che i feudi distavano più di una trentina di miglia piemontesi, si era fatto preparare subito un bagno caldo dentro la bella vasca di ghisa smaltata e ne era emerso per avvolgersi nel suo sgargiante bayram preferito, una delle coloratissime vestaglie turche di cotone garzato che gli aveva regalato il principe Borghese a Parigi, in ossequio alla passione dilagante per la nuova moda esotica scatenata dalla campagna d'Egitto, per mettersi un poco comodo prima di rivestirsi e scendere per la cena.

Giulia era andata subito a salutarlo, allegra e fresca come una rosa, e gli aveva dato la notizia. «Spero che ti farà piacere sapere che abbiamo un ospite alla nostra tavola, questa sera...

il giudice Ferri!» Si godette il suo stupore e proseguì. «Ha avuto un improvviso miglioramento, pensa. Guarito dalla sua terribile podagra. Un vero miracolo, mi sa che la sua mamma metterà un bell'ex voto d'argento nella loro chiesa.»

Tancredi le andò vicino, incuriosito, finendo di strofinarsi i capelli bagnati in un telo. «Ma tu come lo sai?»

Lei gli fece cenno di sedersi e continuò a massaggiargli affettuosamente la testa umida dentro l'asciugamano. Adoravano godersi quei momenti d'intimità senza servitù intorno. «Una fortunata coincidenza. Oggi sono stata a Moncalieri con la mia amica de Seyssel per dare un'occhiata, per conto della regina, all'andamento dei lavori di restauro dello scalone della reggia che, detto per inciso, sta venendo una meraviglia... lo sta curando Giacomo Spalla, forse te lo ricordi, è stato allievo del Canova nel periodo in cui stava finendo la statua di Paolina...»

Tancredi le tolse l'asciugamano dalle mani e si girò a guardarla. «Ma Ferri?» chiese, mettendo fine alle divagazioni.

«Eh, ci siamo, per dire così, incrociati... Visto che stava così bene gli ho offerto un passaggio in città.»

Lui rimase in silenzio per qualche secondo. «Quindi non è malato? Immobilizzato? Sofferente?» chiese alla fine.

Lei scosse la testa. «Macché, stava giocando a pallamaglio in giardino, e sai con chi? Col dottor Fumeri, lo stesso che aveva firmato i certificati che ti ha mandato per lettera.»

«E immagino che non sia stato lui a chiederti un passaggio, ma che sia stata tu a suggerirglielo»

Giulia sorrise. «Non sbagli, infatti. Ma il buon Ferri ha aderito subito alla proposta. Più che lui sua madre, una vecchia signora molto saggia che ti manda i suoi saluti. Credo che già domattina il nostro giudice sarà alla sua scrivania. Ho pensato che ci sono tante stanze per gli ospiti vuote qui a palazzo, a due passi dalle carceri senatorie, così starà comodo, prima che gli venga una ricaduta, non si sa mai.» Gli sistemò i lembi della vestaglia sul petto in un gesto confidenziale. «Sapendo che i tuoi hanno un rapporto tanto buono con lui, ho pensato che vi avrebbe fatto piacere rivedere quel bravo giovanotto così devoto, come dice *maman*.»

Tancredi si passò una mano sugli occhi, poi sorrise. «Suoni più falsa di una moneta da tre marenghi, cara Giulia, ma ti adoro.»

Lei batté le palpebre con aria innocente. «Diciamo che sono in buona compagnia, caro marito. Dovevi vedere la faccia del dottore. Se non fosse drammatico per tutta la sofferenza che l'assenza ingiustificata del giudice ha determinato, sarebbe perfino comico, non trovi? Una di quelle pièce di Goldoni... Lelio il bugiardo... ma l'importante è il risultato.»

Suo marito annuì. «Ora ce l'hai in pugno, in qualche modo» disse sottovoce.

Lei gli mise una mano sul braccio. «Senti. Questa per me è una cosa importante. Una cosa seria. Non un gioco di società per dame annoiate e...» esitò e inghiottì, prima di proseguire. «E senza pargoli cui badare.»

«L'ho capito. Non mi devi convincere.» Aggrottò le sopracciglia. «Scusami se ti sono sembrato...» cercò l'aggettivo giusto.

«Tiepido?» suggerì lei.

Lui fece una smorfia. «Uhm, tiepido. D'accordo. Volevo solo evitare di creare un attrito con i miei su una cosa che invece ci dovrebbe unire. Capisco la tua volontà di migliorare la situazione dei forzati e delle forzate, ma bisognerebbe evitare di arrivarci, alla prigione, e solo l'educazione e l'attenzione ai più piccoli può cambiare i loro destini. Voglio dire che prima ancora delle carceri bisognerebbe pensare agli asili, alle scuole. A insegnare loro a leggere, a scrivere e a far di conto, ad avviarli a una professione.»

Giulia si illuminò. «Hai ragione, come sempre. Però intanto ci sono tanti disgraziati che oramai stanno dietro le sbarre, e non intendo disinteressarmene. Se riusciranno a sopravvivere a quell'inferno, che cosa faranno quando usciranno dalla prigione, incattiviti dagli stenti che hanno dovuto patire là dentro?»

Lui rise. «Brava. Così, intanto che io mi crogiolo nella mia cauta saggezza teorica tu agisci... Sei già riuscita a portare a Torino Ferri, ottima cosa. Esaminerà i detenuti in attesa di giudizio e chiuderà i casi pendenti.»

Giulia aggrottò le sopracciglia. «A proposito di casi pendenti. Dovremo chiedergli la revisione di un processo, come prima cosa.»

« È stata già emessa la sentenza?»

«Sì.» Gli raccontò di Angela e di come avesse ucciso il marito per difendere la figlia. «Porterò davanti a lui Norin, la cui testimonianza non è stata presa in considerazione.»

Lui era serio in volto. «Non sarà così semplice. È stata emessa una sentenza di morte. Ci sarebbe stata la possibilità di un ricorso al prefetto, ma si sarebbe dovuto fare subito, entro pochi giorni dal primo verdetto, i termini sono scaduti. Voglio dire, questa donna ha commesso un omicidio e non mi sembra che si voglia difendere. Bisognerà nominare un avvocato difensore, trovare degli altri testimoni, portare altre prove, ed è passato molto tempo. La prima cosa che da ottenere intanto è una sospensione dell'esecuzione.»

Giulia gli prese le mani. «Mi aiuterai?»

«Certo...»

«Davvero.» Anche Tancredi prendeva molto sul serio i suoi doveri, e questo le piaceva immensamente. Di certo suo marito non apparteneva al novero dei gentiluomini perdigiorno che non sapevano come tirare sera. Era pieno di interessi, conosceva mezzo mondo ed era curioso di tutto. E poi era sempre un gran bell'uomo. Le piaceva il suo profumo, il suo sorriso, la sua voce calda e gentile, la sua imponenza che la faceva sentire protetta. Così gli accarezzò i capelli ancora umidi e guardò l'orologio sulla mensola del camino, quello che le aveva regalato Napoleone. «Quanto tempo abbiamo prima di dover scendere per la cena?»

Lui spalancò gli occhi, divertito. «Ah, Madame, che ardimento!»

«Siamo marito e moglie, signore, fino a prova contraria» rispose lei con un sorriso. «"Rallegrati con la moglie della tua giovinezza". Proverbi 5,18.»

Tancredi sospirò. «Cosa farei senza le tue citazioni bibliche.»

Si stavano baciando quando il Brizio bussò alla porta meno discretamente del solito.

«Ti richiamo io, non sono pronto per vestirmi» disse a voce

alta Tancredi, in tono di congedo. «Gli avevo promesso di lasciargli usare la mia acqua dentro la vasca, quando avessi finito, intanto che scendevamo a cena» spiegò sottovoce alla moglie. Era costume comune che i servi si lavassero nell'acqua usata dal padrone prima di buttarla, dato il gran lavoro necessario ad approntare un bagno caldo, e il Brizio ne approfittava spesso.

Ma il servitore bussò di nuovo.

Con un sospiro, il marchese si alzò e andò ad aprire l'uscio a doppia anta.

«Chiedo scusa, il signor marchese Ottavio chiede di voi.»

«Ci siamo appena lasciati, che succede?»

«Ha ricevuto una notizia... signore, mi ha detto di riferirvi che ci sono novità che riguardano Napoleone.»

Giulia lo fissò, allarmata. «Non sarà morto?»

Magari aveva di nuovo tentato di suicidarsi. Sotto i Savoia il suicidio era un vero e proprio crimine, punito con la successiva impiccagione del cadavere della persona che si era tolta la vita. Rabbrividì. O magari un malore, il cuore che si fermava, che si spezzava.

Il Brizio scosse la testa. «No, credo al contrario che sia vivo e vegeto, ho sentito che il signor marchese Ottavio ne parlava con la signora marchesa. Dicevano che Bonaparte ha lasciato l'Isola d'Elba con un suo piccolo esercito, è sbarcato in Francia, dalle parti di Cannes, e sta marciando su Parigi.»

15
Dura lex

Il giudice Ferri aveva la fronte madida.

«Vi giuro sul mio onore, signora marchesa, che non posso.»

Giulia lo aveva accompagnato nella sala delle udienze delle carceri senatorie e gli aveva subito parlato del caso di Angela. Lui era stato a sentirla con una espressione sempre più costernata. Si rendeva perfettamente conto che la signora di Barolo avrebbe potuto rovinarlo e, prima di lasciarlo partire, sua madre gli aveva raccomandato caldamente di non disgustare la nobildonna. «Farai quel che lei ti dice di fare» gli aveva detto, decisa. «I Barolo sono ricchi, potenti, conoscono mezzo mondo.» Soprattutto, Giulia conosceva il suo piccolo meschino segreto da funzionario infedele. In via delle Orfane lo aveva accolto a Palazzo Barolo come un amico, ma lui sapeva bene di essere in una trappola dorata. Lo aveva colto in flagranza di reato e lo stava costringendo a fare il suo dovere. Ciò nonostante, quello che gli stava domandando adesso non rientrava proprio nella sua sfera d'azione.

«Non posso riaprire il procedimento a meno che non ci siano fatti nuovi e importanti. La Agnel ha confessato, il cancelliere ha trascritto tutto nero su bianco. Tutto per modo di dire: quel poco che si è riusciti a farle dire.» Rovistò in una cartella e le tese dei fogli. «Ecco qui. Le abbiamo fatto delle domande per capire le circostanze, ma lei ha risposto solo di averlo ammazzato col coltello del pane, e non c'è stato modo di tirarle fuori altro di bocca. E poi c'è la testimonianza del vicino che aggrava la sua posizione...»

«Quale vicino?» chiese lei, meravigliata.

Ferri sfogliò i documenti rimasti nella cartella. «Ecco qua. Grosso, Gasparotto. Il Gross, lo chiamano, e, se ricordo bene, *nomen omen*, signora marchesa, una bestia d'uomo. Un facchino che vive nella casa accanto e conosceva Angela e la vittima, suo marito Vincenzo, detto Censino.» Il giudice si accomodò meglio sulla poltrona dello studio dove Giulia aveva offerto ad Angela i biscotti caldi, risistemandosi i pince-nez che erano scivolati troppo avanti a cavallo del naso sudato. Gli conferivano un'aria più matura. «A detta del Grosso, Angela è notoriamente violenta e fedifraga e suo marito Censino era una pasta d'uomo che subiva questa Santippe. Quella sera li hanno sentiti litigare, Censino rinfacciava alla moglie di essersi comportata da svergognata col fornaio e al culmine della discussione lei lo ha aggredito.» Allargò le braccia. «Anche la moglie del Grosso, una certa Maria, ha confermato.»

Giulia aggrottò le sopracciglia. «Abbiamo la testimonianza di Eleonora, cioè Norin, la figliola, che mi ha confidato come vi raccontavo le circostanze miserabili del fatto... Il padre ha tentato di ucciderla dopo che lei ha resistito a un tentativo di stupro e la madre ha agito solo per salvarla...»

Ferri scosse la testa. «Vi rendete conto che la parola di una figlia che cerca di salvare la madre dal capestro non ha credibilità...» Seguì con la punta dell'indice le righe di un altro documento. «Che questa Agnel sia una testa calda è certo, ha dato problemi anche alla Regia Manifattura Tabacchi dove faceva la sigaraia. Ha sobillato delle compagne contro una delle sorveglianti incaricate di perquisire le operaie all'uscita, e ha contestato una verificatrice della qualità che aveva a suo dire scartato per ripicca dei sigari correttamente confezionati. Le sigalere son pagate a cottimo, un tanto a sigaro, si sa, se no batterebbero la fiacca. Questa donna sembra una piantagrane che non sa stare al suo posto.» Il giudice strinse le labbra carnose. «Una cosa è certa, il Censino è stato accoltellato due volte, non una, e questo la dice lunga. La volontà di uccidere è evidente.»

Giulia si appoggiò alla scrivania con le mani aperte. Tutto quello che Ferri le aveva raccontato la rafforzava nella convinzione che Angela fosse la persona giusta per aiutarla dall'interno nella sua impresa. Non solo sarebbe stato profondamente ingiusto che venisse giustiziata, ma in questo modo l'avrebbero privata di una alleata preziosa. «Se stessero strangolando vostra figlia dopo aver tentato di violarla, forse anche voi perdereste il controllo nel tentativo di salvarla, di toglierla dalle grinfie del suo assassino.» Si immaginava la scena come se fosse stata presente e ogni volta le si chiudeva la gola.

«Il suo assassino che sarebbe poi suo padre...» Ferri fece una smorfia disgustata. «Non so che dire, signora marchesa, oramai l'incartamento è agli atti, vi renderete conto che quello che dovrei fare oggi è fissare la data per l'esecuzione...» Vide l'espressione di Giulia e si affrettò a continuare: «Naturalmente su questo possiamo ragionare...».

«Naturalmente. Naturalmente. Vi chiedo di tenere in sospeso la cosa e di darmi il tempo di trovare il modo per chiedere una revisione.»

«Tecnicamente oramai sarà una grazia, più che una revisione: solo nel caso che salti fuori un altro colpevole si potrebbe rivedere l'iter, ma escludo che ciò sia verosimile, anche perché l'imputata ha confessato senza alcuna sollecitazione e, vorrei aggiungere, senza alcun segno di pentimento, il che non le ha giovato. Se davvero foste intenzionata a domandare che le sia risparmiata la vita, signora, sarebbe buona cosa che questa disgraziata si mostrasse almeno dispiaciuta per quello che ha fatto, che chiedesse perdono.»

«Chi potrebbe concedere la grazia?» domandò lei. Non riusciva a immaginarsi Angela contrita.

Ferri si tirò indietro sulla sedia. «L'avvocatura generale dello Stato oppure il governatore... o sua maestà il re, naturalmente, ma ci dev'essere un valido motivo. Io ho soltanto applicato il codice, signora marchesa, e in un caso come questo non era possibile arrivare a nessun'altra conclusione.» Giunse le mani come in preghiera, cercando le parole giuste per far capire alla Barolo che non era colpa sua. «Per la legge le circostanze contano fino a un certo punto. Una donna ha commesso un uxoricidio efferato, infilando una lama di una spanna prima nella schiena e poi nel cuore del marito... E dichiara che lo rifarebbe. E ciò è stato accertato e messo agli atti.» Esitò. «Ma io personalmente farò tutto quel che posso per favorirvi, signora marchesa, e terrò in sospeso l'esecuzione della sentenza, almeno per un poco di tempo, finché mi sarà concesso.» Sorrise, cercando la sua approvazione.

Lei lo guardò inespressiva. «Fate conto che la vostra podagra non sia migliorata» disse. «Se non ci fosse stato il miracolo del quale la signora di Seyssel e io siamo state testimoni, voi oggi non sareste qui a Torino ma a casa vostra e Angela dovrebbe aspettare comunque il vostro ritorno in salute prima di finire sulla forca.»

Lui arrossì sulle guance tonde e abbassò gli occhi sugli incartamenti che aveva davanti.

«Ora vi lascio al vostro prezioso lavoro, oggi avrete diversi casi da esaminare» tagliò corto lei, alzandosi dalla sedia con un gran sospiro e restituendogli i fogli che le aveva dato. Sul documento c'era scritto anche l'indirizzo di Angela, la sua casa alla Vanchiglia dove era avvenuto il delitto e dove abitava il testimone che aveva aggravato la sua posizione, quel Grosso di nome e di fatto. Per fortuna era una giornata di sole per recarsi in quel quartiere degradato, che la gente chiamava la contrada dle pules, la contrada delle pulci.

Si chiuse la porta alle spalle, sull'immagine di Ferri che si era alzato e si stava inchinando lievemente per congedarla. Per salvare la testa ad Angela bisognava darsi da fare, e subito.

«Andiamo a casa» annunciò a Bédame, che l'aspettava paziente. «Fai preparare la carrozza.» Si guardò le scarpette col piccolo tacco tondo e il fiocco a farfalla sullo scollo, realizzate con la stessa stoffa del vestito color oltremare. La rivoluzione e poi Napoleone avevano decretato il trionfo delle calzature rasoterra, quasi a simboleggiare un'eguaglianza anche di statura; la regina Maria Antonietta si era fatta ghigliottinare con due pollici di spessore sotto i talloni ed era come se la lama rivoluzionaria avesse spianato anche le suole delle scarpe degli aristocratici. Era passato poco tempo, ma già i tacchetti erano tornati a rialzare le scarpe delle dame nobili e borghesi e il ritorno dei Savoia li apprezzava quanto i codini incipriati, quasi a simboleggiare in maniera concreta i vari livelli della società. «Queste devo cambiarle, metterò i miei stivaletti da viaggio di capretto» concluse Giulia.

«Sì, Madame.»

«Si va alla Vanchiglia. Dobbiamo trovare una persona.»

Bédame scosse la testa. «Quella è una fogna, madame Joujou.»

L'abitato della Vanchiglia era nato alla confluenza del Po e della Dora, file e file di case fatiscenti umide dove filtrava l'acqua, che si raggiungevano camminando sul fango. Da quelle parti si scaricavano i rifiuti della città e per questo i prati intorno erano particolarmente fertili, anche se il prezzo da pagare per i residenti era quello di restare esposti a effluvi tutt'altro che salubri.

«Ci tapperemo il naso. Svelta, prepariamoci.»

«I guai della pentola li sa il coperchio e voi avete gusto a scoperchiarla, Ma'me Joujou...» La cameriera si frapponeva tra lei e l'armadio, risoluta. Non aveva nessuna intenzione di assecondare Giulia in questo colpo di testa.

Lei sospirò. «Ascolta, una vita è in gioco. Non c'è tempo da perdere. Vuoi vedere Angela pendere da una forca?»

Bédame la fissava. La Vanchiglia era un brutto posto dove andare, ma le piaceva troppo vedere la sua padrona con quello sguardo negli occhi. Era la Joujou determinata di quando erano bambine in Vandea, non l'ombra pallida dei giorni di vetro subito dopo l'aborto.

«E va bene, Madame, ma mi starete sempre vicina, promesso?»

16
Sed lex

Qualcuno aveva defecato da poco su per le scale sgangherate di legno che conducevano al primo piano e l'odore si sentiva forte. C'erano voci, rumori, nel caseggiato popolare, bambini che piangevano, qualcuno che batteva ritmicamente con un clangore metallico, il canto stanco e stonato di una vecchia, una gallina che chiocciava, un cane che ringhiava.

Giulia sollevò di più l'orlo della gonna, schivando gli ostacoli. Gli stivaletti di capretto erano già sporchi della melma della strada e lei saliva guardando bene dove metteva i piedi. Non era mai stata da quelle parti prima di allora e aveva chiesto al cocchiere di fermarsi a debita distanza, per non dare troppo nell'occhio. Il fiume scorreva vicino, troppo vicino alle costruzioni fatiscenti. Di carrozze come la sua non se ne vedevano mai lì. S'inerpicava a capo chino sui gradini alti e irregolari, così la voce della donna la colse di sorpresa sul penultimo scalino e le fece sollevare la testa di colpo.

«Cos'è che volete?»

Giulia vide per primi i suoi piedi nudi e arrossati sul ballatoio di legno. Era abbastanza giovane, con una faccia sofferta e i capelli ricci coperti da un fazzoletto turchino legato sulla nuca. Una voglia color borgogna a forma di farfalla le macchiava la guancia sinistra. Teneva in braccio un bambino tutto occhi che si succhiava il dito con gran trasporto, facendo rumore di risucchio, come se avesse davvero voluto mangiarselo. Le braccia lasciate scoperte dal vestito malconcio mostravano lividi violacei e marroni. Le mani erano rosse e screpolate fino al sangue, da lavandaia.

«Buongiorno» la salutò lei, salendo l'ultimo gradino e raggiungendo il pianerottolo. «Sono Giulia di Barolo.»

La donna parve sbalordita. Quel nome lo conosceva. Restò lì con la bocca socchiusa a fissarla. Che ci faceva una marchesa in quel letamaio?

«Cercavo il Grosso e sua moglie Maria» proseguì Giulia. Bédame era al suo fianco, seria e attenta.

L'altra continuava a guardarla basita. Ci mise più di qualche secondo prima di articolare una risposta. «Non c'è» disse alla fine. «Mio marito non è qui.»

«Non importa, parlerò con voi. Siete Maria?»

Lei aggrottò le sopracciglia, guardinga. «Cosa siete venuta a fare?»

Bédame fece un passo avanti. «Rispondi a tono alla signora marchesa.»

Il bambino emise un suono lungo, come un gemito, e riattaccò a frignare. Lei prese a cullarlo, ritirandosi dentro la prima stanza che si apriva sul ballatoio. «Intré» disse. «Venite dentro.» Seguì la direzione dello sguardo di Giulia che fissava la faccia pallida del piccolo che andava avanti a lamentarsi. «Niente, ha la pancia vuota.»

«A questo si può porre rimedio.» Giulia le tese una moneta. «Prendetegli quel che serve.»

Maria la afferrò con le mani rovinate e se la infilò nello scollo del vestito. «Gasparotto tornerà tardi.» E ubriaco come tutte le sere, pensò, ma non lo disse. Mise giù il piccolo e fece segno alla sorellina che rammendava in un angolo.

«Tinin, guardalo te.»

Il maggiore stava sbozzando un pezzo di legno con un coltellino, seduto sul pavimento sporco. C'erano panni stesi dappertutto su fili che attraversavano la stanza in lungo e in largo e bisognava farsi strada scostandoli. Erano umidi e odoravano di cenere.

«Non importa se vostro marito non c'è. Intanto farò due parole con voi a proposito di Angela. Ve la ricordate, Angela? La vostra vicina?»

Adesso nella stanza dove avevano abitato per anni Censino, Angela e le loro tre figlie stava un altro selciaio, collega del Gasparotto.

Maria deglutì a vuoto.

«Il giudice deve fissare la data per la sua esecuzione, verrà impiccata grazie alla testimonianza vostra e di vostro marito» disse Giulia, sollevando il lembo di un lenzuolo per non perdere il contatto visivo.

«Io so come sono andate le cose» disse ancora Giulia. Le andò vicino, fino a sentire il suo odore di lisciva.

Ci fu silenzio. Maria adesso guardava per terra.

«Cosa vi ha fatto Angela per meritarsi questo?» domandò la marchesa.

Maria scrollò piano la testa. Come poteva spiegare a quella damina elegante? Si erano sempre aiutate, con quella rude sorellanza delle donne disperate. «La Lina...» S'interruppe, non erano da sole. Si girò a guardare i suoi ragazzi. Il bambino, sugli otto anni, aveva smesso di lavorare il legno e si era tirato in piedi. Stava ascoltando tutto, aprendo e chiudendo ritmicamente il coltello serramanico con sul viso un'espressione corrucciata e minacciosa che lo faceva sembrare adulto. Stava diventando grande e somigliava sempre di più a suo padre.

«So gnente» disse Maria a voce alta, in modo che lui sentisse bene, tornando a girarsi verso la marchesa. «Mi spiace per la Lina, ma non la posso aiutare.»

«Se la Lina, come voi la chiamate, vi è stata amica, la state tradendo» rispose Giulia. «La farete uccidere e vi peserà sulla coscienza.»

Gli occhi di Maria brillavano. La spinse verso la porta. «Adesso dovete andarvene.»

Già oltre la soglia, Giulia sentì distintamente la voce del ragazzino, una voce incredibilmente fonda, da uomo. «Mama, fé ben memoria» stava sibilando a Maria in un tono rabbioso. «Le donne han da parlare quando pisciano le galline, dice il pa'.»

«Buon sangue non mente» mormorò Bédame.

Arrivarono in fondo alle scale e girarono dietro il casamento, per attraversare il cortile dove era stesa altra biancheria ad asciugare. Ce n'erano parecchie, di lavandaie, alla Vanchiglia. Le due che stavano stendendo panni si girarono a guardare le due donne, la signora e quella che doveva essere la sua serva, con occhi curiosi.

Un grosso cane bianco e nero col pelo ispido che stava vicino al mastello di legno pieno di biancheria lavata saltò sulle quattro zampe e ringhiò forte alle due sconosciute e la lavandaia più anziana lo richiamò. «Ohi, Neir, cucia! Lascia stare le madame.»

Il Neir ringhiò ancora un po', poi tornò a distendersi vicino al mastello.

Giulia sentì uno zoccolio affrettato avvicinarsi e si girò. Maria le aveva seguite, reggendo un catino di roba da lavare sul fianco. Lanciò loro un'occhiata e proseguì a camminare svelta sulla strada fangosa, come se non si conoscessero, imboccando il sentiero che portava giù al fiume.

«Conviene andarle dietro» sospirò Bédame. Le loro scarpe non sarebbero mai tornate quelle di prima. Imprecò sottovoce. Ci sarebbero voluti quegli zoccoli con sotto i chiodi che metteva sua nonna per sguazzare nella melma sui sentieri del bocage durante la stagione umida.

L'asse che Maria aveva tirato fuori dal capanno, intanto che loro due la raggiungevano, era di pioppo ben piallato, lunga e stretta, con sotto un cavalletto di legno e due incavi in corrispondenza delle ginocchia. La immerse nell'acqua bassa e vi si accomodò sopra, prendendo il primo lenzuolo.

Non aspettò che Giulia le domandasse ancora, parlò intanto che lavorava, buttando schizzi in giro senza riguardo.

«Una sera il Gasparotto ubriaco fradicio mi ha inseguita col suo mazzuolo da selciaio. Se non ci fosse stata la Lina, non sarei qua a raccontarlo. Lei l'ha fatto cadere giù per le scale. Da allora lui gliel'ha giurata. Andavano a bere insieme, lui e il Censino, giù all'osteria del Pinet, a giocarsi la paga ai dadi. E lei ha ammazzato il suo amico.»

«Per difendere sua figlia.»

«Sì.»

«Ma voi avete confermato la testimonianza di vostro marito.»

Maria sollevò la testa. «Madama, lui il mazzuolo ce l'ha ancora, e torna a casa ciucco una sera sì e l'altra pure.»

Giulia strinse le labbra. «Non lo verrà mai a sapere» disse. «E io posso esservi di grande aiuto. Tornerò con le dame dell'Umiltà a portar cibo e panni a tutto il caseggiato. Mi pare che qua ci sia gran bisogno.»

L'altra scuoteva la testa, battendo il lenzuolo sul legno. «Perché vi importa tanto della Lina? È una povera donna come me.»

«Una povera donna come voi, infatti. Se finisce sulla forca, l'avrete sulla coscienza. Volete davvero dannarvi l'anima? Lei vi ha salvato la vita e la ripagate con questa moneta.»

Maria emise un suono che stava a metà tra un gemito e un sospiro esasperato. «Oh, Madonna delle lacrime.» Smise di sbattere il lenzuolo arrotolato. «Cosa devo fare?»

Giulia sorrise.

17
Il latte della Madonna

«Madama Paulina mi ha parlato del vostro impegno a favore delle carcerate, marchesa» esordì padre Lanteri, con la sua inconfondibile voce affaticata.

Il confessore di casa Barolo era magro, con i capelli bianchi lunghi sul collo e dei lineamenti delicati. Giulia lo aveva ritenuto molto più avanti in età, prima che la suocera le spiegasse la situazione. «Don Brunone Lanteri è cagionevole di salute da sempre, fatica a respirare e ci vede poco, ma nonostante i suoi acciacchi ha tanto spirito che non ci si fa caso.»

Quell'uomo fragile aveva fondato la società segreta dell'Amicizia Cristiana per resistere durante i tempi duri sotto i francesi della rivoluzione e sotto Napoleone, aveva sofferto l'esilio ed era tornato da poco nella Torino liberata dalla Restaurazione.

«Credo che ci sia molto da fare, in effetti» confermò lei, volutamente vaga. Era sicura che donna Paulina avesse chiesto al prete di suggerirle grande moderazione. L'idea che lei si fosse presa a cuore in quel modo i destini delle prigioniere delle carceri senatorie sembrava in qualche modo fuori posto.

«*Est modus in rebus*» aveva detto sorridendo il marchese Ottavio, la quarta volta che lei era tornata a casa tardi per il pranzo. Insomma, c'è una misura in tutte le cose. Andar lì tutte le mattine e passare del tempo a parlare con quelle disgraziate era un atteggiamento bizzarro. Il giorno dopo lei aveva fatto avvisare che non ci sarebbe stata proprio, a tavola, così nessuno avrebbe dovuto aspettarla. E a cena si era presentata sorridente a raccontare che quelle poverette avevano bisogno di tutto: vestiti, oggetti di toeletta, lampade, coperte.

Sulle forniture era andato tutto liscio, rientrava nel ruolo della dama di carità procurare quel tipo di cose. Ma adesso padre Brunone era seduto vicino a lei a bere tisane calde e a domandarle delle sue carcerate.

«Quindi voi dialogate con loro» disse, sorseggiando dalla tazza di porcellana decorata.

«Ci provo» rispose lei. «Ognuna di loro ha una storia tremenda da raccontare. Le sto a sentire, c'è molto da imparare. Quello che credo è che bisognerebbe fare in modo che il periodo di detenzione al quale sono state condannate per i loro crimini veri o presunti dovrebbe trasformarsi in una opportunità, non solamente in un castigo che le lascerebbe quelle di prima, o forse peggio. Quando usciranno dalla prigione e torneranno tra noi, sarebbe bello che fossero persone migliori di quando sono entrate. E non ancora più arrabbiate e disperate.»

Lui appoggiò la chicchera sul vassoio d'argento. «Se hanno rubato, se si sono prostituite, se si sono macchiate di infanticidio, se hanno fatto del male, devono essere punite per questo.»

«E lo sono» confermò lei. «Siete mai stato nel reparto femminile delle prigioni senatorie?»

Lui si asciugò le labbra con il tovagliolino ricamato e poi ripiegò il quadratino di stoffa leggera in maniera geometrica, trasformandolo in un triangolo. «Siete devota della Madonna?»

Lei sorrise. Sapeva che padre Lanteri si proclamava per iscritto schiavo della Vergine e sapeva anche che, dopo quel che aveva dovuto patire per colpa di Napoleone – il mostro che aveva imprigionato il papa –, considerava i francesi dei diavoli, primo fra tutti Bonaparte. Ora che l'ex imperatore stava cercando di riprendere il potere in Francia, non era stato il solo a organizzare novene e a celebrare messe per scongiurare il pericolo.

«Sono vandeana» rispose lei, come se questo spiegasse tutto.

Il sacerdote annuì. «Oh, certo, certo.» I vandeani erano dei buoni cristiani, avevano resistito all'ateismo rivoluzionario. «So che la vostra famiglia ha sofferto» proseguì, sorvolando diplomaticamente sui loro trascorsi alle Tuileries. «Per questo motivo mi sono permesso di portarvi qualcosa.»

Si frugò con discrezione nella tasca destra della tonaca che gli andava un po' larga e ne estrasse un sacchettino bianco. «Ho la fortuna di intrattenere ottimi rapporti con i buoni francescani della chiesa di Santa Caterina a Gerusalemme.» Si sistemò meglio sulla poltroncina e si chinò verso di lei in tono di confidenza. «Avete mai sentito parlare del latte della Madonna?»

Giulia scosse la testa, prendendo in mano con una certa cautela il sacchettino che l'uomo le porgeva col rispetto di chi stia toccando una reliquia. «Questo sarebbe...?»

«Oh, è un miracolo. Maria doveva allattare il bambino e si rifugiò in una grotta di tufo rosa. Quando qualche goccia del suo latte si sparse, la grotta diventò tutta bianca, tutta di latte...»

Lei sgranò gli occhi, poi abbassò lo sguardo su quel che stringeva tra le dita.

«Questa è polvere che viene dalla grotta miracolosa» spiegò padre Brunone. «Da secoli le donne ne fanno uso, pregando la vergine di voler intercedere per loro. Molte che non riuscivano ad avere figli, bevendo questa polvere o mescolandola al cibo, hanno avuto la grazia...»

Si rese conto di stare arrossendo violentemente. Le sue dita si contrassero sul sacchettino di stoffa. Come mai la loro conversazione, partita dal suo impegno nelle carceri, era approdata sul tema doloroso della maternità mancata?

Il prete equivocò la sua reazione e le posò una mano sull'avambraccio. «Cara, so del peso che vi portate dentro e non dovete ringraziarmi per questo. Non avere un bimbo da stringere al cuore crea un grande vuoto nella vita di una donna. Ma non bisogna perdere le speranze. Siete giovane e sana, e così vostro marito il marchese. Pregate con fervore la santa Vergine.»

Si frugò di nuovo nelle tasche e ne trasse una immaginetta

colorata. «Questa è l'orazione che i buoni padri francescani di Gerusalemme raccomandano, dopo aver ingerito la polvere disciolta in un liquido di vostro gradimento. Fate tutto questo di sabato, giorno particolarmente caro alla Vergine Maria.»

Lei lo fissò in silenzio. Il buon padre Brunone la vedeva come una poveretta dal ventre sterile che cercava di riempire la propria vita vuota di grida di bimbi con il capriccio di aiutare i carcerati. Era convinto che se lei fosse riuscita a mettere al mondo un piccolo Barolo, tutto quell'impegno esagerato si sarebbe spento come un fuoco di paglia. Si domandò se la propria suscettibilità sull'argomento significasse che c'era del vero nella convinzione di Lanteri.

«Grazie» disse, raddrizzandosi sulla poltroncina. «Non conoscevo questa grotta miracolosa e siete stato molto premuroso a procurarmi questa polvere preziosa.» Contò con le dita. «Oggi è mercoledì, facciamo passare giovedì e venerdì, sabato farò quel che va fatto.»

Il prete annuì.

«Nel frattempo, farò appello alla vostra Amicizia Cristiana per chiedervi un supporto. Che cosa dice Matteo? "Venite, benedetti del Padre mio, ricevete in eredità il regno, perché ho avuto fame e mi avete dato da mangiare, ho avuto sete e mi avete dato da bere, ero in carcere e siete venuti a trovarmi"...» proseguì Giulia, ispirata. «Occuparsi dei carcerati fa parte delle opere di carità.»

Padre Brunone la guardò, colpito dalla sua citazione evangelica. «Giusto, giusto. In che cosa potrebbe esservi utile la nostra affiliazione?»

Lei allargò le braccia. «Buona stampa, don Lanteri. Voi ve ne siete sempre occupati, anche nei tempi bui. Avete vangeli, catechismi, breviari di orazioni. Insegnerò a leggere alle carcerate adoperando dei libri di devozione. Mi sono domandata quale linguaggio comune potessi avere con loro, e ho trovato la risposta nelle preghiere, in quelle parole che ripetiamo fin da bambini per onorare il Signore. Una dama e una serva recitano un eguale *Padre nostro*. Così l'*Ave Maria* può essere il primo testo che una poveretta priva di istruzione impara a compitare.» Le sue protette erano donne, si identificavano nelle tribolazioni di Maria di Nazareth più che nei dogmi del *Credo*.

Il sacerdote aggrottò le sopracciglia. «Volete insegnare a leggere a delle forzate?»

«Certo. Devono uscire dalla prigione meglio di come ci sono entrate. Con la possibilità di trovare un lavoro onesto. Senza contare» aggiunse «che saper leggere le aiuterà anche nelle devozioni, a cantare le lodi della Madonna e dei santi.»

Lui si strofinò gli occhi stanchi. «Credo di potervi mettere a disposizione qualche materiale mariano utile, cara marchesa. Ma mi raccomando, non dimenticate il latte della Madonna...»

Giulia lo rassicurò con un sorriso. «Come potrei.» Tutto sommato era stato un buon risultato: don Lanteri le era stato mandato per allontanarla dai suoi propositi e alla fine si ritrovava a collaborare nell'opera di istruzione delle sue protette.

Mentre il sacerdote si congedava con la sua voce ansimante e affaticata, lei stringeva il sacchettino di polvere di tufo fino a farsi dolere le falangi.

18
Lezioni per l'anima

«Non c'è davvero bisogno di andar troppo lontano per aiutare chi ha bisogno» argomentava donna Maria Paulina, sorridente. La gamba le dava meno fastidio del solito ed era uscita volentieri. Il marchese Ottavio nelle ultime settimane era di un umore altalenante, tutto preso a seguire le imprese di Bonaparte fuggito dall'Elba che stavano facendo tremare la coalizione. Lui e Tancredi erano continuamente chiamati a partecipare a riunioni e conciliaboli infiniti.

Il «volo dell'aquila», lo chiamavano: da Grenoble, dove per contrastare la sua avanzata anche re Vittorio Emanuele I aveva mobilitato il suo esercito, Bonaparte aveva proseguito verso Parigi in un'atmosfera quasi festosa, culminata quando ad Auxerre il maresciallo Ney e i suoi soldati, inviati a fermarlo, si erano invece uniti trionfalmente ai suoi. Ed erano stati solo i primi di molti contingenti: Luigi XVIII continuava a mandar contro il fuggitivo truppe e generali che invece di fargli la guerra disertavano e si univano a lui. Correva voce che Bonaparte, insediandosi a Parigi dopo che il re se n'era andato precipitosamente, gli avesse mandato un messaggio di scherno divertito: «Mio buon fratello, non stare a mandarmi altri soldati, ne ho già più che a sufficienza».

Anche i Maulévrier in Francia attendevano lo svolgersi degli eventi. Edo era diventato ufficiale nel reggimento della Martinica, soddisfacendo la sua innata passione per i luoghi esotici, e stava facendo una veloce carriera. Toin era capitano di cavalleria di stanza in Normandia, per fortuna, così non si era trovato a dover marciare contro Bonaparte. Lo zio Charles era tornato in Vandea e si dedicava alla scrittura, ai suoi acquerelli, alla moglie e alle tre figlie, lontano dalla politica, Babé si accaniva nel tentativo di dare un fratellino o una sorellina al suo primogenito Charline e intanto coccolava il fratellastro René, il maschietto che suo padre il marchese Édouard aveva avuto dalla sua seconda moglie Henriette. Era arrivata anche la notizia che la cugina Sophie aveva ritrovato la parola dopo essere stata a messa nella basilica di Saint-Louis-Marie-Grignion-de-Montfort, fatto considerato da tutti miracoloso, e aveva deciso di ritirarsi in una casa delle Figlie del Calvario.

In quel clima di incertezza che faceva vivere tutti con l'anima sospesa, quando Giulia le aveva segnalato lo stato di bisogno della povera gente della Vanchiglia, Maria Paulina era stata lieta di ordinare al Brizio di predisporre una carrozza di provviste e di biancheria. Queste eran cose che le dame di carità potevano ben fare, molto meglio che avventurarsi dentro le prigioni. Così Giulia sarebbe stata impegnata tutto il giorno e poi la sera era prevista una importante riunione organizzata dal marchese Ottavio con l'Accademia delle Scienze e ospiti illustri d'Oltralpe. L'importante era non darle il tempo di starsene inattiva e rimuginare sui suoi progetti fin troppo innovatori.

Con loro c'era anche Luigia Montegrandi, sempre sensibile alla vita degli ultimi, che aveva voluto aggiungere di suo qualche sacco di legumi secchi dei suoi empori, fagioli, cicerchie e ceci.

«Grazie» rispose Giulia. «Siete davvero degli angeli a condividere questa carità.» Non poteva mancare di parola, dal momento che Maria la sua l'aveva mantenuta.

Il giorno dopo il loro incontro, infatti, la lavandaia si era presentata come d'accordo dal giudice Ferri con indosso la sua blusa migliore. Sulle prime era così intimidita da non avere fiato, poi con Giulia accanto si era rinfrancata e aveva raccontato come erano andate davvero le cose, la sera dell'omicidio del Censino. Lo sapeva lei e lo sapevano tutti, nel caseggiato, che Angela era una brava persona e che aveva agito per difendere la sua figliola. In cambio, Giulia aveva dovuto far promettere al giudice che il Gasparotto non sarebbe stato perseguito per falsa testimonianza. Lui doveva rimanere all'oscuro della deposizione della moglie. Ferri aveva sollevato le sopracciglia e aveva annuito, scarabocchiando qualcosa. Meglio chiudere un occhio. Prima la sventurata faccenda si fosse chiusa, meglio sarebbe stato per tutti. La marchesa non si sarebbe data pace fino a che non avesse ottenuto la grazia per quella benedetta donna.

Dentro la carrozza, Luigia sollevò le sopracciglia. «Sono sempre delle lezioni per l'anima, andare a vedere dove questa gente vive. Scommetto che non eravate mai venute da queste parti, alla contrada delle pulci e delle zanzare. Qua si scaricano le acque nere della città. Ma ditemi, Giulia, chi vi ha segnalato lo stato di necessità di questo caseggiato in particolare?»

Lei si era preparata una versione ufficiale che coinvolgeva il dottor Buniva e sua moglie, sempre attenti alle condizioni igieniche dei meno abbienti. «A dire la verità...» Ma subito s'interruppe e si sporse dal finestrino. C'era movimento davanti all'ingresso del cortile delle lavandaie. Un gendarme in uniforme stava andando loro incontro, agitando le braccia. Aveva riconosciuto le insegne sulla carrozza.

«Signora marchesa, è meglio che non procediate oltre, è appena stato commesso un crimine...»

Lei sentì una fitta al cuore, come un presentimento. «Che crimine?» Saltò giù dalla berlina, affondando i tacchetti nel bagnato, e volò sollevando le gonne attraverso il cortile ombreggiato di lenzuola stese fino alla scala di legno, inseguita da Bédame che le gridava di aspettarla.

«Madame Joujou!»

C'era una piccola folla di residenti che i gendarmi cercavano di tenere a bada. «State indietro! Indietro!» Di sopra si sentivano delle grida, dei pianti.

«Sono la marchesa di Barolo» disse col fiato corto al gendarme che le sbarrava la strada. «Fate passare!»

Preso alla sprovvista dalla sua determinazione e dal nome altisonante, l'uomo si scostò e lei salì su per i gradini sudici, aggrappandosi al passamano scricchiolante.

«E basta, Gasparotto!» gridava il graduato.

Sul pianerottolo, due guardie trattenevano a fatica per le braccia un omone, rosso in faccia e sbavante rabbia e bestemmie. Maria era stesa a terra appena dentro la stanza, le braccia tese verso la soglia, come se avesse cercato di fuggire, il cranio sfondato da due colpi ben assestati. Il lenzuolo steso più vicino era pieno di schizzi rossi.

In un angolo, la lavandaia anziana che due giorni prima aveva quietato il cane ringhioso teneva in braccio il bambino piccolo di Maria che piangeva e si stringeva contro i due più grandi. La bambina singhiozzava, il ragazzino fissava la madre morta come intontito, le labbra socchiuse. Non sembrava più tanto sicuro di sé, ora.

«Cos'è successo?» sussurrò Giulia.

Il graduato della gendarmeria si girò verso di lei, sgranò gli occhi stupito e fece per allontanarla. «Signora, non è posto per voi...» Come aveva fatto a salire quella damina e perché diavolo si trovava lì?

Il Gasparotto bestemmiò più forte, cercando di divincolarsi con vigore, e un gendarme, esasperato, gli assestò un gran colpo sulla nuca.

«Sta' buono, carogna!»

Lui crollò in avanti, come un coniglio accoppato di fresco, e le due guardie lo trascinarono via trattenendolo sotto le ascelle, giù per le scale, senza riguardo, le gambe che sbattevano contro i gradini.

Una pozza scura si allargava sotto la testa di Maria. Il mazzuolo da selciaio era lì per terra, imbrattato di sangue.

Tremante, Giulia sollevò lo sguardo verso la vecchia lavandaia. Aveva una faccia rugosa, i capelli grigi trattenuti da uno straccetto in una crocchia rada e gli occhi asciutti.

«Vi prego» mormorò, cercando di ritrovare la voce. «Vi prego, se lo sapete, ditemi...» Ditemi se sono io la causa di tutto questo, avrebbe voluto domandare. Ditemi se la mia cieca, proterva ostinazione l'ha uccisa. Maria non voleva testimoniare, sono stata io a convincerla. Ma non ebbe il coraggio di terminare la frase.

«Li ho sentiti litigare forte, lui gridava, bestemmiava. Ma non era la prima volta e pensavo che non sarebbe stata nemmeno l'ultima.» La voce della vecchia era calma, rassegnata.

Giulia era pallida quasi come il cadavere. «Ma cosa le diceva?»

L'altra scrollò le spalle. «Non si capiva.» Scosse la testa. «Prima o poi doveva succedere.»

Lei guardava il martello insanguinato. Che cosa le aveva detto Maria? *«Lui il mazzuolo ce l'ha ancora, e torna a casa ciucco una sera sì e una pure.»*

La lavandaia alzò la testa. «I bambini li prendo io, per adesso. Pane e sputo ce lo faremo bastare.»

19
Figli del cuore

Giulia non si toglieva dalla mente l'immagine di Maria con la testa sfondata. Non aveva aperto bocca per tutto il tragitto in carrozza. Solo Bédame sapeva la verità: per le altre due dame, sua suocera e l'amica Luigia, si era trattato di un ennesimo delitto del degrado. Non potevano immaginare che lei conoscesse la vittima né la tempesta che aveva nel cuore.

«Non avreste dovuto salire a vedere, cara» la rimproverò amorevolmente Paulina, pensando che il suo sconvolgimento fosse legato alla vista della morta. «Ora dovete calmarvi, Giulia. Quell'energumeno sarà punito e mi occuperò personalmente che a quella poveretta venga data degna sepoltura e che gli orfani non rimangano senza sostegno.»

Luigia l'aveva abbracciata e baciata su tutte e due le guance. Si era fermata lei a distribuire i doni nel caseggiato, col suo piglio pratico. «Non sia mai detto che questo ben di Dio debba andare sprecato per colpa di quell'orco assassino, qui c'è gente che ha bisogno» aveva tagliato corto, rimandandole a casa. «Mi verrà a prendere la mia carrozza.» L'avevano lasciata col Brizio e due gendarmi, circondata da una folla incredula che qualcuno si fosse ricordato della loro miseria, e il giorno di lutto si era quasi trasformato in un giorno di festa perché nessuno si era ritirato a mani vuote.

A Palazzo Barolo, Bédame accompagnò Giulia in camera sua tenendola sottobraccio e lei la lasciò fare. Vedeva benissimo quanto la padrona fosse sconvolta. Tremava un poco, tesa come una corda di violino, la faccia di cera. Tancredi non era ancora tornato, si era recato col padre a prendere alla stazione di posta più vicina gli ospiti della serata scientifica, degli ospiti francesi. Era sicuro, il padrone, che alla padrona avrebbe fatto gran piacere quell'evento, ma ora bisognava capire se Giulia si sarebbe ripresa abbastanza in fretta da potervi partecipare.

«Madame Joujou» le disse sottovoce, non appena la porta fu chiusa alle loro spalle. «Voi non dovete rimproverarvi...»

Giulia le rivolse uno sguardo supplichevole: «Non parlare, ti prego. Non ce la faccio».

Bédame le tolse delicatamente il cappello e lo spencer e prese i guanti. Lei si afflosciò sul sofà e si coprì la faccia con le mani.

«Dovete bere qualcosa, Madame. Vi preparo una cioccolata, un infuso, o preferite un rosolio...»

Lei scosse la testa. «Mi chiedo se non hanno ragione loro.» Forse lei era solo una damina viziata e annoiata che combinava guai per compensare una culla vuota. Indicò il tiretto dello scrittoio. «Apri quel cassetto» ordinò.

Bédame eseguì, accigliata.

Giulia ci aveva nascosto la polvere di latte della Madonna. «Oggi è sabato, giusto?»

La cameriera annuì, osservando il sacchettino misterioso. «Che cos'è, Madame?»

«Me lo ha dato don Brunone. È una polvere miracolosa che viene da Gerusalemme e fa rimanere incinte le donne che non ci riescono.»

«Oh, be'!» esclamò lei, francamente basita. Di solito la padrona di quelle cose sorrideva. «E cosa ne dobbiamo fare?»

«Me la berrò. Adesso.»

Un figlio, le ci voleva. Qualcosa che le cancellasse dalla mente tutto il resto. Che perpetuasse il sangue dei Barolo. Se le avessero detto di appendersi al soffitto a testa in giù come un pipistrello per farcela, in quel momento lo avrebbe fatto.

«In fondo ci ero riuscita, a rimanere gravida» ragionò, con il cuore che le batteva a mille.

Bédame la guardava. Sì, la padrona era rimasta incinta e, se lei aveva capito bene le dotte spiegazioni di Buniva, si era salvata per miracolo. Ammesso e non concesso che fosse possibile, una nuova gravidanza poteva significare un grande rischio.

«Allora? Versa la polvere in un bicchiere, mettici dentro dell'acqua e dammela.»

Bédame rimaneva immobile. Se davvero quella roba bianca che sembrava grattata da un muro avesse avuto qualche effetto, la vita di Giulia poteva essere in pericolo. Annusò il contenuto del sacchetto come un cane da tartufo. Sapeva di gesso, di pietra.

«Ma cos'è?»

Giulia aveva gli occhi pieni di lacrime. Fosse stato anche veleno, se lo sarebbe bevuto. «Non importa. Preparalo.»

Bédame prese il bicchiere dal vassoio d'argento, versò la polvere biancastra e poi l'acqua dalla brocca di cristallo. Nel bicchiere si levò una nuvola che si consolidò in superficie in uno strato polveroso. L'odore era come di calcina. «Non si scioglie» obiettò.

«Prendi un cucchiaio.»

Lei eseguì e la polvere si diluì un poco. «Non ha un buon odore.»

«Non importa. Dammi il bicchiere.» Giulia si alzò di scatto e le andò vicino. Cercò di afferrare il bicchiere, ma Bédame oppose resistenza. «Madame...»

«Dammelo, ho detto!» Nel tira e molla tra serva e padrona il liquido oscillò violentemente e si sparse tutto fuori dal bicchiere sul bel tappeto persiano.

«No!» gridò Giulia. «Guarda quel che hai fatto, stupida buona a nulla!»

Alzò la mano e schiaffeggiò Bédame con tutte le sue forze.

In quel momento la porta si aprì e Tancredi rimase impietrito sulla porta a osservare la scena: Giulia che urlava come un'isterica e Bédame che la guardava con in mano il bicchiere sporco semivuoto e le cinque dita scarlatte stampate sulla faccia sbalordita.

«Giulia!» esclamò.

Lei si girò, lo vide, corse tra le sue braccia e scoppiò in singhiozzi nascondendo la faccia contro il suo petto. Tancredi fece cenno a Bédame di uscire e lei obbedì svelta e silenziosa. Meno male che il padrone era arrivato in tempo. Non aveva mai visto la marchesa in quello stato e se c'era qualcuno che poteva ricondurla alla ragione quello era il marchese.

Se non altro era riuscita a non farle ingurgitare quella polvere di gesso.

«Giulia, mi vuoi dire che cosa sta succedendo?»

Semisdraiata tra le sue braccia sul divano, a occhi chiusi, lei riuscì finalmente a condividere il peso del macigno che le gravava sul cuore.

Gli parlò di tutto quello che aveva fatto per cercare di salvare Angela. «Dopo essere stata dal giudice Ferri» raccontò «sono andata alla Vanchiglia...»

Lui ascoltava in silenzio, accarezzandole i capelli. «Non mi hai detto niente» commentò alla fine.

«Avevo paura che me lo volessi impedire e che avremmo finito per discutere...» Le lacrime le colavano sulle guance pallide. «Tancredi, che cos'ho fatto? È stata colpa mia se Maria è morta?» Soffocò tra le lacrime. «Si dice che la strada per l'inferno sia lastricata di buone intenzioni...»

Lui la cullò come una bambina. «Quando si fa, si rischia di sbagliare. L'hai detto anche tu che quell'uomo si era comportato in questo modo più di una volta e che era stata Angela a salvare Maria. Lo ha detto anche la vicina che prima o poi doveva succedere.» Era pensieroso, cupo.

Lei gli accarezzò la mano. «A cosa pensi?»

«A tutte le Marie di Torino. E a tutti i loro orfani. Devono avere un posto dove potersi rifugiare.» La baciò sulla fronte. «Ci lavoreremo insieme.»

Giulia sospirò. «Come se fossero i nostri figli?»

Lui sorrise. «Sì. Tutti quanti.»

«Ho schiaffeggiato Bédame perché non mi voleva far bere una polvere miracolosa per restare incinta che mi ha dato padre Brunone» confessò lei d'un fiato.

Tancredi sollevò un sopracciglio. «Se il destino non vuole darci un figlio, ce ne prenderemo cento, mille. Ora dobbiamo andare avanti, perché la morte di Maria abbia un senso. Glielo dobbiamo.» L'aiutò a mettersi seduta. «Chiama Bédame, devi essere raggiante, stasera.»

Lei tirò su col naso. «Perché?»

«La riunione dell'Accademia delle Scienze organizzata da mio padre ha ospiti illustri. Siamo appena andati a prendere i Gervais che vengono dall'Hérault e che ci parleranno di un progetto molto interessante per tutti coloro che si occupano di vini. Si stanno riposando nelle stanze degli ospiti. E poi ho fatto in modo di invitare anche il conte Michele di Cavour, che è appassionato di enologia, il padre del piccolo Camillo, sai quello che era stato tenuto a battesimo dal principe Borghese...»

«Me lo ricordo benissimo.»

«Ecco, Michele è stato aiutante di campo del padre del conte Ignazio Thaon de Revel...» Le strizzò l'occhio. «Plenipotenziario e vicinissimo al re. È a lui che dovremo indirizzare la richiesta di grazia per la tua protetta. Gli ho fatto pervenire un invito per suo tramite, così stasera ci sarà anche lui in prima fila.»

Giulia le baciò sulla bocca. «Grazie.»

Tancredi allargò le braccia. «Non è un pezzo di zucchero, il buon conte Ignazio, ha alle spalle una carriera militare di tutto rispetto, è evaso due volte in modo avventuroso dalle carceri di Napoleone ed è duro come la pietra e tagliente come il vetro, ma ha un gran senso della giustizia. Alla fine della serata lo prenderemo da parte e gli anticiperemo la faccenda.»

«Ci sarà anche la moglie del conte Ignazio?»

«No, è a casa indisposta...» Tancredi si interruppe e Giulia annuì.

«Scommetto che è incinta.»

Lui la guardò dritto negli occhi. «Del dodicesimo figlio, per la precisione. Dobbiamo superarla entrambi quest'impasse, di considerare ogni gravidanza altrui come una sorta di affronto personale.»

Lei abbassò lo sguardo e per un momento. Tancredi temette che si rimettesse a piangere. Poi la vide alzare la testa e sorridere. «Solo dodici?» rispose, allegra. «Noi ne avremo molti di più, di figli dell'anima cui badare, me l'hai appena promesso.» Si alzò. «Devo andare.»

«Dove?»

«A farmi perdonare da Bédame.»

20
Mademoiselle Gervais

Elizabeth Gervais aveva una cinquantina d'anni, portava un paio di occhialini rotondi dorati sul naso ed era vestita modestamente, con in capo una cuffia di velluto beige vecchio stile dalla quale sfuggivano dei ricciolini di un color rame spento dalla prima canizie. Stava accanto a suo fratello più giovane, Jean-Antoine, con un certo pudore modesto, e circondata dalle dame torinesi pareva un passerotto marroncino in mezzo a tanti pappagallini colorati.

Le serate dell'Accademia erano sempre frequentatissime ed eleganti, ma quella era speciale.

Si sapeva che Jean-Antoine avrebbe presentato il suo *Opuscolo sulla vinificazione* dove si parlava di una macchina rivoluzionaria della quale avevano detto gran bene i migliori enologi francesi ed erano in molti nella sala a possedere estesi vigneti, interessati quindi a migliorare la redditività e la qualità dei loro prodotti, primo fra tutti lo stesso Tancredi.

«Quel che ci serve è la maniera di trasformare i nostri vinelli in vini serbevoli e longevi come quelli francesi» diceva il biondo Michele di Cavour, allungando la mano verso il vassoio di amuse-bouche che il cameriere gli porgeva en passant.

«Ci abbiamo provato da prima della rivoluzione» ricordò il

marchese Ottavio «quando ancora non c'erano le strade per arrivare da Torino a Nizza, a imbarcare le botti carrà da seicento litri. Ma è sempre andata a finire male. Il nostro vino non regge il viaggio.»

«Ora le strade ci sono» rispose Tancredi, sorridendo. «È il vino che manca. È il prodotto che deve fare un salto di qualità. Innovazione, ci vuole.» Sorrise al signore anziano con le basette candide che si stava servendo dal bacile enorme d'argento di ponce allestito all'ingresso della sala. «Monsù Carpano ha trovato la via giusta col suo vermouth che sta piacendo a tutti i torinesi.»

Antonio Carpano alzò la tazza di ponce come in un brindisi. «La patente da Vittorio Amedeo III l'ho avuta usando il moscato bianco di Canelli, il resto degli ingredienti è un segreto!»

Tutti risero. Canelli era il fornitore reale, il sogno di qualunque produttore.

«Posso avere anch'io del ponce, padre? O un goccio di ratafià? Profuma di ciliegie.» Un bellissimo bambino biondo, elegante nella sua marsina blu scura, allungò speranzoso la sua tazza vuota.

«Son cose per i grandi.» Michele di Cavour scosse la testa. «Devi imparare a non interrompere gli adulti quando stanno parlando, Camillo» lo rimbrottò, ma con garbo.

Giulia, curiosa, si chinò con un gran sorriso sul ragazzino biondo che somigliava molto a suo padre, con gli stessi occhi chiari. Non era frequente che a quelle riunioni si vedessero dei bambini. «Ma voi siete Camillo, il figlioccio...» Voleva dire il figlioccio di Camillo Borghese e di Paolina Bonaparte, ma incrociò lo sguardo di Michele e fu lesta a deviare il discorso. I Cavour ce la stavano mettendo tutta per far dimenticare i loro trascorsi napoleonici e ottenere la fiducia dei Savoia. «... il figlio del signor conte Michele. Che bel ragazzino siete diventato. Quanti anni avete, se posso domandare?»

Lui la guardò incantato e sorrise a sua volta. «Cinque» rispose, alzando la mano destra con le dita aperte. «E voi, madama, siete una fata, non è vero? Il mio istitutore padre Ferrero mi ha letto *Le fate* di Perrault e la sua morale.» Si schiarì la voce e recitò ispirato: «*La cortesia che le belle anime accende / costa talora acerbi affanni e pene; / ma presto o tardi la virtù risplende, / e prima o poi il giusto premio ottiene*».

Tutte le persone intorno applaudirono deliziate.

«Michele, questo vostro rampollo è un portento» disse Ottavio.

«E ci sa fare con le signore» rise Carpano.

Cavour scuoteva la testa. «Non lo conoscete, Camillo è un gran birbante, e usa il suo ingegno precoce a sproposito. Magari fosse come il suo maggiore Gustavo, tranquillo e studioso.» Ma si vedeva che ne era orgoglioso. «Bene, Camillo, mi avete dato la vostra parola di comportarvi come si conviene. Ora prendete posto e non disturbate, come d'accordo.»

Giulia fece cenno alla cameriera al buffet e si fece dare un bicchiere di succo di frutta. «Questa limonata è una bontà e per voi farò una piccola magia.» Aggiunse nel bicchiere un pizzico di bicarbonato dalla vaschetta che la cameriera le porgeva e mescolò, in modo che qualche bolla emergesse in superficie. «Ecco qua, limonata frizzante per il signorino. E ora il tocco finale.» Si fece dare dalla cameriera una paglia di segale e la infilò nel bicchiere a mo' di cannuccia. «Potete sorbirla dalla paglia, è buffo.» Lui prese il bicchiere, divertito e affascinato. «Oh, mille grazie, signora.»

Michele sorrideva. «Me lo viziate, marchesa.»

Lei si risollevò mentre lui prendeva in bocca la cannuccia, tutto contento. «Ci rivediamo in sala» gli disse, prima di allontanarsi con gli altri. Quella moda della paglia di segale gliel'aveva portata la Seyssel che era sempre al corrente delle ultime tendenze e le signore e i ragazzini la trovavano *amusante*. La cannuccia andava in poltiglia già dopo il primo utilizzo, ma la materia era facile da reperire ed economica.

«Si narra» stava dicendo il marchese Ottavio a Carpano a proposito del suo vermouth «che già Ippocrate amasse bere vino aromatizzato con erbe, spezie e miele e che una simile bevanda fosse diffusa in Grecia e nell'antica Roma. Di fatto, non inventiamo mai nulla...»

«Sono stati gli inglesi in Sicilia a saper fare tesoro delle nostre uve» rispose Michele di Cavour, scuotendo la testa. «Quel Woodhouse, quel commerciante inglese, ha avuto una bella intuizione ad aggiungere acquavite al marsala ottenuto col metodo perpetuum, rabboccando le botti di vino nuovo. I marinai di Nelson che han dato del filo da torcere a Napoleone se lo bevevano come parte della loro razione quotidiana.»

«Mi gira quasi già la testa a sentirvi parlare» disse Giulia, mentre si avviavano a prender posto dentro la sala.

«Infatti si sa che non si dovrebbero mescolare vini diversi, cara marchesa» ribatté una voce maschile divertita alle sue spalle.

Cavour s'illuminò. «Caro conte Thaon di Revel, siete riuscito a venire!» esclamò, stringendo tutte e due le mani guantate al nuovo venuto.

L'uomo anziano in uniforme s'inchinò a Giulia. «Un vecchio soldato non manca alla parola data, caro Cavour.»

«Eccellenza, siamo onorati» lo salutò lei, lasciandosi prendere sottobraccio da Thaon de Revel. «Stavamo giusto entrando in sala per sentire la prolusione di Monsieur Gervais.»

Tutti si accomodarono chiacchierando mentre il francese saliva sul podio sistemandosi la cravatta larga di seta. Aveva anche lui un paio di occhialini tondi sul naso che accentuavano la somiglianza con la sorella.

Ottavio fece gli onori di casa mentre gli ultimi ritardatari prendevano posto.

Thaon de Revel salutò con un certo trasporto un militare con i capelli bianchi che si era presentato in uniforme con delle gigantesche spalline dorate e le mostrine di generale. «Caro Staglieno, anche voi qui?» gli domandò.

«Eccellenza, quando andrò in congedo vorrei occuparmi di vini» gli disse il generale, stringendogli la mano e prendendo posto vicino a lui. Anche Michele di Cavour gli fece un cenno di saluto.

Ottavio aveva cominciato a parlare sul podio. «Ci onoriamo di avere fra noi l'autore del famoso opuscolo sulla vinificazione che sta suscitando tanto interesse tra tutti i produttori d'Oltralpe» esordì soddisfatto. «Come presidente dell'Accademia delle

Scienze di Torino, do il benvenuto a Monsieur Jean-Antoine Gervais!»

L'uomo sorrise. «Ringrazio tutti gli illustri ospiti e il nostro anfitrione. Sono qui come autore materiale del saggio sulla vinificazione e come accompagnatore di mia sorella, Mademoiselle Elizabeth Gervais. Infatti io sono stato solo la sua penna, perché ho immortalato nero su bianco il processo che lei ha messo a punto nelle nostre proprietà terriere dell'Hérault, dove da decenni la nostra famiglia si occupa di produrre vino. Diciamo che abbiamo una grande tradizione in merito.» Aveva un caldo accento del Sud.

Ci fu un silenzio stupito. «Invito quindi mia sorella Elizabeth che illustrerà a lorsignori e signore la natura della sua invenzione.»

Seduto vicino a Ottavio, Thaon de Revel manifestò la sua sorpresa. «Ma guarda, volete dire che quella tranquilla signorina...»

Michele di Cavour accavallò le gambe, disponendosi ad ascoltare le parole della donna di mezza età che stava salendo sul podio con un sorrisetto timido.

«Ringrazio tutti i presenti» esordì, con un certo impaccio. «Non sono abituata a parlare in pubblico, ma conosco bene la mia invenzione e confido nella pazienza di lorsignori. Il processo che ho messo a punto, basato sugli studi di Nicolas Casbois, permette di recuperare i prodotti volatili derivanti dalla fermentazione dei vini dentro i tini e di restituire così al vino tutti i principi alcolici e aromatici di cui era ricco in origine, guadagnando volume e qualità.» Parlando di cose tecniche Elizabeth si era notevolmente rinfrancata e la sua voce suonava forte e decisa.»

«Questa è un'idea grandiosa» commentò Cavour. «Il vino fermentato in tini chiusi è più gradevole di gusto, ma se la liberazione dell'anidride carbonica non è controllata le doghe scoppiano.»

La Gervais annuì. «Esatto, signore, a questo serve la mia macchina, a evitare esplosioni. È un dispositivo metallico che si sistema in cima al tino e lascia fiatare il gas in eccesso, impedendo il contatto della materia in fermentazione con l'aria e quindi prevenendo la possibile acescenza, ma parte dei vapori viene recuperata, ricondensata e rimessa nel tino. Il risultato è un vino più colorato, di gradazione alcolica più alta, con un migliore bouquet.»

«Che cos'è l'acescenza?» sussurrò Giulia a Tancredi che stava seduto vicino a lei.

«È quel che succede quando il vino diventa aceto.»

«Ah, ho capito.» Lei annuì e si girò a sentire l'intervento di Staglieno.

«Se è così» stava dicendo il generale «avete risolto uno dei problemi più importanti dell'enologia, Mademoiselle.»

Lei gli sorrise. «Sua maestà il re Luigi XVIII si è degnato di concedere il brevetto reale alla mia umile trovata.»

Tutti applaudirono entusiasti.

«Dovete farci sapere come procurarci questa vostra meraviglia» disse subito il marchese Ottavio, alzandosi e raggiungendola sul podio. «Credo che molti dei presenti siano interessati all'acquisto.»

Ci fu un vociare di eccitata approvazione finché dalle file più in fondo padre Brunone Lanteri alzò la mano per chiedere la parola. «Tuttavia, Mademoiselle» obiettò con la sua voce affaticata «tutto questo non sarebbe stato possibile senza gli studi di dom Casbois, che già prima degli orrori della rivoluzione aveva teorizzato questa possibilità in un suo studio. Un sant'uomo, dom Casbois, che non volle mai giurare fedeltà all'abominio dei blu.»

Lei sulle prime non capì le parole del prete, coperte dal brusio entusiasta dei presenti, e lui dovette ripetere mentre Ottavio chiedeva il silenzio.

«Oh, signore, senz'altro gli sono debitrice, io ho perfezionato e concretizzato quel che lui ha teorizzato» rispose la donna, senza alcun turbamento. «Il professor Casbois è venuto a mancare nel 1795 e sono sicura che sarebbe contento di vedere la sua idea trasformata in una macchina che in questo momento è molto richiesta.»

«Mi pareva strano che fosse tutta farina del suo sacco» commentò Thaon de Revel a mezza voce. «Una donna che inventa una macchina del genere...»

Giulia lo guardò. «Eccellenza, a quel che ho capito dom Casbois ha teorizzato un principio, Mademoiselle ha avuto la presenza di spirito di trasformare delle parole in metallo.» Lo vide aggrottare le sopracciglia e si affrettò a proseguire in tono leggero: «Del resto ci fa piacere associare un dom a un vino, non è così? Dom Perignon col suo pinot nero per lo champagne, per esempio».

Lui sorrise. «Si dice che sia stato il seno di Madame de Pompadour a ispirare la misura della coppa per gustarlo» ribatté, sornione.

Fu allora che si sentì un gran trambusto in corridoio, con grida della servitù che stava approntando il buffet che sarebbe stato offerto alla fine della conferenza a tutti gli ospiti.

Mentre Mademoiselle Gervais riprendeva a parlare per entrare nel dettaglio delle caratteristiche tecniche della sua macchina, Giulia sgusciò fuori in punta di piedi, facendo un cenno rassicurante a Tancredi. Donna Maria Paulina aveva preferito non partecipare alla conferenza, il tema era molto tecnico e la gamba le faceva un po' male dopo le fatiche della mattinata alla Vanchiglia, ma li avrebbe raggiunti alla fine. Quindi in sua assenza era Giulia la padrona di casa e doveva far fronte a tutti gli imprevisti.

Fuori, il grande bacile d'argento del ponce che era stato allestito in alto su un fornelletto per tenerlo caldo era caduto rovinosamente addosso alla gigantesca pila geometrica dei bicchieri di cristallo pronti per servire lo champagne che adesso giacevano sul pavimento ridotti in minuti frammenti in una pozza di ponce accanto al bacile rovesciato. La tovaglia di bisso aveva preso fuoco e la servitù si stava dando da fare per spegnere le fiamme.

Vicino al disastro c'era Camillo di Cavour costernato. La sua redingote era bagnata di ponce, come se ci fosse caduto dentro, e aveva una delle calze di seta bianca sporca e rovinata.

«Ma che cosa è successo?» domandò Giulia.

Il Brizio aveva i capelli dritti in testa. «Il signorino, qui... si è arrampicato per arrivare al bacile del ponce, che si è rovesciato sulla cristalleria... e questo è il risultato» disse, e nella foga del momento gli scappò di bocca il dialetto. «A l'è rubatà malament, il cit.» È caduto di brutto, il bambino.

Camillo era rosso in faccia ma determinato. «Sono io il responsabile di questo disastro» dichiarò.

«Ma come avete fatto?»

«Volevo provare ad aggiungere del bicarbonato al ponce, come voi avevate fatto con la mia limonata, ma nell'arrampicarmi per arrivare al bacile ho rovesciato tutto» confessò lui desolato. «Era per capire se la reazione chimica si sarebbe prodotta anche in una bevanda alcolica.»

Quell'ometto di cinque anni così bello da sembrare un angioletto le stava davanti sull'attenti, serio e compreso nella circostanza.

«Verrò punito per questo, e sarà giusto» concluse con un sospiro. Il suo istitutore aveva la mano pesante.

Giulia spalancò gli occhi. «Ma no, certo che no.» Fece segno al Brizio. «Fate sparire in fretta questo disastro, prima che gli ospiti escano. Sostituite la cristalleria, di certo non mancano i bicchieri.»

Lui annuì, accigliato. «Come la signora marchesa comanda.» Diede un'occhiataccia a Camillo. Quel signorino se la sarebbe cavata senza nemmeno una bella frustata sulle sue aristocratiche chiappette bianche.

«Sarò personalmente molto grata a tutto il personale di servizio che si adopererà per rimediare a questo imprevisto» aggiunse Giulia a voce alta, e i visi dei camerieri si distesero. La marchesa era generosa e trovava sempre il modo di ricompensare i meritevoli. Forse non tutto il male era venuto per nuocere.

Prese Camillo per la mano. «Venite con me, risistemiamo il vostro abito. Bédame!»

Il piccolo Cavour si allontanò con la cameriera, girandosi a guardare Giulia con un sorriso da un orecchio all'altro, e lei tornò in sala e riprese silenziosa il suo posto mentre Madame Gervais stava ancora parlando.

«Una grande quantità di vino circola in Francia così come in Piemonte, ma possiamo affermare che si tratti di vino di qualità? Il conte Chaptal, l'abate Rozier e dom Le Gentil hanno recentemente fatto uno studio che ne evidenzia i peggiori difetti e con grande piacere condivido oggi qui i risultati del loro lavoro...»

Thaon de Revel stringeva le labbra. «Devo ammettere che quella donnina dall'aria da zitella di campagna è davvero un pozzo di scienza» sussurrò a mezza bocca.

Giulia sorrise. «L'abito non fa il monaco, eccellenza. E noi donne a volte riserviamo delle sorprese.»

Lui le prese la mano e gliela baciò. «Su questo non ho dubbi» rispose, con uno sguardo ardito.

Lei sfilò delicatamente la mano dalla sua. «E come sta Madame Sabina vostra moglie? Mi dicono che la gravidanza del dodicesimo bambino la stia un poco affaticando.»

Il conte Ignazio sorrise. «Sabina sta bene per grazia di Dio e io mi ritengo garbatamente richiamato ai miei doveri maritali» rispose, riprendendo a fissare la Gervais che parlava disinvolta come se non avesse mai fatto altro in vita sua, con tutto l'uditorio in grandissima prevalenza maschile concentrato a seguire le sue spiegazioni.

21
Navi di sughero

Donna Maria Paulina si palesò puntuale alla fine della prolusione, zoppicante sul suo bastone ma sorridente. Gli ospiti sciamavano nel corridoio, commentando vivaci, e Mademoiselle Elizabeth e suo fratello erano letteralmente assediati da gentiluomini che domandavano ulteriori chiarimenti ma soprattutto prenotavano esemplari della macchina Gervais.

«Quali sarebbero i tempi di spedizione?» chiedeva Staglieno, interessatissimo.

«Io ne vorrei due. Per quanto concerne il pagamento, è previsto uno sconto in caso di acquisto plurimo?» domandò Cavour. Poi si girò verso Giulia. «Ma dove è finito quel briccone di mio figlio?»

Bédame stava tornando in quel momento con Camillo per mano. La calza di seta era stata sistemata e sulla redingote non si vedevano più le macchie.

«Era andato un attimo ai servizi con la mia cameriera» disse Giulia con un sorriso. In fondo non era una bugia. Poi si rivolse a Tancredi. «Dovremmo comperarne un paio anche noi, di macchine» disse sottovoce. «Potrebbe essere una buona occasione per cominciare a pensare di trasformare il nostro barolo abboccato e frizzantino in un vino serbevole.»

Lui annuì. «Mio padre non è tanto interessato, ma lo convincerò piano piano. È un fatto di prestigio, ma è anche un affare. Ne potremmo ricavare ulteriore denaro da investire nelle nostre opere sociali.»

Lei lo baciò furtiva sulla guancia. «A proposito, non lasciamoci scappare il conte Ignazio...»

Thaon de Revel stava bevendo champagne e chiacchierando con Maria Paulina.

«Mi onoro di essere molto amica di donna Sabina dei conti Spitalieri di Cessole, eccellenza» gli stava dicendo lei. «Portatele tutti i miei saluti più cari. Se non disturbo, mi farebbe piacere farle visita.»

«Grazie, donna Maria Paulina, sono certa che ne sarebbe lieta...»

Tancredi si avvicinò con discrezione.

«Eccellenza, posso chiedervi un momento di attenzione?»

Lui finì di bere e posò la coppa. «Dopo questa bella serata, come negarvelo» rispose, cordiale.

Aprirono la porta del salottino blu che dava sul corridoio e vi si accomodarono. Giulia cercò di tenere a bada i battiti del cuore. Doveva riuscire a spiegare bene la situazione.

«Conoscendo la vostra grande attenzione nei confronti dell'operato dei tribunali del territorio, mia moglie vorrebbe portare alla vostra attenzione un caso giudiziario» esordì Tancredi, accomodandosi nella poltrona vicina a quella che Thaon aveva occupato.

«Vi interessate di *casi giudiziari*?» domandò il conte, accavallando le gambe. C'era perplessità che rasentava il divertimento nel suo tono.

«Si tratta di una vicenda della quale sono venuta a conoscenza visitando le carcerate» rispose lei, seria.

Thaon annuì, già più bendisposto. Che le dame facessero carità nelle carceri gli sembrava accettabile. Anche sua moglie Sabina apparteneva a una qualche confraternita di dame di beneficenza.

«E dunque quale sarebbe questo caso che vi ha tanto colpita?»

«Una brava donna, eccellenza, che il destino ha coinvolto in un fatto di sangue.» Gli raccontò in breve, cercando di usare le parole giuste. «Capite bene, eccellenza, che questo è stato un caso di legittima difesa, per salvare la vita alla figlia. L'uomo era conosciuto per le sue intemperanze dovute al bere... Come si può impiccare una madre che ha agito per salvare la figliola, quindi in stato di assoluta necessità?» Era rossa in viso mentre perorava la causa di Angela.

Lui rise. «Ma guarda che foga, dovreste fare l'avvocato, cara marchesa. Come Porzia ne *Il mercante di Venezia* di Shakespeare, non è vero? Con un bel paio di baffi finti sotto il vostro bel nasino.»

Lei si sforzò di sorridere. «Il giudice Ferri ha sospeso la sentenza, ma non per molto, e quindi un vostro intervento è vitale e urgente... e di certo una grazia sarebbe la dimostrazione che i vostri occhi, che sono poi gli occhi di sua maestà il re, vedono lontano, e non si lasciano sfuggire l'occasione di salvare dal cappio un'infelice che non merita di morire.»

Lui annuì, sospirò e si mise in piedi con tanto slancio che Giulia sussultò. «Fatemi mandare gli incartamenti dal giudice Ferri, cara marchesa. Non prometto niente, ma prenderò senz'altro in considerazione la cosa.»

«La vostra parola mi basta, caro conte.»

Lui si diresse verso la porta. La conversazione in merito ad Angela era finita.

«Mi prenderò un'altra coppa del vostro ottimo champagne prima di andarmene. Grazie per la bella serata.»

Fu allora che bussarono alla porta. Era il Brizio, tutto serio e cerimonioso. «Chiedo scusa alle loro eccellenza. È arrivato un incaricato che cerca sua eccellenza Thaon de Revel. Trattasi di cosa urgente.»

Il conte allargò le braccia. «Vedete, non si può mai stare tranquilli. Vediamo che succede.»

Mentre lui usciva con aria indaffarata Giulia si avvicinò a Tancredi. «Come pensi che sia andata? Non mi è sembrato molto colpito.»

Il marchese si strinse nelle spalle. «Chissà quante richieste di questo genere gli vengono fatte» disse. «Bisognerebbe trovare un altro modo per far pressione.»

Maria Paulina si affacciò nella stanza. «I nostri ospiti stanno brindando e posso dire che la serata è stata un grande successo. Finalmente vedo sorridere il mio signor marito. Che cosa confabulavate con il conte Ignazio?»

Giulia la guardò. «Gli ho chiesto la grazia per quella donna, *maman*. Per quella Angela.»

Sua suocera annuì. «Mi ricordo. Come mai vi interessa tanto salvare la vita di quella sventurata, cara Giulia?»

«Perché impiccarla sarebbe una grande ingiustizia. E perché debitamente instradata potrebbe essere di esempio per le altre carcerate. La ascoltano, e lei ha un grande buonsenso.» Sospirò. «Ha ucciso per difendere la vita della figlia e vogliono metterla a morte. Ho parlato col conte ma a dire la verità non è sembrato molto colpito da questa vicenda.»

Maria Paulina la prese sottobraccio. «Forse è una storia che tocca più il cuore di una madre... Avevo già in animo di andare a trovare la moglie del conte Ignazio, quella santa creatura della contessa Sabina. Sapete, è ancora iscritta alla Compagnia dell'Umiltà, anche se mettendo al mondo un figlio dietro l'altro non è stata molto presente alle nostre riunioni...»

Giulia sollevò la testa. «La contessa Thaon de Revel è una dama dell'Umiltà?» Le sembrava una splendida notizia.

Tancredi sorrideva. «*Maman* ha sempre delle risorse nascoste.»

«Andremo da lei insieme . Le porteremo un completo ricamato che ho fatto preparare per il nascituro, con i colori dello stemma di famiglia e il loro motto. E parlando del più e del meno arriveremo al punto della vostra Antonia...»

«Angela» la corresse Giulia.

Maria Paulina mosse la mano. «Sì, Angela, Antonia... quello che è.» Le prese il mento tra le dita. «Voglio vedervi sorridere, cara, voglio ritrovare la gioia dentro i vostri occhi e spero che quando questa faccenda sarà finita tornerete a essere la Giulia di sempre.»

Lei sorrise. Non sarebbe tornata la Giulia di prima, avrebbe proseguito sul suo sentiero, ma questo la suocera non avrebbe potuto capirlo, e quell'aiuto le sembrava piovuto dal cielo.

«Grazie» le disse, abbracciandola con calore. «Stiamo facendo la cosa giusta.»

Fuori si sentì la voce forte di Thaon de Revel che richiamava l'attenzione di tutti i presenti. Anche i Falletti uscirono dallo studiolo per unirsi agli altri.

«Signori, richiedo la vostra attenzione! Credo che il momento sia topico!»

Il brusio delle chiacchiere svanì in fretta trasformandosi in un silenzio carico di aspettativa.

Il conte Ignazio era in mezzo al corridoio, pallido ma sorridente. Stavolta sì che sembrava genuinamente emozionato. Teneva in mano una lettera.

«Sono stato appena raggiunto da un mio messo che mi ha portato grandi notizie. Il miserabile usurpatore Bonaparte è stato definitivamente sconfitto dalle forze della santa coalizione in una località del Belgio chiamata Waterloo e ha dovuto abdicare. Il presidente del governo provvisorio eletto dal senato è Monsieur Joseph Fouché nell'attesa che sua maestà Luigi XVIII ritorni a Parigi. Siano rese grazie al Signore!»

In un boato, tutti applaudirono e gridarono la loro gioia. A quanto pareva il parvenu còrso si era definitivamente tolto di mezzo.

«Fouché?» ripeté Giulia, sbalordita. Lui, occhi di vetro, il ministro della polizia di Bonaparte, ancora sulla breccia, ma dalla parte opposta della barricata. Non poteva fare a meno di chiedersi se Napoleone era vivo, o ferito, e che cosa adesso ne sarebbe stato di lui. Forse sarebbe riuscito a fuggire lontano, magari in America, perché di certo dopo l'evasione dall'Elba la coalizione sarebbe ricorsa a misure molto più drastiche nei suoi confronti. Aveva fatto prendere un grande spavento a mezza Europa, dimostrando la fragilità dei governi restaurati.

Tancredi ebbe un sorriso triste. «Siamo tutti delle navi di sughero» sussurrò. Almeno la metà delle persone presenti nella sala e che avevano esultato alla notizia della sconfitta di Waterloo si erano in qualche modo compromesse con Bonaparte e il loro slancio patriottico era direttamente proporzionale alla loro smania di far dimenticare gli scheletri negli armadi. «Potrebbe essere un'ottima notizia.»

Lei sgranò gli occhi. «E perché?»

«Il re Vittorio Emanuele I sarà così felice della sconfitta di Bonaparte che magari oltre a qualche *Te Deum* concederà anche qualche amnistia, com'è uso, e la tua Angela potrebbe essere tra i fortunati.»

«Ah!»

Prima che lei riuscisse a rispondere si sentì sfiorare la mano. Il piccolo Cavour le sorrideva.

«Oh, eccovi, Camillo.»

«Sono venuto a salutarvi e a ringraziarvi, Madame» disse il bambino, compito. «Ho preso una decisione: da grande vi sposerò.»

Lei guardò Tancredi, che sorrideva divertito.

«Se mio marito lo permetterà...» rise lei.

Camillo non si perse d'animo. «Oh, lui sarà già morto» rispose deciso. «E voi sarete mia moglie.»

Suo padre arrivò in tempo per sentire l'ultima battuta. «Ma Camillo, che cosa diavolo farneticate?» esclamò, indignato. «Ecco, è questo che intendevo, quando vi dicevo che è incorreggibile!»

Tancredi incrociò con discrezione indice e medio, sorridendo. «Spero di rimanere ancora per un po' in questa valle di lacrime, caro Camillo, ma capisco che avete parlato per affezione nei confronti della marchesa.»

«Lei è una fata» ribadì il bambino. Poi le strizzò l'occhio e le fece segno di chinarsi per poterle parlare all'orecchio. «Abbiamo il nostro segreto. Grazie. Non lo dimenticherò mai.»

Giulia gli strinse cerimoniosamente la mano e si portò il dito alle labbra.

«Sembrate due congiurati» protestò Michele di Cavour. «Meglio andarcene, prima che Camillo ne faccia un'altra delle sue. Magari somigliassi a tuo fratello...»

Camillo sollevò le sopracciglia con una smorfietta irresistibile. Si capiva benissimo quel che pensava di quel noioso di Gustavo.

«Dicono» disse Giulia «che i cadetti siano sempre più vivaci dei primogeniti.»

Michele sorrise. «È vero. Bene, chi vivrà vedrà» concluse.

«Grazie per la bella serata, era tempo che non mi divertivo e non mi interessavo tanto. Sono sicuro che questa macchina Gervais ci porterà del bene.»

Mentre il conte si allontanava col bambino per mano per salutare il marchese Ottavio, tutto preso a conversare con Thaon de Revel, Tancredi posò una mano sul braccio di Giulia. «Ti piace la piccola peste?»

Lei alzò le spalle. «Mi sembra sveglio, per avere solo cinque anni. Mi sbaglierò, ma Camillo di Cavour combinerà qualcosa, nella vita.»

22
Boia che impicca 43

La forca si montava al momento.

Era fatta al risparmio con due grossi pali, sempre gli stessi, che venivano battuti nel terreno e fissati con due macine da mulino, uniti in alto tra di loro da un altro palo orizzontale al quale si legavano due scale di legno, una per il giustiziato e una per il carnefice.

Il Gasprin era grosso, anziano e non troppo agile e la parte più faticosa era affidata ai suoi due aiutanti. Giulia non immaginava che l'esecuzione sarebbe stata così efferata, non aveva mai assistito a delle impiccagioni in Piemonte sotto il regno dei Savoia. Aveva in mente una cosa più pulita, con un palco e delle botole e magari un carnefice professionale che avesse fatto due conti sull'altezza e il peso del giustiziando per regolare la lunghezza della corda e lo spazio di caduta, in modo da farlo soffrire il meno possibile.

Il Cichin era arrivato alle Due Torri come se andasse a una festa, una smorfia di sfida sulla faccia, gridando alla folla che si era radunata sul percorso del carro. Se non avesse avuto le mani e le braccia legate, avrebbe salutato come un re. Aveva rifiutato la benda e anche di baciare il crocefisso e si guardava intorno fiero come un leone.

La gente intorno rumoreggiava eccitata.

«Ohi, Cichin, ti han dato da mangiar bene?»

«Ohi, Cichin, t'han dato vino buono?»

«Una bella presa di tabacco?»

«Ohi, Cichin, di' qualcosa!»

Per la gente quello era un rito. Il condannato doveva essere trattato bene, bisognava assecondare il suo ultimo desiderio, lasciarlo pregare se voleva, o parlare alla folla, prima di mettergli il cappio al collo. Altrimenti si levavano voci di protesta, o anche sassate contro l'esecutore di giustizia.

Il Gasprin era accigliato. Negli ultimi tempi eran sempre grane, sempre critiche che ti piovevano addosso a ogni esecuzione capitale. L'unica cosa che lo faceva resistere ancora era la paga, i soldi: prendeva il doppio di uno scrivano ministeriale e anche qualche extra. Perfino i suoi manigoldi, ragazzotti senza arte né parte, guadagnavano il triplo di un tessitore di seta. Lui personalmente aveva avviato un piccolo commercio di grasso degli impiccati, che veniva comperato a caro prezzo, dal momento che in molti erano convinti che avesse proprietà benefiche. Il Cichin era ancora bello in carne, ne avrebbe ricavato un bel po' dal cadavere, intanto che lo trasportavano a San Pietro in Vincoli. E la settimana seguente avrebbe impiccato uno che aveva ammazzato la moglie a martellate, un certo Gasparotto della Vanchiglia, e quello di grasso in corpo ne aveva ancora di più, con quella sua pancia a otre da bevitore. Sarebbe stato un lavoro duro perché era una bestia d'uomo, ma ne sarebbe valsa la pena.

«Amici» esclamò il Cichin, in piedi in equilibrio sulla scaletta a pioli. «Devo dirvi addio. Io, per me, quel che ho fatto lo rifarei: la ricchezza l'è come la grassa, se si ammassa puzza, ma se si sparge ingrassa, e non è giusto che ci siano pochi che hanno tutto e tanti che non hanno niente.»

La folla applaudì rumorosamente.

«Sono alla fine della candela, la vedo, la Catlina dalle coste secche, che mi sorride con la falce in mano» proseguì lui. «Bon, che la venga, l'è meglio che ti faccia il solletico al collo un boia vecchio che uno giovane. Quanti ne hai già appesi, eh, Gasprin? Mi raccomando, fa' tutto come si deve.»

Il carnefice brontolò qualcosa e gli offrì di nuovo la benda, ma lui girò la testa. Allora l'altro gli posò una mano sul braccio. «Dai, Cichin, anduma, che facciamo in fretta.»

Appollaiato sulla scaletta a pioli parallela, gli infilò il cappio al collo. Uno dei suoi aiutanti si era già arrampicato agile come una scimmia sopra la trave sovrastante. Il Gasprin tolse di colpo la scaletta sotto i piedi del Cichin, che penzolò nel vuoto. Contemporaneamente l'aiutante sopra la trave gli balzò con tutto il suo peso sulle spalle premendogli con un piede sul collo in modo da romperglielo, mentre il suo compagno rimasto a terra si appendeva alle gambe dell'impiccato strattonandolo violentemente verso il basso.

«Tira di più, coglione!» gridò il Gasprin al tirapé.

Il Cichin sobbalzò e scalciò per un paio di lunghissimi minuti mentre gli aiutanti diventavano paonazzi per lo sforzo di finirlo.

Giulia non riusciva a distogliere lo sguardo da quell'orrore, mentre la folla tratteneva il fiato. Quando i tirapiedi lasciarono andare l'impiccato, lui prese a girare lentamente su se stesso e il pubblico prese a contare.

«Unoooo... dueeee...»

Solo due giri, e poi il cappio vibrò e si fermò. Cichin pendeva inerte e intorno la gente gridava dei numeri.

«75, il bandito impiccato!»

«43, boia che impicca!»

«68, boia che impreca!»

«E 2, i giri della corda!»

Tutti numeri buoni da giocare al Regio lotto, che a Torino e in Piemonte aveva solide radici e dal Cinquecento era monopolio degli ebrei. Ma poi nel 1754 il re Carlo Emanuele III di Savoia aveva stabilito che passasse sotto il diretto controllo dell'autorità governativa, per conto dell'Erario, e che le estrazioni avvenissero in Santa Cristina.

«Me lo aveva detto che avrebbero giocato i numeri» balbettò Giulia, accecata dalle lacrime. «Lui lo sapeva, sapeva tutto, e non aveva paura.» Tancredi se la stringeva contro, attraversando la folla preceduto dal Brizio e seguito da Bédame.

«Non capisco perché tu ti sia ostinata a venire» obiettò. La sentiva tremare tutta.

«Perché glielo avevo promesso. Perché non avevo mai assistito a una impiccagione dei Savoia e non immaginavo che fosse così... così... brutale e primitiva.»

Tancredi le accarezzò la testa. «Il Cichin è stato graziato. Avrebbero dovuto spezzarlo sulla ruota, e sarebbe stato ben peggio.»

Lei gli si abbarbicò come un'edera. Sentiva le tasche e i bottoni della sua marsina contro il suo corpo. «Tancredi, puoi immaginare Angela in questa situazione? Puoi immaginare? Questa non è giustizia, questo è un abominio...»

Tancredi la fece salire in carrozza. Bédame le versò da bere qualcosa di forte da una bottiglietta che teneva sotto il sedile della berlina e lei assaggiò il cognac e poi tossì.

«Oggi stesso andrò con tua madre a parlare con la moglie del conte Ignazio» disse, asciugandosi la faccia nel fazzoletto che Bédame le aveva offerto. «La salveremo.»

Tancredi fece segno a Bédame di dare anche a lui un po' di cognac. «Giulia, noi stiamo facendo tutto il possibile ma non siamo sicuri di ottenere il nostro risultato. Bisogna che tu sia pronta anche a un... fallimento» disse lentamente.

«Come posso accettare che lei finisca come il Cichin?» Lo prese con slancio per le mani, facendogli rovesciare il bicchierino di liquore. «Non voglio che tu mi dica la verità, adesso. Voglio che tu mi dica che ce la faremo senz'altro, che riusciremo a salvare Angela e che quell'orribile Gasprin non le metterà mai il cappio al collo. Voglio che tu mi menta, se è necessario. Altrimenti non mi aiuti. Lo capisci questo?»

Tancredi si passò una mano sulla fronte. «Io... credo di sì.»

Lei lo fissò. «C'è qualcosa che non mi stai dicendo?»

Lo vide annaspare. «È solo... una formalità.»

«Voglio saperla.»

«Ferri ha dovuto fissare la data.»

Il giudice porcello, come lo chiamavano le carcerate, era tornato a casa sua il giorno prima, dopo aver esaurito tutti gli arretrati e aver ottenuto garanzia che una carrozza lo avrebbe portato avanti e indietro da Torino. «La data dell'esecuzione?»

«Sì, il 25 luglio, la festa di san Giacomo.»

Era una bella giornata, san Giacomo, coi pescatori che si buttavano nel Po e gareggiavano a prendere i pesci a mani nude, e poi facevano gran festa in san Lazzaro. Con tanta gente in giro, una bella impiccagione avrebbe aggiunto pepe alla ricorrenza.

Giulia si coprì la faccia con le mani e lui la prese subito tra le braccia. «L'hai appena detto tu che dobbiamo crederci. Allora adesso andiamo a casa, tu ti ricomponi e vai con mia madre dalla contessa Thaon de Revel. Ha una grande influenza sul conte Ignazio, andrà tutto bene.»

Lei tirò su con naso e riuscì a improvvisare un sorriso un po' tremulo

23
Genova

Sabina dei conti Spitalieri di Cessole aveva trentacinque anni e una faccia tonda e sorridente. Era tutta tonda, per la verità, semisdraiata nel letto a cortine e sorretta da un mare di cuscini.

«Scusate se vi accolgo in camera da letto. Il dottore dice che è meglio che stia a riposo il più possibile, anche in previsione del viaggio che dovrò fare per forza. Il conte Ignazio vuole che il bambino nasca a Genova, lo hanno nominato governatore di quella città. Conviene che mi muova quando ancora la gravidanza non è troppo avanzata, per cui sto preparando i bagagli.»

«Allora siamo arrivate appena in tempo» disse donna Maria Paulina, sedendosi su una delle poltroncine vicino al gran letto a baldacchino, «Ho portato mia nuora, Giulia Colbert.»

Donna Sabina le tese le mani. «Ma certo, vi conosco per sentito dire, siete la moglie del marchese Tancredi, è un piacere!» Si sistemò meglio sui cuscini. «Avete fatto bene a passare a trovarmi. Almeno mi svagate un po'. Mi risulta che la serata all'Accademia delle Scienze sia stata un gran successo. Mio marito è rimasto colpito da quella Mademoiselle Gervais e dalla sua macchina.»

«Noi ne compreremo un esemplare» confermò Giulia.

La cameriera bussò alla porta. «Perdonate, contessa, è l'ora del saluto.»

Donna Sabina si sistemò la cuffia e la liseuse di merletto. «Oh, bene, avrò il piacere di presentarvi i miei figli.»

In fila indiana, dall'adolescente quattordicenne ai due ancora in carrozzina, i giovanissimi Thaon de Revel si affacciarono alla porta e si avvicinarono al letto, per baciare la mano della mamma che invece se li abbracciava senza troppe cerimonie, stropicciandoli un po' sotto lo sguardo disapprovante delle tate.

«Eccoti, Federico. Oh, Carolina, che bella treccia. Leonello, che cos'è questo livido sul ginocchio? Ottavio, ti sei sporcato le dita con l'inchiostro. Orazio, ma che buffo sei, il colletto lo devi tirar fuori dalla giacca. Alessandro, l'hai poi imparata la poesia? Marziano, togliti le dita dal naso, non si fa. Flavia, ma questa bambola chi te l'ha regalata? Carlo Francesco, ti vedo un po' pallidino, l'hai presa la medicina?» I due più piccoli, Adriano ed Ersilia, erano tra le braccia delle tate. «Allora, siete pronti alla partenza?»

Federico, magro e imbronciato, scosse la testa. «*Maman*, io non voglio andare in collegio a Genova. Qua ho i miei compagni, conosco i professori...»

Lei agitò la mano. «La vita è cambiamento, il vostro signor padre deve prendere possesso della sua carica e non ha alcuna intenzione di separarsi da noi. Vedrete che sarà divertente.»

Il giovane la guardò. Somigliava vagamente al padre, forse per quello sguardo sempre un po' accigliato. «I genovesi ci odiano» disse senza mezzi termini.

Sabina si agitò nel letto. «Oh, là là, che parole grosse! Devono solo abituarsi alla situazione.»

Il congresso di Vienna aveva di fatto regalato la Liguria ai piemontesi e la Repubblica di San Giorgio non era di certo entusiasta di finire sotto i Savoia.

Federico scosse la testa. «Mi ha detto il nipote del generale Staglieno che viene da quelle parti che nelle fortezze hanno girato i cannoni verso la città invece che verso il mare, perché si aspettano dei disordini.»

«Adesso basta, Federico. Stai mettendo in imbarazzo le nostre ospiti. Salutate e andate.»

Il giovane s'inchinò a Giulia e a Maria Paulina. «Chiedo scusa, signore» disse, prima di uscire da dove era venuto in scia ai suoi numerosi fratelli e sorelle.

Sabina sospirò. «C'è del vero in quello che dice il mio maggiore, che è una bella testa per la sua età. Ma ogni onore ha il suo onere e noi affronteremo la situazione.»

«Davvero un ragazzo sveglio» disse Giulia. «Certo che voi avete una forza e una vitalità formidabile, siete una madre esemplare.»

La contessa rise. «Eh, ho sposato il conte Ignazio che avevo diciotto anni e lui quaranta, e gli ho dato i figli che avete veduto, per grazia di Dio tutti sani, finora. Sono sempre incinta o sto per partorire o sto partorendo o sono in puerperio o sono alla ricerca della balia giusta. Oggi come oggi non è facile, le nutrici hanno un sacco di esigenze ma per fortuna ho un buon contatto nel Canavese che mi manda madri giovani e sane che hanno perso il loro bambino e sono disposte a vivere qua in famiglia.» Abbassò la voce. «Non sempre fila tutto liscio, per quanto noi le si tratti come delle regine, le si rivesta da capo a piedi e le si alimenti al meglio per conservare la qualità del latte: due anni fa una stupidina che avevo preso come balia per Adriano ha perso il latte per lo spavento di aver lasciato il paese, pensa che ingrata, dopo che era passata dalle stalle alle stelle venendo a stare da noi.»

«Immagino che per una giovane che è sempre vissuta in un paesino sperduto sia un bel cambiamento» considerò Giulia. Fresche del lutto di aver visto morire il loro bambino, ritrovarsi da sole in un palazzo patrizio della città di Torino dopo un lungo viaggio a piedi o a dorso di mulo poteva in effetti sgomentare una campagnola delle colline.

Sabina guardò Maria Paulina. «Mi rendo conto di non essere stata un membro molto attivo della Compagnia dell'Umiltà, ma vi posso garantire di aver fatto del bene a tante giovani. Anche a quella sciocchina che ha perso il latte ho pagato la mesata intera.»

Donna Maria Paulina annuiva. «Oh, ma lo immaginavo benissimo. E capisco quanto sia impegnativo tirar su tanti figli e badare a un marito importante come il signor conte Ignazio.»

Sabina sorrise. «E voi, Giulia, , come passate le vostre giornate invece?»

Era una domanda involontariamente crudele, ma Giulia rimase impassibile. «Cerco di dedicarmi a chi ha bisogno» disse, cogliendo la palla al balzo. «In particolare, mi sono interessata al caso di una sventurata che rischia di finire sul patibolo proprio per essere stata una buona madre... a dirvi la sincera verità, la richiesta di grazia è nelle mani del signor conte vostro marito.»

La contessa fece tanto d'occhi. «Adoro le storie, dovete raccontarmi tutto. Per filo e per segno.»

Giulia non aspettava altro. Le narrò di Angela e Censino e Norin in un modo tanto crudo che donna Maria Paulina sobbalzò due volte sulla sedia. Ma Giulia vedeva che invece Sabina era molto presa dalla vicenda e non esitò a dare qualche pennellata pesante al quadro.

«Sapete, stamattina ho assistito all'impiccagione di quel brigante, quel Cichin...»

«Ne ho sentito parlare» disse subito donna Sabina.

«Lui... lui aveva attaccato con i suoi la nostra carrozza al mio arrivo a Torino ed è stata solo la presenza di spirito di mio marito Tancredi a farci uscire indenni da quella esperienza. Ciò nonostante la crudeltà di quell'esecuzione, col boia e i suoi due tirapiedi che si accanivano sul condannato per spezzargli il collo, è stato uno spettacolo tremendo e mi immaginavo la povera Angela al posto di quel brigante di strada...»

La contessa saltò sul letto. «Ah, no, non si può far fare a una madre, una sventurata madre che viene dal degrado della Vanchiglia, la stessa fine di quell'assassino... Vi prometto che ne parlerò al signor conte mio marito. Come avete detto che si chiama la donna?»

«Angela Agnel.»

«Un nome che evoca una creatura pura. Pensate invece che

cosa mi capita, il signor conte Ignazio mi vuole convincere a darne uno terribile al povero bambino che porto in grembo.»

«I nomi di famiglia sono tutti belli» rispose donna Maria Paulina, conciliante.

«Fosse un nome di famiglia! Leonello, Gaspare, Lazzaro persino... o Teresa, Camilla, o anche Gertrude... lo potrei accettare. O che ne direste di Francesca, come la protagonista della Francesca da Rimini di quel tragediografo, quel Silvio Pellico che tra l'altro è piemontese di Saluzzo? Ma no, lui il nascituro, che sia maschio o che sia femmina, lo vuole chiamare Genova!»

Giulia e Maria Paulina si scambiarono uno sguardo stupito. «Genova?»

«Be', è originale» azzardò Giulia.

«Lui ci tiene per onorare la città della quale è stato nominato governatore e anche per ringraziare il re. Genova Thaon di Revel» sospirò, accarezzandosi la pancia. Poi sorrise furba. «Ho qualche freccia al mio arco. Se vuole che il nascituro si chiami Genova, dovrà prendere in considerazione la vostra supplica. Lui mi sta chiedendo molto, io solo di mettere quel documento in cima alla pila delle petizioni, prima di partire. Mi sembra una richiesta ragionevole e mio marito è un uomo ragionevole.»

Giulia andò vicino al letto, s'inginocchiò e le prese la mano. «Voi fate davvero un'opera di carità e di giustizia, donna Sabina.»

Lei la tirò su vivacemente. «Ma cara marchesa, siamo qui per questo, se non ci si aiuta tra di noi... Dovrete venire a trovarci a Genova, con vostro marito, faremo una bella festa per la nascita del nostro dodicesimo rampollo. Certo voglio vedere la faccia del celebrante quando sentirà il nome che oltretutto non ha nemmeno un santo di riferimento... gliene daremo un secondo che sia contemplato nel calendario.»

Giulia aggrottò le sopracciglia. «Se non ricordo male, contessa, mio suocero Ottavio, che è un vero pozzo di scienza, mi ha spiegato una volta che il nome Genova deriva dalla parola latina *ianua*, che vuol dire porta, e dal dio Giano. Ha un bel significato di passaggio, di arrivo gradito.»

Donna Sabina era raggiante. «Ah, questo mi consola! Ah, questo me lo appunto! Quando dovrò chiamarlo o chiamarla con quel nome... se è un maschio, in famiglia lo chiamerò Giano, ecco, che ha già tutt'altro suono. E penso che lo sia, la mia pancia è già appuntita, caro il mio Genova.» Se la accarezzò pensierosa, poi si riscosse. «Ma che pessima padrona di casa sono, non vi ho ancora offerto nemmeno una buona pasta di meliga da inzuppare nello zabaione, una delle mie balie che viene da Cuorgné ha insegnato la ricetta alla mia cuoca e vi garantisco che si sciolgono in bocca!»

24
La Reale Manifattura dei Tabacchi

«Credo che possiate essere soddisfatta» disse donna Maria Paulina, cercando di spezzare il silenzio di Giulia.

La carrozza procedeva al trotto sulla via del ritorno e l'anziana signora si era aspettata una reazione più gioiosa, e forse anche più grata, dalla nuora.

Giulia, raggomitolata nel suo angolo con la spalla appoggiata alla cornice del finestrino, parve riscuotersi.

«Perdonatemi, *maman*, sono davvero un'ingrata» le disse, piegandosi verso di lei. In fondo la suocera aveva cercato di aiutarla in tutti i modi, animata dalla speranza che una volta salvata quell'Angela che lei si ostinava a chiamare Antonia la nuora sarebbe tornata a più miti consigli e avrebbe smesso quella fissazione per le carcerate. Avevano mandato nella prigione a più riprese coperte, biancheria, vestiti, calze, fazzoletti e la moglie del buon dottor Buniva, che si chiamava Niccolina Dolce e lo era di nome e di fatto, aveva procurato centinaia di strisce di lino nuove doppiate, per le regole mensili, con le apposite cinture e le spille per tenerle ferme.

«Spero che almeno queste quei ladri dei secondini non cercheranno di rubarsele» aveva commentato divertita, facendo avvampare donna Maria Paulina che non era abituata a parlare di cose sconvenienti come le mestruazioni.

«Non pensate che donna Sabina ne parlerà al marito?» insistette la marchesa anziana dentro la carrozza.

Giulia annuì. «Sì, certo, mi è sembrata sincera, ma non ci garantisce ancora nulla; il conte Ignazio potrebbe sempre dire di no e questa attesa mi snerva» rispose, sincera.

Donna Maria Paulina sorrise. «Donna Sabina mi sembrava sicura del fatto suo. Noi non possiamo far altro che pregare. Credo che possiate onestamente dire di aver tentato tutto quello che era in vostro potere per aiutare questa Antonia...»

«Angela» la corresse lei sottovoce, rassegnata. «Se bastasse poter dire in coscienza che... Oh!»

La carrozza si fermò in modo un po' brusco e le due donne si affacciarono al finestrino.

«Chiedo scusa alle signore» disse subito il cocchiere. «Sta succedendo qualcosa davanti alla Manifattura dei Tabacchi, si fatica a passare.»

Per tornare verso casa dovevano transitare sulla strada che costeggiava il fiume e lì si era assembrata una piccola folla di operaie. A Giulia sembrò di riconoscere qualcuno. Aguzzò gli occhi e aprì lo sportello della berlina. «Devo scendere, fermati un attimo!»

«Ma no!» esclamò donna Maria Paulina, allungando la mano per fermarla, ma troppo tardi. Cosa diavolo voleva fare sua nuora in mezzo alle sigaraie? La Regia Manifattura dei Tabacchi dava lavoro a centinaia di popolane che non avevano una grande reputazione.

Giulia si fece largo fra le donne vocianti. «Norin!» gridò. Aveva una cuffia in testa ed era avvolta in una specie di grembiule marrone chiazzato di bagnato, ma non si sbagliava, era proprio la figlia di Angela, la riconobbe dal neo al lato della bocca quando si girò. Teneva vicino a lei due fanciulle più giovani, una con i capelli più chiari e il naso spruzzato di lentiggini e una più piccola ancora, con la gamba sinistra imprigionata in due ferri tenuti insieme da strisce di cuoio e un supporto di sughero sotto la suola dello stivaletto scalcagnato.

«Signora marchesa!» la salutò stupita la fanciulla.

«State bene?»

Norin annuì. «Noi lavoriamo qui, tutte e tre. Queste sono le mie sorelle, Lena» e indicò la più grandicella con la faccia lentigginosa «e Ghita.»

«Quanti anni hai?» chiese Giulia.

«Dieci» rispose la piccola con la gamba imprigionata dalla gabbia di ferro, scrutandola un po' diffidente, come un animale raro.

«Io dodici, signora marchesa» rispose con più garbo e un piccolo inchino Lena.

Erano tutte umide, sulla pelle e sui vestiti, e puzzavano di tabacco.

«Ma come mai vi hanno fatte uscire in questo modo?»

«Ora si rientra, si è fatta male una operaia anziana, le è rimasta la mano sotto la trancia, l'hanno appena portata via.»

«Oh, Dio, no... ma che cosa fate esattamente dentro la fabbrica?» Le sembravano così giovani, così bambine.

«Io sono sigaraia» rispose Norin con un certo orgoglio. «Non finita, eh, sto solo imparando, ma mi piacerebbe diventar maestra.»

«Io sono scostolatrice» disse Lena. «Separo le foglie di tabacco dal cespo e le stendo» spiegò, facendo il gesto con le mani di allargare qualche cosa con le ditine arrossate e piene di piccoli tagli infiammati. «Bisogna sceglierle a una a una, eliminare quelle difettose e prepararle in manipoli per il controllo della verificatrice. E se sbagli son dolori...»

Giulia si girò verso Ghita che invece di dirle il suo compito dentro la manifattura sostenne accigliata il suo sguardo. «Ma che vi importa?» le chiese, apertamente ostile.

«Ghita!» la richiamò Norin. «Porta rispetto alla signora marchesa!»

«Se non vuoi dirmelo non ha importanza» cercò di rabbonirla Giulia. Anche le mani della bambina erano arrossate e con la pelle macerata. Frugò dentro la borsettina di velluto e ne estrasse un vasetto di vetro. Glielo aveva appena regalato donna Sabina, era un unguento che ricavavano da certi alveari di famiglia dei conti di Cessole e di cui dicevano meraviglie per le proprietà cicatrizzanti. «Intanto prendi questa, è iperico e cera d'api, mettila sulle mani. Me l'ha regalata un'amica che sono andata a trovare adesso.»

Ghita la guardò, un po' in dubbio, poi la prese senza ringraziare. «Comunque preparo il tranciato» le disse, con una certa riluttanza. «Non c'è molto da fare per una zoppa.» Si picchiò sulla gamba malata con un certo vigore. «Così mi chiamano, la Sopa.»

«Poliomielite» disse Norin, con un sorriso rassegnato.

«Così ha detto il dottor Buniva, e se non altro mi ha procurato questa trappola che mi permette di camminare quasi dritta» concluse Ghita la Sopa. La gamba offesa era più esile e più corta dell'altra di almeno tre dita.

Giulia esitò. «Io... volevo dirvi che sto cercando di ottenere la grazia per vostra madre» disse, in tono incoraggiante. «Ho interessato il giudice Ferri, il conte Thaon de Revel e ora sua moglie, la contessa Sabina Spitalieri di Cessole...»

Lena giunse le mani. «Che Dio vi ascolti, signora marchesa, grazie, grazie...» E si mise a piangere in silenzio.

La Sopa s'incupì ancora di più. «Non venite a parlarci di conti e marchesi amici vostri, non dateci false speranze, lo vedete, fate piangere la Lena che ha l'animo sensibile. Se poi va a finir male è ancora peggio tutto questo tira e molla, ti spacca il cuore. Stiamo cercando di rassegnarci, noi e la zia Tilda.»

«La zia Tilda è la sorella di mia madre, adesso stiamo nelle soffitte in un palazzo fuori Porta Nuova con lei» spiegò Norin.

«Si occupa lei di voi?»

«Fa quel che può coi suoi guadagni da ricamatrice e noi diamo una mano col cottimo della Manifattura» rispose Norin, a testa bassa,

La Sopa ridacchiò feroce. «Non ce la vuoi dire la verità alla tua signora marchesa, che la zia Tilde batte tre sere a settimana per arrotondare?»

Norin arrossì e gli occhi le si riempirono di lacrime. «La scusi, signora marchesa» riuscì a balbettare, prima che un inserviente uscisse dall'ingresso della fabbrica con in mano un grosso campanaccio, scuotendolo forte. «Ande', done, fin' at tiré al fià, as turna a due giù! Pausa finita, si torna a darci giù. Dentro, dentro, tutte dentro! Svelte, forza, che se non raggiungete la quota minima oggi niente quattrino!»

«Dobbiamo andare» la salutò in fretta Norin. «Grazie di tutto, signora marchesa.»

Guardò le tre sorelle allontanarsi di corsa tenendosi per mano, la Ghita che si affrettava camminando tutta storta, fino a che sparirono dentro il portone insieme alla piccola folla di donne puzzolenti di tabacco con indosso il grembiule marrone, ansiose di recuperare il tempo perduto e guadagnarsi la misera paga della giornata che avrebbe permesso loro di mettere qualcosa in tavola per la cena.

«Giulia!» la chiamava Maria Paulina dal finestrino della carrozza. «Cara, per favore, andiamo!»

Lei risalì scusandosi. «Perdonatemi, erano le figlie di quell'Angela che lavorano qua come operaie.»

«Brave» approvò sua suocera. «Magari se ce n'è una in età da marito potremmo darle una dote coi fondi della compagnia dell'Umiltà.» Batté col manico dell'ombrellino sul tetto dell'abitacolo per dire al cocchiere di andar più svelto. «Ma che cos'era successo? Che ci facevano tutte in strada? Non una di quelle proteste di cui si sente parlare in Inghilterra, spero.»

«Oh, no, è capitato un incidente, una poveretta si è ferita alla mano con una trancia. Immagino che per lavorare il tabacco si debbano usare dei macchinari pericolosi.»

Maria Paulina scosse la testa. «Ah, che peccato. Poveretta davvero.» Sospirò. «Questa sera pensate che per il dopocena sia meglio servire del rosolio di visciole o di gelso rosso? Ho invitato qualche dama della nostra congregazione e non sarebbe male, alla fine della riunione, dire una preghiera per quella operaia che si è infortunata.»

25
Betsy Fry

«Sei pronta a ricevere?» domandò Tancredi.

Giulia sobbalzò. Era nel suo studio, intenta a leggere l'opuscolo della Gervais, che aveva delle parti tecniche più difficili, prendendo appunti come una brava studentessa.

Cercava di occupare il tempo, di tenere la testa impegnata, di ignorare il fatto che i giorni passavano inesorabili senza che arrivassero notizie da Thaon de Revel il quale nel frattempo si era trasferito armi e bagagli a Genova con moglie incinta e figli. Si ripeteva nella mente le battute scambiate con donna Sabina. Era sicura di convincere il conte, sicurissima. Bisognava solo stringere i denti e pazientare. Il rumore ritmico delle pendole le faceva venire l'ansia e aveva fatto sparire anche il rumoroso orologio d'oro che Napoleone aveva regalato per le loro nozze e che di solito tenevano in camera da letto. Oramai mancava meno di una settimana alla data dell'esecuzione.

«Oddio, Tancredi, mi hai spaventata a morte. Stavo cercando di capire nel dettaglio il processo alla base della macchina di Mademoiselle Elizabeth.»

Lui le andò vicino e le accarezzò le spalle. «Che moglie studiosa. Lo sai cosa dice un proverbio piemontese? Guardati dal gobbo, dal cieco, dallo zoppo, dal naso a becco e dalla donna che parla latino.»

Lei rise. «Quando si dice ampiezza di vedute! Non si salva nessuno. Ma chi è venuto in visita?» Si sistemò i capelli con le mani senza aspettare la risposta. «Come sto?»

«Una bellezza, come sempre. Vieni, ti presento Mister Francis Cunningham. Ci aspetta nel mio studio. È a Torino per affari, ma sono sicuro che ti farà piacere parlargli.»

Incuriosita, Giulia seguì Tancredi per il grande corridoio colonnato.

Il gentiluomo inglese, magro, elegante e con una barba bionda ben curata, li attendeva seduto davanti alla scrivania, in posa rilassata e con le gambe inguainate negli stivali da viaggio accavallate, con il Brizio che gli stava servendo del ratafià di ciliegie nere dentro deliziosi bicchierini filigranati d'oro a forma di campana rovesciata, cercando di comunicare con l'ospite in un misto di dialetto e francese. «Fate attenzione, Monsieur, il faut faire attention, il ratafià è traditore: l'è bun e duss, ma fort come una slepa...»

Tancredi arrivò in tempo per trarlo d'impaccio. «Eccoci, Mister Cunningham, perdonate l'attesa.»

Il Brizio se ne andò con discrezione.

L'inglese si alzò per omaggiare Giulia. «Signora marchesa...»

«State comodo e godetevi il ratafià, il buon Brizio voleva dirvi che questo liquore di ciliegia che ci facciamo portare dal biellese ha un gusto dolce, ma la gradazione alcolica è alta» rise Giulia. «E perdonate il mio inglese arrugginito.»

Gli aveva parlato nella sua lingua e lui ne fu deliziato. «Un benvenuto davvero gradito» le disse subito, rispondendole nel suo francese dal forte accento. «Vostro marito, il marchese Falletti di Barolo, mi sta aiutando a trovare buoni contatti per i miei affari nel campo della filatura della seta. Sono molto interessato ai filatoi idraulici che state sperimentando qua in Piemonte. Vorrei realizzare dell'organzino piemontese, come lo chiamate, a doppio ritorto.»

«Accompagnerò Mister Cunningham a visitare le fabbriche del conte Galleani di Canelli, a Caraglio» spiegò Tancredi, mentre si accomodavano e si servivano anche loro di ratafià. «Ma in realtà Mister Cunningham ti voleva parlare d'altro.»

«Giusto» disse Francis, assaporando il liquore. «Oh, lasciatemi spendere una parola per questa delizia. Ecco un altro commercio che importerei volentieri.» Rise e si asciugò i baffi col tovagliolino. «Dovete sapere, signora marchesa, che sono il cognato di Elizabeth Fry.»

Giulia spalancò gli occhi azzurrissimi. Tancredi sentì un tuffo al cuore. Ancora, dopo tanti anni insieme, gli sembrava sempre di perdersi in quel mare limpido, e quando Giulia assumeva quell'espressione di lieto sbalordimento gli sembrava la fanciulla che aveva incontrato per la prima volta a Notre-Dame.

«L'angelo delle prigioni?»

Aveva letto di quella donna, una quacchera che era riuscita a convincere il Parlamento inglese a votare una legge che imponeva di tenere separate nelle carceri uomini e donne e anche che le detenute avessero delle secondine di sesso femminile, per evitare possibili abusi da parte del personale carcerario maschio.

«Lei, la nostra Betsy.» Prese dalla cartella di cuoio un opuscolo. «Vostro marito il marchese mi ha detto che sono dei temi che vi interessano molto e mi permetto di lasciarvi queste *Osservazioni sulla visita, sulla sorveglianza e sul governo delle prigioniere*, scritte da mia cognata. Lei si occupa delle carceri di Newgate, a Londra. Le ha visitate per la prima volta qualche anno fa e le condizioni delle detenute, spesso imprigionate con i loro bambini, alcune ancora in attesa di giudizio mescolate con altre già giudicate e addirittura condannate a morte, l'hanno sconvolta profondamente.»

Giulia si beveva le sue parole. Le sembrava che il percorso di Betsy fosse assolutamente simmetrico al suo. «A me è capitata la stessa cosa qua a Torino» gli disse subito. «Credo che le detenute debbano essere organizzate all'interno della prigione, le loro condizioni di vita debbano essere migliorate e soprattutto sia necessario dare loro degli strumenti affinché l'esperienza carceraria faccia di loro delle persone migliori.»

Francis sorrise da un orecchio all'altro. «Se fosse qui, mia cognata vi getterebbe le braccia al collo, marchesa. Lei sta cercando di far lavorare le carcerate in modo retribuito e di insegnare loro a leggere e scrivere...»

«Sì!» esclamò Giulia, balzando in piedi. «Oh, Mister Cunningham, dobbiamo assolutamente metterci in contatto, vostra cognata e io. Le porterete una mia lettera, non è vero? Potremo scambiarci esperienze e progetti...» Aveva le guance rosse e le batteva forte il cuore. «Non sapete che cosa vuol dire non sentirsi sole...»

«Mia cognata opera con altre signore che condividono le sue idee, come Mrs Bevan e Mrs Hanbury, e vuole fondare una società di persone che si occupino di queste problematiche.» Esitò e guardò Tancredi. «Mi corre l'obbligo di segnalarvi che Betsy ha preso posizione anche contro la pena di morte, sta cercando di far commutare delle condanne per reati lievi nella deportazione in Australia, ed è anche abolizionista. Noi quaccheri non possiamo pensare che un uomo possa essere schiavo di un altro uomo.»

Giulia sorrideva. «La considero una sorella nello spirito, allora.» Lesse sull'opuscolo la breve presentazione dell'autrice. «Siamo anche quasi coetanee.»

Francis si rigirò tra le mani il bicchiere vuoto del ratafià. «Temevo che... be', il fatto di appartenere a chiese diverse...» Sapeva bene come i culti che non fossero cattolici di stretta osservanza fossero mal tollerati in Piemonte.

Tancredi scosse la testa. «Il nostro scopo è comune, Mister Cunningham. In questa casa non ci sono barriere per chi opera per il bene. Credo che Mrs Fry sia più avanti di noi nelle sue sperimentazioni e che possa insegnarci molto. Vi sono molto grato.»

Giulia lo guardò con riconoscenza. Magari donna Paulina non sarebbe stata esattamente dello stesso avviso, ma pazienza.

Il Brizio bussò alla porta. Forse era venuto a portare altro ratafià, pensò Giulia. Invece le fece segno con discrezione.

«C'è un plico per la signora marchesa, l'ha portato un incaricato del signor conte Thaon de Revel da Genova. Ha detto che è cosa urgente.»

Giulia si alzò in piedi pallida come una morta. «Prendilo,

Tancredi, aprilo tu, ti prego.» Guardò Cunningham che si era alzato anche lui, come se, per empatia, fosse conscio della gravità della situazione. «Abbiamo chiesto la grazia per una povera donna condannata all'impiccagione...» Le tremava la voce e istintivamente Francis le prese le mani.

«Preghiamo insieme, se volete» le disse, stringendole affettuosamente le dita ricoperte dai guantini di pizzo, «intanto che vostro marito legge.»

Tancredi lasciò il Brizio sulla porta, inghiottì un paio di volte, girò intorno alla scrivania, prese il tagliacarte e fece saltare il sigillo con impresso il capro che tiene tra i denti il serpente, stemma di famiglia del conte Ignazio.

Giulia strinse le mani di Francis. Sentiva il suo sentore di colonia.

«Signore, apri i miei occhi e le mie orecchie, perché io possa vedere la tua Luce...» sussurrava lui, convinto.

Adesso mi si ferma il cuore, pensò Giulia. Se lui non parla subito e non mi dice che è andato tutto bene, cado morta qua per terra. «Tancredi...» mormorò in un soffio.

«Thaon de Revel ha... ha ottenuto la grazia per Angela» disse finalmente lui, scorrendo i fogli protocollati. Aveva la voce un po' strozzata. Dovette schiarirsela con un colpo di tosse prima di proseguire. «In occasione del compleanno di sua maestà il re il 24 di luglio, la pena di morte è stata commutata in carcere a vita per la condannata Angela Agnel.»

Giulia gridò forte, una nota squillante che le uscì dalla gola ed echeggiò fuori dallo studio, in corridoio e fino alla vicina galleria degli antenati. Un urlo liberatorio, acuto, da far tintinnare le gocce di cristallo dei candelieri a lampadario e far sussultare sia il Brizio, sempre impalato sulla porta, sia la cameriera tutta seria che stava spolverando col piumino di struzzo i ritratti di famiglia su per le scale.

26
Maledetta marchesa

Giulia aveva indosso lo stesso vestito marrone a piccoli quadri col quale aveva accolto Francis Cunningham, uno spencer in tinta e un cappello di paglia tondo messo di sghimbescio. Bédame non era riuscita a vestirla in modo appropriato per uscire a quell'ora. La padrona sembrava impazzita, e si poteva ben capire: ce l'aveva fatta, finalmente. Negli ultimi giorni non aveva mangiato, non aveva dormito, c'erano delle ombre scure sotto i suoi occhi e le guance si erano un po' svuotate sotto gli zigomi alti.

Bédame aveva faticato a starle dietro per strada e adesso, mentre aspettavano Angela nell'ufficio del giudice, la marchesa camminava avanti e indietro, con in mano il foglio che faceva la differenza tra vivere e morire. Berto era andato a prendere la detenuta senza troppo protestare, aveva intuito dall'espressione esaltata della marchesa che doveva essere successo qualche cosa di importante e non vedeva l'ora di saperlo anche lui.

Le portò Angela con una catena ai piedi, lunga mezza branca, giusto quel che bastava al passo, e le caviglie imprigionate dagli anelli di ferro.

«Ma perché?» protestò subito Giulia.

«Ha insultato il sovrintendente, è ai ferri per una settimana» ribatté il secondino, chiudendo la porta e appoggiandosi contro con la schiena.

«Potete lasciarci sole?»

«No, Madama. Troppo pericoloso. Me ne sto qua che non mi sentirete nemmeno fiatare.» Da quando Giulia aveva preso a risarcirlo in denaro per la perdita dei guadagni sugli alcolici che vendeva alle detenute e sui sequestri dei generi che venivano inviati alle recluse, la madamina gli rimaneva meno fastidiosa.

«Siete stata voi a farci avere tutto quel ben di Dio di vestì e cuerte, madamin?» le domandò, Angela, senza nemmeno salutare. «Le fumne si son servite e ho detto di buttare insieme le robe fruste.»

Angela aveva un istinto da organizzatrice. «Voi non avete preso niente?» le domandò Giulia, vedendole addosso sempre gli stessi abiti.

Lei rise di gola. «Io sono una morta che cammina. Volete sprecare panni nuovi perché se li prenda il boia? Mancano cinque giorni.» Fece segno con la mano aperta, muovendo un dito alla volta, e la guardò con quei suoi occhi fieri. «A me non avete fatto un gran piasì, a far tornare il giudice porcello. Ha preso la penna e ha messo giù una data, seduto sul suo bel culo rosa.»

Berto ridacchiò piano, come se trovasse la battuta molto divertente. Quella mattina aveva già bevuto parecchio. «Parla bene, brutta slandra, che ti prolungano i ferri ai piedi.»

Giulia le tese il foglio. «Angela, vi porto buone nuove. Il signor conte Thaon de Revel ha concesso la grazia.»

Lei fissò la carta senza muoversi. «Non mi prendete in giro.»

«No, leggete voi stessa...»

«Non son buona a leggere, mi menate per il naso?» Angela si stava alterando.

Giulia arrossì lievemente e aprì il documento. «Ve lo leggo io, allora. La pena di morte comminata in data eccetera per impiccagione da eseguirsi in data 25 luglio del corrente anno è stata commutata in carcere a vita per la condannata Angela

Agnel in occasione del genetliaco di sua maestà il re Vittorio Emanuele I per grazia di Dio...» Alzò la testa sorridente, in tempo per vedere Angela scagliarsi contro di lei, così fulminea da cogliere di sorpresa anche Bédame.

Cadde all'indietro sulle seggiole di legno, battendo la schiena e perdendo il cappellino, mentre la forte mano di Angela le tirava un tremendo manrovescio in piena faccia.

«Che tu sia maledetta, marchesa! Che Dio ti stramaledica!» sentì gridare, un po' stordita.

Berto adesso stava trattenendo Angela per le braccia, gridandole insulti irripetibili, mentre Bédame la soccorreva.

«Madame Joujou!» La sollevò di peso e la mise a sedere sulla poltrona più vicina. Lei sentiva del sangue colarle dalla bocca. Nessuno l'aveva mai schiaffeggiata prima di allora. Si portò una mano alla guancia. Era un dolore strano.

Sollevò lo sguardo su Angela, che buttava fiamme dagli occhi, tenuta ferma brutalmente dal Berto.

«E volevate mandarmi via!» gridava il carceriere. «Questa balorda vi ammazzava, se non c'ero qui io!»

Giulia scosse la testa per snebbiarsi il cervello. Poi si tirò in piedi e andò davanti ad Angela. «Lasciatela andare» disse a Berto.

La prigioniera ansimava, ma si vedeva che si era già calmata.

Berto protestò. «Questa qua è da incatenare al muro...»

Lei continuava a guardare Angela dritto negli occhi. Erano lucidi di lacrime, adesso. «Lasciatela, vi dico.»

Lentamente, il secondino le liberò le braccia che le aveva tenute piegate dietro la schiena fin quasi a spezzargliele. Le due donne, la carcerata vestita di stracci e la dama, erano a meno di due metri l'una dall'altra, si fronteggiavano.

«Cos'ho fatto, Angela? La volta scorsa vi ho portato dei biscotti, questa volta vi ho portato la vita» disse Giulia piano.

Sentiva il respiro dell'altra calmarsi a poco a poco. «Che vita? Che vita mi avete portato? Anni e anni qua dentro? La grazia non è la libertà, non torno a casa. Devo rimanere qua finché crepo. Piuttosto do la testa al muro. Credete che non sia buona a farlo? Non sarò la prima. E nemmeno l'ultima.

Si prende la rincorsa. C'è una colonna che fa al caso mio, l'ho già vista. Mi spacco la testa come un guscio di noce e la faccio finita.»

Giulia tremò. Poi strinse i denti. La guancia le bruciava e le faceva male. Sentiva la rabbia salirle dentro. La sua voce, quando parlò, non era nella solita tonalità educata e controllata. Era forte e tagliente e ruggente.

«Bene, fatelo, spaccatevi quella testa vuota. Si vede bene che amate le vostre figlie, la Norin, la Lena, la Ghita con la sua gamba matta, che si massacrano le mani e i polmoni tutti i giorni alla Regia Manifattura ad avvolgere sigari per chi se li può permettere. Potranno dire che la loro madre ha preferito ammazzarsi come una bestia dando la testa al muro invece di rimanere qua a combattere, perché non ne ha avuto il coraggio.»

«Combattere per cosa?» Anche Angela tremava.

«Per tutto. Per voi e per le altre. Per una vita migliore. Per un posto migliore. Per dei vestiti, per potersi lavare, per imparare un mestiere, per lavorare ed essere pagate...» Prese in mano il foglio che era volato via. «Per imparare a leggere e a scrivere e non doversi fidare di quel che ti dicono quelli che lo sanno fare. Per uscire migliori di quando si è entrate.» Tirò il fiato. «Ma lo sapete perché ci ho tenuto tanto a salvarvi dal cappio del Gasprin, eh? Perché siete bella, forse? O gentile? O ballate bene la monferrina? No!» Batté forte con la mano sulla scrivania. «Sono andata in mezzo alle gambe del diavolo per portare a casa questa grazia sulla quale voi sputate tutto il vostro livore perché ho bisogno di voi! Siete una bisbetica, una grinta della peggior specie, ma avete qualcosa qua» e le batté col dito sulla fronte e poi sul cuore «e le altre vi seguono. Insieme, qui dentro, possiamo cambiare tutto. E intanto il mondo va avanti, e chissà che non ci sia presto un altro provvedimento che vi riduca la pena e che prima o poi vi mandi a casa. Intanto io oggi vi ho salvato la testa e voi mi avete ringraziato così» concluse, toccandosi la faccia contusa.

Recuperò la borsettina che Bédame le porgeva. «Pensateci su. Fatemi sapere se preferite schiantarvi il cranio contro una colonna o lavorare con me.» Si avviò verso la porta, poi ci ripensò e fece dietrofront. «Dimenticavo una cosa.» Le tornò vicino. Angela era rimasta a sentirla sbalordita, in piedi con le braccia lungo i fianchi, le labbra socchiuse. Giulia alzò la mano destra e le assestò un ceffone con tutta la forza che aveva. La vide barcollare.

«Ora siamo pari» concluse. «Buona giornata.»

27
Imparando l'ABC

I mesi erano passati così in fretta.

Le acacie che Giulia aveva fatto piantare nel cortile della prigione non avevano ancora fiori, ma foglie rigogliose e qualche germoglio precoce.

Quelle e i vasi di violacciocche dentro le carceri avevano portato un po' di gioia alle detenute che adesso erano vestite in modo decoroso e dormivano avvolte in coperte pulite.

Giulia era in piedi davanti al grande telo con sopra le lettere dell'alfabeto, con in mano la lunga stecca di legno che serviva a indicare e qualche volta anche a chiedere silenzio battendola sul pavimento tre volte. Tra le detenute ce n'era qualcuna che sapeva scrivere qualcosina, almeno mettere la firma, altre che non distinguevano una «O» da una «E». Ci voleva pazienza infinita a ripetere, a ripetere, a ripetere ancora. E in questo nessuno batteva donna Teresa Pes di Villamarina, che si era subito resa disponibile per aiutare Giulia. Suo marito il conte Emanuele era stato nominato aiutante di campo del re e stava facendo una luminosa carriera, e lei, da brava dama dell'Umiltà, andava almeno due volte la settimana alle carceri senatorie e insegnare l'ABC alle carcerate col suo accento sardo strano. Anche Cristina di Seyssel faceva la sua parte, ma si spazientiva dopo cinque minuti.

«Che lettera è questa?» domandò Giulia.

«Una B» azzardò Catlìn, dubbiosa.

«Oh, Signore» borbottò la Seyssel. Giulia le lanciò un'occhiataccia. La regola era di non far mai pesare gli errori.

Anche Becca sbuffò. Giulia aveva il sospetto che la giovane ebrea sapesse leggere e scrivere perfettamente, ma non lo dicesse per timore che le venisse domandato di aiutare le altre. Il risultato era che le lezioni di ABC la annoiavano a morte.

«Non abbiamo detto che la B ha due pance? Questa lettera ha una pancia soltanto... quindi è una...? Una P come pazienza» spiegò tranquilla Teresa, prendendo la stecca dalle mani di Giulia. «Vi sostituisco io, Giulia cara, fate una pausa.»

Lei andò a sedersi vicino a Becca, nell'ultima fila. «Scommetto che a voi non servono queste lezioni.»

L'altra sollevò le sopracciglia. Le mancava pochissimo a uscire dalla prigione e non voleva noie. «Me ne sto qua buona e le seguo» rispose, cauta.

«Ma voi sapete già leggere...»

Becca distolse lo sguardo. «Un pochino.»

Giulia prese un foglio di carta piegato in quattro e lo aprì. «Vorrei riuscire a far leggere e scrivere a tutte una frase del catechismo del cardinal Costa» le disse, tendendoglielo.

L'altra non mosse un dito. Il compendio di dottrina cristiana a uso della diocesi di Torino del cardinal Costa era diffuso in tutte le scuole e gli oratori, ma lei era giudea. «State parlando alla persona sbagliata.»

«Non ne sono convinta.» Giulia scosse la testa. «Provate a guardarlo, questo pensiero, e mi saprete dire se vi suona così lontano.»

«*Noi dobbiamo fare agli altri quello che vogliamo che altri faccia a noi e non fare agli altri quello che non vogliamo che altri faccia a noi*» c'era scritto sul foglio. Becca si fece seria, seguendo le righe col dito.

«Non siete d'accordo? Sono sicura che lo si trova anche da qualche parte nel Talmud, questo concetto.»

Lei si strinse nelle spalle in regno di resa. «È un buon pensiero.»

Angela si avvicinò curiosa. «È quello che impareremo a leggere?»

«Prima o poi, a Dio piacendo» rispose Giulia, con un mezzo sorriso. Angela era da mesi la sua migliore aiutante dentro la prigione. Una volta presa la sua decisione, dopo il loro scontro vivace, era andata avanti dritta per la sua strada. Oramai sapeva scrivere il suo nome e anche quello delle sue figlie, con qualche incertezza sulla h di Ghita. Era la prima cosa che le aveva domandato di insegnarle, il nome delle sue figliole che adesso venivano spesso a trovarla.

Malina la sinta le raggiunse silenziosa mentre Teresa continuava la lezione. «S come un serpente… e somiglia a un serpente, guardate! Ditemi una parola che comincia con la s, coraggio!»

«Secondino» disse qualcuna.

«Sbarre» le fece eco un'altra.

«Speranza» disse la Gerta, quella che aveva perduto il bambino, e ci fu un momento di silenzio.

Fu allora che Malina prese la destra di Giulia. «Quel che vorrei leggervi è la mano.»

«No, grazie» si schermì lei.

«È brava Malina» le assicurò Angela.

La sinta rise. «Io glielo dicevo che non sarebbe finita sulla forca, ma voi gagé non avete fiducia.» Guardò la marchesa. «Mi avete fatto avere una bella coperta di lana e vorrei ringraziarvi. Io questo so fare, leggere il futuro.»

«Se le dite di no la offendete» le sussurrò Angela.

Giulia la lasciò fare.

Malina si concentrò sul palmo liscio della marchesa. «Quante belle cose farete» le disse. «Vedo principi e re…»

Giulia rise. «Addirittura!»

«E carrozze… bagagli, tanti viaggi, ma uno, oh, uno di questi viaggi porterà lutto…»

Una voce maschile chiamò da fuori. Il Berto stava aprendo l'inferriata per far passare Tancredi. C'era un gran viavai, ma tutto sommato quelle novità portate dalla marchesa non venivano solo per nuocere. L'ambiente era più pulito e piacevole, le detenute più serene, il lavoro più semplice, e la Barolo lo reintegrava dei guadagni perduti dai suoi scambi loschi con discreta generosità, attribuendogli anche volentieri agli occhi delle carcerate dei meriti che lui non aveva, come quando aveva portato i fiori dicendo che era stata un'idea sua. Figurarsi, fiori! Ma non aveva detto di no quando le detenute lo avevano guardato con occhi diversi.

Il sovrintendente gli aveva ordinato di assecondare il progetto della marchesa, che era sostenuto da gente molto in alto. E lui obbediva. Quelle slandre pelandrone avevano imparato piano piano a tener pulito, a spazzare, a organizzare. Lavoravano il cotone che veniva portato loro in greggio e guadagnavano qualche soldo. Certo, c'era stato un po' di scompiglio quando il monopolio del procacciamento della materia prima era stato tolto a una certa Milia, una ex detenuta che portava la materia facendoci sempre un bel po' di cresta sopra, per affidarlo a un ebreo, un certo David Levi che aveva aperto un opificio nel vecchio convento di Santa Chiara, ma poi la marchesa aveva risarcito la Milia e le aveva trovato una sistemazione da quel giudeo che cercava personale perché gli affari gli stavano andando molto bene e la cosa era finita lì. E quell'Angela Agnel, quella che avrebbe dovuto penzolare dalla forca a fine luglio, era diventata la capa delle detenute, come fosse una cosa naturale, come se l'avessero eletta con un plebiscito fantasma. Quando la marchesa di Barolo se n'era andata dopo lo scambio di schiaffoni, lui l'aveva vista piangere per la prima volta, l'Angela. Dei lacrimoni grossi così. E pensare che non aveva versato una lacrima nemmeno quando le avevano letto la condanna a morte. Ma non piangeva per lo sganassone che le aveva rifilato la marchesa, lei ci aveva la pelle bella dura, piuttosto per quello che la marchesa le aveva detto. E dopo la Barolo non l'aveva neanche denunciata, si era presa il suo bel sgiaflun e l'aveva reso, morta lì. Chi l'avrebbe mai detto? C'era come un'intesa tra quelle due donne diverse come il giorno e la notte. Certo che la francesina con quell'aria fragile in realtà aveva una tempra di ferro. Quando si metteva una cosa in mente, non mollava, come quei cagnolini quando addentano un osso. E anche l'Angela era un po' così, due teste belle dure.

La sinta Malina guardò Tancredi, elegante nella redingote grigia, lasciò la mano di Giulia e quasi fuggì, andando a rintanarsi in fondo allo stanzone sulla sua coperta nuova.

«Non abbiate timore, è mio marito il marchese di Barolo» la rassicurò Giulia, ma la sinta si era raggomitolata in ginocchio come se stesse pregando, e lei la lasciò stare.

«Giulia cara!» chiamò lui, senza entrare per non portare scompiglio e distrazione.

Lei gli andò incontro. «Come mai sei qua?»

«È giorno di mensa dei poveri, passavo davanti alle carceri tornando dal centro e ho pensato di fermarmi a prenderti. Sei qua dentro da ore.»

«Oh! Hai ragione.» Lei sorrise. «Il tempo passa in fretta.» Fece segno a Teresa che se ne doveva andare, lei annuì e proseguì a ripetere alla sua scolaresca. «S come un serpente, guardatela bene...»

Salutò Angela con la mano, ma lei era presa a richiamare all'ordine la Catlìn che si era messa a chiacchierare con la sua vicina di posto. «Ehi, te, ci hai tempo dopo per cicalare, adesso stai attenta...»

Cristina di Seyssel si unì ai marchesi di Barolo.

«Vengo con voi? La mia carrozza è nelle vostre rimesse, stamattina siamo venute fin qua a piedi insieme, Giulia e io.»

Seguiti dai domestici arrivarono davanti a Palazzo Barolo. Al piano inferiore c'era un gran movimento di gente, una fila che andava allungandosi e infittendosi ogni minuto che passava.

«Mio buon Signore» esclamò la Seyssel. «Cos'è tutta questa folla? L'odore di *pauvre gens* si sente fin qua» aggiunse, arricciando il nasino.

«Diamo da mangiare a chi ne ha bisogno» rispose Giulia. «Venite, da brava dama dell'Umiltà, vedrete che dà una grande soddisfazione...» Si girò verso Bédame. «Che ha fatto oggi la cuoca?»

«Una zuppa di pollo e pane di segale» rispose lei, porgendole i grembiuli con la pettorina ricamata.

La Seyssel lo prese in mano con una certa diffidenza. «Non credo di aver voglia di mettermelo, adesso. E anche voi, Giulia, forse fareste bene a lasciare la distribuzione della zuppa alla servitù e a salire in camera a dare un'occhiata al vostro guardaroba.»

Lei si stava allacciando il grembiule dietro la schiena, pronta a prender posto e scodellare la zuppa. Le dava un grande piacere incrociare lo sguardo degli uomini e delle donne che venivano a prendere da mangiare a Palazzo Barolo. Qualcuno teneva gli occhi bassi, ma lei salutava e sorrideva e cercava di dire qualcosa a tutti, qualcosa che dissipasse l'imbarazzo: «Spero che sia di vostro gradimento» oppure «Oggi ci abbiamo messo le tartiffle», così, con un sorriso.

Giulia fece segno a Bédame di spostarsi e afferrò il mestolo. Cristina di Seyssel fu costretta a seguirla per proseguire la conversazione.

«Mi state a sentire?»

«Certo.» Lei riempì la prima scodella e la tese alla donna con capo coperto da un fazzoletto.

«Grazie, signora marchesa.»

«Buon appetito, Cleme, e non dimenticate la pagnotta.»

Gli habitué li conosceva tutti.

Poi arrivò il giovanotto, vestito molto meglio degli altri, che tese la mano per prendere la scodella. Poteva essere uno studente, dall'aspetto, e aveva un paio di occhi chiari intelligenti e dei baffetti che parevano disegnati col compasso.

Lei gli tese la scodella bella piena, si sa che i giovani sono di buon appetito. Lui la prese con tutte e due le mani, come in segno di rispetto, e lei gli sorrise, ma prima che riuscisse a dirgli qualche cosa lui le gettò il contenuto caldo della ciotola in pieno viso, di slancio. La Seyssel gridò forte.

«Credete che basti farci l'elemosina? Credete di tenerci buoni in questo modo? La gente ci crepa, in questa maledetta città e sotto questo maledetto re» ringhiò il giovanotto coi baffetti.

Ci fu scompiglio nella fila e il Brizio e altri due servi si gettarono sul giovanotto che però era molto più veloce di loro e corse via inseguito anche da Bédame inferocita. Fradicia di zuppa, Giulia si asciugò la faccia con un canovaccio.

«Oh, mio Dio, Giulia, come stai?» esclamò Cristina.

Lei si toglieva i pezzettini di pollo dal viso e dai vestiti. «Meno male che non era più bollente» commentò, mentre la gente in fila si agitava. «Non è successo niente, la distribuzione continua» gridò forte. Ci fu come un sospirone collettivo di sollievo.

Lei entrò in casa con la Seyssel e Tancredi, ignaro dell'accaduto, la guardò sbalordito. «Che ti è successo, cara?»

«Uno studente mi ha sbattuto la zuppa in faccia dicendo delle cose vere. Vado a lavarmi e a cambiarmi. Cristina, vedete bene che sono costretta dalle circostanze a occuparmi del mio guardaroba, come voi auspicavate...»

L'amica scosse la testa, ammirata. «Al vostro posto sarei sconvolta...»

«Per un po' di zuppa?» recuperò un pezzettino di pollo sul décolleté e lo assaggiò. «Neanche male» commentò divertita. «Quel giovane ha ragione, non basta offrire una minestra, quel che facciamo sono solo briciole.»

Tancredi la abbracciò e lei cercò di respingerlo con garbo. «Guarda che ti sporchi tutto» rise. Lui la strinse ancora più forte.

«Per me meriterebbe delle belle nerbate sulla pubblica piazza, quel facinoroso» ribatté la Seyssel. «Lo racconteremo alla regina.» Sorrise con aria misteriosa. «Perché è questo che vi dovevo dire, caro Tancredi, cara Giulia. Siete invitati a Moncalieri per festeggiare il carnevale e il completamento dei lavori di restauro della reggia.»

Tancredi fece tanto d'occhi. «Noi, Madame?»

«Voi. Giulia si è rivolta alla regina per avere coperte per le sue detenute, le ha scritto più di una lettera. Sua maestà ha mandato le coperte e vuole saperne di più su tutto il progetto. Sarà divertente.»

Giulia guardò Tancredi. Erano praticamente fuggiti dalla corte di Napoleone e da anni non mettevano più piede in quel tipo di ambiente, ma di certo non ci si poteva rifiutare.

«Immagino di dover dir grazie a voi per questo» disse Giulia.

«Oh, non è nemmeno tanto vero, ha fatto tutto sua maestà. In questo periodo è molto... insomma, triste e annoiata.»

«Allora andremo a rasserenarla» concluse Giulia con un sospiro. Conquistare la regina alla sua causa sarebbe stato un bel conseguimento.

«Ci sarà anche Carlo Alberto di Carignano» aggiunse la Seyssel. «Si prende un po' troppo sul serio, ma è un giovane uomo interessante e poi...» abbassò la voce e guardò Tancredi. «Insomma, penso che non sia più un segreto, dico bene, marchese?»

Lui annuì. «La regina Maria Teresa ha messo al mondo un solo maschio che è morto di vaiolo a due anni, quindi una volta venuto a mancare il fratello del re Vittorio Emanuele, sua altezza Carlo Felice, che è anche lui privo di figli maschi, la corona finirà sul capo del principe di Carignano, Carlo Alberto. Diciamo che sua altezza il principe sarà il nostro futuro re.»

Giulia aggrottò le sopracciglia. «Ma sua maestà Vittorio Emanuele I ha delle figlie, la principessa Maria Beatrice, e poi Maria Teresa e Maria Anna e la piccola Maria Cristina...»

Tancredi scosse la testa. «I Savoia seguono la legge salica. Niente donne sul trono.»

La Seyssel rise. «Ve lo immaginate? Una regina Savoia! Impossibile... Sapete quanto poco ci considerano. E quindi toccherà allo spilungone del ramo di Carignano! Oh, non avete idea di quanto sia alto quel giovane. E non sorride mai, ma proprio mai» concluse con una delle sue proverbiali smorfiette. «Per fortuna sappiamo che quest'anno ci sarà una grande sorpresa, per cui non dovremo annoiarci e far penitenza. Allora Giulia, vi decidete a pensare finalmente alle vostre mise? Convocate le sarte! Queste non sono frivolezze, è l'occasione decisiva per cancellare il vostro passato napoleonico con un bel colpo di spugna ed entrare nelle grazie del re. Siamo a carnevale e a corte si va in maschera. Dovrete somigliare a Cleopatra.»

«A chi?» domandò Giulia allibita, ancora alle prese con i resti di zuppa di pollo sul vestito.

«Erudita come siete, non mi direte che non l'avete mai sentita nominare! Lei, la regina d'Egitto... Il colubro ce l'avete già nello stemma di famiglia, quindi partite facilitata!» E rise, soddisfattissima della sua battuta.

28
Una Cleopatra di troppo

Quell'anno il carnevale sarebbe stato particolarmente sfarzoso e perfino il fratello minore del re, sua altezza Carlo Felice, avrebbe fatto ritorno dalla Sardegna per l'occasione insieme a sua moglie Maria Cristina, duchessa di Genova, sposata controvoglia all'unico scopo di generare dei figli; la giovane prometteva bene, sua madre ne aveva messi al mondo diciotto. Lei, purtroppo, neanche uno. Le era morta di vaiolo una sorellina gemella a quattro anni e si diceva che da allora Maria Cristina per il dispiacere si era imbruttita da far paura, con una ghigna da masca e il mento lungo una spanna. C'era un bel ritratto della Vigée Le Brun, la pittrice della regina Maria Antonietta, che la mostrava da bimba, carina e aggraziata, niente a che vedere con la donna che era diventata crescendo.

Per dimostrare che tutto era tornato come prima della tempesta rivoluzionaria e napoleonica, sua maestà il re Vittorio Emanuele I non voleva assolutamente rinunciare alla parata delle carrozze, un evento che risaliva ai primi del Settecento e i torinesi adoravano, con un cerimoniale preciso che era stato redatto *illo tempore* dal marchese di Angrogna e prevedeva un preciso ordine di apparizione. La corsa era aperta dal carro per i trombetti e i timballi, che annunciavano sonoramente il seguito. Subito dietro, all'avanguardia, c'era il carro di un primo scudiere. Seguiva poi la carrozza del re a bordo della quale c'era anche la regina. Seguivano i carri di principi e principesse, quindi quelli di gran scudiere, capitano delle guardie del re, cavaliere d'onore e primo scudiere della regina. Solo dopo sarebbero venute le altre carrozze dei cortigiani. Alla fine della parata, tutti a corte per il gran ballo.

Ovviamente non era sufficiente stabilire la successione delle carrozze, ma bisognava anche stabilire delle regole su come prender posto all'interno delle lussuosissime berline, piccoli capolavori d'arte. I cerimoniali di corte regolavano questi dettagli con grande precisione, anche quando si trattava di sedere a tavola. Un particolare che faceva sorridere Giulia era quello che stabiliva che quelle splendide carrozze non potessero essere aperte dall'interno, ma solo dall'esterno. Non era minimamente contemplato che la mano di un re o di una regina potessero compiere autonomamente questo gesto: c'era un apposito *valet de pied*, che stava appollaiato dietro la carrozza, pronto a saltar giù e aprire e chiudere gli sportelli.

«Mi sentirei prigioniera» disse al marchese Ottavio, mentre lui, seduto nel salottino verde con Tancredi e Maria Paulina, le raccontava la parata nelle minuzie.

Il suocero sorrise. «Non è questo il punto, oramai. Per quanto le guardie del corpo scelte proteggano principi e re, c'è gran folla che si assiepa al passaggio delle carrozze. In passato, prima della rivoluzione, per il carnevale c'erano treni di decine e decine di berline e di coupé e si tenevano balli a Palazzo Reale, al teatro Carignano, nei palazzi dei nobili, mentre la gente comune festeggiava a Porta Palazzo e fuori porta Po...»

«Sembra una bella cosa» esclamò lei.

«Sì, ma sfilare in questo modo vuol dire fidarsi molto... se capite quello che intendo. E i tempi sono molto cambiati. Il clima, ecco. Faranno sfilare rapidamente una dozzina di carrozze e poi via tutti a Moncalieri.»

Tancredi annuì.

Giulia lo guardò. Non avrebbe mai dimenticato l'attentato a Napoleone. Una bomba, o anche qualcuno disposto a tutto, un singolo fanatico armato di coltello o di pistola. Enrico IV di Francia, che era un antenato dei Savoia dato che una sua figlia aveva sposato Vittorio Amedeo I, era stato pugnalato da Ravaillac proprio dentro la sua carrozza, e per ben tre volte, prima che qualcuno riuscisse a reagire.

«E poi l'idea è quella di celebrare il castello restaurato, non di esporsi in grandi parate fastose di carrozze dorate che potrebbero suscitare il malcontento della gente, in questo periodo così tormentato. Quando hai assaggiato il dolce, è difficile tornare ad accontentarsi del fiele» proseguì il marchese Ottavio. «L'orologio della storia non si può fermare.» Non faceva mistero del fatto che la rigida restaurazione savoiarda gli pareva del tutto fuori luogo.

«Qual è il tema della mascherata di quest'anno?» si affrettò a chiedere donna Maria Paulina, per cambiare discorso.

«L'Egitto» rispose Giulia, preoccupata. Non aveva granché nel suo guardaroba per provvedere alla bisogna.

Ottavio sobbalzò sulla poltrona. «Oh, ma certo, perfetto! Lo conoscete Drovetti? È nato qua vicino, a Barbanìa, e ha seguito Napoleone in Egitto... Un giovane in gamba, lo hanno fatto console nel 1811. Naturalmente ora le cose sono cambiate, ma lui nel frattempo aveva messo insieme una collezione veramente interessante. Ha comperato dei piccoli tesori, specialmente dagli scavi vicino a Tebe. Drovetti ci ha contattati, come Accademia delle Scienze, per mostrarci i pezzi che ha in animo di vendere. Ha detto che avrebbe voluto proporre qualche piccola meraviglia anche al re. Lui è torinese, in fondo, e stando alle sue parole sarebbe felice che la sua città potesse godere delle sue scoperte.»

«In effetti sarebbe bello riuscire a creare una sorta di Wunderkammer, un museo di reperti egizi, nato dai ritrovamenti di un torinese» osservò Tancredi. «Avrebbe un senso, un museo egizio a Torino.»

Il marchese Ottavio sorrise con aria saputa. «Ho idea che il buon Drovetti, nonostante tutte le sue dichiarazioni patriottiche, abbia intenzione di vendere al migliore offerente, e le sue richieste economiche sono molto alte. Del resto si tratta di reperti di inestimabile valore: sarcofagi, mummie, gioielli, papiri, statue, scarabei...»

Donna Maria Paulina rabbrividì. «Mummie, oh, giusto cielo. Mi domando chi mai sarebbe interessato a un povero corpo morto imbalsamato e avvolto in strisce di tela da migliaia di anni... Lo ritengo davvero *très, très macabre*. Voi non trovate, Giulia cara?»

«In realtà sono tutti molto ma molto incuriositi, *maman*. Si organizzano sbendaggi pubblici delle mummie più illustri. Si dice che abbiano proprietà medicamentose. E anche» rincarò Tancredi «che ci siano delle antiche maledizioni che gravano su queste mummie. Su chi ha disturbato il loro sonno millenario...»

Lei alzò tutte e due le mani. «Vi prego, parliamo d'altro» tagliò corto, segnandosi con devozione.

Rifece esattamente lo stesso gesto quando qualche giorno dopo, alla reggia di Moncalieri, si ritrovò nella grande sala che era stata allestita per dare modo al cavalier Bernardino Drovetti di mostrare a tutti gli illustrissimi convenuti il suo spettacolare ritrovamento: la Mummia della Principessa, come l'aveva definita Drovetti, facendo adagiare dai suoi aiutanti un bellissimo sarcofago di legno intagliato e dipinto sul grande tappeto di velluto color borgogna che ricopriva il gran tavolo di quercia in mezzo al salotto giallo in stile barocco al piano terreno del castello.

Cristina di Seyssel emise un specie di gemito a mezza voce. «Oh, mio Dio, Giulia cara!»

Lei temette che fosse per l'emozione di stare per vedere la mummia. Si era dovuta sottoporre a una preparazione lunghissima per somigliare in qualche modo a Cleopatra. Indossava una tunica color rosso turco bordato di seta giunchiglia, aveva diviso i capelli sciolti in due bande simmetriche fermate da una coroncina dorata con due urei affiancati che le cingeva la testa e calzava dei sandali con dei legacci che risalivano fino alle ginocchia, con braccialetti a polsi e caviglie. Si era lasciata sfumare gli occhi col carboncino nero allungandoli esageratamente verso le tempie e tenendo le labbra pallide. Alle orecchie aveva pendenti a forma di scarabeo e sulle spalle uno degli scialli egiziani che le aveva regalato Joséphine, a righe che riprendevano le tonalità rosse e gialle della tunica.

La Seyssel era una più generica sposa reale tutta vestita di verde bronzo, con in testa una specie di nemes, una cuffia di lino che si apriva lateralmente in due ampie ali che ricadevano sul petto e sulle spalle.

«Che succede?» domandò Tancredi.

«La duchessa di Genova è vestita da Cleopatra come Giulia!»

La moglie di Carlo Felice era appena entrata e si guardava intorno, circondata da tre sue dame di compagnia. Si era messa in testa una parrucca nera con sopra una corona con l'ureo regale che lasciava poco spazio al dubbio. Il confronto tra le due cleopatre era davvero impietoso. La cognata del re sembrava un uomo travestito da donna, con la mascella larga, il mento lungo e gli occhi ravvicinati. L'abito le pendeva addosso dalle spalle ampie come quelle di un granatiere.

«Vi odierà» le disse la Seyssel.

«Ma me l'avete detto voi di vestirmi da Cleopatra!»

«Me l'ha suggerito la regina Maria Teresa, ma qualcosa dev'essere andato storto... forse hanno cambiato idea all'ultimo. Le due si odiano, a dire la verità. Forse sua maestà lo ha fatto apposta per fare un dispetto alla cognata... ma sareste voi ad andarci di mezzo. Se la moglie di Carlo Felice è Cleopatra, non possono esserci altre Cleopatre qui oggi.» Abbassò la voce. «Non so se lo sapete, ma lui in Sardegna dove è viceré lo chiamano "Carlo Feroce". E lei non è da meno.»

Giulia spalancò gli occhi e si ritirò dietro un tendaggio color giallo oro, intanto che le sala si andava riempiendo. Tutti prendevano posto intorno al tavolo, come se si fosse nell'aula magna di una facoltà di Medicina e si stesse per assistere a un'autopsia. Tancredi era sgomento per l'incidente diplomatico. «Non credo che potrai passare tutta la giornata a nasconderti dietro le cortine...»

Lei si stava dando da fare. «Ho trovato la soluzione, forse, per non fare arrabbiare Carlo Feroce e la sua metà. Aiutami a sfilarmi i sandali... via questa corona. Via gli orecchini. Legami i capelli con questo nastro di seta, così.»

Piegò lo scialle a triangolo e se lo mise su una spalla. A piedi nudi con le cavigliere dorate, i capelli stretti in una coda fluente, non sembrava più la regina d'Egitto. Lui la guardò meditabondo.

«Chi saresti adesso?»

«Che ne diresti di Iras? L'ancella di Cleopatra nell'opera di Shakespeare?»

«Senza scarpe ti prenderai un malanno come la povera Joséphine... questi marmi sono gelati.»

Giulia allargò le braccia. «Siamo venuti qua per riottenere appieno il favore dei Savoia e far dimenticare definitivamente i nostri trascorsi alle Tuileries. Correrò il rischio.»

«Oh, santo cielo. Bentornati a corte» sussurrò lui, desolato.

29
Mummie

L'idea di presentarsi come Iras si rivelò vincente. Quasi nessuno ricordava la tragedia di Shakespeare, ma travestirsi da ancella di Cleopatra pareva una soluzione adeguata e divertente.

«In fondo» sussurrò Giulia a Tancredi «i nostri sovrani ci vogliono a corte per trattarci come dei loro servitori di lusso, quindi la mia Iras sarà gradita.»

La duchessa di Genova la guardava incuriosita. Giulia si esibì nella sua perfetta riverenza e la donna le si avvicinò. «Non ho il piacere di conoscervi.» Guardò la Seyssel, che a sua volta si era inchinata. «La marchesa di Barolo, altezza. Oggi nei panni di Iras, la schiava della regina Cleopatra...»

Le dame che erano con lei risero deliziate. «Oh, Madame, che combinazione...» Una di loro, la più anziana, toccò il braccio di Giulia. «Siamo anche noi schiave di Cleopatra, ma dite, in questa tragedia Shakespeare ha messo altre ancelle di cui conoscete il nome?»

Per il re Vittorio Emanuele I e la regina erano state allestite delle poltrone con i braccioli su una piattaforma un po' rialzata, per il duca e la duchessa di Genova delle poltroncine, per il principe Carlo Alberto di Carignano una sedia alta di velluto senza i braccioli. Del resto, lungo com'era, con quelle gambe da trampoliere, su una seduta più bassa sarebbe parso un ranocchio magro e disarticolato. Era arrivato quasi di corsa, sistemandosi la giacca dell'uniforme di gala.

I nuovi arrivati furono ufficialmente presentati alle loro maestà prima che iniziasse lo sbendamento della principessa egizia. Il re e la regina erano piuttosto impazienti di assistere allo spettacolo e prestarono scarsa attenzione alla piccola processione di cortigiani finché la Seyssel non pronunciò il nome dei Falletti di Barolo.

La regina Maria Teresa si rianimò. «Oh, eccovi, marchesa!» Aveva il mento tondo e le sopracciglia sollevate in una perenne espressione interrogativa. «Alla fine dovrete raccontarmi tutto quello che state facendo dentro le carceri senatorie.»

«Volentieri, maestà. E ringrazio la vostra generosità, le detenute pregano ogni giorno per voi avvolgendosi nelle coperte che avete avuto la bontà di donare loro.»

La regina fece un cenno di assenso soddisfatto col capo.

Vittorio Emanuele I fissava Tancredi e Ottavio mentre si inchinavano con Maria Paulina. Poi si rivolse a Giulia. «Voi siete francese» le disse. Non era una domanda, ma una constatazione.

Giulia lo guardò dritto negli occhi. «Vandeana, altezza. Il nostro castello di Maulévrier è stato completamente distrutto dai blu durante la rivoluzione. Mia nonna è stata ghigliottinata sotto Robespierre.» Esitò. Poi frugò nella borsettina che portava legata alla vita. «Se la maestà vostra permette, vorrei mostrare una reliquia che la nonna ha ricamato per me poco prima di mettere il collo sotto la lama.»

Le labbra serrate del re si schiusero in una espressione compresa. Si chinò in avanti per vedere meglio.

«Sono i due cuori della Vandea, altezza. Il simbolo della nostra terra. Il simbolo di chi è stato annientato ma ha saputo rinascere. Il simbolo di chi sa donare tutto se stesso a una causa.» Ricordava bene le parole della nonna che Joséphine le aveva riportato. «*Segno del coraggio di ribellarsi, di restare fedele ai propri principi, quando qualcosa va contro la tua coscienza.*» Indicò col dito sottile il profilo del ricamo. «Per qualcuno questi sono il cuore di Gesù e quello di Maria intrecciati.»

I due regali fratelli, Vittorio Emanuele I e Carlo Felice, annuirono e si segnarono. Tutti li imitarono.

«Due cuori sono anche simbolo d'amore profano» continuò Giulia. «Quando li guardo non posso non pensare con profonda riconoscenza a mio marito Tancredi, che mi ha sposata e mi ha portata in questa terra bellissima.» Guardò la regina. «I due cuori della Vandea nella mia anima sono tutto questo.»

Il principe di Carignano che era rimasto lì a seguire annoiato la processione di cortigiani omaggianti si era destato all'improvviso dal suo torpore. «Col permesso di sua maestà, ho una vera e propria passione per gli stemmi e per i motti...» disse con la sua voce bassa da giovane timido, allungando il collo. Come aveva raccontato la Seyssel, era imbronciato e sfuggente. Il naso era troppo lungo e la punta aveva una forma strana, a cubetto, che lo faceva sembrare buffo, soprattutto quando assumeva quelle espressioni intense e aggrottate.

«Oh, anch'io, altezza reale» rispose subito Giulia. «Se vorrete onorarmi della vostra attenzione, ne potremo conversare a lungo.»

Lui batté le palpebre, con un vago sorriso.

Vittorio Emanuele I invece continuava a non sorridere, ma la sua espressione era cambiata. «E voi, donna Maria Paulina, siete di Chambery, invece.»

«Città savoiarda e della sacra sindone, vostra maestà» rispose pronta lei. «Una mia antenata era tra le clarisse che ripararono la santa reliquia dopo l'incendio del 1532.»

Il re annuì, soffermò ancora un momento lo sguardo sui due Falletti di Barolo ai quali non aveva detto di risollevarsi e che restavano piegati nella riverenza, come se avesse in animo di domandare qualche cosa anche a loro. «Andé» concluse poi in dialetto, congedandoli con un gesto della mano che pareva la benedizione solenne di un vescovo.

La Seyssel non stava nella pelle. «È andata benone» sussurrò beata.

«Il mio nervo sciatico non mi avrebbe permesso di resistere ancora a lungo in quella posizione» si lamentò il marchese Ottavio. Erano tutti consci di aver superato una prova simbolica.

Il carnevale egiziaco segnava la loro riammissione ufficiale alla corte dei Savoia.

Quando Drovetti entrò nella enorme sala sistemandosi un mustacchio nel gesto disinvolto di chi è abituato ad avere l'attenzione della gente su di sé, ci fu un «Ooohhh» pieno di aspettativa. L'uomo, elegante nel suo completo da sera, con in capelli portati un po' lunghi sul collo all'avventuriera e con in capo un tarbush rosso cilindrico con una nappa nera, andò a inchinarsi davanti ai cinque reali presenti prima di prendere posto a lato del tavolo. Due assistenti con indosso delle lunghe galabeye colorate lo assecondavano in tutto e per tutto.

«Chiamate monsù Biscarra» disse il re «che disegni quel che vede.» Si rivolse al fratello Carlo Felice. «Il nostro pittore di corte era già qua per finire un ritratto al principe di Carignano, approfittiamo per lasciare traccia di questo evento.»

Tutti applaudirono alla bella idea e un uomo con una gran testa di capelli ricci, un camiciotto blu scuro indosso e degli album sotto il braccio arrivò di corsa da un corridoio laterale e si posizionò su uno dei lati brevi del tavolo.

«Questo sarcofago ci trasporta lungo il Nilo e oltre, nel deserto più torrido del mondo...» attaccò Drovetti. «In quei luoghi esotici e lontani principi e re eressero strutture funerarie imponenti che tramandassero la loro memoria. Dentro lussuose camere mortuarie veniva sigillato il sarcofago che conteneva il corpo predisposto all'incorruttibilità da imbalsamatori più esperti, unguenti pregiati la cui ricetta è rimasta segreta, sostanze aromatiche raffinate, resine, bitumi e polveri dai misteriosi poteri.»

C'era un silenzio totale dentro la sala. Drovetti, con lo sguardo fiammeggiante e i baffoni invadenti, aveva conquistato tutto l'uditorio. Ora sospirò forte. «Mi corre l'obbligo di avvisare che di qui in avanti dovrò dire cose che gli stomaci più deboli potrebbero ritenere insopportabili... prego quindi le signore o i signori più sensibili di allontanarsi dalla sala.»

Ovviamente nessuno si mosse.

«Il cadavere veniva disteso su una tavola leggermente inclinata, con scanalature che facevano confluire i liquami cadaverici in un recipiente sul pavimento. Dal corpo, lavato e rasato, era rimosso il cervello pezzo per pezzo, utilizzando uncini che penetravano nelle narici oppure asportando i globi oculari per estrarre la materia cerebrale attraverso le orbite. In seguito, si procedeva con l'eviscerazione del cadavere attraverso un'incisione verticale sul lato sinistro dell'addome.»

Si sentì una specie di gemito e una signora anziana svenuta venne portata dai domestici in una stanza accanto.

«Sono desolato» disse Drovetti. «Come dicevo, devo pregare le anime più sensibili di non...»

«Ma proseguite senza perdere tempo» lo interruppe il re, seccato dall'interruzione, per nulla interessato al mancamento dell'anziana dama.

«La rimozione dei visceri non basta, il corpo doveva essere rapidamente disidratato. Si usava il natron, che scioglie i grassi e facilita l'eliminazione dei liquidi dai tessuti. Quindi il cadavere veniva ricoperto di natron e lo si lasciava lì per un mese e mezzo, fino a completa essiccazione; solo allora, dopo averlo lavato, era pronto per essere spalmato di resine e unguenti. I visceri estratti venivano asciugati col natron e sistemati dentro vasi canopi, deposti accanto o dentro il sarcofago.»

Posò le sue mani aperte sulla cassa. «Ora apriremo questo sarcofago da me rinvenuto negli scavi di Tebe che contiene, a quanto mi è stato riferito da studiosi locali, le spoglie di una principessa molto particolare e che tutti noi conosciamo...»

Ci fu un nuovo «Ooohhh» di aspettativa emozionata.

«Si tratta di un sarcofago in legno, con il volto scolpito della bella nobildonna al suo interno, colorato e ornato di geroglifici...» Esitò. «Sono in molti gli studiosi che si stanno concentrando nel tentativo di decifrare questa antica scrittura la cui conoscenza è andata perduta...» Stava per dire che la chiave dell'enigma era probabilmente contenuta nella stele ritrovata a Rosetta, ma dato che erano stati dei soldati napoleonici a scoprirla preferì restare sul vago. «E quando avremo modo di leggere queste iscrizioni, l'identità dei personaggi contenuti in questi scrigni che ne hanno conservate le spoglie per migliaia di anni ci sarà più chiara.»

Le due pesanti metà del guscio ovaleggiante si schiusero scricchiolando sotto le mani abili degli aiutanti. Non si sentiva volare una mosca. Il coperchio scivolò di lato, lentamente, a mostrare il suo contenuto. Una mummia sdraiata supina, avvolta nelle bende color caramello, fermate tutte intorno da strisce nerastre.

«Ecco a voi la figlia del faraone, la principessa misteriosa...»

A mani nude, circondato da un centinaio di cortigiani che tiravano il collo per vederci meglio, Drovetti e i suoi assistenti iniziarono l'opera di sbendaggio. Prima tolsero le fasce nere e poi le bende che un tempo erano state candide, con delicatezza. Il primo a comparire fu il volto annerito dal tempo, dai lineamenti delicati, le orbite vuote, la bocca semiaperta.

Altre due dame e un anziano signore svennero, senza che nessuno ci facesse troppo caso. Maria Paulina si era allontanata già da un po' e occhieggiava da dietro una tenda, premendosi un fazzoletto sul naso: un odore strano, pungente, aveva invaso la sala.

Drovetti accarezzò delicatamente la fronte secca come cuoio della donna. «Altezze reali, signori e signore, vi presento Bithia, la principessa che salvò Mosè dalle acque, secondo la narrazione dell'Esodo. La madre adottiva del profeta cui il signore Iddio volle donare il decalogo... Secondo il Midrash, Bithia non fu colpita da nessuna delle dieci piaghe d'Egitto.»

Ci fu uno scoppio di acclamazioni, e poi tutti che volevano avvicinarsi e toccare Bithia almeno con un fazzoletto o con un lembo di tessuto, come a voler portare con sé qualche cosa della sua essenza positiva.

«Una domanda, col permesso delle loro maestà» disse il marchese Ottavio, alzando un po' la voce per riuscire a farsi sentire in mezzo a tanto entusiasmo. «Che cosa vi rende così sicuro di questa identificazione, cavalier Drovetti?»

Gli applausi si spensero e lui si girò a guardarlo con malcelato fastidio. «Con chi ho il piacere di parlare?»

«Ottavio dei marchesi Falletti di Barolo, presidente dell'Accademia delle Scienze di Torino. Mi avete scritto più di una lettera» rispose il marchese, tranquillo.

«Oh, ma certo» si riprese Drovetti. «Bene, sarò lieto di parlarvene in privato, per non annoiare inutilmente il nostro illustre pubblico con questioni troppo tecniche, troppo scientifiche... per non tediare le loro maestà...»

Sorprendentemente, Vittorio Emanuele I e suo fratello Carlo Felice si avvicinarono ai due uomini. «Saremmo lieti invece di partecipare alla conversazione» disse il re «visto che il cavalier Drovetti ha chiesto alla corona solo per questo reperto una somma sufficiente a finanziare un nuovo restauro del castello di Moncalieri...»

Drovetti si sforzava di sorridere, ma si vedeva che masticava amaro.

Tancredi ridacchiava con Giulia. «Drovetti è bravo ad aggiungere un poco di pepe alle sue narrazioni, ma il mio signor padre smonterà a una a una tutte le sue argomentazioni. Sono certo che si tratti di una nobile donna mummificata millenni fa, ma da qui a identificarla con un personaggio del quale nemmeno la Bibbia riporta il nome, ah, ho i miei dubbi...»

Il pittore Biscarra si stava dando da fare intorno al sarcofago, la matita che guizzava sui fogli. Quel pomeriggio sarebbe rimasto nella memoria di tutti i presenti.

Il principe di Carignano si avvicinò a Giulia. «Per adesso sono salvo» le disse, indicando Biscarra.

Lei sorrise. «Scommetto che vostra altezza trova noiosissimo posare. Ma possiamo fare in modo che le sessioni siano molto meno tediose.»

Lui la guardava speranzoso. «E come?»

«Potrei intrattenervi con qualche lettura, sono stata lettrice dell'impe...» si morse le labbra e lui sorrise per la prima volta.

«Me l'hanno detto, per l'imperatrice Joséphine. State tranquilla, mia madre e mio padre erano simpatizzanti delle idee liberali di Napoleone che mi ha creato conte dell'impero a dodici anni con una rendita di 100mila franchi. Adesso è tutto cambiato...»

Un signore molto anziano in uniforme che vicino al dinoccolato adolescente sembrava piccolissimo si avvicinò in quel momento. «Altezza» disse sottovoce.

«Ecco il mio precettore, il cavaliere Policarpo d'Osasco.»

Presentò i Falletti di Barolo al militare, che batté i tacchi per quanto la sua età avanzata gli permetteva di fare. «Onoratissimo. Mi scuserete se devo privarvi della compagnia di sua altezza il principe, altri doveri lo chiamano. Direi che oggi abbiamo già dedicato fin troppo tempo alle frivolezze. È ora di tornare allo studio, all'esercizio, alla preghiera.» Parlava in tono vibrato, distaccando bene le parole l'una dall'altra per dare maggiore enfasi al suo dire.

Giulia, Tancredi e Paulina guardarono la strana coppia allontanarsi giù per il corridoio, il cavaliere e il discepolo, con le mani dietro la schiena in una posa vagamente militaresca, entrambi un po' curvi, ciascuno a modo suo.

«L'articolo il» disse Tancredi che, pur superando il metro e ottanta vicino al principe sembrava basso.

«Be', non c'è da stupirsi che questo giovane non sorrida spesso» considerò Giulia, scuotendo la testa.

30
C'è da fare

«Posso chiederti per quale motivo vuoi andare adesso alle prigioni?» domandò Tancredi, cercando di non perdere la calma.

Pianificavano quel viaggio nei loro possedimenti vinicoli nelle Langhe da mesi, intanto che aspettavano il permesso dal re per partire per l'Inghilterra. Avevano convinto il marchese Ottavio e la marchesa Maria Paulina e non era stato facile.

Da quando era venuta a Torino Mademoiselle Gervais, tutti parlavano di vinificare in modo nuovo. La goccia che aveva fatto traboccare il vaso era stata un commento del re quel giorno di carnevale a Moncalieri, quando avevano brindato dopo la fine della dimostrazione egiziaca di Drovetti e dopo che il marchese Ottavio aveva garbatamente ma inesorabilmente sbugiardato l'avventuriero a proposito dell'identità della mummia della principessa tebana.

«Un vero peccato dover dipendere dai francesi per bere un rosso di qualche sostanza» aveva sospirato il re, alzando il bicchiere di buon borgogna. «Eppure le nostre terre non hanno niente da invidiare alle regioni intorno alla Saona.»

Il marchese Ottavio aveva raccontato allora della macchina per vinificare presentata all'Accademia delle Scienze e anche le loro maestà si erano mostrate interessate.

«Ve l'avevo detto, padre» aveva subito ribadito Tancredi. «È nell'aria, questa cosa, oramai. Tutti i proprietari vinicoli si cimenteranno nell'impresa.»

Non tanto per l'affare quanto per gli aspetti più scientifici e patriottici della faccenda, il marchese Ottavio aveva finito per lasciarsi coinvolgere.

Lo avevano trovato in studio, qualche giorno dopo, tutto intento a leggere un opuscolo appena pubblicato da un certo dottor Morelot presso uno stampatore di Digione. Lo scopo dell'opera era quello di classificare per la prima volta i vini del territorio della Côte d'Or e l'autore principiava entusiasta con un excursus che suonava poetico e appassionato.

«Le nostre zolle feconde bevono i raggi dorati del sole dalle prime luci dell'alba al tramonto, fortificando quel nettare d'uva che chiamiamo il sangue della Borgogna...» aveva letto il marchese Ottavio, traducendo dall'originale con una smorfietta di supponenza.

«Bel periodare» aveva risposto Tancredi. «Ma anche il nostro sangue delle Langhe potrebbe non essere da meno.»

E ora tutto era pronto, i bagagli, la carrozza, Bédame e una cassa piena di libri, opuscoli e manuali.

Ma la serva della signora Buniva era corsa a chiamare Giulia a palazzo dicendo che si trattava di cosa urgente e Bédame l'aveva subito fatta passare.

«Niccolina non mi manda a chiamare se non c'è davvero un problema» argomentò lei con Tancredi, con già indosso il suo vestito da viaggio blu e azzurro a righine sottili. «Vieni con me, invece di protestare, non posso far finta di niente.»

Ci teneva tanto a partire. Prima si sarebbe occupata del vino con suo marito e suo suocero e poi finalmente, non appena ricevuto il permesso del re che ci teneva a tenere sotto controllo gli spostamenti all'estero di tutta la sua nobiltà, sarebbe andata a Londra a conoscere Betsy Fry e a stringerle la mano di persona. Si era letta, meglio, si era bevuta tutto quello che la meravigliosa quacchera aveva messo nero su bianco. Le sue esperienze, le casistiche, i fallimenti, i successi. La considerava una specie di sorella maggiore, anche se non l'aveva mai incontrata di persona.

Tancredi borbottò qualcosa di incomprensibile e prese il cappello dalle mani di Brizio.

«Andiamo.»

Nell'atrio delle carceri senatorie, furono accolte da un Berto irriconoscibile, pallido, con delle occhiaie color porpora e le labbra serrate.

Anche il sovrintendente sembrava preoccupatissimo. «Ho mandato a chiamare il dottor Buniva... e lui ha ritenuto di informare subito il conte Borgarelli, al ministero dell'Interno.»

Due guardie stavano trattenendo nell'atrio una donna alta e vestita dignitosamente di scuro che aveva un'aria vagamente familiare. «Volete lasciarmi andare? Non ho fatto niente di male...» protestava lei, ma con un certo garbo.

«Adescare clienti lungo il Po non è niente di male, eh?» ribatté la guardia più anziana.

Tancredi spinse indietro Giulia. «Che cosa sta succedendo qui?»

La moglie di Buniva, Niccolina Dolce, stava arrivando di corsa giù dalle scale. «Non entrate, marchese. Restate lì fuori. Dice Michele che è tifo petecchiale. Si è scatenata una epidemia in città, sta attaccando tutte le comunità, le prigioni, i mendicanti, le caserme, i quartieri più poveri... sono i pidocchi, quei maledetti pidocchi.»

«Ha attaccato anche la sezione femminile?» chiese subito Giulia.

Niccolina scosse la testa. «No, la sezione femminile no. La pulizia fa la differenza. Ma potrebbe essere solo questione di tempo.»

Giulia si rivolse alle guardie che trattenevano la donna vestita di scuro. «In questo carcere è scoppiata un'epidemia, non potete portar dentro altra gente, si ammaleranno tutti.»

La guardia più anziana si toccò il cappello, la marchesa di Barolo la conoscevano tutti. «Con tutto il rispetto, signora marchesa, l'abbiamo trovata stamattina presto appartata con un cliente giù alle banchine...»

Giulia si avvicinò. «Perdonate, ma io vi conosco?» domandò, incerta, alla donna.

Lei abbassò la testa. «Sono la Tilda.»
«Chi?»
«La sorella di Angela, signora marchesa.»
«Oh!» Giulia arrossì. «Voi siete la ricamatrice...»
L'altra annuì, senza osare guardarla negli occhi. Era più bella e più giovane di Angela, ma le somigliava molto.
Una guardia rise. «Ve lo dico io che cosa ricama, questa qui.»
Come aveva detto crudamente Ghita, per mantenere se stessa e le tre figlie di Angela, la zia Tilda arrotondava battendo sul lungo Po.
«Sentite» disse Giulia alla guardia. «Garantisco io per la signorina.»
Tancredi prese svelto delle monete e le diede ai due uomini in divisa. «Questa è una situazione di emergenza, lo vedete bene...»
Loro si guardarono in faccia e poi annuirono. «Ma se la prendiamo un'altra volta a far la bella dei salici...»
Giulia allargò le mani. «Chiaro. D'accordo. Abbiamo capito. Grazie.»
«Chi comanda qua?» domandò in quel momento una voce autorevole. L'incaricato del conte Borgarelli era un funzionario serio con gli occhiali e la faccia intelligente. Si era presentato con un giovane di studio che portava sottobraccio un fascio di carte.
«Io» esalò il sovrintendente.
«Com'è la situazione?»
«L'epidemia si è diffusa nel reparto maschile, ma non nella sezione femminile.»
«E come mai?»
Il sovrintendente si strinse nelle spalle e indicò Giulia. «Chiedetelo a lei.»
«Sono la marchesa di Barolo» disse Giulia.
«Ah, sì, signora, certo» rispose subito il funzionario sveglio con gli occhiali. «Proprio voi cercavo. Il conte Borgarelli vi manda a dire...»
«A me? Che cosa?»
«Che se la proposta vi aggrada avete l'incarico di domare

l'epidemia di tifo dentro le carceri senatorie. Carta bianca. Tutti risponderanno a voi.» Si schiarì la voce. «Naturalmente se non ve la sentite...»

Lei fece un passo avanti. «Dove devo firmare?»

Il giovane di studio le tese lo scartafaccio.

Giulia esitò e guardò Tancredi. «Sei d'accordo, vero?»

Il marchese allargò le braccia, rassegnato e divertito. «Mi sembra una tale follia che non ci si può certo tirare indietro.»

Lei ridacchiò, finendo di firmare con uno svolazzo. «Ecco a voi, signore» tagliò corto, riconsegnando lo scartafaccio. «E adesso andiamo, che c'è molto da fare. Prima risolveremo questa emergenza, prima miglioreremo il nostro vino e prima partiremo per Londra.»

Tancredi sorrise. «Del resto lo sappiamo: siamo solo all'inizio.»

Quattro chiacchiere con i miei lettori

Care & cari,

rieccoci, che gran piacere. Quando arriva il momento di scrivere queste pagine, che i più inamidati chiamano apparati o appendici, sono sempre contentissima. Prima di tutto perché se sto scrivendo queste righe vuol dire che ho appena finito la stesura di un nuovo libro, e hai questa sensazione strana un po' di vuoto e un po' di esaltazione, oltre a una grande ansia: piacerà? Sarà capito? Sarò riuscita a far partire la mia macchina del tempo?

E stavolta la macchina del tempo ha svolazzato parecchio. Un decollo dalla Francia della Rivoluzione, una bella navigata nel periodo napoleonico e un approdo (provvisorio) nei territori sabaudi di prima dei moti del 1821, nella Torino ribollente della Restaurazione, nei domini dei Savoia dove (a proposito di macchina del tempo, appunto) il re ritornato dall'esilio cerca di spostare orologi e calendari alla metà del Settecento.

Dico approdo provvisorio perché stavolta mi sono cimentata in una cosa nuova. La storia non finisce qui. C'era così tanta materia viva e pulsante che ho dovuto distribuirla su un progetto che si concretizza in tre volumi. Io personalmente detesto le cose a puntate, ma queste non sono delle puntate, ogni parte è cronologicamente compiuta, solo che c'è ancora dell'altro da raccontare. Cioè, la vicenda prosegue, si allarga, si approfondisce, va avanti. Vanno avanti le vite dei personaggi, vanno avanti gli accadimenti storici, sono anni di fuoco, questi.

Giulia la venerabile

E i personaggi sono incredibili. La nostra Giulia, per intenderci, è stata proclamata «venerabile serva di Dio», espressione che suona curiosa alle nostre orecchie laiche e smaliziate degli anni Duemila. Cioè è stata aperta una pratica al dicastero delle cause dei santi e lei ha superato i primi due step: l'hanno proclamata serva di Dio e anche venerabile. I traguardi successivi sarebbero beata e poi santa. Cioè ho raccontato la storia di una persona ritenuta dagli organi cattolici competenti un modello di santità laicale.

Quando le ho messo gli occhi addosso non lo sapevo. Di lei mi hanno colpita le origini vandeane (ho studiato approfonditamente il fenomeno della sollevazione della Vandea fin dai tempi dell'università), il suo periodo napoleonico vicino a Joséphine, altro personaggio che conosco bene, e poi la sua capacità di piemontesizzarsi e trasformare Juliette in Giulia, sempre a fianco del suo Tancredi, segnando con l'arrivo a Torino non un punto di arrivo ma un punto di partenza. Lei ha capito subito che il contesto nel quale si trovava era umanamente inaccettabile e ha agito per modificarlo con la caparbietà che si attribuisce ai vandeani, testoni per antonomasia.

La visione di Giulia e Tancredi è per certi versi di una modernità incredibile. A Torino, quando lei ci arriva, come altrove, esistono già nobildonne che si riuniscono per aiutare i poveri, e vengono subito in mente le dame del biscottino di cui parlava ironico Carlo Porta, a me sempre caro. Cioè, donne di status superiore che si degnano di sfiorare il problema della miseria abissale con attività che paiono ridicole, senza cogliere il senso profondo dello sconvolgente cambiamento in atto. La suocera di Giulia è una dama dell'Umiltà, e lei si avvicina a queste iniziative, come a quelle della confraternita della misericordia che un giorno alla settimana dà da mangiare ai carcerati. Una goccia nel mare, elargita con condiscendenza. Invece, da quando lei mette piede nelle carceri senatoriali quel giorno del 1814 (prendo per buona la datazione del Lanza), le scoppia una bomba in mano. È l'illuminazione di Saulo sulla via di Damasco: lei ha l'intuizione di dover fare, di poter fare. E la questione è sfaccettata, i temi tutti collegati. Ci si mescolano problemi diversi che travasano l'uno nell'altro. La condizione femminile, gli albori della questione operaia, l'importanza dell'istruzione per le classi meno abbienti, l'intuizione che il carcere non dovrebbe solo punire ma trasformare, l'orrore per la pena di morte, tutti temi fondamentali che i contemporanei di Giulia raramente sfiorano e che al massimo dibattono nei loro salotti intellettuali, ma non affrontano nel concreto: i Barolo ci si mettono anima e corpo, impiegano lavoro, pensiero, capitali, mobilitano le loro conoscenze. Sono ricchi, influenti, determinati. Studiano tanto, con umiltà, chi prima di loro in altri Paesi ha affrontato questi enormi problemi umani e sociali che rimangono ancora alla ribalta.

Oggi non ci sono più le catene dei Savoia, i pozzi dove i detenuti venivano calati, gli Spielberg fatiscenti stillanti acqua dove i patrioti venivano rinchiusi a rovinarsi i polmoni per sempre, le ruote dove i briganti di strada venivano legati per sbriciolare loro braccia e gambe con una mazza e lasciarli morire così, lentamente, come esempio per tutti.

Giulia l'instancabile

Eppure, come capita a Giulia quando entra nelle carceri senatorie di Torino (a un passo dal suo palazzo, ma lontano anni luce dal suo *train de vie*), nei nostri tempi moderni ci sono ancora troppi detenuti in attesa di giudizio, le prigioni sono affollate, i suicidi sono all'ordine del giorno, ben raramente chi esce da questa esperienza diventa un uomo o una donna migliore e acquisisce durante il periodo di detenzione delle competenze che gli (o le) permettano di migliorare il suo status, trovare un lavoro soddisfacente, uscire dai giri sbagliati.

Giulia salta in carrozza e va a recuperare personalmente il giudice che latita e che accumula ritardi su ritardi, lo racconta lei nelle sue memorie: «Le loro cause si trascinavano da molto tempo perché il giudice istruttore che era di una piccola città vicina non poteva, e non so per quale motivo, venire a Torino. Salii in carrozza per fargli una visita; questa mossa lo decise a venire. I casi furono esaminati e giudicati e parecchie donne furono messe in libertà». Ce ne vorrebbero anche oggi, di Giulie in grado di dare una bella scrollatina ai burocrati inefficienti e assenteisti.

Giulia identifica le sacche di corruzione e di profitto illecito a danno delle carcerate e interviene. Idem come sopra, ce ne vorrebbero anche oggi di Giulie che impediscano ai carcerieri corrotti di fornire ai detenuti quel che fa il loro danno. «C'era in quei mesi nel carcere una donna che allattava il suo bambino; questa donna beveva molta acquavite, se ne faceva portare delle grandi bottiglie e il carceriere dopo averne prelevato un quantitativo bevendolo con lei lasciava passare la bottiglia attraverso l'inferriata. Il bambino soffriva di questo regime. [...] Mi recai presso il conte Borgarel, primo presidente, pregandolo di far vietare i liquori forti; egli me lo promise. I suoi ordini furono eseguiti.»

Giulia capisce che l'inattività è il peggiore dei mali. «Credo che non si otterrà mai ordine e calma in un carcere se non c'è non solamente un lavoro manuale, ma un'applicazione spirituale: anche l'intelligenza meno sviluppata ha bisogno di alimento.» Così non solo riorganizza delle forme di collaborazione che permettano alle detenute di guadagnare qualche soldo, ma cerca di insegnare loro a leggere e scrivere in un Piemonte dove il tasso di analfabetismo supera l'80%. Insegnare l'ABC a delle donne, a delle donne del popolo, di più, a delle delinquenti, è un'idea che sulle prime fa spalancare gli occhioni delle dame di carità. Giulia di Barolo esagera. Va bene un po' di compassione, qualche vestito vecchio, qualche coperta. Ma il sapere! E poi come si fa? Le lavagne non ci sono ancora, le inventerà tra un po' un pastore d'anime americano dipingendo di nero una tavola di pino. «Feci fare un grande alfabeto su una tela attaccata ad un telaio. Mi servivo di una conocchia. Con quella conocchia battevo per terra un colpo quando si commettevano un errore e tre quando la persona che leggeva doveva tacere e lasciar leggere la sua vicina. Le più intelligenti imparavano abbastanza presto; ne ho viste alcune che in capo a qualche mese sapevano leggere in modo sufficiente da imparare da sole il loro catechismo.»

Il catechismo, già. Che linguaggio hanno in comune una marchesa e una operaia infanticida? Quello della religione. Giulia utilizza il catechismo in uso in quegli anni, estrapolando quel che le sembra adatto. Le detenute capiscono, ce l'hanno nell'orecchio, anche gli analfabeti conoscono a memoria le preghiere e sanno rispondere alle domandine della dottrina.

Giulia mamma mancata?

Grande Giulia, che va avanti nonostante tutti la scoraggino, anche in famiglia. Per quanto nobilissima e ricchissima, lei va in giro con una grande lettera scarlatta sul petto, come quella di Hester Prynne. Non è un'adultera, ma è anche peggio: è una donna sterile. Non ha saputo dare figli a suo marito Tancredi e su questo la società savoiarda della prima metà dell'Ottocento non perdona. La marchesa di Barolo ha il grembo vuoto. Forse per questo ha tanti grilli per la testa. A partire da Napoleone, che con Joséphine incoraggerà le sue nozze con Tancredi, fino all'ultimo stalliere, tutti glielo fanno pesare. È la sua maledizione quotidiana, circondata da donne che sono gravide, che stanno per partorire, che hanno partorito, di continuo, perché è questo lo scopo, il senso della vita di tutte queste mogli: mettere al mondo dei figli. Uno, due, dodici, quanti Dio vorrà, che si sia regine o lavandaie, spesso morendo nel tentativo e vedendo morire i bambini senza nemmeno sapere bene perché.

Per le donne del popolo, uno dei crimini più comuni, col furto e la prostituzione, è l'aborto (o l'infanticidio). Il problema opposto a quello di Giulia: a loro madre natura ha concesso di diventare madri, ma non hanno i mezzi per sfamarli e per vestirli, questi bambini. Nel Piemonte e nella Lombardia della prima metà dell'Ottocento dove le campagne si spopolavano e le città si riempivano di uomini e donne miserabili impegnati nelle attività manufatturiere e industriali, una bocca in più da sfamare era una tragedia. E si procurava aborto, oppure si uccideva il neonato, o nel migliore dei casi si abbandonava nella ruota degli esposti.

Scriveva nel 1839 Luigi Alessandro Parravicini, il pedagogista milanese autore del *Giannetto*: «Nascono dunque a furia i bambini popolari! e i genitori di questa numerosa prole non hanno libbre di gallette, non sacchi di grano, non botti di vino [...] la loro ricchezza sono le braccia. Dunque al subbio, al naspo, al martello, alle cesoje, alla lesina. Lavorano, lavorano la giornata intera per buscarsi tanto da mangiar pan bigio tutta la settimana. E intanto ch'ei sono assidui al lavoro, che avviene de' bambini? Penuria, strapazzi, fame, botte, cenci... ecco, se ne nessuno gli ajuta, la misera sorte di quei piccoli infelici».

Ci penseranno i Barolo, prima ancora di Ferrante Aporti, aprendo all'inizio un asilo d'infanzia addirittura dentro il loro palazzo.

C'è un prima e un dopo le carceri: gli asili e le scuole, anche professionali, per avere un mestiere decente e non andarci affatto, in galera. E delle case dove rifugiarsi dopo, quando hai finito di scontare la tua pena. Tancredi e Giulia chiudono piano piano il cerchio.

Giulia di Barolo

Sì, va bene, ma il vino? Quando si parla di questo benedetto vino? Barolo è un cognome che sa di nebbiolo, un nome conosciuto in mezzo mondo. Che c'entra Giulia col vino?

Un po' di pazienza e ci arriviamo. Quando Giulia sposa Tancredi, le vigne di famiglia producono un vinello rosato da bere giovane, niente di che. E sulle prime lei non si interessa tanto al tema, ha altro per la testa. I suoi progetti caritatevoli prendono forma di giorno in giorno e intanto l'argomento del vino serbevole, alla francese, comincia a entrare con sempre maggior frequenza nelle conversazioni di gentiluomini e gentildonne, tutti proprietari terrieri.

Come mai i francesi sono capaci di produrre un vino che invecchia e non diventa aceto, un vino che si può agevolmente far viaggiare, e i piemontesi no? Fino a qualche anno prima mancavano perfino le strade per arrivare giù fino al porto di Nizza a imbarcare. Adesso le strade ci sono, è il vino che non c'è. Che smacco. Però le cose stanno evolvendo. Anche le tecniche di vinificazione migliorano. Quel che racconto nel romanzo a proposito della macchina di Mademoiselle Gervais è tutto vero, ovviamente. E sono in tanti ad accettare la sfida, a partire dal conte di Cavour (non ancora Camillo, che è un bambino, ma suo padre Michele. Per la cronaca, Camillo bambino adorava Giulia e nelle lettere, rigorosamente in francese, la chiamava «*ma coquette*» e «madame Baroline»). Il barolo sta per nascere e anche quello sarà un conseguimento di Giulia, la vandeana dalla testa dura.

La Storia romanziera

Come al solito devo dare ai miei lettori un dettaglio di quel che è Storia e di quel che è verosimile, ma fictional, dentro il romanzo. E come al solito le cose più incredibili sono quelle davvero accadute. Qualche esempio.

La nonna di Giulia e la futura imperatrice dei francesi furono imprigionate durante il Terrore. Non sappiamo se nella stessa galera, ma negli stessi giorni. Però sappiamo che Joséphine era nella prigione del Carmine e non è certo quale sia stato il carcere della marchesa di Colbert. Joséphine se la cavò non si sa bene come, grazie alla sua disinvoltura, Charlotte di Colbert fu ghigliottinata e tutte le testimonianze parlano del suo coraggio. Davvero l'annuncio della morte del generale Beauharnais comparve in quella forma sul giornale.

L'aneddotica su Joséphine è tutta vera, financo il crollo del balcone a Plombières. Davvero una schiava nera fu bruciata viva per avere attentato alla vita di sua madre, ho potuto trascrivere gli atti originali. Perfino l'episodio dei cavoli viola è riportato dalle vivaci memorie di un cortigiano, anche se pare che sia avvenuto alla Malmaison e non alle Tuileries, quindi qualche anno dopo. Davvero Napoleone e Joséphine incoraggiarono grandemente il matrimonio di Tancredi e di Giulia e furono testimoni di nozze. Davvero il principe Borghese tenne a battesimo il piccolo Camillo di Cavour che da lui prese il nome. Davvero Mimi, la mulatta inseparabile, era la sorellastra dell'imperatrice. C'è un grosso discorso sulla schiavitù che sottende tutti questi episodi. Noi siamo abituati a pensare agli schiavi delle piantagioni americane stile *Via col vento*, ma nei possedimenti d'oltremare dei francesi l'economia dei proprietari terrieri di piantagioni si basava su quel tipo di manodopera e Napoleone si guardò bene dall'affrancare quegli schiavi.

Ho spostato di qualche anno l'attentato a Napoleone che si svolse esattamente come raccontato, ma nel 1800, organizzato dai vandeani.

La rinuncia di Joséphine a Napoleone si svolse esattamente come lo racconto, con la lettura della lettera e tutto il resto.

I cani carlini di Joséphine sono storici, come tutti i personaggi protagonisti, compresi i medici, le ostetriche, i funzionari e ovviamente tutto il parentado Maulévrier, autenticissimo.

Bédame non è documentata, ma suo padre, il famoso guardacaccia dei Maulévrier che divenne un generale vandeano e morì combattendo, è storicissimo ed ebbe figli e figlie. È quindi verosimile che una delle sue figlie abbia giocato con Giulia da piccola e sia in seguito diventata la sua cameriera.

Il Cichin è una sintesi di tutti i briganti del periodo, ma la Bela Caplera è reale e davvero si racconta che la sua testa mozza abbia lacrimato terrorizzando il boia. La sua esecuzione però è del 1807 e io l'ho spostata in avanti. Invece la caduta dal cielo di Madame Blanchard è del 1819 e l'ho anticipata. I parenti di Tancredi sono storici e davvero la suocera di Giulia era una attiva dama dell'Umiltà torinese. Il marchese Ottavio era il presidente dell'Accademia delle Scienze, padre Brunone era il confessore di casa Barolo e Maria Cristina di Seyssel, Luigia Montegrandi e Teresa Pes di Villamarina aiutarono tantissimo Giulia nella sua missione umanitaria.

Il dottor Buniva e sua moglie Niccolina Dolce sono storicissimi, idem il dottor Virginio, l'agronomo che lanciò le patate sul mercato piemontese, il nostro Parmentier, diciamo. Davvero Giulia riuscì a far graziare da Ignazio Thaon di Revel (che chiamò Genova l'ultimo suo figlio che però nacque due anni più tardi di quanto ho scritto io) una detenuta condannata a morte che si chiamava Angela o Angelina Agnel, lo sappiamo da una lettera conservata nell'archivio Barolo, ma questo accadde nel 1821; davvero come ho già detto e come lei racconta andò a prendere per la collottola un giudice negligente. Il cosiddetto «latte della Madonna» è ancora reperibile online, venduto dai frati di Gerusalemme.

Davvero Mademoiselle Gervais inventò la sua macchina per vinificare, qualche anno dopo di quando io l'ho raccontato, e davvero l'originalità dell'invenzione le fu contestata in quanto lei era una donna e dom Casbois aveva teorizzato qualche decennio prima un principio analogo in un suo saggio.

Davvero il boia di Torino si chiamava Gaspare Savassa detto Gasprin e le impiccagioni si svolgevano come descritto con due tirapiedi che spingevano e tiravano il condannato per rompergli l'osso del collo e finirlo in fretta, un macello.

Davvero Giulia era in contatto con la famosa filantropa Betsy Fry tramite il di lei cognato e andò poi anche a trovarla.

Sono storici ovviamente re, principi e regine in tutti i dettagli (per esempio, Carlo Alberto era alto due metri e cinque centimetri e la moglie di Carlo Felice, detto Feroce, era notoriamente, ehm, molto bruttina) e il primo nucleo del museo egizio nacque da una collezione di Bernardino Drovetti venduta a re Carlo Felice.

Insomma, come al solito basta ricercare con un po' di pazienza e attenzione e le figure si mostrano vivide fin nei minimi particolari.

Giulia donna del suo tempo

Certo, Giulia era una vandeana nata prima della Rivoluzione e una donna del suo tempo, con dei limiti di pensiero che oggi faticheremmo ad accettare, convinta che i ricchi siano stati benedetti da Dio e che uno dei motivi per i quali è importante occuparsi dei poveri sia quello di evitare delle rivolte e delle rivoluzioni e che si debba impartire a ogni ceto sociale un'educazione proporzionale ai bisogni del suo stato, senza eccedere per non rischiare di istillare eccessivi desideri di promozione sociale. A me poco importa che a Giulia di Barolo abbiano messo in capo un'aureola: sta di fatto che raccontando la sua interessantissima vicenda si ripercorrono decenni fondamentali nell'evoluzione della sensibilità nei confronti del sociale. Chiamiamola carità cristiana, filantropia, illuminismo, socialismo umanitario, le definizioni non contano. In più lei ha avuto una storia personale molto travagliata ed è riuscita a ritagliarsi degli spazi di autonomia ai quali difficilmente le donne contemporanee potevano ambire.

È una storia da raccontare perché ancora adesso anche nella nostra sedicente evoluta nazione i detenuti si suicidano in carcere: dicono le statistiche che si ammazzano giovani, che si ammazzano appena entrano, disperati, ma anche prima di uscire, altrettanto disperati, perché non è cambiato tantissimo dal 1814. Non teniamo più la gente incatenata nelle segrete, ma spesso non sappiamo dare nessuna speranza di ricominciare a chi ha sbagliato e pagato.

È una storia da raccontare perché la pena di morte esiste ancora in tantissimi Paesi del mondo, come nel Regno del Piemonte prima dell'Unità d'Italia, per esempio nella civilissima America che ha eletto Trump come suo presidente, anche se ci sforziamo di ignorarlo. Ci sono ancora tanti Gasprin in giro.

È una storia da raccontare perché allora come ora le donne

non saranno libere senza l'emancipazione economica, prima chiave che apre ogni porta, e chi non può o magari non vuole avere figli viene visto come una persona diversa.

Ed è una storia da raccontare perché narra di una eccellenza italiana, di quel vino che tutti ci invidiano e che Giulia è riuscita a nobilitare al di là del bouquet e dell'annata: lei lo ha voluto produrre per procurarsi altri fondi da investire nelle sue opere buone. Dentro quel bicchiere c'è una missione umanitaria rivoluzionaria, per l'epoca.

Così è nato il re dei vini che fu anche il vino dei re: per aiutare gli ultimi. E scusate se è poco.

Come espiazione per aver spostato qualche avvenimento nel tempo, anche se perfino Manzoni barò sugli anni facendo slittare in avanti la storia della Monaca di Monza, metto qua di seguito una cronologia essenziale delle date vere. Allora, perdonata?

Per chi vuole fare due chiacchiere con me in separata sede, l'indirizzo mail è monacadimonza@marimara.it.

Cronologia essenziale

1753
Nasce a Torino Ottavio Falletti di Barolo, futuro padre di Tancredi.

1754
Nasce a Maulévrier Édouard di Colbert, futuro padre di Giulia.

1760
Nasce a Chambery Maria Paulina d'Oncieu, futura madre di Tancredi.

1765
Nasce Anne Marie Louise de Quengo, futura madre di Giulia.

1780
Ottavio e Maria Paulina si sposano.

1782
Édouard e Anne Marie Louise si sposano.

1782
26 ottobre, nasce a Torino Tancredi Falletti di Barolo.

1786
26 giugno, nasce a Maulévrier Juliette Françoise Victurnie de Colbert, la nostra Giulia.

1789
Rivoluzione francese.

1793
Rivolta vandeana.
Muore in esilio a Bruxelles la madre di Giulia.

1794
26 luglio, viene ghigliottinata a Parigi Charlotte, la nonna paterna di Giulia.

1803
4 giugno, Charles di Maulévrier, zio di Giulia, sposa Charlotte Pauline Christine de Mont Boissier Beaufort-Canillac.

1804
2 dicembre, Napoleone viene incoronato imperatore in Notre-Dame.
La famiglia di Giulia è stata chiamata a Parigi. Giulia diventa dama dell'imperatrice.

1807
20 agosto, Giulia e Tancredi, che si sono conosciuti a corte, si sposano a Parigi.

1809
15 dicembre, ripudio di Joséphine che va a stare alla Malmaison.

1810
10 agosto, nasce Camillo Benso di Cavour.

1812
Édouard di Maulévrier, padre di Giulia, sposa in seconde nozze Pauline Jane Henriette Le Clerc de Juigné.

1813-1814
Tancredi e Giulia si stabiliscono definitivamente a Torino a palazzo Barolo lasciando le Tuileries. Negli anni precedenti avevano fatto un po' di su e giù da Parigi a Torino.

1814
17 aprile, domenica *in albis*, Giulia entra nelle carceri senatorie per la prima volta (secondo alcuni biografi, altri spostano la data più avanti).
20 maggio, ritorno di Vittorio Emanuele I a Torino.

1814-1815
Congresso di Vienna e Restaurazione.

Personaggi del romanzo

In questa lista sono elencati i protagonisti del romanzo. In *corsivo* i pochi personaggi inventati. Tutti gli altri sono figure storiche, vissute a cavallo tra il XVIII e il XIX secolo. Non sempre se ne conosce il nome completo né le date di nascita e di morte, ma vengono citati nei documenti d'epoca.

Angela (Angelina) Agnel, detenuta alle carceri senatorie di Torino

Tilda Agnel, sorella di Angela, ricamatrice e prostituta

Auguste, cocchiere di Joséphine

Ottavio Falletti marchese di Barolo (1753-1828), padre di Tancredi

Tancredi Falletti marchese di Barolo (1782-1838), marito di Giulia

Alexandre de Beauharnais (1760-1794), visconte, primo marito di Joséphine

Eugène de Beauharnais (1781-1824), figlio di Joséphine

Hortense de Beauharnais (1783-1837), figlia di Joséphine, moglie di Luigi Bonaparte

Becca, detenuta alle carceri senatorie di Torino

Marie-Jeanne Bécu, contessa du Barry (1743-1793), favorita di Luigi XV

Bédame, cameriera vandeana di Giulia

Maria Bel, detta la Bela Caplera (?-1807), prostituta ghigliottinata a Torino

Berto, secondino delle carceri senatorie di Torino

Giovanni Battista Biscarra (1790-1851), pittore di corte dei Savoia

Sophie Blanchard (1778-1819), aeronauta

Marie Anne Boivin (1773-1841), ostetrica

Carolina Bonaparte (1782-1839), regina consorte di Napoli e sorella di Napoleone Bonaparte

Girolamo Bonaparte (1784-1860), re di Westfalia e fratello di Napoleone Bonaparte

Luigi Bonaparte (1778-1846), re d'Olanda e fratello di Napoleone Bonaparte

Napoleone Bonaparte (1769-1821), imperatore dei francesi

Paolina Bonaparte (1780-1825), sorella di Napoleone Bonaparte

Maria Cristina di Borbone-Napoli (1779-1849), moglie di Carlo Felice di Savoia

Guglielmo Borgarelli (1752-1830), ministro dell'Interno

Brizio, servitore di casa Barolo

Michele Buniva (1761-1834), medico, professore di igiene, pioniere della vaccinazione antivaiolosa

Georges Cadoudal (1771-1804), generale vandeano

Jean-Jacques Régis de Cambacérès (1753-1824), giurista

Marie Antoine Carême (1784-1833), cuoco e teorico della *haute cuisine*

Antonio Benedetto Carpano (1751-1821), distillatore, creatore del vermouth

Nicolas Casbois (1728-1795), superiore dell'ordine benedettino, fisico ed enologo francese

Gerolamo di Castagnole (1669-1735), primo marchese di Barolo

Caterina di Württemberg (1783-1835), moglie di Girolamo Bonaparte

Catlìn, detenuta alle carceri senatorie di Torino

Armand Augustin Louis de Caulaincourt (1773-1827) generale napoleonico, sostituì Talleyrand, accusato di tradimento, nei negoziati di resa con la Russia nel 1814.

Camillo Benso, conte di Cavour (1810-1861)

Michele Benso, conte di Cavour (1781-1850), padre di Camillo Benso, conte di Cavour

Censino (Vincenzo), marito di Angela Agnel

César, cocchiere di Napoleone

Policarpo Chacherano d'Osasco (1744-1824), precettore di Carlo Alberto di Savoia-Carignano

Cichin, brigante piemontese

Charles Antoine (Toin) Colbert di Maulévrier (1793-1859), fratello minore di Giulia

Édouard (Edo) Colbert di Maulévrier (1790-1817), fratello minore di Giulia

Elizabeth (Babé) Colbert di Maulévrier (1783-1835), sorella maggiore di Giulia

Juliette Françoise Victurnie Colbert di Maulévrier / Giulia, marchesa di Barolo (1786-1864)

Édouard Victurnien Charles René di Colbert, terzo marchese di Maulévrier, conte di Cholet e barone de la Frogerie (1758-1820), padre di Juliette

Louis Constant Wairy detto Constant (1778-1845) cameriere di Napoleone.

Jean-Nicolas Corvisart des Marets (1755-1821), medico di corte di Napoleone

Anne-Marie Louise de Colbert de Maulévrier née de Quengo de Crénolle (1765-1793), madre di Juliette

Sophie de Crénolle, cugina di primo grado della mamma di Giulia, personaggio liberamente ispirato a Louise de Quengo (1792-1884)

Francis Cunningham (1785-1863), cognato di Elizabeth Fry

Delphine de Custine (1770-1826), amante di Alexandre de Beauharnais

Maria Paulina d'Oncieu di Chaffardon (1760- 1833), madre di Tancredi

Éléonore Denuelle de la Plaigne (1787-1868), lettrice della principessa Carolina Bonaparte

Niccolina Dolce, moglie del dottor Michele Buniva

Bernardino Drovetti (1776-1852), collezionista d'arte, la sua collezioni di reperti egizi costituisce il primo nucleo del Museo Egizio di Torino

Guillaume Dupuytren (1777-1835), medico dell'Hôtel-Dieu

Monsieur Duval, sovrintendente della prigione di Saint-Lazare

Emilie (?-1806), giovane schiava meticcia antillana bruciata sul rogo a Fort de France con l'accusa di aver tentato di uccidere la madre dell'imperatrice Joséphine

Yolande Escoubleau de Sourdis (XIV secolo), nobildonna vandeana, amante di Jacques de Montbron (1350?- 1422), signore di Maulévrier

Fabian, colonnello dei corazzieri. [Il nome è d'invenzione, la figura e l'episodio di cui è protagonista sono documentati (*NdR*)]

Armando Ferri, giudice [Il nome è d'invenzione, la figura e l'episodio di cui è protagonista sono citati negli scritti di Giulia (*NdR*)]

Flamand, caposcorta del marchese di Barolo

Joseph Fouché (1759-1820), politico, diplomatico, ministro di polizia

Elizabeth Fry (1780- 1845), detta "l'Angelo delle prigioni", filantropa inglese di religione quacchera

Robert Fulton (1765-1815), ingegnere statunitense inventore della nave a vapore

Fumeri, medico del giudice Ferri

André-Jacques Garnerin (1769-1823), aerostiere

Gerta, detenuta alle carceri senatorie di Torino

Elizabeth Gervais, inventrice intorno al 1820 di un rivoluzionario dispositivo per la vinificazione

Jean-Antoine Gervais (?-1856), fratello di Elizabeth Gervais

Ghita, figlia di Angela Agnel

Gasparotto Grosso, vicino di casa di Angela Agnel

Joseph-Ignace Guillotin (1738-1814), medico e promotore dell'utilizzo della ghigliottina

Madame Herbault, modista di Joséphine

Lazare Hoche (1768-1797), generale francese, amante di Joséphine

Jean Joseph Amable Humbert (1767-1823), generale francese e poi pirata

François-Honoré-Georges Jacob-Desmalter (1770-1841), mobiliere di corte

Jean Baptiste Lafitte (1776-1826), bucaniere e trafficante di schiavi

Pierre Lafon (1773-1846), attore e amante di Paolina Bonaparte

Brunone Lanteri (1759-1830), presbitero, fondatore degli Oblati di Maria, confessore di casa Barolo

Henriette Le Clerc de Juigné (1778-1861), seconda moglie del marchese Édouard (padre di Giulia)

Charles Victoire Emmanuel Leclerc (1772-1802), primo marito di Paolina Bonaparte

Dermide Leclerc (1798-1804), figlio di primo letto di Paolina Bonaparte

Sofia Leclerc (1778-1829), membro dell'Accademia delle Scienze di Torino e pittrice

Lena, figlia di Angela Agnel

Louis Hippolyte Leroy (1763-1829), sarto e fondatore di una casa di moda, realizzava abiti prestigiosi disegnati da pittori, scenografi e costumisti come Jean-Baptiste Isabey (1767-1855)

David Levi (1760-1825), imprenditore tessile ebreo, proprietario di un opificio situato nell'ex convento di santa Chiara che dava lavoro a centinaia di dipendenti

Louis, barone le Peletier d'Aunay (1776-1850), marito di Elizabeth, cognato di Giulia

Jeanne Charlotte du Luçay (1769-1845), dama di corte

Charlotte Pauline Christine de Mont Boissier Beaufort-Canillac Malesherbes (1777-1837), moglie di zio Charles

Malina, detenuta alle carceri senatorie di Torino

Charlotte de Manneville, dama di Beuzeville la Guérard, marchesa di Colbert-Maulévrier (1731-1794), nonna di Giulia, marchesa di Barolo

Maria Luisa d'Asburgo-Lorena (1791-1847), seconda moglie di Napoleone

Maria Teresa d'Austria-Este (1750-1829), regina (moglie di re Vittorio Emanuele I)

Maria, moglie di Gasparotto Grosso

Charles de Maulévrier (1758-1820), fratello di Édouard, zio paterno di Giulia

Milia, ex detenuta alle carceri senatorie di Torino

Mimi (Euphémie) Lefebvre (1756/60-post 1815), sorellastra mulatta di Joséphine

Luigia Montegrandi, dama dell'Umiltà

Gioacchino Murat (1767-1815), re di Napoli

Norin (Eleonora), figlia di Angela Agnel

Panero, sovrintendente delle carceri senatorie di Torino

Teresa Pes di Villamarina (1786-1853), *née* Saint Just, dama dell'Umiltà

Marianne Peusol (1786-1800), giovane rimasta uccisa all'attentato dell'Opera

Philippe Pinel (1745-1826), primario della Salpêtrière

Pio VII (Barnaba Chiaramonti) (1742-1823), papa

Planchard, sovrintendente delle carceri des Carmes

Elena Matilde Provana di Druent (1674-1701) moglie del marchese Gerolamo Falletti di Castagnole e Barolo

Letizia Ramolino (1750-1836), madre di Napoleone Bonaparte

Michel-Louis-Étienne Regnault de Saint-Jean d'Angély (1761-1819), segretario di stato della famiglia imperialc

Claire-Élisabeth Gravier de Vergennes contessa di Rémusat (Clari) (1780-1821), dama di compagnia di Joséphine

Maximilien de Robespierre (1758-1794), politico

Diodata Saluzzo Roero (1744-1840), membro dell'Accademia delle Scienze di Torino e poetessa

Charles-Henri Sanson (1739-1806), boia francese

Gaspare Savassa (detto Gasprin), esecutore di giustizia di Torino

Carlo Felice di Savoia (1765-1831), principe e futuro re

Maria Anna di Savoia (1803-1884), figlia di re Vittorio Emanuele I

Maria Beatrice di Savoia (1792-1840), figlia di re Vittorio Emanuele I

Maria Cristina di Savoia (1812-1836), figlia di re Vittorio Emanuele I

Maria Teresa di Savoia (1803-1879), figlia di re Vittorio Emanuele I

Carlo Alberto di Savoia-Carignano (1798-1849), principe e futuro re

Adèle de Sellon (1780-1846), madre di Camillo Benso, conte di Cavour

Enrico di Seyssel d'Aix (1775-1843), vicedirettore dell'amministrazione del debito pubblico e membro anziano del collegio dei decurioni di Torino, marito di Maria Cristina

Maria Cristina di Seyssel (1787-1851), *née* Ferrero della Marmora, dama dell'Umiltà

Giacomo Spalla (1776-1834), architetto

Herr Spire, giardiniere tedesco di Joséphine

Lise Spire, figlia del giardiniere e servetta di Joséphine

Sabina dei conti Spitalieri di Cessole (1780-1858), moglie di Ignazio Thaon de Revel

Paolo Francesco Staglieno (1773-1850), generale ed enologo

Charles-Maurice de Talleyrand-Périgord (1754-1838), diplomatico francese

François-Joseph Talma (1763-1826), attore

Gaetano Stanislao Talucchi (1789-1877), cappellano anziano

Clotilde Tambroni (1758-1817), membro dell'Accademia delle Scienze di Torino e docente di greco

Rose Claire des Vergers de Sannois Tascher de la Pagerie (1736-1807), madre dell'imperatrice Joséphine

Marie-Josèphe-Rose Tascher de La Pagerie, viscontessa di Beauharnais (Joséphine) (1763-1814), imperatrice consorte dei francesi, prima moglie di Napoleone Bonaparte

Ignazio Thaon de Revel e Saint-André, conte di Pralungo (1760-1835), militare, politico e governatore di Genova

Jean-Baptiste Thiriat, professore di ostetricia alle terme di Plombières

Mademoiselle de Vancal, dama di corte

Giovanni Vincenzo Virginio (1752-1830), agronomo e diffusore dell'utilizzo della patata

John Woodhouse (1730-1813), commerciante inglese di marsala

Bibliografia parziale

Libri

Allason, Barbara, *La vita di Silvio Pellico*, Mondadori, Milano 1933.

Barolo, Giulietta, *Con gli occhi del cuore. Memorie sulle carceri, appunti di viaggio e racconti*, a cura di Angelo Montonati, San Paolo, Cinisello Balsamo (Mi) 1995.

Barolo, Giulietta, *Viaggio per l'Italia: lettere d'amicizia a Silvio Pellico*, Piemme, Casale Monferrato (Al) 1994.

Bernardin de Saint-Pierre, Henri, *Paolo e Virginia racconto di Bernardino di Saint-Pierre*, Borroni e Scotti, Milano 1852.

Bertolo, Bruna, *Donne del Risorgimento: le eroine invisibili dell'Unità d'Italia*, Ananke, Torino 2011.

Biancotti, Angiolo, *La marchesa Giulia di Barolo: un'eroina della carità*, Montes, Torino 1938 (biografia romanzata).

Bolognini, Daniele, *Carlo Tancredi e Giulia marchesi di Barolo. Un unico cuore che batte per la carità*, Velar, Gorle (Bg) 2019.

Borsarelli, Rosa Maria, *La marchesa Giulia di Barolo e le opere assistenziali in Piemonte nel Risorgimento*, Chiantore, Torino 1933.

Bossuto, Juri e Costanzo, Luca, *Le catene dei Savoia*, Il punto, Torino 2012.

Buniva, Michele Francesco, *Istruzione intorno alla vaccinazione preceduta da un discorso storico sulla sua utilità*, Stamperia dipartimentale, Torino 1804.

Buniva, Michele Francesco, *Memoria al figlio unigenito*, a cura di Gianni Losano e Giuseppe Slaviero, Università degli Studi di Torino, Torino 2000.

Busca, Edoardo, *Nel centenario della morte del marchese Tancredi Falletti di Barolo*, L.I.C.E. Roberto Berruti & C., Torino 1939.

Candido, Antonella, *L'egittomania e la nascita delle collezioni egittologiche in Europa e in Italia*, tesi di laurea, Master di II livello in Museologia, Museografia e Gestione dei Beni Culturali.

Canonico, Tancredi, *Sulla vita intima e sopra alcuni scritti inediti della marchesa Giulia Falletti di Barolo-Colbert*, Tipografia San Giuseppe-Collegio degli artigianelli, Torino 1893.

Carpanetto, Dino, *Tra professione e scienza: il Collegio dei medici a Torino nel XVIII secolo*, in *Dal Piemonte all'Italia. Studi in onore di Narciso Nada nel suo settantesimo compleanno*, a cura di Umberto Levra e Nicola Tranfaglia, L'artistica Savigliano, Torino 1995, p. 47-69.

Cibrario, Luigi, *Storia di Torino*, Alessandro Fontana, Torino 1846.

Cognasso, Francesco, *Storia di Torino*, Lattes & C., Torino 1934.

Dal Pozzo di Mombello, Giuseppe, *Glossario etimologico piemontese*, Casanova, Torino 1888.

de Feo, Italo, *Cavour: l'uomo e le opere*, Mondadori, Milano 1969.

De Filippi, Filippo, *L'uomo e le scimie*, lezione pubblica detta in Torino la sera dell'11 gennaio 1864, G. Daelli e comp., Milano 1864.

De Montis, Giovanni, *La marchesa Giulia Falletti di Barolo nata Colbert*, Scuola Grafica Salesiana, Torino 1964.

dell'Arti, Giorgio, *Vita di Cavour*, Mondadori, Milano 1983.

Epistolario di Diodata Saluzzo Con un'appendice di lettere di altre scrittrici, a cura di Lorenzo Trovato, University Press - Sapienza Università editrice, Roma 2022.

Erickson, Carolly, *L'imperatrice creola. Amori e destino di Giuseppina Beauharnais, la prima moglie di Napoleone*, Mondadori, Milano 2004.

Erickson, Carolly, *La vita segreta di Giuseppina Bonaparte*, Mondadori, Milano 2012.

Falletti Fossati, Pio Carlo, *Silvio Pellico e la marchesa di Barolo*, in *Saggi*, Giannone e Lamantia, Palermo 1885, pp. 3-67.

Firpo, Luigi, *Vita di Giuseppe Pomba da Torino: libraio, tipografo, editore*, Utet, Torino 1970.

Gervais, Jean Antoine, *Opuscule sur la vinification, traitant des vices des méthodes usitées pour la fabrication, des vins, et des avantages du procédé de M.lle Elisabeth Gervais*, De l'Imprimerie de J.-G. Tournel, Montpellier 1821.

Giannattasio, Moreno, *Giulia. La bellezza, l'amore e il vino della marchesa di Barolo*, San Paolo, Cinisello Balsamo (Mi) 2016.

Imbert de Saint-Amand, Arthur Léon, *La cour de l'impératrice Joséphine*, Dentu, Paris 1884.

L'umiltà e le rose. Storia di una compagnia femminile a Torino tra età moderna e contemporanea, a cura di Anna Cantaluppi e Blythe Alice Raviola, Olschki, Firenze 2017.

Lamartine, Alphonse de, *Ditemi il vostro segreto. Carteggio con Giulia di Barolo*, a cura di Eleonora Bellini, San Paolo, Cinisello Balsamo (Mi) 2000.

Lamartine, Alphonse de, *Lettere inedite di Alphonse de Lamartine alla marchesa di Barolo*, a cura di Virgilio Paolo Ponti, Chiantore, Torino 1926.

Larese-Cella, Luisa, *Era una marchesa... Profilo storico sociale di Giulia di Barolo*, Gastaldi, Milano 1968.

Leoncini, Giulia, *Il vermouth e Torino: il loisir borghese e le liquorerie ottocentesche*, tesi di laurea, Architettura per il Restauro e Valorizzazione del Patrimonio, Politecnico di Torino, anno accademico 2019-2020.

Levra, Umberto, *Storia di Torino. La città nel Risorgimento (1798-1864)*, vol. 6, Giulio Einaudi editore, Torino 2000.

Mack Smith, Denis, *Cavour*, Bompiani, Milano 1984.

Massè, Domenico, *Il paese del Barolo*, Artipo, Alba 1982.

Massè, Domenico, *Un precursore nel campo pedagogico: il Marchese Barolo*, Tipografia commerciale, Alba 1941.

Masson, Frédéric, *Les quadrilles à la cour de Napoléon 1er (1806-1813)*, Daragon Editeur, Paris 1904.

Melun, Armand Marie Joachim (vicomte de), *La marquise de Barol: sa vie et ses œuvres*, Librairie Poussielgue Frères, Paris 1869.

Memorie e rivelazioni di un paggio della corte imperiale di Napoleone dal 1802 al 1815, Tipografia Abbate, Palermo 1835.

Mola di Nomaglio, Gustavo, *Storia illustrata di Torino. Le grandi famiglie*, Elio Sellino editore, Avellino 1994.

Montonati, Angelo, *Giulia Colbert di Barolo. Marchesa dei poveri*, Paoline, Milano 2011.

Necci, Alessandra, *Al cuore dell'Impero: Napoleone e le sue donne fra sentimento e potere*, Marsilio, Venezia 2020.

Novelle aneddotiche piemontesi, a cura di Umberto di Primeglio, Tipografia Vincenzo Bona, Asti 1904.

Pantoni, Pietro, *Le memorie del boja di Torino*, Editrice Piemonte in Bancarella, Torino 1971.

Pellico, Silvio, *La marchesa Giulia Falletti di Barolo, nata Colbert. Memorie*, Marietti, Torino 1864.

Pellico, Silvio, *Poesie inedite a Giulia Falletti di Barolo conservate nell'Archivio storico del Comune di Saluzzo*, Lulu.com, Raleigh (Carolina del Nord) 2015.

Rémusat, Paul de, *Mémoires des Madame de Rémusat (1802-1808)*, Calmann Lévy, Paris 1850.

Riazzoli, Mirko, *Cronologia di Torino*, Youcanprint, 2017.

Romeo, Rosario, *Cavour e il suo tempo*, Laterza, Roma-Bari 1969.

Romeo, Rosario, *Vita di Cavour*, Laterza, Roma-Bari 1984.

Ronco, Simonetta, *Giulia di Barolo. Una donna fra restaurazione e Risorgimento*, Edizioni del Capricorno, Torino 2008.

Rossotti Pogliano, Piera, *La Bela Caplera e altre donne sole o malaccompagnate nella Torino napoleonica*, Edizioni Esordienti E-book, 2017.

Siccardi, Cristina, *Giulia dei poveri e dei re. La straordinaria vita della Marchesa di Barolo e di suo marito Tancredi: dalla Francia a Torino tra il palazzo e la galera*, Gribaudo, Cavallermaggiore 1992.

Tago, Ave, (a cura di), *Giulia Colbert di Barolo madre dei poveri. Biografia documentata*, Libreria editrice Vaticana, Città del Vaticano 2007.

Tago, Ave, *Giulia Colbert marchesa di Barolo*, Congregazione delle Figlie di Gesù Pastore, Piacenza 1994.

Tancredi e Giulia di Barolo: riforme, cultura e beneficenze nel Piemonte del primo Ottocento. Insieme per il bene comune, collezione e catalogo a cura delle Suore di Sant'Anna, Catalogo della mostra, 11 settembre-15 novembre 2013.

Traverso, Matteo, *Diritto penale e strategie di mantenimento dell'ordine pubblico nel regno di Sardegna (1814-1861). Il delitto di «grassazione»*, tesi di dottorato, Scienze Giuridiche, Università degli Studi di Milano, anno accademico 2016-2017.

Trombetta, Simona, *Punizione e carità, carceri femminili nell'Italia dell'Ottocento*, il Mulino, Bologna 2004.

Viriglio, Alberto, *Voci e cose del vecchio Piemonte*, Lattes & C., Torino 1917.

Vocabolario italiano-piemontese e piemontese-italiano, a cura di Michele Ponza, Stamperia Reale, Torino 1830.

Zavatti, Giovanna, *Vita di Silvio Pellico e di Juliette Colbert, marchesa di Barolo*, Simonelli, Milano 2004.

Articoli

Badini Confalonieri, Luca, *L'integralista e la storia: Ipazia tra il poema di Diodata Saluzzo e l'*Atenaide *di Franceschinis*, in *Figure di Ipazia*, a cura di Giuseppe Sertoli, «Aracne», 2014, pp. 11-36.

Carpanetto, Dino, *La politica e la professione: la scuola di medicina a Torino nell'età francese*, «Annali di storia delle Università italiane», numero 5, 2001, pp. 83-100.

Chiosso, Giorgio, *Gli scritti educativi di Carlo Tancredi Falletti di Barolo*, «History of Education & Children's Literature», IV, numero 2, 2009, pp. 125-147.

Dall'Olio, Giuliano e Fortunato, Antonio, *Il laboratorio nella diagnosi di gravidanza. Dal papiro di Carlsberg all'immunometria*, «Caleidoscopio italiano», numero 234, 2015.

Hayot, Émile, *Les gens de couleur libres du Fort-Royal, 1679-1823*, «Revue française d'histoire d'outre-mer», LVI, numero 202, 1969, pp. 5-98.

Padovani, Clara e Gigi, *Il gianduiotto di Napoleone*, https://www.edizionidelcapricorno.it/chirone/storia/il-gianduiotto-di-napoleone/, 22 febbraio 2024.

Ruffino, Maria Paola, *Velluti di seta a Torino*, «Palazzo Madama – Studi e notizie», numero 0, 2010, pp. 38-51.

Grazie

Il libro che oggi possiamo tenere in mano, sfogliare e leggere è il risultato finale di un progetto che si è articolato per mesi. Soprattutto i romanzi davvero storici come quelli che scrivo io hanno dietro un lavoro immane di progettazione, studio, documentazione, controllo.

Quindi il volume stampato è il risultato del lavorone di un autore, certo, ma intorno a lui o a lei si muovono degli altri importanti attori senza i quali il prodotto finale non verrebbe mai alla luce, o verrebbe alla luce diverso e forse di inferiore qualità.

Per questo motivo è non solo opportuno, giusto, ma addirittura necessario ricordare tutte le persone che hanno reso possibile il progetto di questa mia prima trilogia.

In primis la mia splendida editor Michela Gallio in sodalizio con Giovanna Canton, che mi hanno creduta capace di portare a termine questa sfida. Di libri ne ho scritti tanti, ma una saga è una cosa un po' diversa. E un grazie di cuore a tutto il team delle solferine, da Virginia Rossetti a Beatrice Minzioni, da Sara Fanchini a Beatrice Bianca Bonetti alla «mia» Monica Moriggi, a tutti quelli che si sono dati, si danno e si daranno da fare per *Sangue delle Langhe*. Il tutto senza dimenticare che a rendermi possibile il contatto primo con Solferino è stata la mia fata madrina Danda Santini.

Dopo che l'autore ha terminato di scrivere, ci sono degli occhi attenti e pazienti che sistemano le centinaia di pagine che si sono generate. Le controllano da tanti punti di vista, si accorgono delle mancanze, degli errori, delle sviste. I «miei» occhi sono quelli della bravissima Sara Grazioli, che con grande competenza, sensibilità, rigore svizzero e attenzione si è riletta riga per riga tutto quello che io ho scritto.

Il dottor Daniele Spagnolo, generoso amico, mi ha suggerito le cose giuste per quanto riguarda l'incidente ostetrico di Giulia. La grandissima scrittrice Bianca Pitzorno che mi onora della sua stima e del suo prezioso affetto mi ha come sempre sostenuta, incoraggiata e aiutata, da quel pozzo di scienza che è. Cinque minuti di conversazione con lei equivalgono a due giorni in biblioteca. Una goduria.

Senza la mia amica Rita Marino non sarei mai arrivata a contattare la deliziosa signora Cesarina Calligari che ha pazientemente verificato le parti dialettali. Il mio dialetto madre è il milanese, come i miei affezionati lettori sanno, e anche se ho qualche competenza della parlata del basso Piemonte grazie a mio padre Dante e qualche sprazzo di torinese grazie al mio nonno materno Umberto nato nella città della Mole, avevo assolutamente bisogno di un controllo.

Ultima, ma non per importanza, mia figlia Viviana. È cresciuta a pane e libri, naturalmente, e anche se ha deciso di dedicarsi a un mestiere diverso le è rimasta dentro una incredibile capacità di giudizio sui testi altrui, così è la mia feroce e indispensabile prima lettrice. Grazie, Vivi. Sei proprio brava.

Il lavoro dello scrittore è un mestiere solitario e soprattutto in questi mesi durante i quali sto lottando con un problema alle vertebre che riduce la mia mobilità mi sono molto isolata. Mio marito Renzo è stato sempre al mio fianco, brontolando come solo lui sa fare, ma alla fine accontentandomi in tutto, trottando in giro al posto mio o facendomi da autista su e giù per biblioteche e sopralluoghi e mettendomi così in grado di arrivare a scrivere la parola fine in fondo al primo volume della mia prima trilogia. E ha anche avuto l'idea giusta per il titolo. Grazie, amore, anche a nome della «nostra» Giulia Barolo.

Milano, aprile 2025

Indice

Parte seconda
Giulia di Barolo
1810-1815

Stiamo in contatto!

Che cosa succederà nel secondo volume delle avventure di Giulia?

Il seguito è in fervente scrittura! Pagine ricchissime di personaggi e avventure.

A partire da un grande poeta francese che vede Giulia asciugarsi i capelli al vento dopo un acquazzone e perde la testa per lei... E poi c'è un celeberrimo patriota, appena liberato dagli orrori dello Spielberg, che per Giulia darebbe la vita... E ancora le travagliate vicende delle figlie di Angela che Giulia considera figlie sue: la tenera Lena, la combattiva Ghita la Zoppa e l'intellettuale Norin, alle prese con amori difficili e contrastati. Poi le ricerche disperate della piccola Catlina che potrebbe essere vittima di colui che sembra un orco delle fiabe. E la vivace battaglia per far diventare il barolo un vino capace di tener testa ai borgogna francesi...

Se ti interessa avere delle anticipazioni sul work in progress, ti do appuntamento ogni mese su Instagram con curiosità, aneddoti, ricorrenze, eventi e qualche chicca imperdibile. Non perdiamoci di vista! https://www.instagram.com/marina.marazza/

Questo libro è stampato fabbricato da Grafica Veneta S.p.A.
con un processo di stampa e rilegatura certificato 100% carbon neutral
in accordo con PAS 2060 BSI

Finito di stampare nel mese di aprile 2025
per conto di RCS MediaGroup S.p.A.
da Grafica Veneta S.p.A., Via Malcanton 2, Trebaseleghe (PD)
Printed in Italy